Ismail Kadaré · Die Festung

Ismail Kadaré
Die Festung

Roman

Übersetzt aus dem Albanischen
von Giuseppe de Siati

Neuer Malik Verlag

CIP-Titelaufnahme der Deutschen Bibliothek

Kadaré, Ismail

Die Festung: Roman/Ismail Kadaré
Übers. aus d. Alban. von Giuseppe de Siati
Kiel: Neuer Malik-Verl., 1988
Einheitssacht.: Kështjella ‹dt.›
ISBN 3-89029-036-1

Titel der albanischen Ausgabe: Kështjella

Schutzumschlag unter Verwendung des
Gemäldes „Die Eroberung Konstantinopels durch
die Kreuzfahrer 1204“ von Palma il Giovane (d. J.)
Satz: Utesch Satztechnik GmbH Hamburg
Gesetzt aus der Garamond
Druck: Clausen & Bosse, Leck
Printed in Germany
ISBN 3-89029-036-1

Die Übersetzung erfolgte nach dem
vierten Band der Werkausgabe, Tirana 1981.

Als gegen Ende des Winters die Boten des Sultans abzogen, begriffen wir, daß der Krieg nunmehr unvermeidbar geworden war. Um uns zu unterwerfen und zu ihren Vasallen zu machen, übten sie jede Art von Druck aus. Zunächst überhäuften sie uns mit Schmeicheleien und Versprechungen, danach warfen sie uns vor, Abtrünnige und undankbare Leute zu sein, die sich den Franken, das heißt dem Abendland, verkauft hätten. Zum Schluß drohten sie damit, uns mit Waffengewalt in die Knie zu zwingen. „Ihr vertraut zu sehr auf die Mauern eurer Festungen", sagten sie uns, „aber selbst, wenn die Mauern sich tatsächlich als uneinnehmbar erweisen sollten, werden wir euch mit dem Mittel des eisernen Blockaderings einkesseln. Wir werden so vorgehen, daß ihr euch vor Hunger ergeben werdet. Wir werden so vorgehen, daß jedes Mal, wenn die Erntezeit und die Tage des Dreschens anbrechen, der Himmel euch wie ein bestelltes Feld und der Mond wie eine Sichel vorkommen werden."

Danach zogen sie ab. Zwei Wochen später tauchte ein Vasall des Sultans auf, der vorgab, unser Freund zu sein. Dieser versuchte, als Vermittler für eine Versöhnung aufzutreten. Auch er scheiterte. Danach verging kaum ein Monat, und alle seine Vasallen brachen, nachdem sie einen Brief des Sultans erhalten hatten, die Beziehung zu uns ab.

Jetzt wußten wir, daß sie früher oder später kommen würden. Wußten, daß sie jetzt nicht mehr nur eine Strafexpedition schicken würden, wie jene, die unser Gjergj in Torvioll vernichtet hatte, sondern eine unendliche Armee des größten Heeres der Welt. Unsere Festung würde die erste sein, die ihrem furchterregenden Ansturm die Stirn bieten sollte. Das ganze Frühjahr hindurch verstärkten wir die Mauern, reparierten die beschädigten Türme, legten

Waffenlager und Lebensmittelvorräte an, bildeten Tag und Nacht Nachwuchs für den Krieg aus. Schließlich erreichte uns die Nachricht, daß sie aufgebrochen seien.

Sie kamen nur langsam voran. Mitte Juni überschritten sie die Grenze. Einen Tag später kam Gjergj, um die Festung zu inspizieren. Seiner üblichen Taktik entsprechend wollte er außerhalb der Mauern kämpfen. Nach allseitiger Kontrolle und den notwendigen Anweisungen verließ er am 11. Juni nachmittags mit seinen Begleitern die Festung und nahm die Alten, einen Teil der Frauen und auch die Kinder mit, die während der Zeit der Kriegshandlungen in den Bergen Schutz finden sollten. Wir begleiteten sie schweigend ein Stück des Weges. Dann, nachdem wir uns von ihnen verabschiedet hatten, kehrten wir in die Festung zurück, stiegen auf die Mauern und die Türme und blickten lange der sich unaufhaltsam entfernenden Kolonne nach. Wir beobachteten, wie sie die Hochebene der Schafweiden durchquerten, dann den Steilen Aufstieg nahmen und zuletzt in der Schlucht des Windes verschwanden. So verloren wir sie aus den Augen. Ohne den Lärm unserer Kinder kam uns die Festung still und verlassen vor. Wir schlossen die schweren Tore und warteten auf den Feind.

Am Morgen des 12. Juni, bevor der Tag zu dämmern begann, meldete einer der Wachposten, daß in der Ferne etwas wie gelber Nebel zu erkennen sei. Es war ihr Staub.

Kapitel 1

Am 18. Juni trafen die türkischen Truppen unterhalb der Festungsmauern ein. Während des ganzen Tages waren sie damit beschäftigt, sich ringsum einzurichten. Als der Abend anbrach, war das Heer immer noch nicht vollzählig angekommen. Pausenlos trafen neue Bataillone ein. Eine dichte Staubschicht überzog Soldaten, Flaggen, mit Wolldecken bedeckte Pferde, Wagen, Ausrüstungen, mit Bronze beladene Kamele, Schilder, Trommeln und alle anderen Dinge. Sobald sie auf dem Feld vor der Festung eingetroffen waren, bestimmten Offiziere der Sonderabteilung für Lagerordnung die Standorte, an denen sich die Soldaten niederzulassen hatten. Unter den Befehlen der Kommandanten begannen sie sofort, die Zelte aufzuschlagen, beeilten sich mit dieser Arbeit, um sich möglichst bald, erschöpft wie sie waren, von dem anstrengenden Marsch auszuruhen.

Ugurlu Tursun Pascha, Oberbefehlshaber der Truppen, stand allein vor seinem großen rosafarbenen Zelt und beobachtete, wie die zuletzt eingetroffenen Bataillone ihre Zelte auf dem eigenartigen Bodenrelief, das die Dämmerung auf die Erde warf, aufschlugen. Nun glich sein großes Heerlager, das von Stimmen, Befehlen, Wiehern, Gebeten, Hufeisenklängen und allerlei verschiedenartigen Geräuschen erfüllt war, einer riesigen Amöbe, die ihre Finger mal in die eine, mal in die andere Richtung ausstreckte und langsam, aber stetig die gesamte Festung umklammerte. Die der Festung am nächsten aufgeschlagenen Zelte befanden sich etwa hundert Schritte von den Mauern entfernt, während die entferntesten nicht mehr zu sehen waren. Die Gehilfen des Paschas hatten darauf bestanden, dessen Zelt achthundert Schritte von den Mauern entfernt zu errichten, doch er bewilligte nicht mehr als sechshundert Schritte. Früher, als er noch jung war und einen niedrigeren militärischen Rang eingenommen hatte, hatte er des öfteren fast unmittelbar unter den Mauern der Festungen geschlafen, aber nie entfernter als sechshundert Schritte. Aber im Laufe der Zeit, während der verschiedenen Kriege und der aufeinanderfolgenden Belagerungen, war er im Dienstgrad aufgestiegen, und damit änderten sich die Zeltfarbe und der Abstand zu den Mauern, an denen gekämpft wurde.

Unwillkürlich seufzte Tursun Pascha. Immer, wenn er zum ersten Mal einer Festung, die er erobern sollte, gegenüberstand, verspürte er Angst und Erregung vor dem Unbekannten, gegen das er zu kämpfen hatte.

Die Festung, die sich diesmal vor ihm erhob, wirkte finster. Sie beherbergte etwas Unnatürliches, und beinahe schien ihm ein schlechtes Omen von der Bauart und von der Anreihung der Türme auszugehen. Diese ungewöhnliche Bauweise war ihm schon vor zwei Monaten aufgefallen, als ihm die mit der Vorbereitung des Feldzuges befaßten Spezialisten erstmals den Plan der Festung vorlegten. Diesen Bauplan hatte er oft zu später Stunde, als alle schon schliefen, in seinem großen Haus in Bursa auf den Knien gehalten. Obwohl er fast jede Einzelheit der Festung auswendig kannte, versetzte ihr Anblick seine Seele nun in tiefe Schwermut.

Er überlegte, welcher Baumeister diese Festung entworfen haben könnte, und wie es möglich war, daß alles an ihr unheilvoll wirkte, von der Örtlichkeit, auf der sie errichtet war, bis zu der auf dem ersten Turm gehißten

Flagge, einer furchterregenden, roten Fahne, in deren Mitte ein schwarzer doppelköpfiger Vogel saß.

Sein Blick löste sich langsam von der Festung und schweifte erneut über das Heerlager. Da sich nun Dunkelheit über die Erde legte, wirkten die unendlichen, weißen Zelte wie ein Nebelschleier im Wind. Hier also hatten sich, wie im vorher festgelegten Plan vorgesehen, die verschiedenen Einheiten seines Heeres eingerichtet, eine neben der anderen. Von dieser Stelle aus konnte man die schneeweißen Banner der Janitscharen und ihren Kupferkessel, den sie gerade an einem großen Baum festbanden, sehen. Die berittenen Strafexpeditionstruppen der Akindschi führten die Pferde zum Tränken an einen kleinen Fluß. In der Ferne, gleich einem unendlichen Ameisenhaufen, schimmerten hell die Zelte der wichtigsten Fußtruppenabteilungen der Azapen und Eschkindschi. Etwas näher, an der rechten Seite, nach den Dschebeli-Garden, hatten sich der Reihe nach die Sturmbataillone eingerichtet, die auserlesenen Truppen der Dalkilitschlar (Blankschwerter), und die noch erleseneren Truppen der Serdengetschti oder Todesschwadronen. Danach folgten der Reihe nach aufgestellt, die technischen Abteilungen, die Müsellem, die kostbaren Zelte der Sipahis, der Kurden, der Perser, der Tartaren, der Kaukasier, der Kalmücken, und noch weiter entfernt, dort wo die Augen des Oberbefehlshabers nichts mehr erkennen konnten, mußte sich der bunt zusammengewürfelte Haufen der Irregulären Freiwilligen Truppen befinden, deren genaue Stärke wohl niemand kannte. Allmählich ordnete sich das Gemisch aus Menschen und Material, und ein großer Teil des Heeres befand sich schon im Schlaf. Zu hören waren nur die Geräusche, die die Soldaten der Nachschubabteilungen verursachten, als sie von den Kamelen Kisten mit Bronze, Kochkessel, unzählige Säcke mit Lebensmitteln, Lederschlauchsäcke mit Öl und Honig, mit allerlei Dingen gefüllte Bündel, Baumaterial, Rammböcke, verschiedenste Werkzeuge und Zelte abluden.

Die von ihrer Last befreiten Kamele hatten sich hier und da auf dem Boden ausgestreckt, um sich auszuruhen. Jetzt, da der Abend vollends hereingebrochen war, wirkten ihre Silhouetten wie friedfertige Hügelchen. Bei ihrem Anblick überkam Tursun Pascha Sehnsucht nach Anatolien. Die ruhigen und schläfrigen Ebenen waren ihm während der Reise in ständiger Erinnerung geblieben, besonders als die Armee ins Land der Albaner einzog, und er zum ersten Mal die furchterregenden Berge erblickte. Das geschah an einem frühen Morgen. Er ritt schläfrig auf seinem Pferd, als er von allen Seiten die Worte „Daglar", „Daglar" (Berge, Berge) vernahm, die in einer merkwürdigen Art und Weise, fast ängstlich, ausgesprochen wurden. Er bemerkte, wie seine Offziere mal nach oben, mal nach rechts und links blickten, um besser sehen zu können. Auch er hatte seinen Kopf nach oben gerichtet und betrachtete lange die Berge. Nie zuvor hatte er solche Berge gesehen. Sie glichen einem fürchterlichen Alptraum, der ununterbrochen auf dem Menschen lastet und ihn nicht aufwachen läßt. Erde und Felsen schienen in derartiger Heftigkeit gegen den Himmel geschleudert, als hätten sie alle Gesetze der Natur außer Kraft gesetzt. Allah ist sicherlich sehr gereizt gewesen, als er dieses Land schuf, dachte er, und zum hundertsten Mal wurde er von dem Zwiespalt geplagt, ob seine Ernennung zum Oberbefehlshaber dieses Feldzuges das Werk seiner Freunde oder seiner Feinde gewesen war. Beim Vormarsch war ihm aufgefallen, daß der Anblick der Berge seine Offziere in Unruhe versetzt hatte. Immer häufiger drehten sich ihre Gespräche um eine Ebene, die vor ihnen wie eine Oase in der Wüste auftauchen sollte. Das langsam vorrükkende Heer schleppte nun neben seinen Waffen und Ausrüstungen den schwer auf ihm lastenden Schatten dieser Berge mit sich.

Er hatte den Armeechronisten zu sich rufen lassen und ihn gefragt, wie er diese Berge in seiner Chronik zu beschreiben gedenke. Der Chronist, vor Verwirrung zitternd, hatte viele lange und von Angst geprägte Sätze über die Lippen gebracht, um den Eindruck dieser Berge zu charakterisieren, aber keine der Beschreibungen hatte dem Pascha zugesagt. Er befahl dem Chronisten, nochmals darüber nachzudenken und am nächsten Tag bei ihm zu erscheinen. Am darauf folgenden Morgen las ihm der Chronist mit von Übernächtigung geröteten Augen seine Beschreibung vor. Er schilderte die Berge als derart hoch, daß dort nicht einmal Krähen fliegen könnten, wo nur der Teufel, sich auf einen Stock stützend und bei jedem Schritt stürzend, dabei sich die Knochen brechend, hinaufkäme, wo der Satan sich die Opanken zerfetzen würde, und wo selbst die Hühner ohne Steigeisen nicht laufen könnten.

An dieser Beschreibung fand Tursun Pascha Gefallen. Jetzt, da der Marsch beendet war und die Nacht anbrach, versuchte er, sich an die Formulierungen des Chronisten zu erinnern, aber er war müde, und sein Verstand brauchte Ruhe. Dies war der längste und anstrengendste Marsch, den er jemals in seinem Soldatenleben mitgemacht hatte. Die alte Straße mit dem seltsamen Namen Egnatia, ein Relikt aus römischer Zeit, an manchen unpassierbaren Stellen von den vorwegmarschierenden Pioniereinheiten in Hast und Eile ausgebessert, schien endlos zu sein. Manchmal stauten sich an engen Stellen die Truppen, bis die Pioniere einen Pfad gebaut hatten, um unnötige Marschverzögerungen zu vermeiden. Der Weg wurde danach wieder frei, und das Heer bewegte sich langsam durch den Staub. Jetzt, nachdem alles vorbei war, kam es ihm so vor, als ob der dichte Staub weiterhin auf seinen Gedanken laste.

Hinter ihm wieherte eines der Pferde, die die Kutsche gezogen hatten. In der Kutsche waren Gepäck und vier

Haremsfrauen transportiert worden. Das Pferd stand immer noch neben dem lilafarbenen Zelt, das neben seinem aufgebaut war.

Als er sich für den Aufbruch nach Albanien rüstete, hatte er sich oft den Kopf darüber zerbrochen, ob er einige seiner Haremsfrauen mitnehmen sollte. Einige Freunde hatten ihm davon abgeraten, weil das Weib im Krieg Unglück brächte. Andere wiederum empfahlen ihm das Gegenteil und sprachen ihm zu, falls er nicht nervös werden und ruhig schlafen wolle (sofern man im Krieg überhaupt ruhig schlafen kann!). Üblicherweise nahmen die Paschas weder in den Krieg noch auf Märsche ihre Frauen mit. Aber dieser Feldzug ging in ein sehr entferntes Land. Darüberhinaus war vorauszusehen, daß die Belagerung sehr lange dauern würde. Dennoch war es nicht erforderlich, Frauen mitzunehmen, weil man wußte, daß in jedem Krieg, mochte er auch noch so lange dauern und im entferntesten Land stattfinden, es immer Sklavinnen geben würde. Und man wußte auch, daß die Sklavinnen verlokkender waren als jegliche Haremsfrauen, besonders für jene Soldaten, die sie mit ihrem Blut erobert hatten. Doch seine engsten Freunde, gerade diejenigen, welche ihm empfohlen hatten, Mädchen mitzunehmen, hatten ihm erklärt, daß es in dem Land, in das er zöge, schwierig sei, Gefangene zu machen. Dort unten gäbe es wunderschöne Mädchen, machten sie ihm den Mund wässrig. Der Beschreibung nach, die ihnen ein Dichter nach seinem letzten Feldzug gegeben hatte, waren die Mädchen rein wie die Morgenträume, aber leider ebensowenig greifbar wie die Träume selbst. Um dem Zugriff der anrückenden Soldaten zu entgehen, stürzten sie sich oftmals von Felsen in den Tod. Solche Dinge erzählten ihm seine Freunde natürlich nur in vertraulichen Gesprächen, nach denen er sich dann entschloß, vier der gesündesten und jüngsten seiner achtzehn Haremsfrauen mitzunehmen. Im Augenblick des feierlichen Aufbruchs des Heeres fragte ihn der Großwesir, der zur Verabschiedung der Truppen gekommen war, und dabei die kleine Kutsche mit den vergitterten Fenstern bemerkte, warum er in ein Land, das für die Schönheit seiner jungen Mädchen berühmt sei, Frauen mitnähme. Der Pascha versuchte, dem listigen Blick des Großwesirs auszuweichen, und antwortete ihm, daß er keine der Sklavinnen besitzen wolle, die seine Soldaten unter Anstrengung und Blutvergießen erobert haben würden.

Kein einziges Mal hatte er während des Marsches an seine Mädchen gedacht. Jetzt würden sie gewiß müde und zerschlagen von dem langen Weg in ihrem lilafarbenen Zelt schlafen.

Ein feiner Regen setzte ein. Unmittelbar nach den ersten Tropfen begannen, etwa im Herzstück des Heerlagers, wehmütig jene Trommeln zu schlagen, die den Regen ankündigten. Wie erstarrt lauschte er ihren Klängen und stellte sich dabei vor, wie die Soldaten die schweren Ölplanen über die Vorräte zogen. Tursun Pascha überlegte, wer wohl als erster in der Heeresordnung eine Sonderabteilung eingerichtet haben könnte, die den Regenbeginn durch Trommelschlagen ankündigen sollte. Er drehte sich um und betrat leichten Schrittes sein Zelt, ohne die zwei Wachsoldaten, die wie versteinert mit ihren Lanzen vor dem Eingang standen, nur eines Blickes zu würdigen.

Seine Offiziersburschen hatten die Kelims ausgebreitet, und nachdem sie Bett und Diwane rundherum aufgestellt hatten, legten sie weiche Felle darauf. In einer Ecke standen eine Kanne und eine kupferne Schüssel. An der Schrägseite hing ein schwarzes Seidentuch, auf dem ein Koranvers eingestickt war. Auf Feldzügen verachtete er jeglichen Prunk, und gewöhnlich war sein Zelt karg und düster wie eine Mönchszelle.

Mit nachdenklicher Miene setzte er sich auf den Diwan und verharrte dort lange Zeit regungslos. Später brachte ihm einer der Adjutanten den Rapport des Lagerkommandanten, in dem dieser meldete, daß alle Truppen eingetroffen und wie vorgesehen eingerichtet seien. Auch die Wachposten stünden bei Fuß, die Aufklärungspatrouillen seien in die gesamte Umgebung ausgeschwärmt, alles weitere verliefe ordnungsgemäß.

Schweigend hörte der Pascha zu. Dann richtete er seinen Blick auf den wartenden Adjutanten.

„Melde allen Truppenkommandeuren und Spezialisten, daß sie sich morgen früh zur Lagerbesprechung in meinem Zelt einfinden sollen. Und jetzt will ich von niemandem mehr gestört werden."

Der Adjutant verbeugte sich und verließ rückwärtsgehend das Zelt.

Tursun Pascha betrachtete eine Weile seine feingliedrigen Finger. An einem Finger trug er einen großen Ring mit einem Rubin. Er warf einen Blick auf die Gegenstände in seinem Zelt, schaute wie verloren auf die Kupferkanne, und dabei kam ihm wieder sein großes und prachtvolles Haus in Bursa in den Sinn.

Er grübelte darüber nach, ob es nicht an der Zeit sei, ruhigere Tage im eigenen Heim zu verbringen. Nicht, daß er gealtert wäre. Er war noch jung und stark, aber in der letzten Zeit wurde seine Seele von einer seltsamen Trübsinnigkeit befallen. Er, der sein ganzes Leben auf Feldzügen und im Krieg verbracht hatte, hätte sich glücklich geschätzt, sich in sein ruhiges Anatolien zurückziehen zu können. Er wollte sich zur Ruhe setzen, bevor er fiele. Aber er wußte, daß dieser Traum nicht erfüllt werden konnte. Seine Karriere hatte eine Stufe erreicht, auf der ein ruhiges Verharren nicht möglich war: Entweder mußte er weiter aufsteigen oder für immer zu Fall kommen. Er war sich bewußt, daß ihm bei einer Niederlage jeglicher Neubeginn versagt bliebe. Das Reich breitete sich von Tag zu Tag weiter aus. Überall machten sich Geschäftigkeit und Krieg breit. Hunderte junger Karrieristen strebten nach Führungsposten. Sie kämpften wie Tiger um ihren Ruhm. Er hatte bemerkt, daß in letzter Zeit seine Machtposition erschüttert worden war, eine Erschütterung ohne erkennbaren Grund, aber gerade deshalb besonders heimtükkisch. Sie sind wie jene Krankheiten, deren Herkunft man nicht kennt. Schon mehrfach hatte er sich den Kopf darüber zerbrochen, aus welch unbekannten Sphären sich Wolken der Intrigen zusammenbrauten, die sich anschickten, düsteren Regen über sein Dasein auszuschütten. Aber vergeblich, denn er konnte die Hintergründe nicht ausfindig machen. In letzter Zeit hatten seine Freunde angefangen, ihn mitleidig zu betrachten, besonders seit dem letzten Geschenk des Sultans. Dieser hatte ihm eine Waffensammlung zukommen lassen, und man betrachtete diese Geste als böses Omen. Nun erwartete man seinen Niedergang.

Als sich die Nachricht verbreitete, daß er den großen Feldzug gegen die Albaner leiten würde, wurde allen bewußt, daß er zwar noch mächtige Freunde hatte, seine Feinde jedoch immer stärker wurden. Darüberhinaus stand für alle fest, daß der Sultan ihm eine letzte Chance einräumte, indem er ihn gegen Skanderbeg in die Schlacht schickte.

Auch in anderen Fällen hatte der Sultan ebenso gehandelt. Er hatte immer diejenigen in die unheilvollsten Schlachten geschickt, denen er eine letzte Chance gab, weil er überzeugt war, daß der Angriff eines Verzweifelten der grauenvollste sein würde.

Tursun Pascha erhob sich, und eine Weile lief er über den dichten Kelim seines Zeltes auf und ab. Danach ließ er sich wieder auf seinem Diwan nieder und entnahm einer großen ledernen Tasche einen Stoß Papiere und Karten, unter denen sich auch der Plan der Festung befand. Er legte den Plan auf seine Knie und begann, ihn gründlich zu studieren. Jede Einzelheit war eingezeichnet: die Höhe der Mauern und der Türme, die Geländesteigung an allen vier Seiten, das Haupttor und das kleinere an der Nordwestseite, der felsige und der erdige Teil des Grundstücks, der Graben vor dem Haupttor, der Steilhang auf der Westseite, der Fluß. An drei, vier Stellen hatte er mit roter Farbe Fragezeichen eingetragen. Sie kennzeichneten die Stellen, an denen seiner Meinung nach keine unterirdischen Wasserleitungen verlaufen konnten. Lange Zeit betrachtete er diese Fragezeichen.

Einer der Ordonnanzunteroffiziere teilte ihm mit, daß das Abendessen zubereitet sei. Der Pascha gab ihm zu verstehen, daß er nichts zu sich nehmen wolle. Er wandte sich um, ließ lange die Gebetskette durch die Finger gleiten und atmete tief ein. Der Regen, der auf sein Zeltdach fiel, war nur schwach zu vernehmen. Tursun Pascha fühlte sich verzweifelt einsam.

Er klatschte in die Hände. Am Eingang erschien der Eunuch. „Bring mir die Edscher“, sagte er, ohne den Eunuchen anzusehen.

Dieser verbeugte sich bis zur Erde, bewegte sich aber nicht von der Stelle. Es schien so, als wollte er ihm etwas sagen, wagte es aber nicht.

„Was hast du?“ fragte der Pascha, als er merkte, daß der Eunuch sich nicht rührte. Dieser bewegte die Lippen, brachte aber keinen Ton heraus.

„Ist sie krank?“

„Nein, Pascha, du weißt, das Bad ist noch nicht eingerichtet, und vielleicht hat sie ...“

Durch eine Handbewegung deutete der Pascha ihm an, nicht weiterzureden. Er betrachtete die Gebetskette. Diese Nacht würde ihm so lang wie eine Winternacht werden.

„Bring sie“, sagte er, „das macht nichts.“

Der Eunuch verbeugte sich und verschwand wie ein Schatten.

Kurz danach trat er mit dem Mädchen an der Hand ein. Obwohl Edscher ihr Haar in Eile gekämmt hatte, machte sie einen verschlafenen Eindruck. Sie war die Jüngste seines Harems. Niemand, auch sie selbst nicht, kannte ihr Alter. Sie konnte nicht älter als sechzehn Jahre sein.

Tursun Pascha gab ihr einen Wink, und sie setzte sich auf das Bett. Er verspürte keinerlei Verlangen, dennoch legte er sich zu ihr. Das Mädchen bat ihn um Verzeihung, daß es aus den erwähnten Gründen an diesem Abend kein Bad hatte nehmen können. Es schien, als ob der Eunuch ihr diese Worte eingeflüstert hätte. Der Pascha äußerte sich nicht dazu.

Während Edscher sprach, dachte er darüber nach, daß er während der Belagerung der Festung nicht umhinkonnte, viele Dinge zu vergessen, darunter auch seine prächtigen, mit Marmor gekachelten und mit Mosaik ausgelegten Bäder zu Hause im fernen Bursa. Während er den vertrauten, diesmal mit Staubdunst vermischten Mädchenduft verspürte, kam ihm der plötzliche Gedanke, ob es nicht nachteilig sei, eine Frau vor dem Kampfbeginn zu berühren. Dieser Gedanke verflüchtigte sich aber ebenso rasch, wie er gekommen war.

Edscher fühlte, daß er ohne Begierde mit ihr geschlafen hatte. Sie grübelte darüber nach, ob der Grund darin zu suchen sei, daß sie kein Bad genommen hatte, und bat nochmals um Verzeihung. Er antwortete ihr nicht. Er zog seine Ellbogen an, stützte sich auf die Kissen und ließ seine Gebetskette durch die Finger gleiten. Mit geröteten Wangen blickte das Mädchen von ihrem Ruhekissen aus immer wieder auf sein kräftiges, scharf geschnittenes Gesicht. Reglos schaute es den Mann an, dem sie gehörte.

Er hatte das Mädchen vergessen. Er streckte seine Hand

nach dem Kartenstoß aus und griff erneut nach dem Festungsplan. Mit einem Bleistift markierte er zwei Stellen, danach eine weitere. Edscher stützte sich auf, und mit ihren schönen Augen betrachtete sie voller Neugier den Plan mit den vielen seltsamen Zeichen. Seine kalten grauen Augen starrten unbewegt auf die Eintragungen. Da ihr Arm fast eingeschlafen war, versuchte sie sehr vorsichtig, ihre Stellung zu ändern, konnte aber nicht verhindern, daß einer ihrer dicken Zöpfe auf die Zeichnung glitt. Sie hielt den Atem an, aber er bemerkte nichts. Er war vollständig in den Plan vertieft.

Das Mädchen betrachtete abwechselnd sein Gesicht und die Markierungen, die er auf dem Festungsplan einzeichnete, und schließlich faßte es Mut und fragte ihn:

„Ist das der Krieg?"

Er blickte von der Skizze auf und schaute das Mädchen eine ganze Weile an, als sei er erstaunt darüber, daß es sich an seiner Seite befand. Dann wandte er sich ab und starrte weiter auf die Skizzen.

Eine längere Zeit war er damit beschäftigt, weitere Markierungen auf dem Plan einzuzeichnen, und als er sich erneut Edscher zuwandte, sah er, daß sie eingeschlafen war. Sie ruhte mit halbgeschlossenen Lippen und atmete tief. Jetzt wirkte sie noch jünger.

Auf das Zeltdach tröpfelte unentwegt der Regen.

„Allah!" rief er aus, als er die Wimpern und den schneeweißen Hals des jungen Mädchens betrachtete. Er dachte, daß das Mädchen an diesem Abend vielleicht schwanger geworden sei und es ihm nach neun Monaten einen Sohn schenken würde. Wird sich dieser Junge, wenn er erwachsen sein wird, jemals vorstellen können, daß er in einem Kriegszelt unter dem Regen, neben einer unheilvollen Festung, weit entfernt hinter der Sonne, gezeugt wurde? grübelte Tursun Pascha, ohne seinen Blick von dem Mädchen abzuwenden. „Vielleicht wird er die militärische

Laufbahn einschlagen und höhere Ränge und größeren Ruhm an den Festungsmauern erlangen als ich. Vielleicht..." Tursun Pascha atmete tief.

„Allah! Warum hast du uns so erschaffen?!" sagte er zu sich und versuchte einzuschlafen.

Ihre weißen Zelte umschlossen die Festung wie ein breiter Ring. Als der erste Morgen anbrach, wirkte die Umgebung wie nach einem ergiebigen Schneefall. Weder Erde, noch Grün, noch Felsen waren zu sehen. Wir traten auf die Zinnen heraus und betrachteten diese gewaltige ‚Winterlandschaft'. Jetzt erst begriffen wir, auf welch gefährlichen Krieg sich unser Gjergj mit Murad Han, dem mächtigsten Herrscher dieser Zeit, eingelassen hatte.

Ihr Lager breitete sich endlos aus. Zwischen diesen unendlichen weißen Zelten ragten gelbe, grüne, weiße und rosa Flaggen der verschiedenen Einheiten empor. Im Zentrum des Lagers war ein Kommen und Gehen von Reitern, die Befehle brachten oder empfingen. Auf der rechten Seite schien man etwas zu bauen, was nach einer Kanonengießerei aussah. Offensichtlich hatten sie die Absicht, noch größere Kanonen herzustellen als jene, die auf den Kamelen transportiert werden konnten.

Den Feldzug befehligt Tursun Tundschaslan Pascha. Sein rosafarbenes Zelt erkennt man von hier oben. Er gilt als ebenso fähiger wie grausamer Soldat. Vorgestern schickte er eine Abordnung, die uns ihren Vorschlag zur Übergabe der Festung übermitteln sollte. Sie teilten uns ihre letzten Bedingungen mit: Sie würden niemanden von uns anrühren, weder Frau noch Mann. Jeder Bewohner der Festung erhielte die Erlaubnis, ein Grundstück in Besitz zu nehmen und sich im Tal, an jeder gewünschten Stelle, niederzulassen. Es würde uns erlaubt werden, jegliche Religion weiterhin auszuüben. Ihre einzige Forderung war die Übergabe der Festungsschlüssel, damit von dem Turm die Fahne mit dem schwarzen Vogel (so nannten sie unseren Adler) heruntergeholt werden könnte, der ihrer Meinung nach den Himmel beleidige, um statt dessen, wie von Allah befohlen, die Flagge mit dem Halbmond des Islam zu hissen.

So handeln sie immer. Ihre wahren Gelüste, unser Land zu besetzen, verbergen sie hinter einer vorgeschobenen Begründung.

Als sie nach unseren Bedingungen fragten, verlangten wir nur eins: Ihre Armee solle sofort die Zelte abbrechen und dorthin zurückkehren, von wo sie gekommen war, weil unser Boden ihre Last nicht ertragen könne.

Sie zogen wütend ab, und zwar mitten durch die Festungsanlage, damit unser Volk ihre kostbare Kleidung wahrnehmen sollte.

Kapitel 2

Mevla Tschelebi, der Chronist, hatte sich in fünfzig Schritt Entfernung vom Zelt des Tursun Pascha hingestellt und beobachtete voller Neugierde, wie die Mitglieder des Kriegsrates, einer nach dem anderen, in das große Zelt eintraten, vor dem auf einer Metallstange ein kupferner Halbmond, das Wappen des Reiches, angebracht war. Es war die zweite Versammlung, die der Rat abhielt, seit die Armee in diesem Land ihre Zelte aufgeschlagen hatte. Während er mit seinen Blicken die höheren Offiziere musterte, versuchte er in Gedanken, jene Eigenschaften an ihnen zu entdecken, die er in seiner Chronik als schmükkendes Attribut vor ihren Namen setzen könnte, falls sie sich in diesem Krieg besonders auszeichnen würden. Aber von solchen Attributen gab es wenige, vorwiegend von geringer Ausdruckskraft, zumal die meisten bereits von früheren Chronisten verwendet worden waren. Wenn darüber hinaus die bedeutendsten Attribute selbstverständlich für den Oberbefehlshaber aufgehoben werden mußten, blieben noch wenige übrig, und so mußte er reiflich überlegen, ehe er eines davon vergab. Sie waren wie eine Handvoll Juwelen, die er weise und mit Bedacht auf diese unzählbare Armee zu verteilen hatte.

Soeben war Kurdischdschi, der Befehlshaber der Akindschi, von seinem Pferd abgestiegen. Sein großer, rötlicher Kopf wirkte schläfrig. Nach ihm traf der Kommandeur der Janitscharen ein, der schreckliche, alte Tavdscha Tokmakhan, dessen kurze Gliedmaßen so aussahen, als seien sie einmal gebrochen und danach ohne Sorgfalt zusammengeflickt worden. Kara-Mukbil, der Befehlshaber der Azapen, betrat eiligen Schrittes gemeinsam mit dem Armeemufti und zwei Sandschak Beylern das Zelt. Danach trafen noch der Reihe nach ein: Aslanhan, Deli Burdschubai, Bozkurtoglu Bekbey, Oltscha Karaduman, Hatai, Ulu Kurtogmuz, Jildirim, Utsch Tundschkurt, Bakerhanbey, der taubstumme Tahankai und der Alay Bey der Armee. Der Chronist überlegte, wie er in seinem Kriegstagebuch die Namen all dieser berühmten Befehlshaber einordnen sollte, deren Namen etwas Metallisches, etwas von wilden Tieren, etwas vom dunklen Staub der Märsche, von Blitzen und weiteren, noch kraftvolleren Naturgegebenheiten wachriefen. Im gleichen Augenblick hörte er, wie ihm jemand zurief:

„Wie geht es dir, Mevla Tschelebi?"

Der Chronist wandte seinen Kopf und verbeugte sich ehrfurchtsvoll. Es war der Generalquartiermeister der Armee, der ihn angesprochen hatte. Er kam zu Fuß, gemeinsam mit dem berühmten Stückgießer, dem Chefmechanikus Sarudscha, der ein von Übernächtigung blasses Gesicht und gerötete Augen hatte. Sarudscha trug als einziges Mitglied des Kriegsrates einen schwarzen Umhang, der ausgezeichnet zu der mysteriösen Stimmung paßte, die seine Arbeit umgab.

„Was machst du hier?" fragte der Generalquartiermeister, als er an Mevla Tschelebi vorbeiging.

„Ich beobachte, wie sich der ruhmreiche Rat versammelt", antwortete der Chronist.

Der Generalquartiermeister lächelte und schritt gemeinsam mit Sarudscha auf den Zelteingang zu, vor dem zwei Posten mit ihren Lanzen wie versteinert Wache hielten. Der Generalquartiermeister war ein gebildeter und kluger Mann. Oft bereitete es ihm Vergnügen, den Chronisten in tiefsinnige Gespräche über historische oder philosophische Fragen zu verwickeln; darüber freute sich Tschelebi sehr, würde nicht diese Freude meistens von der Angst getrübt, er könnte seinen hochgestellten Freund langweilen.

Zuletzt traf der Architekt Giauri ein. Aufmerksam verfolgte Mevla Tschelebi dessen Schritte, bis er im Zelt verschwunden war. Niemand wußte, woher dieser Mann stammte, der die Konstruktionsgeheimnisse aller Festungen kannte. Sein Gesicht war völlig ausdruckslos, und er sprach ein eigenartiges Türkisch, das nur von denjenigen verstanden wurde, die an seine Sprechweise gewöhnt waren.

Nach dem Architekten Giauri kam niemand mehr. Vor dem Zelt verweilten nur die Wachen, die sich mit Würfelspielen die Zeit vertrieben. Mevla Tschelebi hätte gern erfahren, worüber sich der Kriegsrat unterhielt. Er hätte auch die Möglichkeit dazu gehabt, wenn man ihm außer der Aufgabe des Chronisten auch die des Ratsschreibers übertragen hätte, wie es im allgemeinen auch üblich war. Die Tatsache, daß er lediglich Chronist dieses Feldzuges geworden war, erklärte er je nach seiner seelischen Verfassung auf unterschiedliche Weise. Mal stellte er sich vor, daß ihm die besondere Ehre erwiesen worden sei, nicht mit Arbeit überhäuft zu werden, damit ihm genügend Zeit zur Verfügung stünde, um seine unsterbliche Chronik noch großartiger verfassen zu können. Aber es gab auch Augenblicke wie diesen, in dem er das Zelt des Oberbefehlshabers nur aus der Ferne beobachten konnte. Diesem Umstand maß er eine für sich ungünstige Bedeutung bei, da ein erniedrigendes Gefühl des Neides seine Seele packte und ihn zutiefst quälte.

Tschelebi war gerade im Begriff, sich zu entfernen, als er bemerkte, daß einige Ratsmitglieder Tursun Paschas Zelt verließen. Unter ihnen befand sich auch der Generalquartiermeister.

„Komm, wir spazieren ein wenig und plaudern dabei", sagte dieser zu Tschelebi. „Die dort besprechen jetzt die Einzelheiten des Angriffs und haben uns erlaubt, die Versammlung zu verlassen, da wir mit dieser Frage nichts zu schaffen haben."

„Wann wird er beginnen?" fragte Tschelebi etwas schüchtern.

„Ich vermute, in einer Woche. Sobald die beiden großen Kanonen gegossen sind."

Langsamen Schrittes zogen sie los. Der Ordonnanzunteroffizier des Generalquartiermeisters folgte ihnen wie ein Schatten.

„Gehen wir in mein Zelt, trinken etwas und ruhen uns ein bißchen von diesem Rummel aus", sagte der Generalquartiermeister und wies mit einer ausladenden Armbewegung auf das Zeltlager.

Tschelebi legte seine Hand an die Brust und verbeugte sich leicht.

„Es ist mir eine große Ehre."

„Mir glüht der Kopf", fuhr der andere fort, „ich will mich ein wenig entspannen. Habe viele Probleme zu lösen."

Der Chronist hörte voller Hochachtung zu.

„Ihr Chronisten schreibt gewöhnlich den gesamten Siegesruhm den Truppenkommandeuren zu", sagte der Generalquartiermeister, „aber jetzt verrate ich dir etwas, und merke es dir gut, Mevla Tschelebi: Nach dem Oberbefehlshaber fallen die größten Schwierigkeiten diesem Kopf zu", sprach er und schlug sich mit der Faust an die Stirn.

Tschelebi nickte ehrfurchtsvoll.

„Die Versorgung ist die schwerste Last des Krieges", fuhr er fast zornig fort. „Mit dem Säbel bei Fuß zu stehen, um ihn im geeigneten Augenblick zu schwingen, das ist keine große Kunst, aber sich jeden Tag den Kopf zu zerbrechen, wie man in einem fremden, kargen und verlassenen Land wie diesem täglich siebzigtausend Männer ernähren soll, läßt dich fast den Verstand verlieren."

„So ist es", erwiderte der Chronist.

„Soll ich dir ein Geheimnis verraten?" Der Generalquartiermeister drehte sich unvermittelt um. „Weißt du, daß diesem Heer Lebensmittelvorräte für nur zwei Wochen zur Verfügung stehen?"

Tschelebi vollzog eine Geste des Erstaunens.

„Laut Plan werden von Zeit zu Zeit Karawanen von Edirne aus aufbrechen. Soviel weiß ich", führte der Generalquartiermeister weiter aus, „aber wer kann auf einem so langen Weg sicher sein? Da gibt es viele Hindernisse. Skanderbeg, der wie ein böser Geist durch die Berge streift, kann die Karawanen angreifen und vernichten. Es müssen also andere Maßnahmen getroffen werden."

Der Chronist hörte aufmerksam zu.

„Die gesamte Verantwortung trägt dieses Haupt", sagte der Generalquartiermeister und schlug sich erneut mit der Faust an die Stirn. „Wenn eines schönen Morgens die Köche melden, daß nichts mehr vorhanden ist, was ihre Kochkessel füllen könnte, wen wird dann Tursun Pascha – und sei es auch mitten in der Nacht – zum Rapport rufen? Etwa Kurdischdschi, oder den alten Tavdscha, oder andere Kommandeure? Nein. Er wird diesen Kopf rufen."

Mevla Tschelebi fügte nun dem Ausdruck der Höflichkeit und der Aufmerksamkeit in seinem Mienenspiel auch noch den der Sorge hinzu, was ihm nicht schwerfiel, denn sein Gesicht wies auch schon im Normalzustand tiefe Furchen auf.

Das Zelt des Generalquartiermeisters lag am anderen Ende des Lagers, so daß sie jetzt ins Zentrum des Trubels kamen, in das Soldaten aus allen Richtungen strömten.

„Und die Akindschi?" fragte der Chronist, „wird man

ihnen nicht freie Hand lassen, damit sie in der Umgebung Raubzüge durchführen?“

„Gewiß“, antwortete der andere, „aber die Beute der Akindschi deckt im allgemeinen nicht mehr als ein Fünftel der Ausgaben der Armee. Und auch das nur in der ersten Zeit.“

„Erstaunlich“, bemerkte der Chronist.

„Es besteht nur ein Ausweg“, erläuterte der Generalquartiermeister, „Venedig!“

Tschelebi hörte erstaunt zu.

„Der Sultan hat mit Venedig ein Abkommen getroffen, wonach ihre Kaufleute Lebensmittel und andere Ausrüstungsgüter an unsere Armee verkaufen werden.“

Der Chronist schüttelte verwundert den Kopf.

„Du bist zu recht erstaunt“, sagte der Generalquartiermeister. „Du wirst denken, einerseits beschuldigen wir Skanderbeg, sich an die Franken verkauft zu haben, und andererseits schließen wir mit denselben Franken Geschäfte zu seinem Schaden ab. Ich an deiner Stelle würde mich ebenso wundern.“

Der Generalquartiermeister lächelte in der üblichen Weise, wobei seine Augen völlig abwesend wirkten.

„Was willst du machen, Mevla Tschelebi, auf diese Weise wird Politik gemacht.“

Der Chronist senkte den Kopf. Das tat er immer, sobald ihre Gespräche heiße Eisen berührten.

Eine große Abteilung Azapen, die Schilfbündel trugen, zog an ihnen vorbei.

Der Generalquartiermeister schaute eine ganze Weile hinter ihnen her.

„Aus diesem Schilf, glaube ich, werden Schilde geflochten, mit denen sich die Soldaten im Kampf schützen, damit sie nicht verbrennen.“

„Ich habe noch nie welche gesehen“, sagte Tschelebi.

„Tatsächlich? Manchmal werden sie in der Form eines

Schildkrötenpanzers geflochten und deshalb ‚Gepanzerte' genannt."

„Welch ein Wort!" bemerkte der Chronist.

„Warst du noch nie bei der Belagerung einer Festung dabei?"

„Nein."

„Oh, das ist ein herrliches Erlebnis!"

„Bestimmt."

„Hör mal zu", sagte der Generalquartiermeister in einem etwas vertraulicheren Ton, „ich habe an vielen Belagerungen teilgenommen, aber diese hier", er deutete dabei mit der Hand auf die Festung, „hat etwas Besonderes an sich."

„Sie hat etwas Bedrohliches", sagte der Chronist.

„Ich wollte diesen Ausdruck nicht verwenden, aber er stimmt. Du hast Glück, an einem solchen Feldzug teilnehmen zu dürfen. Hier", er deutete mit der Hand auf die Mauern, „wird einer der furchtbarsten Kriege unserer Zeit stattfinden, und du kannst darüber eine unsterbliche Chronik verfassen."

„Ich werde mein möglichstes versuchen."

„Eine wahrhaftige Kriegschronik, die nach Pech und Blut riechen soll, und nicht nach Hirngespinsten und Erfindungen wie jene, die an Kaminen von Leuten geschrieben werden, die nie im Krieg gewesen sind."

„Falls du es wünschst, kann ich dir in einigen Tagen ein Stück aus meiner Chronik vorlesen", sagte Tschelebi.

„Oh, mit Vergnügen! Du kennst meine Leidenschaft für Geschichte."

In ihrer unmittelbaren Nähe lief lärmend ein Trupp Janitscharen vorbei.

„Sie sind guter Laune", bemerkte der Generalquartiermeister, „heute wurde ihnen der Sold ausgezahlt."

In etwas größerer Entfernung waren Pioniere mit dem Bau einer Straße beschäftigt.

Wieder gingen viele Azapen vorbei, diesmal trugen sie Seile, kurze Holzstücke und lange Balken.

„Dort sind auch die alten Frauen aus Rumelien", sagte der Generalquartiermeister.

Der Chronist schaute nach links, wo auf einem umzäunten Platz zahlreiche alte Frauen mit Kesseln auf Feuerstellen hantierten. Andere bereiteten etwas in kleinen Krügen zu oder stampften in Mörsern herum.

„Was machen sie?" fragte Tschelebi.

„Salben für die Wunden, vor allem für Verbrennungen."

Der Chronist betrachtete die gebräunten und ausdruckslosen Gesichter der alten Frauen.

„Die Kämpfer werden an Rücken und Gliedmaßen viele entsetzliche Wunden davontragen", sagte der Generalquartiermeister traurig.

Der Chronist seufzte.

Zwei Feldgeistliche gingen mit dem Koran in der Hand vorbei.

„Hier ist auch mein Zelt. Bitte sehr, Mevla Tschelebi!"

Der Chronist trat ein und nahm auf einem der bequemen Sitzkissen Platz.

„Was nimmst du lieber, Scherbett aus Granatäpfeln oder aus Rosenblättern?"

„Wie du willst."

„Bei dieser Hitze schmeckt Granatapfelsaft erfrischender."

Der Generalquartiermeister ließ seinen Burschen ein Getränk aus diesen Früchten zubereiten. Er selbst zog dann eine Flasche unter dem Diwan hervor.

„Oh!" entfuhr es unwillkürlich dem Chronisten.

Der andere lächelte.

„Fühle dich wie zu Hause, Mevla Tschelebi!"

Der Generalquartiermeister füllte zwei kleine Gläser mit Wein.

„Eine intime Plauderstunde über geistvolle Themen mit einem Freund ist in diesen brutalen Zeiten wie ein Veilchen zwischen Dornen. Stimmt es vielleicht nicht, Mevla Tschelebi?"

„So ist es. Ich schätze mich sehr glücklich über die Freundschaft, die du mir erweist. Ich bin nur ein einfacher Chronist."

„Nein", unterbrach ihn der Generalquartiermeister, „du übst den vornehmen Beruf eines Geschichtsschreibers aus. Nur die Ungebildeten wissen diesen Beruf nicht zu schätzen."

Hätte sich Mevla Tschelebi blühender Gesundheit erfreut, wären seine Wangen vor Stolz errötet. Die Männer füllten nochmals ihre Gläser, und das Gespräch wurde noch herzlicher. Tschelebi legte ihm nun dar, wie er beabsichtigte, die Kriegschronik zu beginnen. Die Einleitung sollte etwa folgendermaßen lauten: „Kaum war der Befehl des Padischahs, des Welteroberers, verbreitet worden, daß alle Menschen und bösen Geister ihm gegenüber zu Gehorsam verpflichtet seien, wurden viele Harems verlassen, und die Löwen brachen in den Krieg auf, um in das Land der Albaner zu ziehen."

Der Generalquartiermeister lobte die poetische Sprache dieses Auftakts, wandte aber gleichzeitig ein, daß das Bild des ‚Verlassens' noch besser auf ein für das menschliche Leben und die Wirtschaft unvergleichbar wichtigeres Objekt, den Pflug etwa, oder die Weinberge, bezogen werden sollte.

Sie diskutierten eine Weile über dieses Thema, als der Sekretär des Generalquartiermeisters eintrat und meldete, daß ihn der Zahlmeister der Janitscharen zu sprechen wünsche. Der Generalquartiermeister antwortete ihm, daß er beschäftigt sei, aber der Sekretär flüsterte ihm einige Worte ins Ohr, von denen der Chronist nur „der alte Tavdscha" verstand. Der Besucher durfte eintreten.

Der Zahlmeister der Janitscharen führte mit dem Generalquartiermeister ein Gespräch, in dem viele Zahlen und verwirrende Begriffe fielen, von denen Tschelebi die meisten nicht verstand.

Kaum war der Zahlmeister gegangen, trat der Sekretär erneut ein und meldete, daß sein Stellvertreter darum bäte, empfangen zu werden.

„Sie gönnen einem keinen Augenblick Ruhe“, sagte der Generalquartiermeister ungehalten. „Ich habe es dir ja schon gesagt, Mevla Tschelebi, mir glüht der Kopf von der Arbeit. Es gibt viele verwickelte Geschichten. Und auch vielerlei Mißbrauch“, fügte er nach einer Weile hinzu. „Und für alles trage ich die Verantwortung.“

Er sprach eine Weile mit dem Stellvertreter über eine Angelegenheit, von der der Chronist ebenfalls nichts verstand.

„Wir unterhalten uns besser bei einem Spaziergang an der frischen Luft“, sagte der Generalquartiermeister, als sein Stellvertreter hinausgegangen war, „sonst werden die Dornen der Alltagssorgen jeden Atemzug unseres blühenden Gesprächs ersticken.“

Sie verließen das Zelt.

Der Tag ging zur Neige. Das große Lager war erfüllt von Geräuschen, Stimmen und Leben. Die Akindschi brachten von allen Seiten her ihre Pferde zum Tränken an den kleinen Fluß. Einige mit Brettern und Balken beladene Fuhrwerke zogen vorbei.

„Ich glaube, daß heute nacht ein hoher Holzturm gebaut werden wird, um die ganze Umgebung beobachten zu können“, sagte der Generalquartiermeister, als sich die Fuhrwerke etwas entfernt hatten. „Man darf nicht vergessen, daß Skanderbeg in diesem Krieg eine neue Taktik anwendet, er hat die Festungsmauern verlassen und treibt sich in der Umgebung herum.“

„Könnte er uns angreifen?“

„Selbstverständlich, aber nur überraschend des Nachts, weil seine Armee viel kleiner als unsere ist."

Hinter ihnen lief eine Gruppe Janitscharen, die sich laut unterhielten.

„Was sagtest du, Tuz Oktschan, es gibt hier viele schöne Mädchen?" fragte einer von ihnen.

„Das erzählt man sich", antwortete der Kamerad. „Die Mädchen haben eine ganz weiße Haut; sie standen vor den Hautüren und lächelten unseren Gesandten zu."

„Und keine hatte ihr Gesicht verschleiert?"

„Keine. Sie tragen nie Schleier!"

„Das sind ja merkwürdige Frauen!"

„Sie sitzen den Männern ohne Scham gegenüber. Sie reden und scherzen sogar mit ihnen."

„Beim Koran, ich kann es nicht glauben, daß es irgendwo auf der Welt solche Frauen geben soll."

Als sich die Janitscharen etwas entfernt hatten, erzählte der Chronist dem Generalquartiermeister von der Festung. Vor drei Tagen war er mit der Abordnung unter der Leitung von Kurdischdschi dort gewesen.

„Aber wie waren die Frauen und Mädchen tatsächlich?" fragte der Generalquartiermeister.

„Schön und hellhäutig. Im allgemeinen neigen sowohl die Männer als auch die Frauen zu blonder Haarfarbe."

„Es ist eine schöne Rasse."

„Diesen Eindruck hatte ich."

„Haben sie unseren Männern tatsächlich zugelächelt? Ich kann es kaum glauben."

„Nein", antwortete der Chronist, „sie lächelten ihnen nicht zu. Sie saßen vor ihren Türen, aber sie lächelten nicht. Vielleicht waren sie von der Kleidung unserer jungen Burschen beeindruckt. Auf jeden Fall sind es eben Frauen wie andere auch, die wohl sehen wollten, wie sich die jungen Männer aus der Hauptstadt des Reiches kleiden."

Fast in der Mitte des Lagers trafen sie den Chefmechanikus Sarudscha. Er kam wie abwesend daher.

„Ist die Versammlung beendet?“ fragte der Generalquartiermeister.

„Ja, gerade eben. Ich sterbe vor Müdigkeit.“ Sarudscha rieb sich die rotgeränderten Augen.

„Man sieht es dir an“, bemerkte der Generalquartiermeister, „du bist ganz blaß. Auf alle Fälle solltest du dich schonen.“

„Schon seit drei Nächten machen wir kaum ein Auge zu. Während der heutigen Versammlung hat der Pascha endgültig angeordnet, die Mörser bis zur nächsten Woche fertigzustellen. ‚Nächste Woche will ich sie donnern hören‘, sagte er.“

„Werdet ihr es denn nicht schaffen?“

„Ich weiß es nicht. Vielleicht werden wir sie fertig haben. Aber du kannst dir kaum vorstellen, wie schwierig diese Arbeit ist. Außerdem handelt es sich um eine ausgesprochen neue Waffe, die zum ersten Mal gefertigt wird, und ich bin gezwungen, jeden Handschlag der Meister zu überwachen.“

„Du hast recht“, sagte der Generalquartiermeister.

„Wollt ihr die Werkstatt besichtigen?“

„Gerne“, erwiderte der Generalquartiermeister.

Mevla Tschelebi hörte sein Herz vor Freude schlagen. Seit Tagen träumte er davon, die Kanonengießerei zu sehen. Schon damals, als sich die Armee auf den Weg machte, hatte er mehrmals von der neuen Waffe erzählen hören, die zum Sturm auf die Festung eingesetzt werden sollte. Man redete über sie mit Begeisterung und Furcht zugleich. Es war eine Geheimwaffe, deren Wirkung entsetzlich sein sollte. Man munkelte, daß bei ihrem Abfeuern das Trommelfell platzen würde und die Druckwelle selbst ein ausgewachsenes Kamel zu Boden werfen könnte.

Auf dem Marsch hatte er zweimal die Kamele gesehen, die das Gußmaterial trugen. Mit Wachsplanen bedeckt, langsam und monoton daherschreitend, wirkten sie furchterregend. Die neben ihnen marschierenden Soldaten blickten schweigend auf die vom Regen nassen Wachsplanen, unter denen sich das große, todbringende Geheimnis verborgen hielt.

Die Gießerei befand sich an einem abgelegenen Ort. Sie war ringsum von Hecken umgeben und von zahlreichen Wachposten abgesichert. Zwanzig Schritte vor dem Eingang war an einem Baum ein Schild mit der Aufschrift ‚Sperrzone' angebracht.

„Die Gießerei wird Tag und Nacht strengstens bewacht", erklärte der Chefmechanikus, „denn der Feind könnte Spione schicken, um das Geheimnis der Herstellung zu ergründen."

Als sie die Schwelle zum Eingang betraten, senkten die Wachposten ihre Lanzen zum Gruß.

Der Chefmechanikus führte sie in eine lange Baracke, und von Zeit zu Zeit gab er Erläuterungen. Im Raum herrschte eine große Hitze, die von der Glut des soeben angefachten Schmiedefeuers und der Schmelzöfen herrührte. Dunkelhäutige, fast nackte, schweißbedeckte Männer arbeiteten dort. Überall lagen Eisen- und Bronzestücke und riesige Tonformen herum.

Der Chefmechanikus zeigte ihnen die Entwürfe für die riesigen Kanonen. Die Besucher blickten erstaunt auf das Liniengewirr, die sorgfältig gezeichneten Kurven und ineinander geschlungenen Kreise.

„Es ist die größte, die je gefertigt wurde", sagte Sarudscha, indem er eine Skizze von dem Stapel nahm. „Meine Feuerwerker haben ihr schon jetzt den Namen ‚Ballyemeztop' gegeben."

„‚Die Kanone, die keinen Honig ißt'? Und wieso?" fragte der Generalquartiermeister.

„Das heißt, daß sie nur Menschenköpfe ißt", antwortete Sarudscha. „Und jetzt könnt ihr die Stelle sehen, wo sie gegossen werden", fuhr er fort und ging voraus. „Dies ist die große Grube, in welche die Tonformen gelegt werden, während dies die sechs Schmelzöfen sind, aus denen dann das Metall fließen wird. Für eine Kanone üblicher Bauart genügt ein Schmelzofen, für den ‚Ballyemeztop' werden kaum die sechs ausreichen. Gerade darin steckt auch eines der Gußgeheimnisse: alle sechs Schmelzöfen müssen gleichzeitig Metall derselben Qualität abgeben. Ein kleiner Hohlraum, und die Kanone explodiert während des ersten Schusses."

Sie hörten mit größter Aufmerksamkeit zu und dachten dabei, daß die Leute zu Recht behaupteten, daß die Kunst des Metallgießens etwas Geheimnisvolles in sich berge, ein unbekanntes Schreckgespenst, so wie die Vulkane, die ebenso wirken wie Sarudscha, mit dem einzigen Unterschied, daß sie die glühende Flüssigkeit aus größerer Tiefe und in größeren Mengen schöpfen. Aber Sarudschas Mörser würden noch schrecklicher sein als die Vulkane.

Während der Chefmechanikus mit seinen Erklärungen zum Vorgang des Gießens fortfuhr, verwandelte er sich in ihren Augen zusehends in einen Hexenmeister, der unter seinem schwarzen Umhang dabei war, einen alten und geheimnisvollen Ritus zu vollziehen.

„Derartige Mörser werden zum ersten Mal in der Kriegsgeschichte zum Einsatz kommen", betonte Sarudscha am Ende des Rundganges voller Stolz. „Erdbebenstöße werden sich gegenüber dem Donner dieser Geschütze wie liebliche Wiegenlieder anhören."

Sie schauten ihn voller Ehrfurcht an.

„Hier wird der modernste Krieg der Welt stattfinden", erzählte er weiter und blickte dabei den Chronisten an.

Mevla Tschelebi war ergriffen.

„Die Hauptsorge des Padischahs ist derzeit die Vernichtung der Albaner", sagte der Generalquartiermeister, „es versteht sich, daß er in diesem Krieg an nichts sparen wird."

„Hier kommt gerade mein Obergehilfe", sagte Sarudscha und wandte sich dabei einem hochgewachsenen Jüngling mit einem schmalen und blassen Gesicht zu, der näher trat. Der Gehilfe blickte teilnahmslos auf die Besucher, und mit einer Geste, die kaum als Verbeugung verstanden werden konnte, sagte er etwas zu dem Chefmechanikus.

„Ihr wundert euch, daß er mein Gehilfe ist?" bemerkte Sarudscha, als der junge Mann gegangen war. „Fast allen geht es so. Sein Anblick läßt es nicht vermuten, aber er verfügt über außergewöhnliche Fähigkeiten."

Keiner äußerte sich dazu.

„In der Baracke dort unten werden wir vier weitere Waffen gießen, die zwar kleiner, aber keineswegs weniger furchtbar in ihrer Wirkung sind", fuhr der Chefmechanikus Sarudscha fort. „Wir nennen sie Feldschlangen, weil sie Geschosse herausschleudern, die sich durch die Luft schlängeln. Im Gegensatz zu den Mörsern, die die Mauern in direkter Linie beschießen, bombardieren diese das Innere der Festungen, indem die Geschosse von oben herabstürzen, wie ein Unglück, das vom Himmel fällt."

Verwundert hörten sie zu.

„Ihr habt mich nicht verstanden, nicht wahr? Ich werde es euch besser erklären." Er hob ein Stück Kohle und ein Stück Pappe vom Boden auf.

„Angenommen, dies wäre die Festungsmauer. Hier ist die Kanone aufgestellt. Das Geschoß nimmt diesen geraden Weg", er zog eine gestrichelte Linie, „bis sie die Mauer trifft. Das Geschoß der Feldschlange dagegen durchläuft eine Kurvenstrecke." Er zeichnete eine Wellenlinie. „Das Geschoß steigt zuerst in die Höhe, danach fällt es senkrecht herunter. Dabei verursacht es einen Lärm wie das sturmgepeitschte Meer."

„Allah!“ rief der Chronist.

„Wo hast du den Beruf des Kanonengießers erlernt?“ fragte der Generalquartiermeister.

Der Chefmechanikus blickte ihn verblüfft an.

„Bei meinem Lehrmeister Saruhanli. Ich habe als sein Gehilfe gearbeitet.“

„Er sitzt jetzt im Kerker, nicht wahr?“ fragte der Generalquartiermeister.

„Ja. Man hält ihn auf Befehl des Sultans in der Festung Bogazkesen gefangen.“

„Kein Mensch weiß, weshalb“, mischte sich zaghaft Mevla Tschelebi in das Gespräch ein.

„Ich kenne den Grund“, sagte der Chefmechanikus.

Der Generalquartiermeister blickte ihn neugierig an.

„In letzter Zeit hat der Alte einige Fehler gemacht“, erklärte der Chefmechanikus. „Er wollte keine Kanonen größeren Kalibers herstellen. Allen gegenüber behauptete er, dies sei technisch nicht möglich, mir allerdings, seinem nächsten Mitarbeiter, erzählte er den wahren Grund. Er sagte mir, daß es sehr wohl möglich sei, er sich aber weigere. Er meinte, eine Erweiterung des Kalibers mache die Kanone zu einer unerhört gefährlichen Waffe, die die Menschheit in eine Katastrophe stürzen könne. Das Ungeheuer ist geboren, sagte er. Wir können es nicht ausrotten, aber wenigstens lassen wir seinen Schlund, wie er ist, anstatt ihn zu vergrößern, sonst würde er die ganze Welt verschlingen. Der Alte brach seine Versuche ab, und daraufhin ließ ihn der Sultan verhaften.“

Der Chefmechanikus nahm eine Handvoll Tonerde und zerkrümelte sie langsam.

„So, das war seine ganze Geschichte“, sagte er.

Die anderen beiden schüttelten den Kopf.

„Ich dagegen habe darüber eine andere Meinung“, sagte der Chefmechanikus. „Ich glaube, daß die Wissenschaft auf der Stelle treten wird, wenn wir anfangen, uns wie

Jammerlappen zu gebärden. Mit oder ohne Krieg, die Wissenschaft muß voranschreiten. Mir ist es völlig gleichgültig, wer diese Waffe einsetzt und gegen wen sie gerichtet wird. Entscheidend ist, daß das Geschoß nach meinen Berechnungen herausgeschleudert wird. Mit dem Rest könnt ihr euch herumschlagen", schloß er fast zornig.

„Soweit mir bekannt ist, hat eine der Ammen des Sultans das Geld für diese Kanone als Dank für die Errettung ihrer Seele gespendet", sagte der Generalquartiermeister.

„Für die Errettung ihrer Seele?" fragte Tschelebi, dem diese Geschichte reizvoll für seine Chronik erschien.

„Sie meint, daß es ihrer Seele helfen wird, ins Paradies zu gelangen, wenn diese Kanone gegen die Ungläubigen eingesetzt wird", antwortete der Generalquartiermeister.

„War diese Kanone sehr teuer?" fragte Tschelebi.

„Das kannst du beantworten", sagte der Chefmechanikus und zeigte mit dem Finger auf den Generalquartiermeister. „Mich brauchst du so etwas nicht zu fragen. Wenn du wissen willst, wie weit das Geschoß fliegt und welche Kraft in ihm steckt, dann kann ich dir antworten."

Der Chronist lächelte.

„Sie kostet viel, diese Kanone", sagte der Generalquartiermeister, „außergewöhnlich viel, besonders jetzt in diesen Kriegszeiten, in denen der Bronzepreis stark gestiegen ist."

Er schloß die Augen, und rechnete schnell nach.

„Einige Millionen Asper", sagte er dann.

Dem Chronisten blieb vor Schreck der Mund offen, während der Chefmechanikus unbeeindruckt blieb.

„So viel Geld, um die Seele zu retten!" sagte Mevla Tschelebi.

Der Generalquartiermeister lächelte leicht ironisch.

„Falls in einigen Tagen der Mörser die Festungsmauern zum Einstürzen bringt, wird sich sein ganzes Gewicht in Gold verwandeln."

Erstaunt blickten ihn die anderen an.

„Als bei der Belagerung von Trapezund aus einer viel kleineren Kanone als dieser der erste Schuß abgefeuert wurde, kam es den Anwesenden in jenem Augenblick so vor, als donnere aus der Mündung der Kanone das Wort ‚Allah!'. Ich war auch dort", fuhr der Generalquartiermeister fort, „und wißt ihr, wie es mir vorkam, als die Kanone donnerte? Ich hatte den Eindruck, als entlüde sich aus ihrem Rachen das Wort ‚Steuer'."

Der Chronist war sprachlos. Der Chefmechanikus lächelte.

„Ihr wißt, wieviele Bedeutungen das Wort ‚Steuer' hat, und was alles, einschließlich der Belagerung dieser Festung, der Steuer wegen auf dieser Welt unternommen wird", sagte der Generalquartiermeister.

„Ich dagegen bin der Meinung, daß, wenn es aus dem Rachen der Kanone donnert, ich weder das Wort ‚Allah' noch das Wort ‚Steuer' höre, sondern ein Gedröhn, dessen Stärke davon abhängt, welches Pulver die Kugel enthält, welchen Durchmesser der Lauf der Kanone hat und welches Metall für den Guß verwendet wurde", entgegnete der Chefmechanikus.

Der Generalquartiermeister lächelte. Er nahm dem Chefmechanikus nie etwas übel. Mevla Tschelebi dagegen wurde wieder einmal klar, daß er Bekanntschaft mit gebildeten und mächtigen Männern geschlossen hatte, und nun zweifelte er, ob er überhaupt imstande wäre, sich an solchen Gesprächen, die ihn in unbekannte höhere Gefilde führten, zu beteiligen.

„Gehen wir an die frische Luft!" sagte der Generalquartiermeister.

Sarudscha begleitete sie bis zum Ausgang. Die Müsellem-Soldaten, die für die Bedienung der Kanonen eingeteilt waren, betrachteten neugierig die Gäste.

„Man behauptet, daß diese neuen Waffen jetzt und in

Zukunft den Charakter der Kriege derart verändern werden, daß sie den Bau von Festungen überflüssig machen", sagte der Chronist.

Der Chefmechanikus lächelte. „Das wird behauptet, und man spricht auch davon, daß dadurch die anderen Waffen zum alten Eisen geworfen werden können."

„Warum sagst du, daß das behauptet werde?" wandte der Generalquartiermeister ein, „glaubst du etwa nicht, daß die Kanonen diese Festung zerstören werden?"

„Es würde mich freuen, wenn es ihnen gelänge", antwortete Sarudscha immer noch lächelnd, „weil sie ja meine Schöpfung sind. Ich denke, daß sie hilfreich sein werden, aber letztendlich werden es die Soldaten unseres großen Padischahs sein, die die Festung einnehmen."

„Ich habe verstanden", sagte der Generalquartiermeister.

„Die Kanonen werden eine andere Wirkung haben", erklärte Sarudscha. „Mit ihrem Donner werden sie Furcht und Schrecken verbreiten und den Mut der Verteidiger brechen. Das ist gewiß nicht wenig, oder?"

„Das ist eine sehr große Sache", sagte der Generalquartiermeister mit nachdenklicher Stimme. „Von der Legende sind sie bereits eingeschlossen."

„Ich würde euch ein Stück begleiten, aber ich muß mir noch über Tausenderlei den Kopf zerbrechen", sagte Sarudscha. „Um Mitternacht können wir mit dem Guß beginnen."

„Das macht nichts! Das macht nichts! Danke!" antworteten die Gäste fast wie aus einem Mund.

Inzwischen war die Nacht hereingebrochen, und hier und da waren im Lager Feuer angezündet worden. Irgendwo in der Dunkelheit sang jemand in langgezogenen Tönen ein Klagelied. Nicht weit von ihnen murmelten zwei zerlumpte Derwische ihre Gebete.

Sie gingen schweigend, und der Chronist dachte darüber nach, daß es merkwürdig sei, daß so viele, völlig unterschiedliche Menschen, die alle der Krieg vereint hatte und die nun hierher an das Ende der Welt verschlagen worden waren, dem Padischah dienten.

Von weit her drang hin und wieder die Stimme eines Sängers zu ihnen:

Die Welt, die Welt...

Noch hält die Ruhe an. Allem Anschein nach beschäftigen sie sich immer noch mit den Vorbereitungen zum Angriff. Sie fertigen Leitern, Seile, Maschinen und Geräte an, das heißt all jene Hilfsmittel, die sie zum Sturmangriff benötigen. Gegenüber der östlichen Bastion errichten sie einen hohen hölzernen Wachturm, um die gesamte Umgebung beobachten zu können. Aus der Kanonengießerei steigt Tag und Nacht schwarzer Qualm empor. Unmittelbar nach ihrer Ankunft verbreitete sich das Gerücht, daß sie eine neue Waffe gössen, wie sie noch in keinem Krieg eingesetzt worden sei. Man erzählt sich, daß ihr Donnern die Erde wie von einem Erdbeben erzittern ließe, daß die Leuchtkraft ihrer Flamme die Augen blende und daß allein die Gewalt ihrer Druckwelle wie mit einem Augenzwinkern ein Haus dem Erdboden gleichmache. Niedergeschlagenheit ergriff anfangs einen kleinen Teil unserer Leute. Aber wie uns unser Gjergj empfohlen hatte, zogen wir umgehend Erkundigungen ein und konnten tatsächlich auch einiges über die neue Waffe in Erfahrung bringen. Wir erklärten dem Volk, daß die Türken in der Tat beabsichtigten, eine große Kanone, wie sie bislang noch nie verwendet worden war, gegen uns einzusetzen, daß allerdings die Wirkung dieser Waffe nicht so schrecklich sei, wie sie uns glauben machen wollten. Wir stellten unter unseren Leuten Nachforschungen an und kamen zu der Schlußfolgerung, daß diejenigen, die die Wirkung dieser Waffe überschätzten, diegleichen waren, die schon vorher die Meinung vertreten hatten, daß man nicht gegen den Sultan kämpfen könne, weil er ein Ungeheuer sei, und daß man ihm die Festung kampflos übergeben solle. Wir ließen diese Panikmacher zu uns kommen und ermahnten sie zum letzten Mal. Nachdem wir unsere Informationen über die neue Waffe vervollkommnet und eine Sonderwache abgestellt hatten, die sofort Alarm schlagen sollte, wenn die Kanonenmündung auf die Festung gerichtet würde, erläuterten wir dem Volk bis ins Kleinste, wie es sich gegen die Einschläge dieser Waffe schützen könnte. Sie sollten sich in den tiefen Gängen verbergen, mit deren Aushebung wir gestern begonnen haben.

Wir sind auf den Kampf vorbereitet. Jeder neue Tag kann den Angriff bedeuten. Hin und wieder, wenn uns der Anblick des türkischen Lagers langweilt, schauen wir zu den Bergen, in denen sich unsere Kinder und unsere Alten verborgen halten. Irgendwo zwischen den Felsen schweift auch unser Gjergj herum. Er wartet auf den geeigneten Augenblick zum Überraschungsangriff auf die Türken. Er wird im günstigsten Moment losschlagen. Zur Zeit scheint alles ruhig zu sein, so als ob dieses große Heer und diese Zelte in keinerlei Beziehung zu uns stünden. Man könnte meinen, daß sich unsere Festung und das Osmanenlager aus einer zufälligen Laune heraus auf dieser abschüssigen Ebene befänden. Aber wir wissen, daß sie unseretwegen gekommen sind. Die Ruhe trügt. Vor der Tür lauert der Krieg.

Kapitel 3

Der Kriegsrat kam am Sonntagnachmittag zusammen. Als Tursun Pascha das Zelt betrat, in dem die Versammlung stattfinden sollte, saßen die Ratsmitglieder bereits im Halbkreis auf den großen Polsterkissen zusammen. Ohne jemanden anzuschauen, setzte er sich auf seinen Platz. Sein Blick war finster.

Der Ratssekretär tauchte seine Feder in das Tintenfaß und hielt sie danach über das vor ihm liegende Papier. Als er ein Bein bewegte, um sich bequemer hinzusetzen, zitterte seine Hand, und von der Feder fiel ein schwarzer Tropfen auf das Schriftstück. Mit seinem Ärmel wischte er eilig den Tropfen weg, damit er niemandem auffiele, weil ein schwarzer Fleck als schlechtes Omen galt, dann hielt er wieder die Feder bereit.

„Ich will eure endgültige Meinung über den Zeitpunkt des Angriffs hören", sagte Tursun Pascha, „äußert euch!"

Er verabscheute lange Versammlungen und machte daraus keinen Hehl. Er verschränkte seine Arme vor der Brust und wartete auf Wortmeldungen. In der tiefen Stille vernahmen alle Anwesenden das Gekratze der Feder des Sekretärs, der das eben Gesagte zu Papier brachte.

Als erster sprach der Chefmechanikus Sarudscha, ohne seinen Beitrag mit den üblichen Anstandsregeln zu beginnen (eine merkwürdige Sitte, auf die niemand mehr achtete, weil sich alle bereits daran gewöhnt hatten):

„Meine Mörser sind morgen fertig, aber die Feldschlangen werden erst ab Dienstag einsatzbereit sein. Am Dienstag bin ich bereit, mit der Kanonade zu beginnen. Nach anderthalb Tagen werden wir in einige Stellen der Festungsmauern Breschen geschlagen haben."

„Wieviele Feldschlangen hast du schon zur Verfügung?" fragte Tursun Pascha.

„Zwei."

„Der Nächste!"

Als zweiter sprach der Mufti. „Gazi Tursun Pascha!" Er neigte sein Haupt zum Zeichen der Hochachtung. „Nachdem ich mich auch mit dem Astrologen über die Konstellation der Sterne beraten habe", dabei deutete er mit dem Kopf auf den Astrologen, der ängstlich in einer Zeltecke zusammengekauert dasaß, „meine ich, daß wir morgen mit dem Angriff beginnen sollten."

„Was für ein Hohlkopf!" murmelte der Chefmechanikus.

Der neben ihm sitzende Generalquartiermeister zog ihn am Ärmel.

„Die Konstellation der Sterne zum Mond ist morgen günstig", fuhr der Mufti fort, „während sie am Dienstag ungünstig sein wird. Außerdem sandte mir Allah gestern abend einen Traum: Im Mondschein griff ein Krokodil einen schwarzen Büffel an und zerfleischte dessen Herz. Der schwarze Büffel ist in unserem Fall die Festung, und außerdem wissen wir, daß morgen Vollmond ist."

„Was für ein Esel!" murmelte Sarudscha wieder, und erneut zog ihn der Generalquartiermeister am Ärmel.

„Der Nächste", sagte der Pascha.

„Nun verstehe ich gar nichts mehr", meldete sich der Chefmechanikus zu Wort, ohne sich jemandem zuzuwenden. „Was meint der Mufti nun damit, sollen wir die Festung vor oder nach dem Angriff bombardieren?"

Der Generalquartiermeister war gerade dabei, Saruschas Ärmel zu zerreißen.

Der Mufti hielt es nicht für nötig, dem Chefmechanikus zu antworten. Mit offenkundigem Haß sahen sich die beiden an. Die zornigen Blicke des Paschas trafen weder den einen noch den anderen. Er schaute unverwandt auf den Alay Bey, dessen Meinung er zu dieser Frage hören wollte. Der Alay Bey verfügte über kein Stimmrecht im Rat, und nach seinem offiziellen Rang war er niedriger einzustufen als viele Ratsmitglieder; doch er war der direkte Gesandte des Sultans, und deshalb empfanden fast alle Furcht vor ihm. Er spürte, daß Tursun Pascha die Gemüter beruhigen wollte, deshalb griff er mit Bedacht in die Beratung ein.

„Was die Bombardierung betrifft, sollte kein Tag länger gewartet werden", sagte er. „Wenn wir am frühen Morgen mit der Bombardierung beginnen, muß der Sturmangriff am Nachmittag erfolgen, damit der Feind keine Zeit findet, sich vom Schrecken und von der großen seelischen Erschütterung, die ihm unsere gigantischen Kanonen zufügen werden, zu erholen."

Der Alay Bey drückte sich diplomatisch aus. Er wollte in dem Streit keine Stellung beziehen und ließ deshalb die eigentliche Frage unbeantwortet. Tursun Pascha erschien diese Haltung vernünftig, doch es interessierte ihn jetzt vor allem, den Angriffstag festzulegen.

„Der Nächste", sagte er.

„Meine Janitscharen werden träge", meldete sich der alte Tavdscha zu Wort, „der Sturm soll morgen entfesselt werden."

„Morgen!" sagte auch Kurdischdschi aufgebracht. Er war mit Tursun Pascha unzufrieden, weil dieser seinen Akindschi noch keine Erlaubnis erteilt hatte, in der Gegend zu plündern. Der Oberbefehlshaber hatte jedoch seine Gründe für das Verbot. Er wußte, wenn er den Akindschi schon einige Tage vor dem Generalangriff das Plündern erlauben würde, daß dann der Wille zur Selbstverteidigung und der Kampfgeist bereits geschwächt wären. Nach Meinung des Paschas sollte das Hauptziel der Soldaten die Festung sein.

Der Generalquartiermeister bat um das Wort.

„Mein erhabener Pascha“, begann er seinen Beitrag und verbeugte sich dabei tief zum Zeichen seiner großen Hochachtung. Er sprach in lockeren, gut aufeinander abgestimmten Sätzen, lobte alle Vorredner, verwarf aber gleichzeitig alle Meinungen, außer der des Chefmechanikus' und des Alay Beys. Er gab einem tiefen Bedauern darüber Ausdruck, daß Menschen unter bestimmten Bedingungen gezwungen seien, anders als nach den von Allah gesandten Zeichen zu handeln, nicht etwa, weil sie nicht danach handeln wollten, sondern weil sie oft keine Möglichkeit sähen, diesen Zeichen zu folgen, aufgrund des unheilvollen Schicksals, das ewig auf der Menschheit laste.

Tursun Pascha beobachtete, wie der Mufti haßerfüllt zu dem Redner hinübersah. Auch Kurdischdschi und der alte Tavdscha blickten den Generalquartiermeister spöttisch an, als ob sie sagen wollten: „Ach, ihr gebildeten Leute!“

Tursun Pascha wußte, daß sich in seinem Kriegsrat zwei gegnerische Parteien gebildet hatten. Sie zeigten gegenseitig offenen Haß, Spott oder Verachtung. Der Verstand sagte Tursun Pascha, daß der Chefmechanikus und der Generalquartiermeister im Recht waren, aber obwohl ihn ihre Überlegungen überzeugten, vertraute er nicht ihren Herzen. Im Falle der Kommandanten erging es ihm umgekehrt: Er glaubte eher an ihren Mut als an ihren Verstand. Dennoch, auch wenn er völlig überzeugt wäre, daß seine Gelehrten im Recht waren, wäre es ihm nicht leicht gefallen, sich auf ihre Seite zu schlagen, gegen die Meinung des Mufti und seiner zwei einflußreichen Befehlshaber. Jetzt wartete er zunächst einmal die Stellungnahmen des dritten Kommandanten, Kara-Mukbil, und des Architekten

Giauri ab. Es war nicht schwer vorauszusehen, wie sich diese beiden verhalten würden. Kara-Mukbil würde den anderen beiden Kommandanten zustimmen, der Architekt würde sich auf die Seite seiner Kollegen schlagen. Der Zustand wäre also derselbe geblieben, und es würde ihm obliegen, die endgültige Entscheidung zu treffen, weil er die Meinung der anderen Sandschak Beyler im allgemeinen nicht berücksichtigte, ebensowenig die des Befehlshabers der Eschkindschi, des taubstummen Tahankai, dessen wilde Augen ständig Angriff forderten, selbst wenn bereits vorher für alle feststand, daß der Angriff in einer Niederlage enden würde. Jetzt, da sich der Alay Bey mit List und Tücke aus dem Gezänk gezogen hatte, begriff Tursun Pascha, daß er selbst die Entscheidung treffen mußte.

Der Befehlshaber der Azapen bat um das Wort. Für den Pascha überraschend, schlug sich Kara-Mukbil auf die Seite des Chefmechanikus'. Er äußerte sich kurz und vertrat die Meinung, daß der Sturmangriff auf die Festung erst nach einer langen Bombardierung durch alle Kanonen und Feldschlangen erfolgen sollte. Dadurch würde das Leben vieler Soldaten geschont werden. Zum Schluß wiederholte er seine Auffassung, daß der Sturmangriff erst erfolgen sollte, nachdem die Mörser große Breschen in die Mauern geschlagen hätten.

„Je größer die Wunden der Mauern", schloß er, „desto kleiner die der Soldaten."

„Schande über dich, Kara-Mukbil, solche Worte auszusprechen!" warf der alte Tavdscha mit seiner tiefen, fast heiseren Stimme ein. „Schandmaul!"

Kara-Mukbil wurde rot. Er war zwar der jüngste unter den Kommandanten, dennoch war er über den Beitrag des alten Tavdscha äußerst entrüstet.

„Und warum ist es eine Schande?" schrie er. „Du redest so, weil du genau weißt, daß sich meine Azapen als erste in den Sturmangriff stürzen und dabei wie die Fliegen fallen werden. Dann werden deine Janitscharen über unsere Leichen zum Angriff antreten."

Der alte Tavdscha fuchtelte nervös mit seinen kurzen Armen.

„Du würdest das Gegenteil reden, wären die Rollen umgekehrt verteilt", fuhr Kara-Mukbil voller Zorn fort. „Müßten sich deine Janitscharen als erste in den Angriff werfen, wärest du der erste, der so wie ich argumentiert hätte und würdest nicht so unüberlegt ‚es ist eine Schande' und ‚Schandmaul' schreien."

„Die Kriegsregeln hat der große Padischah festgelegt", antwortete Tavdscha kalt, „und es steht uns nicht zu, uns von hier aus das Maul zu zerreißen."

Kara-Mukbil schwieg.

Wenn der Architekt ebenfalls eine überzeugende Begründung für die Verschiebung des Angriffs vorbrächte, würde Tursun Pascha dem Vorschlag der Techniker zustimmen.

„Der Architekt soll reden", sagte er.

Als der Architekt zum Sprechen ansetzte, war sein Gesicht wie versteinert. Wer ihn zum ersten Mal sprechen hörte, dem blieb vor Erstaunen der Mund offen. Er leierte die Worte herunter, äußerst monoton und leblos, ohne jemals die Tonhöhe und den Rhythmus zu verändern, ohne Rücksicht auf Bedeutung und den logischen Zusammenhang der Sätze. Es schien, als spräche kein menschliches Wesen, sondern eine Maschine.

„Kanone muß treffen Verbindung Hauptmauer, Mauer zweiter Turm, ebenso rechte Mauer Haupttor, ebenso linker Teil Mauer erster Turm."

Er wies auf die schwächsten Stellen der Festungskonstruktion hin, die er bei seinen Studien festgestellt hatte. Abgesehen von den sonderbaren Betonungen raubte er allen Wörtern die Endungen, verwendete keine Präpositionen und Konjunktionen, sprach nur den Wortstamm aus, so daß seine Worte den Körpern ähnlich waren, denen man die Gliedmaßen abgeschlagen hatte. In seiner Rede lag Eiseskälte und Angst, und Tursun Pascha durchlief ein Schaudern.

Schließlich beendete der Architekt seinen Beitrag, ohne daß jemand seine Gedanken hatte nachvollziehen können.

Nacheinander meldeten sich die Sandschak Beyler zu Wort. Wie immer in solchen Fällen schlugen sie sich auf die ‚stärkere Seite', wohl wissend, daß sie dadurch nicht Gefahr liefen, irgendeinen großen Fehler zu begehen.

Nachdem alle ihre Meinung kundgetan hatten, verharrte Tursun Pascha eine ganze Weile in Schweigen. Alle waren auf seine Entscheidung gespannt. Und wie immer entschloß er sich rasch.

„Morgen, noch vor Sonnenaufgang, wird mit dem Beschuß der Mauern begonnen. Der Sturmangriff soll am Nachmittag erfolgen, wenn die Hitze etwas nachgelassen hat. Darüber müssen bis heute abend die Truppen informiert werden. Im ganzen Lager sollen die Trommeln geschlagen werden, die Scheichs sollen in der üblichen Weise ihre Reden halten, um den Kampfgeist der Soldaten zu stärken. Um Mitternacht müssen sich die Soldaten zur Ruhe begeben." Danach schwieg Tursun Pascha eine Weile. „Ich bin zu Ende", sagte er schließlich.

Alle erhoben sich, und nachdem sie sich vom Oberbefehlshaber verabschiedet hatten, gingen sie einer nach dem anderen hinaus. Der Astrologe, der sich als Hauptverantwortlicher für den kurz zuvor ausgebrochenen Streit fühlte, entfernte sich als erster von der Gruppe und schlich sich davon. Er wußte, daß die mächtigen Leute, auch wenn sie zunächst eine Niederlage erleiden, immer mächtig gegenüber den Untergeordneten bleiben. Deshalb zog er es vor, aus ihrem Gesichtskreis zu verschwinden, statt sich unter seinen Gönnern zu bewegen, die stolz auf ihn waren, da die Entscheidung aufgrund seiner Vorsehung gefallen war.

Die Abenddämmerung war bereits hereingebrochen.

Der Astrologe schlenderte eine ganze Weile durch das Lager, ohne auf ein bekanntes Gesicht zu stoßen. Das Lager war sehr weitläufig, und deswegen erschien es ihm auch fast unwahrscheinlich, einem Bekannten zu begegnen. Außerdem ähnelten sich die zahlreichen von den Pionieren in Eile gebauten Wege und Pfade in dem Meer von Zelten so sehr, daß es fast unmöglich war, das Zelt eines Freundes zu finden, selbst wenn man schon früher einmal dort gewesen war. Der Astrologe lechzte danach, irgendeinen Freund zu treffen, dem er den Verlauf der Ratsversammlung erzählen konnte. Außerdem wollte er auch der erste sein, der die gute Nachricht verkündete, daß morgen der Krieg beginnen würde. Wie zum Trotz traf er keinen Menschen, den er kannte. Er lief zu mehreren Zelten und steckte seinen Kopf hinein, um unter dem flackernden Pechlicht einen Bekannten zu entdecken. Die Zelte waren alle gleich. Nur über den Eingängen der Offizierszelte waren kleine Wimpel angenäht, die den Dienstgrad der Bewohner anzeigten. In diese Zelte steckte der Astrologe den Kopf, denn fast alle seine Bekannten standen im Offiziersrang.

Plötzlich rief jemand seinen Namen. Der Poet Sadedin kam ihm entgegen. Der Astrologe war erleichtert.

„Wohin des Wegs?“ fragte Sadedin.

„Ich treibe mich ein wenig in der Gegend herum in der Hoffnung, einen Bekannten zu treffen. Wo zum Teufel steckt ihr alle?“

Als der Poet zum Reden ansetzte, traf den Astrologen ein unverkennbarer Schnapsgeruch.

„Hast du gehört“, sagte Sadedin, „morgen beginnt der Krieg. Gott sei Dank, endlich!“

Der Astrologe war verblüfft.

„Von wem hast du das gehört?“
„Das ganze Lager weiß doch schon Bescheid!“
Der Astrologe schüttelte den Kopf.
„Ich habe eine Flasche hier“, sagte Sadedin und legte seine Hand an die Brust.
„Das dachte ich mir, daß du so etwas dabei hast.“
„Nimm, trink einen Schluck!“
„Hoffentlich sieht uns niemand!“
„Und wenn schon! Heute verbringen wir eine fröhliche Nacht.“
Der Astrologe nahm die Flasche aus Sadedins Hand, drehte sich mit dem Rücken zur Straße, um nicht beobachtet zu werden, und nahm verstohlen einige Schlucke.
„Wirklich gut, dieser Schnaps! Wo hast du ihn her?“
„Von einem Freund.“
Von weit her aus dem Lager dröhnte eine Trommel. Dann noch eine.
„Die Trommeln werden geschlagen. Die Nachricht hat sich überall verbreitet“, bemerkte der Astrologe.
„Das habe ich dir doch gesagt.“
Von allen Seiten ertönten nun die Trommeln. Scharenweise kamen die Soldaten aus ihren Zelten heraus. Überall wurden große Feuer entfacht. Im Lager machte sich außergewöhnliche Lebendigkeit breit.
„Ach, welch ausgelassene Fröhlichkeit heute abend,“ sagte der Poet.
Eine ganze Weile spazierten sie durch die Lagermitte, dann bogen sie nach rechts ab, dorthin, wo sich die Zelte der Janitscharen befanden. Im Wipfel eines hohen Baumes hatten diese ihr Wahrzeichen, einen Kupferkessel, aufgehängt. Viele Janitscharen schlenderten an ihnen vorbei. Einer, der ihnen einige Schritte gefolgt war, zog den Poeten am Ärmel.
Der Poet drehte sich um in der Annahme, einen Bekannten zu sehen.

„Bruder, biete mir doch einen Schluck an, wenn du einen übrig hast!"

Der Poet war verblüfft.

„Woher weißt du, daß ich Schnaps habe?"

„Ob du Schnaps besitzt, da bin ich mir nicht sicher, aber daß du welchen getrunken hast, das sieht man deutlich", sagte der Janitschar.

„Du bist ja ein merkwürdiger Janitschar", bemerkte der Poet und schob die Hand in die Brusttasche.

„Nicht, hole sie noch nicht heraus! Warte, bis wir außer Sichtweite sind!"

„Wie heißt du?" fragte der Poet.

„Tuz Oktschan."

„Ein schöner Name, ein richtiger Soldatenname."

Als Sadedin endlich den Eindruck hatte, ein ungestörtes Plätzchen gefunden zu haben, streckte er seinem neuen Bekannten die Flasche entgegen. Der Janitschar blickte sich forschend um, und nachdem er sich mit dem Rücken zur Straße gedreht hatte, setzte er die Flasche an die Lippen.

Auch Sadedin nahm einen Schluck. Danach bot er sie dem Astrologen an. Schließlich steckte er die Flasche zurück in seine Brusttasche, und zu dritt ließen sie sich in dem ständig zunehmenden Menschenstrom durch das Lager treiben.

.Die Trommeln dröhnten ununterbrochen.

Wie der Kopf eines gelben Ungeheuers, das gerade aufwacht, um zu sehen, was unten im Tal geschieht, trat hinter einer Bergschlucht der Mond hervor. Sein Licht begann, schwach über die unzähligen weißen Zelte zu schimmern. Der Trommellärm wurde immer lauter.

„Mevla Tschelebi!" rief plötzlich der Poet.

Er hatte den Chronisten entdeckt, der sich bei einer Gruppe von Janitscharen aufhielt, die gerade ein Feuer anzündeten.

„Geht ihr spazieren?“ fragte der Chronist.

„Wir drehen gerade eine Runde“, antwortete Sadedin. „Darf ich dir den tapferen Janitschar Tuz Oktschan vorstellen, einen neuen Freund von uns. Das ist Mevla Tschelebi“, sagte er, sich dem Janitscharen zuwendend, „ein gebildeter Mann, ein Historiker.“

Der Janitschar verbeugte sich ehrerbietig.

„Ich bin der Poet Sadedin, und dieser Freund hier ist der Astrologe unseres Heeres“, erklärte Sadedin, indem er auf den Astrologen deutete.

Dem Janitscharen blieb vor Staunen der Mund offen. Bislang hatte er es nicht einmal zu träumen gewagt, mit solch bedeutenden Persönlichkeiten unterwegs zu sein.

„Wo hast du den Schnaps?“ fragte Tschelebi, der Verdacht geschöpft hatte.

„Er ist hier“, antwortete Sadedin und zeigte mit seiner Hand auf die Brust. „Nimm, trink einen Schluck!“

„Vorsicht“, sagte der Chronist, „warte, bis wir ein dunkles Eckchen gefunden haben.“

„Ich trinke gerne beim Gehen“, sagte Sadedin.

„Nicht umsonst sagt man, daß ihr Poeten Hitzköpfe seid!“ bemerkte der Chronist.

„Sag mal, warst du auf der Versammlung des Kriegsrates?“ wandte er sich an den Astrologen.

Der Astrologe, der schon ganz ungeduldig auf die Gelegenheit gewartet hatte, endlich über die Versammlung berichten zu können, begann nun mit leiser Stimme, sich mit Tschelebi zu unterhalten. Der Poet und der Janitschar gingen einige Schritte voraus.

Das Mondlicht ergoß sich jetzt über das ganze Lager. Fast alle Soldaten waren aus den Zelten getreten, um sich zu den Lagerfeuern zu begeben. Hunderte Feldgeistliche, den Koran in den Händen, schwirrten umher. Die Derwische bereiteten sich auf ihre berauschenden Tänze vor. Ununterbrochen dröhnten die Trommeln.

„Seid ihr noch nicht fertig mit euren Geheimnissen?" wandte sich der Poet an die beiden, die hinter ihm liefen. „Kommt, laßt uns noch einen Schluck nehmen!"

„Gib acht, Sadedin, warte, bis wir ein stilles Plätzchen gefunden haben!"

Nach ein paar Schritten drehten sie sich wieder mit dem Rücken zum Weg und ließen die Flasche von Hand zu Hand gehen. Der Schnaps munterte sie auf, sie kamen richtig in Fahrt. Der Poet Sadedin hakte sich sogar bei dem Janitscharen unter und nannte ihn ‚Mein Bruder Soldat'. Zu viert spazierten sie ohne ein bestimmtes Ziel durch die Menge. An den Lagerfeuern rezitierten die Feldgeistlichen Koranverse. Die im Halbkreis auf dem Boden sitzenden Soldaten hörten schweigend zu. Etwas weiter entfernt hielten Kriegsveteranen und Scheichs flammende Reden. Mit ihren dröhnenden Stimmen versuchten sie, den Lärm der Trommeln zu übertönen.

„Schaut auf ihre große Flagge auf dem Hauptturm", rief lautstark einer der Scheichs, „schaut hin!" Er wies mit der Hand zur Festung. „Sie scheint vor Angst zu zittern!"

Die Soldaten warfen einen Blick zur Festung. Obwohl die Flagge weit entfernt war und im Mondschein bläßlich wirkte, bildeten sich die Soldaten ein, ihr Zittern zu erkennen. In letzter Zeit hatten sie so viele Flaggen zu Gesicht bekommen, daß sie oft sogar davon träumten.

„Auch unsere Flaggen zittern", sprach eine Stimme aus dem Hintergrund.

Der Scheich starrte in die Richtung, aus der die Stimme kam.

„Unsere Flaggen", rief er mit feierlicher Stimme, „zittern vor Ungeduld, wie die Löwenmähne vor einer Herausforderung."

„Hurensohn!" murmelte Sadedin. Seine Freunde wußten nicht, wem dieses Schimpfwort galt. Sie zogen weiter, während der Poet immer noch vor sich hin redete. So wie er dabei aussah, schien er zu dichten. Der Janitschar Tuz Oktschan blickte ihn voller Ehrfurcht an. Die anderen beiden fuhren fort, sich über die Kriegsratsversammlung zu unterhalten.

„Hast du jemals albanische Mädchen gesehen?“ fragte Sadedin unvermittelt den Janitscharen.

„Nein, aber ich habe von ihnen gehört.“

„Das sind Mädchen!“ rief Sadedin aus und schlug sich mit der Hand gegen die Stirn. „Frag mich über sie aus, denn ich habe sie gesehen.“

„Wie sind sie denn?“ fragte Tuz Oktschan.

„Armer Kerl! Du bist Janitschar. Der Sultan der Welt hat euch viele Privilegien eingeräumt, aber was nützt euch das, wenn euch die Mädchen nicht erfreuen dürfen!“

„So ist es“, seufzte Tuz Oktschan.

„Aber dennoch, manchmal findet doch auch ihr eine Gelegenheit, oder?“

„Ab und zu schon“, sagte der Janitschar, „wenn sie es aber erfahren, kommt es uns teuer zu stehen.“

„Mein armer Bruder“, sagte der Poet.

„Wie sind die albanischen Mädchen?“ fragte erneut der Janitschar.

Das Stimmengewirr im Lager schwoll immer mehr an, und die beiden Männer unterhielten sich nun mit lauter Stimme.

„Ach“, schwärmte Sadedin, „sie sind ... sie sind ... oh, Bruder Tuz Oktschan, ich bin nicht in der Lage, sie zu beschreiben. Sie sind wie die Nebelschwaden. Wenn du die Hand ausstreckst, um sie zu greifen, lassen sie dir nichts zwischen den Fingern. Auch ihre Trachten sind nebelfarben, weiß, weiß, eingefaßt mit einigen roten und schwarzen Bordüren.“

„Wirst du dir eine kaufen, wenn wir die Festung erobert haben?“ fragte Tuz Oktschan.

„Auf jeden Fall! Was immer sie auch kosten mag, ich

werde mir eine anschaffen. Das Geld dafür habe ich hier", er legte die Hand auf seine Brusttasche, „das gesamte Honorar für meine Verse."

„Hast du ein Glück!" sagte Tuz Oktschan.

Der Poet holte seine Flasche hervor und nahm einen Schluck.

„Trink nicht mehr", warnte ihn der Astrologe, „du kannst dich doch kaum noch auf den Beinen halten!"

Sadedin versteckte die Flasche in seiner Brusttasche.

„Was wird bloß in der Nacht los sein, wenn wir die Festung erobert haben!" sagte er zu dem Janitscharen. „Welch ein Drunter und Drüber! Welche Orgie! Zuerst werden die Soldaten die Mädchen gefügig machen, dann sie untereinander verschachern. Und diejenigen, die sie kaufen, werden sie bereits nach einer Stunde weiterverkaufen, um sich neue zu besorgen. Die Mädchen werden von Zelt zu Zelt geschickt werden. Ihretwegen wird es zu Raufereien kommen. Möglicherweise wird es auch Tote geben. Das heißt, Tote wird es mit Sicherheit geben."

Mit trauriger Miene hörte der Janitschar zu.

Eine Zeitlang gingen sie durch eine Gasse, wo sich viele Azapen im Halbdunkel der Zelte ausgestreckt hatten.

„Langweilige Azapen", bemerkte Sadedin, „ihre Unterhaltungen zu dieser Stunde kenne ich zur Genüge."

„Du kennst sie gut?" fragte Mevla Tschelebi. „Ich glaube, daß niemand wissen kann, was in dem Kopf eines Azapen vor sich geht."

„Ich aber weiß es", sagte Sadedin. „Sie träumen davon, auf dem hier besetzten Boden ein Stück Feld oder einen Weinberg zu ergattern, um sich für den Rest ihres Lebens hinter dem Pflug abzubuckeln."

„Jeder auf dieser Welt hat seine Träume", bemerkte der Astrologe.

Zuerst wollte ihm der Poet antworten, aber offensichtlich fiel es ihm leichter, einen Schluck aus der Flasche zu nehmen. Er fuhr fort, Teile des neuen Gedichtes vor sich hin zu murmeln.

Das Gedränge der Soldaten wurde immer dichter. Von überall her dröhnten Trommelschläge. Sie übertönten die Stimmen der Scheichs, die immer noch Reden hielten. Die Derwische tanzten, warfen sich auf den Boden, beteten und schrien ohne Unterlaß.

„Diesen verfluchten Rebellen werden wir den heiligen Koran schon beibringen!" brüllte ein Scheich aus vollem Halse. „Auf ihrem buckligen Boden, der wie Teufelsrükken ausschaut, werden wir von Allah gesegnete Minarette errichten. Aus der Höhe der Minarette wird die Stimme des Muezzins in der Stunde der Dämmerung in ihre eigensinnigen Köpfe dringen wie Haschisch, das ihren Geist beruhigt. Wir werden diese Verfluchten dazu bringen, daß sie fünfmal am Tage mit ihrer Stirn in Richtung Mekka den Boden berühren. Ihre kranken und aufmüpfigen Köpfe werden wir mit dem beruhigenden Turban des Islam umwickeln."

„Wie wohltuend doch dieser Scheich redet!" bemerkte der Astrologe.

„Ich möchte ein Gedicht vor den Soldaten vortragen", drängte Sadedin ganz aufgeregt. „Ich zermartere mir gerade den Kopf darüber."

Mit lauter Stimme begann er, unverständliche Worte auszustoßen. Nur mit Mühe kamen sie durch die dichte Menge der Soldaten vorwärts. Hier und da waren Derwische der verschiedensten Sekten in ihren zerschlissenen und schmuddeligen Trachten zu entdecken. Die Rufai-Derwische hatten mit ihren rasenden Tänzen begonnen. Die Soldaten drängten vor, um besser sehen zu können, wie die Tänzer ihre Körper nach dem Rhythmus der geschlagenen Trommeln emporwarfen. Es war ein unheimlicher, monotoner Tanz. Sie sprangen in die Hocke, schnellten wieder hoch und riefen dabei: Uh! Uh!

Ihre Gesichter waren blaß, und in ihrem Rausch hielten sie die Augen halb geschlossen.

„Dieser Tanz", erklärte Sadedin dem Janitscharen, „ist in letzter Zeit aufgekommen. Zur Zeit findet er überall Verbreitung. Gefällt er dir?"

„Ja, er bringt das Blut in Wallung."

Erneut genehmigte sich der Poet einen Schluck aus der Flasche und begann, vor sich hin zu brummeln.

Etwas weiter entfernt trafen sie eine Gruppe Souvenirjäger, die herumstanden und voller Leidenschaft über ihre Geschäfte diskutierten. In den letzten Jahren hatte sich eine vielfältige Sammelleidenschaft breitgemacht. Es gab Sammler von Zähnen, Fingern, Haarzöpfen, Ohren, Fingernägeln, Augenbrauen. Nach der Schlacht machten sich die Sammler über die Leichen der Feinde her und füllten ihre Proviantbeutel mit den abgeschnittenen Körperteilen. Ihre Sammlung verkauften sie danach den reichen Herrschaften in den Großstädten. Die höchsten Preise erzielten sie für eine Auswahl von Ohren. Gewöhnlich debattierten sie vor der Schlacht eine ganze Nacht lang über ihre Geschäfte, kalkulierten, gaben untereinander Ratschläge, stellten Prognosen über Preisveränderungen und den Geschmack ihrer wohlhabenden Käufer. Da sie zuweilen lange den großen Städten fernblieben, wußten sie oftmals nicht genau, welche Serien gerade in Mode waren.

„Magst du einen Schluck trinken?" fragte Sadedin den Janitscharen.

Schweigend nahm Tuz Oktschan die Flasche und setzte sie an den Mund. In dem großen Durcheinander fiel es niemandem mehr auf.

„Wie hoch ist dein Sold?" fragte Sadedin.

„Eineinhalb Asper pro Tag."

„Wenig."

„Soviel bekommen wir jungen Rekruten. Die Veteranen erhalten sechs Asper."

„Wieviel?“ fragte Sadedin und legte seine Hand ans Ohr, um besser hören zu können.

„Sechs Asper.“

„Wo gehen wir eigentlich hin?“ fragte Mevla Tschelebi.

„Wir überlassen es dem Zufall“, antwortete der Poet, „wohin unsere Füße uns tragen.“

„Gib die Flasche her!“

Der Poet holte die Flasche hervor. Sie enthielt nur noch ein paar Tropfen.

„Du hast einen schönen Namen“, sagte er zu dem Janitscharen, während er sich mit dem Mund dessen Ohr näherte. „Darum beneide ich dich, Tuz Oktschan. Meinen habe ich mittlerweile satt. Alle nennen mich Sadedin Nachtigall, während ich ...“

Tuz Oktschan hörte voller Erstaunen zu.

„Wenn dieser Krieg vorbei ist, werde ich meinen Namen ändern lassen“, sagte der Poet. „Und weißt du, wie ich mich nennen werde? Saperkan Tok-Kilitsch Olgunsoj. Gefällt er dir?“

„Saperkan Wildes Blut“, antwortete der Janitschar. „Diesen Namen finde ich sehr schön.“

Zu ihrer Linken strömten die Menschen zusammen.

„Irgendein Streit“, sagte der Astrologe. „Laßt uns hingehen!“ Sie näherten sich der Menschenansammlung.

„Was geschieht hier?“ fragte Sadedin einen Janitscharen. Dieser zuckte mit den Schultern. Sie drängelten sich an den Soldaten vorbei, die ihrerseits den Weg freigaben, als sie die ungewöhnliche Bekleidung des Astrologen und des Chronisten wahrnahmen. Soeben war ein Streit zwischen zwei Serdengetschti und einer kleinen Gruppe Akindschi ausgebrochen.

„Serdengetschti?“ gab Tuz Oktschan von sich, „wo sind sie denn?“

„Dort, die beiden“, sagte ein Azape. „Beinahe wäre es zu einer Messerstecherei gekommen.“

In der Janitscharenschule hatte Tuz Oktschan oft von den berühmten Bataillonen der Serdengetschti oder „Himmelfahrtskommandos", wie sie gewöhnlich genannt wurden, weil sie nach einem erfolglosen Sturmangriff kein Recht hatten, lebend zurückzukehren, reden gehört. Zum ersten Mal sah Tuz Oktschan zwei dieser Krieger.

„Sie sind berühmt", sagte Sadedin mit Bewunderung, „berühmter noch als die Dalkilitschlar."

„Sie sind etwas überheblich", bemerkte der Astrologe.

„Ihre Überheblichkeit ist aus den Privilegien, die sie als Todesschwadronen zu Recht genießen, zu erklären", sagte Sadedin.

„Der Streit kann sich gleich wieder entzünden", sagte Mevla Tschelebi, „es ist besser, wir verschwinden von hier."

Der Chronist hatte gehört, daß solche harmlosen Zankereien in blutige Massaker ausufern können, besonders in einer Nacht wie dieser.

Aus der Menschenmenge war ein Ruf zu hören: „Der Hauptfeldwebel naht! Der Hauptfeldwebel naht!"

In Begleitung von mehreren Feldjägern kam der Lagerkommandant herbeigeritten.

„Sie werden sie in den Arrest stecken", sagte ein Pionier.

Aufgebracht drehte Sadedin sich um.

„Welcher Tölpel wagte hier zu behaupten, ein Todesschwadronist könnte festgenommen werden?"

„Ich", sagte der Pionier.

„Ach, du Kanalräumer!"

Mevla Tschelebi zog den Poeten am Ärmel.

„Laß uns gehen, Sadedin! Wie kannst du dich nur in so eine Angelegenheit einmischen!"

„Gehen wir", sagte auch der Astrologe.

Sie zogen ab, ohne sich noch einmal umzuschauen.

Der Vollmond hatte jetzt seine ganze Kraft erlangt und

ließ den Schein der großen Feuer verblassen. Im Lager kochte und brodelte es. Von allen Seiten drängten sich die Soldaten. Wer der Gebete der Feldgeistlichen überdrüssig geworden war, eilte zu den Derwischen, um ihren Tänzen beizuwohnen, wer von den Derwischen genug hatte, begab sich zu den Scheichs, um sich an den Reden zu berauschen. Vor einer großen Gruppe Soldaten trug Sadedin mit lauter Stimme, beinahe brüllend, sein Gedicht vor. Seine Augen blitzten dabei feurig, während seine Hände zitterten.

„Hat es euch gefallen?" fragte er seine Freunde, nachdem er geendet hatte.

„Sehr", sagte der Janitschar. „Es erhitzt das Blut."

„Das beabsichtige ich auch mit meinen Gedichten. Sie sollen das Soldatenblut in Wallung bringen", kreischte Sadedin und leerte danach die Flasche. „Es gibt einige weinerliche Dichter, die den ganzen heiligen Tag Freude daran haben, sich über Engel und das Paradies auszulassen. Ich dagegen möchte dem großen Padischah dienen. Die Hölle des Krieges, das ist mein Paradies!"

Plötzlich wußten sie nicht mehr, wohin es sie verschlagen hatte. Sie befanden sich inmitten einer großen Einheit, deren Soldaten sich in einer unverständlichen Sprache unterhielten.

„Es sind Soldaten aus dem Kaukasus", bemerkte Mevla Tschelebi.

„Wie? Sprich lauter!" brüllte Sadedin.

„Kehren wir um", sagte der Astrologe, „wir haben uns schon zu sehr entfernt."

Sie machten sich auf den Rückweg und drängten sich durch die Menschenmassen. Um die großen Lagerfeuer herum saßen Veteranen, die den Rekruten von ihren Kriegserlebnissen und Heldentaten erzählten. Die jungen Rekruten hörten aufmerksam zu, während ihre Augen wie von Fieber glänzten.

Einige Soldaten hatten sich unter dem Vordach eines großen Zeltes niedergelassen, um dem Rummel zu entgehen. Auf ihre kurzstieligen Äxte gestützt, stimmten sie ein schleppendes Klagelied an. Schon einmal hatte der Chronist dieses Lied gehört. Offensichtlich handelte es sich um ein neues Klagelied, das erst seit kurzem in Umlauf war. Er schaute zu den Sängern hinüber, doch die Dunkelheit verdeckte ihre Gesichter. Trommelschlag und Lagerlärm ließen ihn den Liedtext nicht verstehen. Im Weitergehen konnte er nur einen verstümmelten Satz aufschnappen:

Welt, Welt, verderbliche Welt...

Lange irrten sie inmitten des Durcheinanders ziellos umher. Jetzt wechselten sie kaum noch ein Wort miteinander, denn jeder Versuch, sich in diesem Rummel verständlich zu machen, schien sie sehr anzustrengen.

„Irgendjemand redet von Frauen", sagte der Janitschar Tuz Oktschan und zog den Poeten am Ärmel. Sie blieben stehen. Und tatsächlich sprach jemand mit Donnerstimme von den Frauen. Es war derselbe Scheich, den sie schon einmal im Vorbeigehen gehört hatten. Seine außergewöhnlich starke Stimme klang jetzt heiser, dennoch redete er ununterbrochen.

„Ihren Frauen und Mädchen werden wir die weiße und schamlose Kleidung ausziehen und ihnen unsere dunklen, vornehmen, der Treue geweihten Kleider anziehen. Wir werden ihr Angesicht und ihre schlauen Augen, mit denen sie bislang freizügig Blicke mit den Männern austauschten, mit dem schwarzen Schleier verdecken. Wir werden dafür sorgen, daß ihnen die Liebestollheit ausgetrieben wird und sie dazu erziehen, daß sie nur noch Männer nach dem heiligen Scheriatsrecht ehelichen. Wir werden alles daransetzen, daß sie ihre rebellischen Häupter der Macht des Mannes unterwerfen, so wie es der heilige Koran anordnet. Wir werden damit ihre barbarischen Sitten ausrotten und ihnen dafür großzügig unsere Moral und unsere stolzen Sitten angedeihen lassen. Wir werden sie zu Ehre und Tugend führen und ihre vom Teufel besessenen Seelen retten. Wir werden unser Blut vergießen, damit das Licht des Islam auch in dieser Wolfshöhle leuchte."

„Wunderbar", sagte der erstaunte Janitschar, als sie weitergingen.

„Mit Sicherheit wird es so kommen", bemerkte Sadedin und näherte seine warmen Lippen dem Ohr des Janitscharen. „Allmählich werden, wie die Apfelblüten verwehen, von Jahr zu Jahr auch ihre alten Trachten und Sitten fallen. Sie werden sich an unsere neuen Gebräuche so sehr gewöhnen, daß sie sich nur unter großem Schmerz von unserem Erbe trennen können, wenn wir, der Himmel möge uns davor bewahren, dieses Land einmal verlassen müßten."

Der Poet murmelte noch lange vor sich hin. Er hatte eine schöne, klangvolle Stimme, aber Tuz Oktschan konnte ihm nicht mehr folgen. Der ohrenbetäubende Lärm und das ständige Getrommel verhinderten es. Die Gesichter der ununterbrochen tanzenden Derwische wirkten nunmehr im Mondschein mal weiß oder mal bläulich. Ihre Bewegungen gingen zusehends in Raserei über. Einige brachen in Ekstase zusammen, ohne daß sich jemand um sie kümmerte. Die um sie herumstehenden Soldaten klatschten im Rhythmus der Trommeln in die Hände und begleiteten, vom Tanz berauscht, mit „Uh-Uh" Rufen die Schreie der Derwische.

„Welch herrliche Nacht!" sagte Sadedin wie verzaubert, und nachdem er zum letzten Mal die Flasche an seine Lippen geführt hatte, schleuderte er sie achtlos in die Menge.

Das war der letzte friedliche Tag.

Am Montagabend, kaum war der Vollmond aufgegangen, wurde ihr Lager plötzlich lebendig. Als wir die ersten Trommelschläge vernahmen, glaubten wir zunächst, daß sie, entgegen allen heutigen Regeln der Kriegsführung, mit dem Sturmangriff in der Nacht beginnen wollten. Wir täuschten uns. Sie führten etwas anderes im Schilde. Nachdem sie die letzten militärischen Vorbereitungen beendet hatten, waren sie nunmehr dazu übergegangen, die Soldaten in der Nacht vor dem Angriff seelisch aufzurüsten. Eine Stunde nach Beginn der ersten Trommelschläge lärmte und donnerte es, und das gesamte Lager war von Geschrei erfüllt. Wir begaben uns auf die Zinnen und schauten voller Erstaunen hinunter. Was sich da vor unseren Augen abspielte, war unheimlich. Eine gewaltige Menge Soldaten bewegte sich von überall her, vorwärts rollend wie Meereswogen. Die beim Gebet sich auf die Erde werfenden Feldgeistlichen, die Reden haltenden Veteranen, das Geschrei der Derwische, die ununterbrochen den gleichen, offenbar in Mode gekommenen Tanz vollführten, jede nur mögliche Art von Gebrüll, „Allah"- und „Padischah"-Rufe, Gedichte und Koranverse, all das vermischte sich mit dem Echo der unablässig ertönenden Trommelschläge. Etliche Soldaten beteiligten sich an den Tänzen der Derwische, andere wiederum gaben eine ungeheuerlich anmutende Theatervorführung, bei der, wie wir erst später erfuhren, abgeschnittene Köpfe sinnlose Worte von sich gaben. Andere wieder warfen sich nach ausgiebigem Tanz und Gebrüll wie von Sinnen auf die Erde oder schlugen wie Fallsüchtige mit dem Kopf auf den Boden. Ein grauenvolles Getöse, in dem tausenderlei Stimmen und Geräusche miteinander verschmolzen, stieg von der Erde empor wie ein alles ansteckender Dampf. Zu unseren Füßen lag Asien mitsamt seinem Mystizismus und seinen Grausamkeiten. Wir blickten auf dieses finstere Meer, und uns wurde klar, daß dies ihre Welt, ihre Lebensart war, die sie uns samt den Ketten der Versklavung aufzwingen wollten. Später schickten wir unsere jungen Mädchen von den Zinnen fort, weil wir ihnen dieses fürchterliche Schauspiel nicht länger zumuten wollten. Die Hysterie hielt bis Mitternacht an. Dann schwiegen schlagartig die Trommeln, und alles verfiel in Grabesstille.

Die Morgendämmerung war noch nicht angebrochen, als vom Ostturm der Festung Alarm geschlagen wurde. Die Leute eilten umgehend aus ihren Häusern und begaben sich in die Schutzkeller, als die Erde plötzlich unter einem gewaltigen Donnerschlag erbebte. Daraufhin brach ein höllischer Lärm aus, der unsere Schutzräume erzittern ließ. „Die neue Waffe!" brüllte jemand in die Stille, die der Explosion folgte. Von draußen hörte man einen Schrei. Schritte hasteten über das Pflaster. Der Krieg hatte begonnen.

Kapitel 4

Der Architekt Giauri deutete beharrlich auf eine Stelle des großen Lageplans der Festung, den er in der Hand hielt.

„Muß treffen wieder Mauer linke Seite Haupttor Hoffnung Bresche große dort."

Ungeduldig gab Tursun Pascha seinem Adjutanten ein Zeichen. Er konnte den Erklärungen des Architekten niemals folgen, ohne dabei Kopfschmerzen zu bekommen. Seine Worte machten ihn nervös, heute besonders, da um ihn herum unter dem Gedonner der zwei Kanonen und der drei Feldschlangen die Erde erzitterte. Die vierte, erst am frühen Morgen gegossene Feldschlange, konnte nicht eingesetzt werden, da sie noch nicht genügend erkaltet war.

„Er sagt, die Mauer an der linken Seite des Haupttores sollte immer wieder getroffen werden", erläuterte der Adjutant mit leiser Stimme. „Er hofft, daß nach einigen genauen Treffern eine große Bresche geschlagen werden wird."

„Ruft noch einmal den Chefmechanikus!" befahl der Pascha.

Einer der Ordonnanzunteroffiziere ritt im Galopp davon.

Mit finsterem Gesicht beobachtete Tursun Pascha die Festungsmauern. An vielen Stellen waren die Zinnen bereits zerstört. Auch an den Mauern konnte man viele Risse erkennen. Aber dennoch war er nicht zufrieden. Er hatte sich von den Kanonen eine größere Wirkung erhofft. Zum zehnten Male nahm er dem Architekten den Lageplan aus der Hand und studierte die rot markierten Stellen. Tatsächlich hatten die Kanonen mit Genauigkeit die vorgesehenen Stellen getroffen, das Ergebnis war jedoch nicht zufriedenstellend. Hatte sich der Architekt Giauri vielleicht bei seinen Berechnungen geirrt? Der Beschuß war nunmehr schon lange Zeit im Gange, trotzdem konnte keine Bresche Tursun Paschas Auge erfreuen. Sollte sich der Architekt Giauri tatsächlich geirrt haben, traf ihn möglicherweise dennoch keine Schuld. Diese Festung war unheilvoll. Bestimmt war sie von Teufelshand gebaut worden, entgegen allen bestehenden Regeln der Baukunst. Nach jedem Donnerschlag der Kanonen warf Tursun Pascha einen Blick auf die getroffene Mauerstelle und wartete auf den großen Durchbruch, den er aber nirgends entdecken konnte. Der Mittag war schon überschritten. In einigen Stunden würde der Angriff beginnen.

Einige Mitglieder des Kriegsrates standen schweigend hinter dem Pascha und dem Architekten. Sie vermieden es, auch nur ein Wort zu sagen, und schauten lediglich in dieselbe Richtung wie der Pascha. Der Chefmechanikus näherte sich in Begleitung seines Assistenten, Flüche und Beleidigungen ausstoßend. Allen Anwesenden fielen Sarudschas versengte Haare über der Stirn auf. Sein Gehilfe hatte von Übernächtigung gerötete Augen.

„Chefmechanikus Sarudscha“, rief Tursun Pascha, ohne sich umzublicken, „wo bleiben die Breschen, auf die wir schon den ganzen Tag warten?“

„Dort!“ antwortete Sarudscha und deutete mit der Hand auf die Festung.

Der Generalquartiermeister, der gemeinsam mit den Sandschak Beylern hinter ihnen stand, biß sich auf die Lippen. Tursun Pascha drehte plötzlich sein scharf geschnittenes Gesicht zu ihnen herum.

„Ich sehe sie nicht!“ schrie er.

Sarudscha wischte sich über die Stirn.

„Ich habe genau nach Anweisung gefeuert“, sagte er in scharfem Ton. „Meine Kanonen trafen das vorgesehene Ziel. Seit vier Nächten haben wir kein Auge zugetan. Ich verstehe nicht, was Ihr von mir wollt, Pascha!“

Tursun Paschas Blick fiel auf die abgespannten Mienen des Chefmechanikus' und seines Gehilfen. Er sah auch die angesengten Haare über Sarudschas Stirn.

„Ich suche die Breschen in den Mauern“, wiederholte er mit versöhnender Stimme.

„Warum fragt Ihr nur mich, Pascha?“ entgegnete Sarudscha. „Sucht sie auch bei dem da“, und er zeigte mit der Hand auf den Architekten. Der Architekt schaute völlig gleichgültig drein, so als ob nicht von ihm die Rede gewesen wäre.

„Muß treffen weiterhin Mauer linke Seite Tor...“ begann er mit seiner monotonen Stimme.

„Genug!“ fiel ihm Tursun Pascha ins Wort. „Werdet unter euch einig! Ich will Breschen sehen!“

Der Generalquartiermeister trat einen Schritt vor.

„Mein Pascha“, begann er liebenswürdig und verfolgte aus den Augenwinkeln das leichte Zittern des Festungsplans in der Hand des Oberbefehlshabers, „vergeßt nicht, daß diese Kanonen heute die größten Wunden in die Herzen dieser elenden Rebellen geschlagen haben.“

Tursun Pascha seufzte tief. Mit müdem Blick erfaßte er wohl zum hundertsten Male die weite Ausdehnung der Ebene, in der sich seine unzähligen Truppen für den Angriff rüsteten. Auf schnellen Pferden ritten Boten von allen Seiten vorbei. In der Menge sah man hier und dort Soldaten mit Seilen, Leitern, riesigen Brechstangen, Schilfdächern, Gitterwerk aus Schilf und eisernen Rammböcken. Kara-Mukbil traf auf seinem Pferd ein und teilte dem Pascha etwas mit. Mit gleicher Geschwindigkeit ritt er fort. Auch Sarudscha und sein Assistent entfernten sich, nachdem sie längere Zeit mit dem Architekten ein Gespräch geführt hatten, dann entschwand dieser ebenfalls.

„Warum schweigt die zweite Kanone?" fragte Tursun Pascha, ohne sich umzudrehen. Die Umstehenden zuckten mit den Schultern. Einer der Ordonnanzunteroffiziere, der sich schon auf seinem Pferd bereit hielt, ritt eilends zur Geschützstellung, um sich Klarheit zu verschaffen.

Über den Festungsmauern hingen Staubwolken. Die Zinnen schienen verwaist und menschenleer zu sein. Nach Auskunft eines der Ärzte, der als Spezialist für unerforschte Nervenleiden galt, mußten die Festungsverteidiger nach dieser außergewöhnlichen Bombardierung so etwas wie eine starke Gehirnerschütterung erlitten haben. Nach jedem Kanonenschlag hatte er sich eingebildet, inmitten der Staubwolke die weiße Fahne zu erkennen. Dies war ein blasser Hoffnungsschimmer, den er nur schwer preisgeben wollte.

Der Ordonnanzunteroffizier, der sich auf den Weg gemacht hatte, um sich nach der Kanone zu erkundigen, kam zurück.

„Die zweite Kanone hat zum dritten Mal ihr Ziel verfehlt. Die Verantwortlichen sind gerade dabei, die Ursache herauszufinden", meldete er, ohne vom Pferd abzusteigen.

„Die Kanone muß von bösen Geistern besessen sein!" sagte der Mufti, indem er seinen Kopf der Schulter des Paschas näherte. Dies sollte gemäß der alten Militärtradition bedeuten, daß die Kanone ausgepeitscht werden mußte. Obwohl Tursun Pascha nichts davon hielt, Waffen zu schlagen, gab er den Befehl dazu. Der Ordonnanzunteroffizier ritt davon, um die Anweisung weiterzuleiten.

Bis zum Angriff blieb noch etwas Zeit. Ohne sich von jemandem zu verabschieden, begab sich Tursun Pascha in sein Zelt, um sich ein wenig auszuruhen.

Der Generalquartiermeister ergriff die Gelegenheit, sich von dem Sandschak Bey zu entfernen, und begab sich schnellen Schrittes zu den Kanonen. Nach wenigen Metern entdeckte er den Chronisten, der sich wie üblich bei dem Zelt des Oberbefehlshabers aufhielt, um irgendwelche Vorkommnisse für seinen Kriegsbericht aufzuschnappen.

„Komm, gehen wir zu den Kanonen, Mevla Tschelebi!"

Der Chronist, äußerst zufrieden, folgte wortlos. Der Generalquartiermeister machte sich Sorgen über seinen Freund Sarudscha. Er wußte, daß der Chefmechanikus über die Anweisung des Paschas, die Kanone auszupeitschen, entrüstet sein mußte. Deshalb eilte er, um die Gemüter zu beruhigen.

„Heute ist mein Ruhetag", sagte er. „Heute will ich mir das Schauspiel der Schlacht ansehen."

„Wo warst du gestern abend?" fragte der Chronist.

„Im Zelt. Ich hatte Kopfschmerzen. Du weißt doch, daß ich lautes Menschengewirr nicht ertragen kann. Und was hast du gemacht?"

Der Chronist brachte nicht den Mut auf, ihm zu sagen, daß er sich gemeinsam mit dem Astrologen, dem Poeten Sadedin und einem Janitscharen bis Mitternacht in dem Getümmel herumgetrieben und ab und zu sogar einen Schluck aus der Flasche genommen hatte.

„Ich habe ein wenig geschrieben."

Als sie auf dem von Wachen geschützten kleinen Platz eintrafen, hatte man bereits mit der Auspeitschung der Kanone begonnen. Zwei kräftige Neger mit nackten Oberkörpern schlugen mit Peitschen auf das riesige Kanonenrohr ein, aus dem immer noch Rauch austrat. Unter der Lafette lagen zwei Feuerwerker, die mit Sarudschas

Gehilfen gemeinsam versuchten, mit einem Hammer ein festsitzendes Teil zu lockern. Aus allen Richtungen kamen Müsellem-Soldaten vorbei. Der Chefmechanikus stand ein wenig abseits und schimpfte vor sich hin. Als ihn ein Wachposten auf das Eintreffen seiner Freunde aufmerksam machte, schlenderte er auf die beiden zu.

„Seht ihr, was hier vorgeht?“ brüllte er und zeigte mit der Hand auf die Kanone. „Wirklich ein Irrenhaus! Berichte in deiner Chronik über diese bisher nie erlebte Eselei“, fuhr er zu Mevla Tschelebi gewandt, fort.

„Nimm es mit Gelassenheit!“ beruhigte ihn der Generalquartiermeister. „So etwas kommt vor.“

Sarudscha lachte gereizt.

„Diese Dummköpfe bringen mich noch eines Tages um den Verstand“, stöhnte er und faßte sich mit der Hand an die Stirn. „Wohin hat es mich bloß verschlagen!“

„Nimm es mit Gelassenheit“, wiederholte der Generalquartiermeister.

„Gehen wir ein Stück beiseite“, sagte Sarudscha, „es ist gefährlich hierzubleiben.“

Sie entfernten sich von den Kanonen und Feldschlangen. Jenseits des Zaunes, der das Sperrgebiet eingrenzte, sah der Chronist zwei junge Soldaten der Freiwilligentruppen im Gras liegen. Einer der beiden hatte rote Haare. Sie blickten neugierig zu den beiden riesigen Kanonen herüber und unterhielten sich dabei. Ab und zu ritzten sie mit einem spitzen Stein Zeichen in die Erde.

„Zwei merkwürdige Soldaten“, meinte der Chefmechanikus, als er merkte, daß auch der Generalquartiermeister seine Aufmerksamkeit auf die beiden gelenkt hatte. „Fast jeden Tag kommen sie her und beobachten vom Zaun aus die Kanonen. So wie es scheint, träumen sie davon, Kanonengießer zu werden.“

„Wann hast du dir die Haare versengt?“ fragte der Generalquartiermeister.

„Beim ersten Schuß“, sagte Sarudscha und griff sich dabei unwillkürlich an seine vom Pulver geschwärzte Stirn. „Ich stand zu dicht bei der Kanone.“

„Du solltest besser auf dich aufpassen!“

In diesem Augenblick feuerte die große Kanone los. Die Erde erzitterte wie bei einem Erdbeben. Der Generalquartiermeister und der Chronist hielten sich die Ohren zu. Sarudschas Augen glänzten voller Stolz.

„Sie erschüttert Himmel und Erde“, sagte er.

„Ja, in der Tat“, fügte der Generalquartiermeister leise hinzu.

„Du hast ein großes Werk vollbracht, Sarudscha. Dein Name wird nicht so leicht in Vergessenheit geraten.“

„Im guten oder schlechten Sinne?“ fragte der Chefmechanikus halb im Scherz.

Der Generalquartiermeister lächelte.

„Warum ist das wichtig? Gibt es überhaupt etwas auf dieser Welt, was für alle gut oder für alle schlecht wäre?“

Sarudschas Gehilfe und der Oberfeuerwerker kamen ihnen entgegen.

„Die Kanone ist repariert!“ schrie der Oberfeuerwerker schon von weitem.

„Dann feuert los!“ schrie Sarudscha zurück.

Der Gehilfe kehrte um und entfernte sich auf seinen langen, dünnen Beinen.

„Der da besitzt eine außergewöhnliche Begabung“, sagte Sarudscha mit müder Stimme. „Manche Dinge kann er besser als ich. Ich bin überzeugt, daß er ein großer Erfinder werden wird.“

„Du hast ein großes Herz, Sarudscha“, bemerkte der Generalquartiermeister, „das Gift der Eifersucht hat dich nicht befallen. Auf jeden Fall sind diese Kanonen, die so dastehen, als ob sie heute den endlosen Himmel aufreißen sollten, dein Werk.“

Die Kanone feuerte los. Wieder hielten sie sich die

Ohren zu. Der Chefmechanikus verfolgte die Bahn des Geschosses, das sich voller Wucht in die linke Seite des Haupttores bohrte und Steine und Staub durch die Gegend wirbelte.

„Wie wirst du in deiner Chronik diesen Kanonendonner beschreiben?“ fragte er.

Mevla Tschelebi war verwirrt.

„Darüber grüble ich schon den ganzen Tag. Ich will ihn so treffend wie möglich beschreiben. Aber können Worte jemals so kraftvoll sein wie dieses allgewaltige Dröhnen?“

Der Chefmechanikus lachte.

„In der Tat“, fügte er schmunzelnd hinzu. „Das sind eben Kanonen und keine Gedichte.“

Im selben Augenblick hörte man den Schlag der großen Trommel.

„Die Stunde des Angriffs bricht an. Gehen wir“, sagte der Generalquartiermeister. „Sicher hast du nun viel zu tun, und wir wollen dich nicht daran hindern.“

„Nun beginnt der schwierigste Teil der Arbeit“, erklärte der Chefmechanikus. „Wir werden jetzt nur die Feldschlangen einsetzen. Sie sollen vor allem die Zinnen treffen. Ein winziger Fehler in der Berechnung, und die Kugel fällt auf unsere Truppen.“

„Auf Wiedersehen, Sarudscha!“

„Auf Wiedersehen!“

Mit eiligen Schritten entfernten sie sich.

„Laßt uns den Angriff vom Zelt des Oberbefehlshabers aus beobachten“, schlug der Generalquartiermeister vor.

„Ich habe Angst, so dicht dabei zu sein.“

„Du kannst dich neben mich stellen, niemand wird etwas dagegen haben.“

Die große Trommel dröhnte ununterbrochen. Jetzt, da die Kanonen schwiegen, hatte ihr einsamer Schlag etwas Wuchtiges und Feierliches. Als die Männer vor Tursun Paschas Zelt ankamen, sahen sie sein weißes Pferd und die

Ordonnanzunteroffiziere, die die Waffen des Oberbefehlshabers bereithielten. Dahinter standen all jene Mitglieder des Kriegsrates, die sich nicht am Angriff beteiligen würden. Unter ihnen befand sich auch der Alay Bey und Kurdischdschi. Etwas weiter entfernt warteten zahlreiche Adjutanten und Meldeboten auf Befehle. Tursun Pascha starrte auf die Festungszinnen. Sie waren menschenleer. Danach blickte er nach Westen auf die untergehende Sonne.

„Pascha", hörte er eine weiche Stimme hinter seinem Rücken, „die Stunde ist gekommen."

Tursun Pascha hob seine rechte Hand. Aus der hinter ihm stehenden Gruppe löste sich der Mufti und trat einige Schritte vor. Er hielt einen kunstvoll eingebundenen Koran in der Hand.

„Bismilah" (Im Namen Gottes), murmelte der Mufti und öffnete den Koran. Eine Weile hielt er seinen Kopf über das Buch gebeugt. Als er wieder aufblickte, konnten alle seine vor Freude strahlenden Augen sehen.

„Eine frohe Botschaft", verkündete er. „Auf der von mir aufgeschlagenen Seite steht geschrieben: ‚Der Sieg wird durch die islamischen Soldaten errungen werden'."

„Verbreitet die frohe Botschaft!" befahl der Oberbefehlshaber mit eisiger Stimme.

Die Ordonnanzunteroffiziere schwirrten in alle Himmelsrichtungen aus.

Die große Trommel schwieg. Eine tiefe Stille umfing das Lager, als sei die ganze Welt plötzlich eingeschlafen.

Tursun Pascha hob erneut die Hand. Für einen Augenblick ließen die Sonnenstrahlen den roten Rubin an seinem Mittelfinger aufblitzen. Hinter seinem Rücken sprach jemand. Das Rauschen einer Seidenfahne war zu vernehmen, und urplötzlich erbebte die Natur vom Lärm hunderter Trommeln, Tamtams, Schalmeien, Hörnern, Trompeten, Allah- und Padischah-Rufen, Kommandos und Befehlen. An der Spitze setzten sich die Irregulären-Truppen der Freiwilligen, Fahnen und Lanzen schwingend, in Bewegung. Danach marschierten die Bogenschützen in den Kampf. Sie hatten die Aufgabe, die Verteidiger der Zinnen während des gesamten Angriffs unter Beschuß zu nehmen. Darauf folgten ungeordnet die unzähligen Truppen der Azapen, deren Äxte und Schilde in der Sonne glänzten. Seile, Spitzhacken, Leitern, Schilfschilde, Schutzdächer, Eisenteile, Rammböcke, Holzbretter, Hämmer, verschiedenste Werkzeuge, um Breschen zu schlagen, trieben langsam wie Schiffbrüchige in dem Soldatenmeer dahin. Die Bataillone der Eschkindschi rückten langsam vor, nahmen jeweils den Platz ein, den die Azapen geräumt hatten, und warteten auf ihren Einsatz, derweil die erhabenen und gefürchteten Formationen der Janitscharen sich nicht von der Stelle rührten. Während sich die Freiwilligen-Truppen dem Festungsgraben vor dem Haupttor näherten, blickte Tursun Pascha unverwandt zu den Zinnen, die immer noch menschenleer schienen. Er hoffte inständig, auch weiterhin niemanden dort zu sehen, obwohl sein Verstand ihm sagte, daß diese Hoffnung trügerisch war. Die Irregulären-Truppen erreichten den Grabenrand! Die ersten stürzten die Grabenböschung hinunter und rannten los, um die gegenüberliegende Seite zu erreichen. Der Grabenrand glich einem lebenden Wasserfall. Von weitem erschien alles wie in einem Alptraum. Plötzlich kam es dem Pascha so vor, als ob die Truppen sich nur sehr langsam fortbewegten und alles verstummte. Jetzt müßten sie am anderen Ufer emporklettern. Anscheinend kamen sie nur sehr langsam voran, und immer noch war niemand auf den Zinnen zu sehen. Doch dann tauchte der erste und da der zweite auf! Schlagartig vernahm Tursun Pascha so etwas wie eine frische Brise, die von einem entfernten Ort herüberwehte. Endlich! Es waren seine Bogenschützen, die die erste

Ladung Pfeile auf die Festungzinnen abschnellten. Sie hatten bereits vor ihm die Verteidiger entdeckt. Nun waren sie herausgekrochen! Tursun Pascha schloß die Augen und blieb eine Weile so stehen. Das Blut pochte in seinen Schläfen. Als er die Augen wieder öffnete, sah er, daß die Freiwilligen den Graben durchquert hatten und ihr Strom sich gleich einem reißenden Wasser in Richtung Mauer ergoß. In diesem Augenblick donnerten nacheinander die vier Feldschlangen. Die Geschosse schlugen irgendwo hinter den Mauern ein. Man hörte den vieltausendfachen Schrei „Yürüyüs!", „Yürüyüs!" („Vorwärts", „Vorwärts!"), und die riesige Horde der Azapen stürmte vorwärts. Für einige Augenblicke verschwand der Festungsgraben, so als hätte er sich nie dort befunden. Die Azapen überwanden den Graben, hoben ihre Schilde hoch über ihre Köpfe, eine große Abteilung stürmte in Richtung Haupttor, die anderen drängten zu den Breschen an der linken Mauer. Erneut donnerten die Feldschlangen. Die Trommeln, Tamtams und Trompeten lärmten ohrenbetäubend. Dort, wo sich der Graben befand, wurden auf Soldatenschultern Leitern und anderes Gerät vorwärtsbewegt. Die erste Leiter wurde gegen die Mauer gelehnt. Sie war zu kurz. Dahinter schleppte man eine zweite, riesige Leiter an. Sie wurde langsam wie von Zauberhand über den Köpfen der Angreifer aufgerichtet. Einen Augenblick lang schwankte sie wie ein Rohr im Wind, bevor sie an der Mauer Halt fand. Einige Azapen, die der Leiter durch Zurechtrücken noch besseren Halt an der Mauer geben wollten, brachten die Leiter aus dem Gleichgewicht, so daß sie seitlich abrutschte und auf die von unten drängende Menschenmenge fiel. Zur gleichen Zeit richtete man bei den Breschen weitere Leitern auf. Die riesige Leiter, die wie ein langer, schmaler Hals eines Ungeheuers aussah, lehnte inzwischen wieder an der Mauer. Hunderte Bogenschützen zielten ununterbrochen auf die Stelle, an der das Leiterende auflag. Dutzende Azapen kletterten hoch. Die riesigen Schutzdächer aus Schilf, unter denen zahlreiche Soldaten gleichzeitig Deckung fanden, wurden herangeschafft. Einige der Angreifer stürzten von der großen Leiter, andere kletterten zur gleichen Zeit in die Höhe. Ein paar Schritte entfernt wurde eine neue Leiter aufgerichtet, dahinter zwei weitere. Die ersten Sturmsoldaten waren dabei, die Leiterspitzen zu erreichen. Zu Tausenden schwirrten die Pfeile, die sie vor den Festungsverteidigern schützen sollten, über ihre Köpfe hinweg. Der erste Soldat hielt sich am Zinnenrand fest, um ihn zu übersteigen, brachte aber keine Bewegung mehr zustande. Eine Weile lehnte er an dem Mauerwerk, als wäre er unverhofft eingeschlafen.

„Sie haben ihm die Hände abgehackt", sagte der Generalquartiermeister mit leiser Stimme.

Einem zweiten gelang es erst gar nicht, die Arme auszustrecken, er stürzte schon vorher hinunter. Erneut kletterten zwei Soldaten wie gehetzt hinauf. Sie sprangen nacheinander auf die Mauer. Einer verschwand zwischen den Zinnen, der andere stürzte in die Tiefe und riß einen der Verteidiger mit sich. Die Bogenschützen stellten ihre Tätigkeit ein, um nicht die eigenen Leute zu treffen. Diesen Zustand nutzten die Verteidiger aus, erschienen zu Hunderten auf den Zinnen und bildeten mit ihren Lanzen eine Mauer.

Währenddessen griffen die Eschkindschi unter ihrem Kommandeur Tahankai die Mauer des rechten Turmes an. Diese Stelle galt als der am wenigsten geschützte Teil der Festung, weil sie an einem Steilhang lag. Mit unglaublicher Geschwindigkeit richteten die Eschkindschi die Leitern auf und begannen hochzuklettern. Als die Verteidiger auf den Zinnen auftauchten, hatten die Eschkindschi schon mehr als die Hälfte des Aufstiegs hinter sich gebracht.

An vielen Stellen der Mauern ragten nun Leitern in die

Höhe. Die meisten waren von Angreifern überfüllt. Andere waren nur zur Hälfte besetzt. Auf einigen Leitern hingen Leichen in den merkwürdigsten Stellungen.

„Schau mal, wie sie hängen!" sagte der Generalquartiermeister zum Chronisten gewandt. „Die Zimmerleute haben zu schnell gearbeitet. Sie haben zu viele Nägel aus den Leitern heraussteheh lassen."

Mevla Tschelebi hörte von Angst gepackt zu. Für seine Chronik waren das allerdings uninteressante Einzelheiten.

Der Vorstoß der Eschkindschi beim rechten Turm war gewaltig. Eine ihrer Leitern stürzte mit Soldaten voll besetzt in die Tiefe, aber sofort wurde eine neue an derselben Stelle aufgerichtet.

„Die Eschkindschi sind dabei, den rechten Turm zu erklimmen", bemerkte der Generalquartiermeister.

Der Chronist blickte hinüber.

„Diejenigen, die Tahankais Gebrüll beim Angriff aus unmittelbarer Nähe miterlebt haben", fuhr der Generalquartiermeister fort, „behaupten, daß nichts auf dieser Welt dem Menschen einen größeren Schrecken einjagen könne."

„Ach, diese Teufel!" schrie jemand aus der schweigsamen Gruppe, die hinter Tursun Pascha stand. Im gleichen Augenblick leuchteten auf den Zinnen Punkte auf, die wie Sternschnuppen aussahen, und gingen nacheinander auf die Angreifer nieder.

„Teuflische Pechwerfer", murmelte jemand. Mevla Tschelebi fand, daß dieser Ausdruck für seine Chronik geeignet sei. „Teuflische Pechwerfer", wiederholte er leise. Diesen Ausdruck durfte er nicht vergessen.

Durch die gewaltige Masse der Soldaten, die sich unterhalb der Mauer aufhielt, ging, sobald diese Sternschnuppen herunterfielen, ein Hin- und Herwogen.

„Das sind in Harz, Schwefel, Wachs und Öl getauchte

Bälle“, erklärte der Generalquartiermeister dem Chronisten. „Die Narben zeichnen einen fürs Leben.“

Dem Chronisten war dies wie vieles andere bekannt. Er gab es aber nicht zu erkennen, um seinem hochgestellten Freund nicht die Freude zu nehmen, ihm scheinbar Unbekanntes zu erklären.

„Fürs Leben“, wiederholte er und runzelte dabei die Stirn.

Der Generalquartiermeister schob den breiten Ärmel seines Gewandes hoch und zeigte ihm den rechten Arm. Der Chronist mußte sich zusammennehmen, um sein Erschrecken zu verbergen. Er wünschte, daß der Generalquartiermeister so schnell wie möglich seinen Arm wieder bedecken möge!

Manche Leitern blieben vorübergehend unbesetzt. Auf anderen hielten die Angreifer Schilde über ihre Köpfe. Die unterhalb stehenden Soldaten gingen unter riesigen Schutzdächern aus Schilf in Deckung und warteten auf ihren Einsatz. Da und dort entbrannten Kämpfe auf den Zinnen. Eine große Gruppe Soldaten konnte die Mauer erklimmen, und für längere Zeit herrschte auf den Zinnen ein wildes Durcheinander. Zwei der großen Leitern hatten an zwei oder drei Stellen Feuer gefangen. Eine andere brach in der Mitte durch. Trotzdem wuchs die Zahl der aufgestellten Leitern beständig.

Ein Bote kam in Windeseile angeritten.

„Burdschubai ist gefallen!“ rief er aus einiger Entfernung und riß sein Pferd herum, um umgehend zum Schlachtfeld zurückzureiten.

Niemand sagte etwas. Die Feldschlangen donnerten ununterbrochen über den Köpfen der Verteidiger. Zunächst landeten die Geschosse im Festungsinnern. Dann stürzten sie immer näher bei den Mauern ab.

„Wenn es Sarudscha gelingt, genau die Zinnen zu treffen, ist er ein Genie“, meinte der Generalquartiermeister.

Die Geschosse landeten immer näher bei den Zinnen.

„Er geht sehr behutsam ans Werk", fuhr der Generalquartiermeister fort. „Und das ist gut so. Verfehlte das Geschoß nur um einige Meter sein Ziel, würde es unter unseren Leuten ein Gemetzel anrichten."

Ein Geschoß landete auf den Zinnen. Von den Verteidigern, die gerade dabei waren, einer Schar Soldaten zu trotzen, welche blitzschnell hervorgeprescht waren, blieb nichts übrig. Hier und dort stürzten abgetrennte Körperteile mitsamt Quadersteinen in die Tiefe.

„Getroffen!" schrie jemand hinter Tursun Pascha.

An der Einschlagstelle war die Mauer erheblich zerstört worden, und eine Zeitlang war dort kein Verteidiger mehr zu sehen. Die Azapen unternahmen einen raschen Vorstoß und überrannten die Mauer. Einer von ihnen schwenkte einige Male eine Fahne. Die Soldatenscharen zollten lautstark Beifall. Plötzlich brach eine neue Unruhe aus. Lange, schwarze Lanzen tauchten auf, und es entstand ein Durcheinander, in dem die Fahne wie in einem Strudel versank.

Inzwischen herrschte an der großen Bresche links vom Haupttor ein starkes Gedränge. Einige Soldaten kletterten die breiten Leitern hoch, andere rückten unter großen Schilddächern heran. Brennende Pech- und Harzfackeln stürzten unaufhörlich nieder. Zahlreiche Azapen, deren Kleidung Feuer gefangen hatte, rannten wie große Fackeln mit erhobenen Armen davon. Einige warfen sich auf die Erde, um die Flammen zu löschen. Andere wiederum irrten wie von Sinnen zwischen den erschrockenen Soldaten umher und versuchten, sich einen Weg zu bahnen, bis sie tot zu Boden sanken.

Mevla Tschelebi ging schon lange der Gedanke durch den Kopf, für die brennenden Soldaten einen illustrierenden Begriff zu finden. Zunächst dachte er, sie mit Schmetterlingen, die um ein Feuer schwirren, zu vergleichen, doch das Wort „Schmetterling“ sagte ihm in diesem Falle nicht recht zu, weil es der Anstrengung und dem Heldenmut der Soldaten nicht Rechnung trug. Es gelang ihm nicht, einen anderen Vergleich zu finden. Wenn er aber das Feuer des heiligen Krieges mit dem Licht des Islam vergleichen würde, so wie es in den alten Chroniken stand, dann schien ihm das Bild des Schmetterlings am geeignetsten. Er könnte die Soldaten „Schmetterlinge des Islamlichtes“ nennen, und gewiß würde dieser Ausdruck beim Oberbefehlshaber auf Zustimmung stoßen.

Plötzlich erschütterte ein furchtbarer Donner den Boden und schreckte den Chronisten aus seinen Gedanken auf. Tursun Pascha und seine Begleiter richteten ihre Blicke in die Richtung, aus der der Donner gekommen war. Irgendetwas mußte bei den Geschützstellungen geschehen sein. Dichter, schwarzer Rauch stieg dort empor. Einer der Ordonnanzunteroffiziere galloppierte zum Unglücksort.

„Was kann nur passiert sein?“ fragten sich mit leiser Stimme einige der Männer, die hinter dem Pascha standen.

Der Ordonnanzunteroffizier kehrte schnell zurück.

„Es hat eine der Feldschlangen zerrissen!“ meldete er dem Oberbefehlshaber. „Einige Mechaniker und Feuerwerker sind dabei umgekommen. Es gibt zahlreiche Verwundete.“

„Und der Chefmechanikus?“ fragte Tursun Pascha.

„Dem Chefmechanikus ist nichts zugestoßen.“

Tursun Pascha schaute wieder zur Festung hinüber, und niemand wagte, ihn anzusprechen.

Der Pascha gab den Befehl, neue Truppen in den Angriff zu schicken. Während er mit seinen Blicken den gegen die Mauer vorrückenden persischen und kaukasischen Bataillonen folgte, die sich anschickten, die in vorderster Linie kämpfenden Azapen und Eschkindschi zu ersetzen (die Freiwilligen-Truppen wurden gewöhnlich nicht ausgetauscht), entschied der Oberbefehlshaber, daß es noch zu früh sei, die Eliteeinheiten der Dalkilitschlar ins Kampfgeschehen eingreifen zu lassen. Sie würden erst nach den Janitscharen an die Reihe kommen.

Der Angriff tobte mittlerweile im gesamten Bereich des vorderen Mauerabschnitts. Hunderte großer und kleiner Leitern strebten jetzt an den Mauerbreschen und an den Zinnen empor. Aus der unüberschaubaren Masse der Soldaten, die zu ihren Füßen wogte und brandete, trieb es unablässig neue Soldaten, die sogar auf halbverkohlten und blutüberströmten Leitern emporkletterten. Sobald sich die Soldaten auf die Zinnen stürzten oder in den großen Breschen herumkletterten, warfen sie die Schilde weg, von denen Pech und Wachs rann, und griffen zu ihren Säbeln und Äxten. Die Schutzschilde und oftmals auch die Äxte fielen senkrecht in die Tiefe auf die unter ihnen tobende Menge, die unter Angst- und Schreckensschreien auseinanderwich.

„Ununterbrochen klettern sie hoch", sagte der Generalquartiermeister nachdenklich. Der Art und Weise, wie er diese Worte betonte, konnte man entnehmen, daß er eigentlich sagen wollte: Ununterbrochen klettern sie hoch, aber es ist alles umsonst. Und tatsächlich, sobald die Soldaten die Mauerkrone erklommen hatten oder in die Breschen gekrochen waren, verschwanden sie sofort, so als ob sie das unbekannte Reich verschluckt hätte.

Die Eschkindschi griffen weiterhin trotzig von der Seite des Steilhanges her an. Viele von ihnen stürzten mit den Leitern in den Abgrund. Ihre roten Turbane sahen aus, als hätte man sie kurz zuvor blutig geschlagen.

Die größte Angriffswelle und der größte Sturm richteten sich jedoch gegen das Haupttor. In dem Tohuwabohu, nicht erkennbar, von wem und wodurch, erhob sich in Windeseile ein hohes, hölzernes Schutzdach, auf welches die Azapen feuchte Hammelfelle warfen, damit das Holz nicht sofort Feuer finge. Unter diesem Schutzdach verbargen sich schnellstens jene Soldaten, die mit dem großen eisernen Rammbock das Haupttor bearbeiteten, sowie die Pioniere und die Müsellem-Soldaten, die ihrerseits versuchten, mit schweren Keilen die Torrahmen aus den Angeln zu heben.

Vom Schlachtfeld kommend traf erneut ein von Staub bedeckter, berittener Melder ein. „Bozkurtoglu Bekbey ist gefallen!" schrie er.

Alles schwieg.

Die drei Feldschlangen feuerten ohne Unterbrechung auf das Innere der Festung, jedoch drangen jetzt die Schmerzensschreie der tödlich Verwundeten und der umherirrenden lebenden Fackeln derart laut zu ihnen herüber, daß sie zusammen mit den Trommeln und Tamtams den Höllenlärm der Waffen übertönten. Die Sonne begann unterzugehen. Tursun Pascha wandte seine Blicke nicht von der unendlichen und gestaltlosen Masse seiner Soldaten, die sich wie ein lebendes Ganzes mit ihrem blutenden Leib um die Festung herum bewegte und pulsierte. Ab und zu drang der Geruch von verbranntem Fleisch zu ihm herüber.

Er sah, wie ein Mann auf ihn zuritt. Als dieser sich bis auf hundert Schritt genähert hatte, erkannte er ihn. Es war Kara-Mukbil, der mit der einen Hand die Zügel des Pferdes und mit der anderen seine zerfetzte, blutüberströmte Wange hielt.

„Meine Azapen werden vernichtet!" schrie er, ohne vom Pferd zu steigen. „Wo bleiben die Janitscharen?" Seine Stimme klang heiser.

Tursun Pascha sah ihn unbewegt an und wies mit der Hand auf die Festung:

„Dein Platz ist dort, Kara-Mukbil!"

Kara-Mukbil war im Begriff, scharf zu entgegnen, straffte aber stattdessen die Zügel, führte die Hand an die verletzte Wange, riß sein Pferd herum und ritt, gefolgt von seinem Ordonnanzunteroffizier, zurück ins Schlachtgetümmel.

Tursun Pascha gab einem seiner Adjutanten ein Zeichen.

„Die Janitscharen!" befahl er, ohne sich umzudrehen.

Der Adjutant stürmte auf einem Pferd davon. Kurze Zeit darauf bewegten sich die Janitscharen, zunächst langsam, dann immer schneller werdend auf die Festungsmauern zu. Ihre Kampfschreie wurden lauter, und als sie sich dem Festungsgraben näherten, stießen sie im Laufschritt mit Lanzen und Eisenstäben vor.

Die Trommeln und Tamtams dröhnten immer lauter. Die Janitscharen überquerten zügig den Festungsgraben, der schon zur Hälfte mit Leichen der Azapen und Freiwilligen gefüllt war. Die gesamte Mauerbreite entlang drangen sie gegen die Festung vor. Ihr wildes Geschrei „Allah! Padischah!" übertönte eine Zeit lang allen anderen Lärm. Ohne sich am Fuße der Mauer auch nur einen Augenblick aufzuhalten, schlugen sie sich durch die Menge der Azapen, erklommen raubtierhaft die von Pech und Ruß geschwärzten Leitern, ohne sich um die immer dichter herabschwirrenden Pfeile und die herabgeschleuderten Harzfackeln zu kümmern. Alle, die den Kampf beobachteten, warteten gespannt darauf, was geschehen würde, wenn die Janitscharen das Mauerwerk erstiegen hätten. Plötzlich schlossen sich die Verteidiger auf den Zinnen noch enger zusammen, und als die ersten Janitscharen, gelenkig wie Wildkatzen, die Mauern erklommen hatten, entbrannten an vielen Stellen wilde Gefechte. Die Nachfolgenden drängten, einer geschlossenen Kette gleich, unaufhörlich empor. Einige Leitern hatten Feuer gefangen. Die Angreifer beeilten sich, die brennenden Sprossen zu überwinden, bevor die Leitern unter dem Feuer einstürzten. Die Azapen ersetzten unterdessen die verbrannten Leitern durch neue, die sofort von weiteren Janitscharen bestiegen wurden. Die Azapen schleppten die verkohlten Leichen fort, die auf das hölzerne Schutzdach vor dem Haupttor gestürzt waren. Obwohl das Schutzdach mit feuchten Fellen bedeckt war, fing es einige Male Feuer, aber die Azapen konnten die Flammen jedes Mal ersticken. Wie ein reißender Wildbach wirbelten die Janitscharen vor dem Haupttor durcheinander. Von hier ertönten die wildesten Rufe und das schrillste Geschrei. Von oben prasselten Brandgeschosse in die Mauerbögen. Plötzlich entstand ohrenbetäubender Lärm am Haupttor. Offensichtlich wurde das Tor gerade aus seinen Angeln gehoben. Das Getöse wurde immer lauter. Das große eiserne Tor zerbarst an zwei, drei Stellen. Die Schreie gingen in höllisches Gebrüll über. Das Tor bäumte sich auf, dann wurde ein Teil herausgerissen, und die ersten Janitscharen stürzten, von den nachfolgenden unerbittlich geschoben, mit ihren Eisenstangen bewaffnet, hinein. Der Ansturm war so überwältigend, daß die Flut der Janitscharen nach kurzer Zeit eine Torhälfte zur Seite geschoben hatte, als ob sie ein Stück dünnes Blech wäre.

Alle, die hinter dem Pascha stehend das Kampfgeschehen beobachteten, begannen mit leiser Stimme, Gebete vor sich hinzumurmeln. Gerne wären sie in begeisterte Jubelschreie ausgebrochen, aber die schweigsame Gestalt ihres Oberbefehlshabers verbot ihnen überlaute Freudenbekundungen. Nur der Architekt Giauri schrie ganz verzweifelt:

„Nicht dürfen darüber hinausgehen Tor dort große Falle nicht dürfen darüber hinausgehen kehren zurück schnell!"

„Was krächzt diese Krähe da?" sagte jemand.

Tursun Pascha begriff die Gedanken des Architekten. Er wußte, daß sich hinter dem Haupttor ein enger dreieckiger Innenhof verbarg, an dessen Ende sich ein kleineres, aber bestimmt ebenso starkes Tor befand. Er wußte auch, daß es für seine Soldaten in diesem Innenhof, der von hohen Mauern umgeben war, kein Entrinnen gab. Dort würden sie wie Mäuse auf dem Grund eines Kessels gefangen sein. Er wußte, daß dort jetzt ein schreckliches Gemetzel stattfinden würde; trotzdem hoffte er, als er die Welle der Janitscharen wie eine tosende Brandung durch das Tor stürzen sah, daß diese unaufhaltsame Flut dort im Innern ein Wunder vollbringen würde. Hunderte Janitscharen stürmten durch das Tor. Niemand konnte erkennen, was sich im Innern abspielte. Es war nur das erstickte Echo der Schreie zu vernehmen, das hinter den Mauern hervorkroch. Das Echo hatte einen unheilvollen Klang.

Erneut erschien ein Meldereiter inmitten von Staubwolken.

„Hatai ist gefallen!"

Kaum hatte er diese Worte hervorgestoßen, riß er sein Pferd wie seine Vorgänger herum und entschwand in die Richtung, aus der er gekommen war.

Tursun Pascha begriff, daß nun die Stunde gekommen war, um den entscheidenden Angriff zu befehlen, der verstärkt entlang der gesamten Mauer entfesselt werden mußte, so daß sich dadurch der größte Teil der Festungsverteidiger auf die Zinnen zurückziehen müßte, um dadurch die Janitscharen zu entlasten, die sich unter schwersten Belastungen im Innenhof schlugen.

Er gab eine ganze Reihe von Befehlen. Frische Bataillone der Janitscharen, sowie die Bataillone der kurdischen Legionäre, der Tartaren und Kalmücken stürmten gegen die Mauern. Nach ihnen griffen die Dalkilitschlar in wildester Raserei an. Einen Augenblick lang schien es so, als ob die neuen Truppen in der ungeheuren Masse der Soldaten, die um die Mauer wogte, wie die ins Meer mündenden Flüsse verschwinden würden. Bald darauf aber sah man auf Hunderten von Leitern ihre Flaggen emporschweben.

Tursun Pascha hob erneut die Hand.

„Die Serdengetschti!" befahl er mit erstickter Stimme, und als sich sein Adjutant aufs Pferd schwang, um die Order weiterzuleiten, hob der Pascha drei Finger und fügte hinzu: „Drei Bataillone!"

Bald darauf näherten sich die Todesschwadronen unter ihren hellblauen Bannern der Festung. Der unverkennbare Wirbel ihrer Trommeln ging im allgemeinen Kriegslärm unter. Tursun Pascha verfolgte sie mit seinen Blikken, bis sie in das große Gewimmel eintauchten. Er stellte sich vor, wie die Masse der erschöpften Soldaten ihnen voller Achtung den Weg freimachen würde, und er rechnete sich die Zeit aus, die die Serdengetschti benötigen würden, um sich durch die Reihen der Angreifer durchzuschlagen. Ihre hellblauen Banner tauchten am Fuße der Festung auf, als die Dalkilitschlar, einer nach dem anderen den Kalmücken folgend, auf die Zinnen sprangen. Die Todesschwadronen kletterten schnell vorwärts. Die kleine Gruppe, die sich hinter dem Rücken des Oberbefehlshabers aufhielt, geriet außer Atem.

Die ersten Serdengetschti hatten den Gipfel erreicht und sprangen auf die Mauer. Die Reihen der Verteidiger auf den Zinnen verstärkten sich in ungewöhnlichem Maße. Die Soldaten der Todesschwadronen kletterten in einem nicht enden wollenden Strom empor, und augenblicklich entfesselte sich auf der gesamten Mauerlänge erneut ein erbarmungsloser Kampf. Der Sonnenuntergang stand bevor. Tursun Pascha stellte mit Befriedigung fest, daß der Angriff jetzt seinen Zweck zu erfüllen begann, nämlich eine große Anzahl von Verteidigern ins Kampfgeschehen zu verwickeln. Jetzt würden es die im Innenhof kämpfenden Janitscharen leichter haben, ihre Aufgabe zu meistern.

Sein Blick schweifte zum Haupttor. Dort dauerte der Ansturm mit unverminderter Wucht an. Gemeinsam mit der drängenden Flut von Soldaten gelangten Leitern, Seile, eiserne Rammböcke und Weidengeflecht durch das Haupttor. Um das hölzerne Schutzdach, das erneut Feuer gefangen hatte, kümmerte sich niemand mehr, so daß es allmählich ausbrannte.

Mit angespannten Nerven wartete Tursun Pascha auf den erlösenden Schrei, der ihm das Zerbersten des zweiten Tores ankündigen würde. Aber das Getöse aus dem Innenhof hörte sich verzweifelt eintönig an, wie ein verlängertes Donnergrollen. Er war sich bewußt, daß ihn jeder Augenblick Hunderte Soldatenleben kostete. Er war sich auch darüber im klaren, daß die Kämpfer jetzt schon über die Leichen ihrer Kameraden steigen mußten und daß das Pflaster ein aus Fleisch und Blut gewebter Teppich bedeckte. Trotzdem verließ ihn nicht die Hoffnung, daß er den Siegesschrei bald würde vernehmen können. Irgend etwas mußte doch der Menschenstrom bewirken! Gewiß, irgend etwas würde er erreichen!

Tursun Pascha beobachtete wieder die Mauern. Die Sonne war untergegangen, und all jene, die noch auf der Mauerkrone kämpften, ähnelten nunmehr eher Schatten als menschlichen Wesen. Eine Weile ließ er seinen Blick auf den merkwürdigen Schattenspielen ruhen, die aus der Entfernung unergründlich anmuteten. Dann schaute er wieder zum Tor hinüber.

Inzwischen war es fast dunkel geworden, und das aufgebrochene Tor glich dem Schlund eines Backofens. Die lodernden Ballen, die aus der Höhe in den Innenhof herabsanken oder auf dem Boden ausbrannten, verbreiteten einen rötlichen, mal leuchtenden, mal blassen Widerschein.

„Da unten ist jetzt die Hölle los!" flüsterte der Generalquartiermeister dem Chronisten zu.

Mevla Tschelebi fühlte sich wie versteinert. Ab und zu trug der Wind den Geruch verbrannten Fleisches herüber.

„Tagelang werden die Soldaten keinen Bissen Fleisch zu sich nehmen können", fuhr der Generalquartiermeister fort.

„Warum nicht?"

„Es wird sie davor ekeln. Das geschieht immer für einige Tage nach solchen Attacken."

„Allah!" stöhnte der Chronist.

Tursun Pascha ließ das Haupttor nicht aus den Augen. Im roten Feuerschein sahen die dort unten wimmelnden Soldaten wie furchterregende Geister aus. Ohne die Mauern genauer zu beobachten, fühlte er, daß an allen anderen Stellen die Angriffswucht abgenommen hatte. Er wußte, daß nunmehr die erbärmliche Stunde des Kampfes gekommen war, in der die leergefegten, verkohlten Leitern, zusammenbrechen würden, als hätte man ihre Knie zertrümmert. Er gab es auf, weiterhin auf die Mauern zu achten. Festung und Kampf waren nur noch auf dieses fürchterliche Quadrat konzentriert, das mal stärker, mal schwächer vom Feuerschein erhellt wurde. Aus dem Innenhof drang unaufhörlich ein blubberndes Geräusch, so als ob ein riesiger Kessel brodelte. Nicht nur die Festung mit ihren Mauern und Türmen, sondern die ganze unendliche Welt schmolz auf den Ort hinter jenem erleuchteten Tor zusammen, auf dessen Schwelle, mal von einem blutroten Lichtschein erleuchtet, mal von einem unheilvollen Schatten erfaßt, sich ihr Schicksal entschied.

Das dauerte eine lange Zeit.

Als er schließlich jegliche Hoffnung verloren hatte, ordnete Tursun Pascha den Rückzug an. Während er sein Pferd bestieg, spürte er, wie die Nervenanspannung einer tödlichen Müdigkeit wich. Ohne jemanden auch nur eines Blickes zu würdigen, ritt er zu seinem Zelt.

„Verdammte Festung!" fluchte einer der herumstehenden Sandschak Beyler mit rauher Stimme.

Dies war ihr erster Angriff. Die Ruhe hatte ein Ende gefunden. Eine Reihe von Kämpfen begann.

Nachdem sie alles in grausamster Weise bombardiert hatten, warfen sie sich zu Zehntausenden in riesigen, aufeinanderfolgenden Wellen gegen die Mauern, wie das Meer, dessen Grund von einem Beben erschüttert wird. Unter anfeuerndem Beifall und Geschrei kletterten sie die Mauern empor und schwenkten ihre Jatagane, Fahnen, Stangen, Lanzen und Wappen, bereit, die Drohungen, Warnungen und alles Unheil zu verwirklichen, mit denen sie monatelang versucht hatten, uns einzuschüchtern. Sie setzten großes Vertrauen in ihre Waffen und waren gewiß überzeugt, daß wir bei Tagesende von dem schrecklichen Getöse ihrer gewaltigen Kanonen taub oder verrückt geworden wären. Doch diese Zeit gebietet uns, mit allem fertig zu werden. Seit langem hatten wir diesen Angriff erwartet. Den Weg des Kampfes zu beschreiten, hatten wir schon beschlossen, als wir ihre Delegationen und Briefe zurückschickten. Wir hatten nichts anderes erwartet und waren deshalb darauf vorbereitet, jeglicher Art von Überraschung entgegenzutreten. Das ist unser Boden. Wir besitzen kein anderes Gebiet, auf das wir ausweichen könnten, wie sie, zu deren Reich das endlose Anatolien gehört. Wir müssen entweder hier leben oder hier sterben. Der heutige Tag hat gezeigt, daß wir überleben werden.

Viele unserer Soldaten und Offiziere sind im Kampf um die Mauerkrone gefallen. Wir hatten sehr kritische Momente zu überstehen. Die Bataillone der größten Kriegsmacht unserer Zeit warfen sich wie ein nicht aufzuhaltendes Ungetüm über die gesamte Breite der Mauern. Unsere Einheiten standen den ihren Stirn an Stirn gegenüber. Gegen die osmanischen Säbel stemmten wir unsere

Brust. Eisen entgegneten wir mit Eisen, Grausamkeit mit Grausamkeit, Tod mit Tod. Auf den Zinnen fanden sie ihr Grab. Aber zu ihrem gemeinsamen Abgrund wurde vor allem der Innenhof, in den sie strömten, nachdem sie das Tor aus den Angeln gehoben hatten. Von unten stöhnte und ächzte es wie aus dem Höllenschlund. Nie zuvor hatten wir so etwas Entsetzliches mit eigenen Augen gesehen. Die Schreie, das Wimmern, das Gebrüll, der Geruch verbrannten Blutes und versengten Fleisches stiegen von dort empor wie ein fluchbeladener Brodem.

Jetzt ist die Nacht hereingebrochen, und unsere Leute haben sich, vom Kampf erschöpft und zerschlagen, zum Schlafen niedergelegt. Morgen werden wir unsere gefallenen Soldaten feierlich beisetzen. Das Lager schweigt und trauert. Man vernimmt lediglich das Knirschen der Wagen, mit denen sie an die Mauern heranfahren, um die Leichen ihrer Soldaten aufzuladen. Einige Wagen drangen auch in den Innenhof vor. Wir ließen sie unbehelligt. Uns war es sehr recht, daß sie ihre Leichen abtransportierten, denn sonst würde uns der Gestank den Atem nehmen. Das wissen sie auch, deswegen kommen sie unbewaffnet. Die Wagenräder drehen sich wehmütig. Dann und wann ist ein langgezogenes Seufzen zu hören, was uns erschaudern läßt. Dann herrscht wieder Stille, die nur dann durchbrochen wird, wenn die Leitern, die noch an der Mauer lehnen, an den verkohlten Stellen zusammenbrechen und mit einem dumpfen Aufprall auf dem Boden landen.

Kapitel 5

Jene Sandschak Beyler, die sich während der gesamten Kampfhandlungen hinter dem Oberbefehlshaber aufgehalten hatten, zerstreuten sich umgehend, nachdem der Pascha fortgeritten war. Der Generalquartiermeister und Mevla Tschelebi standen eine Weile allein. Die Dämmerung hüllte die Umgebung in Dunkelheit. Die Festung war kaum noch zu sehen. Soeben hatte die Trompete das Rückzugssignal erschallen lassen, die letzten Petroleum- und Pechfackeln waren herabgefallen, da schien es plötzlich, als hätte sich die Festung wie von Zauberhand in der Dunkelheit der Nacht versteckt. Die Schreie und der Kriegslärm wichen einem gedämpften Geräusch, tief wie das Gemurmel von Riesen. Es hörte sich an, als ob ein riesiges Tier mit Tausenden Gliedmaßen langsam, aber stetig auf der Erdoberfläche umhergeisterte. Die Armee zog sich zurück.

Der Generalquartiermeister seufzte tief.

„Komm, laß uns gehen, Mevla Tschelebi!“ sagte er.

Der Chronist folgte ihm schweigend. Sie gingen den Hauptweg des Lagers entlang. Der Ordonnanzunteroffizier des Generalquartiermeisters folgte ihnen wie ein Schatten. Im Lager herrschten Dunkelheit und Stille. Die meisten Zelte waren noch leer. Bald würden sie sich gefüllt haben, aber jetzt, still wie sie waren, wirkten sie traurig. Aus der Ferne drang das gedämpfte Geräusch herüber.

Ziellos irrten sie eine ganze Weile zwischen den Zelten

umher. Das Ohr des Chronisten schnappte hier und da Laute auf. Irgend jemand gab Befehle, einige Soldaten brachen irgendwohin auf. Zwei Meldereiter trabten unmittelbar an ihnen vorbei. Man hörte das Knirschen vieler Wagenräder und etwas weiter entfernt Hunderte Schritte.

„Was geschieht jetzt?“ fragte sich Mevla Tschelebi. „Wer erteilt diese Befehle? Hat denn das alles noch kein Ende gefunden?“

Ein berittener Melder galoppierte an ihnen wie ein Sturmwind vorbei. In der Ferne hörten sie wieder eilendes Pferdegetrappel und Stimmen, die erregt Befehle gaben. Obwohl auf seiner Seele ein Gefühl von Leere und Verzweiflung lastete, ergriff den Chronisten gleichzeitig eine andere Stimmung, das Entzücken über die Entschlossenheit zur Macht. Die Befehle und die Bewegungen inmitten der Nacht bewiesen ihm, daß auch in jener unglückseligen Stunde mächtige Männer zur Stelle waren, die befehlen und führen konnten.

Die Wagengeräusche näherten sich rasch. An jedem Wagenende brannte eine kleine Laterne. Zu Hunderten fuhren sie vorbei. Hinter den Wagen marschierte eine Truppeneinheit. Als sie an ihnen vorüberzog, bemerkte Mevla Tschelebi zu seinem Erstaunen, daß die Soldaten nicht, wie er zuerst vermutet hatte, mit Lanzen bewaffnet waren, sondern Spitzhacken und Schaufeln trugen.

„Das sind Pioniere“, erklärte ihm der Generalquartiermeister, „die heben große Gräben aus, um die Gefallenen beizusetzen.“

„Werden sie noch heute nacht beerdigt?“

„Soviel ich weiß, ist es so befohlen worden. In solchen Fällen werden die Gefallenen noch in derselben Nacht bestattet.“

Kurze Zeit später marschierte eine weitere Pioniereinheit vorbei.

„Wie hoch werden unsere Verluste sein?" fragte der Chronist sorgenvoll.

Der Generalquartiermeister, in Gedanken versunken, antwortete nicht sofort. Er dachte daran, daß an den jetzt folgenden zwei, drei Tagen wieder der übliche Mißbrauch mit den Abrechnungen betrieben würde. Mit dem Tod Tausender Verwundeter änderte sich täglich in unerwarteter Höhe die Anzahl der Soldaten. In dem großen Durcheinander und der allgemeinen Trauer konnte später niemand mehr den genauen Todestag der Gefallenen feststellen, so daß während dieser Tage die Kommandeure der Einheiten gemeinsam mit den Zahlmeistern auf den Soldlisten derartige Betrügereien vornahmen, daß selbst Ali Ibn Sina nicht in der Lage gewesen wäre, sie aufzudecken. Er selbst beschmutzte seine Hände niemals mit solchen Schäbigkeiten. Ihm schienen die Summen lächerlich gering, um deretwillen die Offiziere ihre Karriere und oft genug ihr Leben aufs Spiel setzten. Er selbst hatte es mit astronomisch hohen Summen zu tun, besonders dann, wenn er die Lieferverträge mit den Venezianern oder den Vasallenstaaten des Reiches unterzeichnete. Er war bei seinen Geschäften unschlagbar. In den vorbereitenden harten Verhandlungen und den folgenden endlos dauernden Abrechnungen mit den Vertretern Venedigs half er seinem Staat, Millionen Asper einzusparen. Deshalb erschien es ihm selbstverständlich, daß er einen Teil dieser Millionen für sich einbehielt; gegenüber denjenigen aber, die den Lohn der Soldaten hinterzogen, zeigte er sich von seiner unerbittlichsten Seite. Fast jeden Tag wurden Offiziere und Zahlmeister verurteilt, die bei Manipulationen entdeckt worden waren. Aber er wußte, daß die meisten unentdeckt blieben. Während er mit dem Chronisten noch durch das Lager schlenderte, beschloß er, am folgenden Tag eine allgemeine Versammlung aller Bataillonszahlmeister einzuberufen, um sie einzuschüchtern.

„Was hast du gesagt, Mevla Tschelebi?“ fragte er.
„Wieviele werden wohl gefallen sein?“
Der Generalquartiermeister überlegte.
„Wenn man die Dauer und die Intensität des Kampfes bedenkt, dann, und davon bin ich überzeugt, hat das Unternehmen nicht weniger als zehntausend gekostet“, antwortete er so gleichgültig, als ob er über irgendeinen Geldbetrag redete.
Wieder zog eine Kompanie Pioniere vorbei.
„Morgen werden wir einen genauen Bericht über die Anzahl der Gefallenen haben“, sagte der Generalquartiermeister. „Nur eines wissen wir schon heute abend genau: Dies war eine Niederlage von gewaltigem Ausmaß.“
Das Heer hatte das Lager erreicht. Straßen und Wege, Zelte und alle anderen Einrichtungen füllten sich allmählich mit schleppenden, müden Atemzügen, dem traurigen Klang Tausender Schritte und unzähligen Seufzern. Die beiden blieben am Wegrand stehen und beobachteten die Schatten, die sich langsam in der Dunkelheit bewegten. Gerade in diesem Augenblick tauchte der Mond am Horizont auf. Sein Licht richtete sich zunächst auf die Türme der Festung, danach kletterte es die hohen Mauern herab, und umfaßte schließlich, wie ein breiter Dunstschleier die Ebene, das Lager, die Zelte.
Ununterbrochen kamen Soldaten vorüber. Viele von ihnen stützten ihre verletzten Kameraden. Andere trugen Verwundete auf dem Rücken. Die meisten stöhnten nur, aber hier und da stießen manche auch gellende Schmerzensschreie aus. Es fiel schwer, Blutflecken von Pechflekken zu unterscheiden, ebenso wie es kaum möglich war, im Mondschein die roten Turbane der Eschkindschi von den weißen der Janitscharen zu unterscheiden. Alles lastete auf diesen müden, zerschundenen Köpfen und Schultern. Während die Soldaten in endlosen Reihen vorüberzogen, verbreiteten sie den Geruch von Petroleum,

verbrannter Haut und Asche. Etliche sanken, sobald sie ihr Zelt erreicht hatten, wie tot nieder. Die Schwerverletzten wurden in die Sanitätszelte transportiert, wo Hunderte Ärzte gemeinsam mit den alten Frauen aus Rumelien ihnen geschwind Verbandstupfer auf die verbrannte Haut auftrugen oder ihre Wunden zusammennähten.

Der Generalquartiermeister blieb stehen. Immer noch schleppten sich Bataillone vorbei. Er ließ seine Blicke nicht von ihnen ab, und dem Chronisten kam es so vor, als ob er dabeiwäre, etwas auszurechnen. In seinen Augen schimmerte der kalte, böse Glanz, den man ab und zu in seinen Blicken hatte wahrnehmen können.

„Einige Bataillone scheinen etwa ein Drittel ihrer Mannschaft verloren zu haben“, bemerkte er.

Der Chronist wußte darauf nichts zu erwidern.

„Andere scheinen zur Hälfte dezimiert zu sein“, fuhr der Generalquartiermeister fort, ohne die Vorbeimarschierenden aus den Augen zu lassen. Tschelebi glaubte, nun die Dalkilitschlar zu erkennen. Doch er wußte nicht, ob er seinen Augen trauen durfte, denn er hatte diese Truppen noch nie nach einer Niederlage gesehen, und deshalb fiel es ihm schwer, sie derart verändert wiederzuerkennen.

„Die Serdengetschti“, sagte der Generalquartiermeister mit einer seltsamen Stimme.

Den Chronisten schauderte es, als hätte man ihm Geister angekündigt. Wie ist das möglich, dachte er. Den Himmelfahrtskommandos ist doch die Rückkehr auf ewig verwehrt! Jetzt wird man sie standrechtlich hinrichten!

„Wo?“ fragte er mit fast erstickter Stimme.

Der Generalquartiermeister hatte schon vorher die Hand ausgestreckt. Er zeigte auf einen Wagen. Der Chronist riß die Augen auf. Auf dem Wagen lagen, unordentlich hingeworfen, viele verblichene, ehemals hellblaue Flaggen. Dem Wagen folgte niemand mehr.

Mevla Tschelebi begriff. Als der Wagen an ihnen vorbeifuhr, sah er, daß die Flaggen an einigen Stellen Brand- und Blutspuren aufwiesen. Er spürte einen Kloß im Hals, und nur mit Mühe konnte er ein Aufschluchzen unterdrücken.

Eine ganze Weile blieben sie schweigend stehen und beobachteten die vorbeiziehenden Bataillone. Dann entdeckte Mevla Tschelebi zwischen den Soldaten den Astrologen, der in Gedanken versunken daherlief. Der Chronist wollte ihn schon rufen, als er im Blick des Generalquartiermeisters, der den Astrologen ebenfalls erkannt hatte, eine tiefe Verachtung wahrnahm. Mevla Tschelebi senkte den Kopf, damit ihn der Astrologe nicht bemerkte. Er wußte, daß der Generalquartiermeister den Astrologen verachtete, und auf jeden Fall wollte Mevla Tschelebi verhindern, daß sein hochgestellter Freund von dieser Bekanntschaft erführe.

Hinter ihnen hielt ein Reiter sein Pferd an.

„Efendi!" hörten sie eine Stimme. Es war einer von Tursun Paschas Kurieren.

„Was ist los?" fragte der Generalquartiermeister.

„Im Zelt des Oberbefehlshabers versammelt sich der Kriegsrat. Der Pascha befiehlt Euch, dort zu erscheinen."

Der Kurier verbeugte sich ehrfurchtsvoll und bestieg wieder sein Pferd.

„Ich muß weg, Mevla Tschelebi. Was wirst du so lange machen?"

„Ich werde mich noch etwas umschauen, danach versuche ich zu schlafen."

„Auf Wiedersehen!" sagte der Generalquartiermeister. Gefolgt von seiner Leibwache, entfernte er sich.

Sobald sie außer Sicht waren, begab sich Mevla Tschelebi zwischen die Soldaten und eilte in die Richtung, in die der Astrologe verschwunden war. Einerseits freute er sich, daß ihm berühmte und mächtige Persönlichkeiten wie der Generalquartiermeister wohlgesonnen waren, andererseits war er sich bewußt, daß man im Leben auch andere Freunde braucht, auch wenn sie weniger berühmt und mächtig sind, solche, mit denen man öfter Umgang pflegen und offen reden kann. Die bedeutenden Freunde sitzen oft in endlosen Versammlungen und lassen einen allein. Mit gleichgestellten Freunden dagegen kann man sich die ganze Nacht herumtreiben, wenn einen die Schlaflosigkeit gepackt hat. Dazu kommt, daß die Mienen der vornehmen Freunde ganz überraschend unzugänglich und unnahbar wirken können, gleich den Inschriften alter Grabsteine, eine Erscheinung, die er bei den einfachen Freunden niemals beobachtet hatte. Schließlich fand Mevla Tschelebi den Astrologen.

„Wie geht es dir, was machst du hier?“ fragte er.

Der Astrologe blickte ihn wie abwesend an.

„Ich sah dich schon vorhin, habe aber nicht nach dir gerufen, weil du in Begleitung des Generalquartiermeisters warst. Ich kann mir vorstellen, daß ich bei ihm nicht gut angesehen bin.“

Der Chronist zuckte die Schultern, als ob er sagen wollte: Da kann man eben nichts machen.

Ziellos gingen sie eine ganze Weile nebeneinander her.

„Wie war doch der gestrige Abend schön“, sagte der Astrologe, „während sich jetzt alles verdüstert hat!“

„Allah wollte uns den Sieg nicht zugestehen.“

„Wenn er uns wenigstens nicht mit einer solch vernichtenden Niederlage bestraft hätte!“

„Niemand hat doch damit gerechnet, daß diese Festung unserer ruhmreichen Armee die Stirn bieten würde.“

„Verdammte Festung!“

„Sag eher verdammte Festungsbewohner!“

„Du hast sie doch während der Verhandlungen erlebt, Mevla Tschelebi. Was hatten sie denn Besonderes oder Außergewöhnliches an sich?“

„Nichts!“

Niedergeschlagen betrachteten sie die Soldaten in den schier endlosen Reihen. Diese hier schienen ihnen besonders geschunden und entkräftet zu sein. Offensichtlich waren es die Männer, die die Leitern auf ihren Schultern getragen und mit den eisernen Rammböcken das Haupttor zerstört hatten.

„Der Janitschar Tuz Oktschan!“ rief plötzlich der Astrologe. Der Janitschar hob den Kopf. Er war weder verletzt, noch trug er Pechspuren. Lediglich an seiner Stirn war ein Kratzer zu sehen. Er stützte jemanden.

„Gott sei Dank, du lebst!“ sagte der Chronist. „Und dieser Unglückselige?“ fragte er und deutete auf den Mann, dem der Janitschar beistand. Seine Augen waren mit einem Turbanfetzen verbunden, sein Gesicht war schwarz von Pech, seine Haare vollständig versengt.

„Allah! Ich glaube, das ist Sadedin!“ sagte der Chronist mit matter Stimme.

Tuz Oktschan nickte.

„Er ist erblindet. Seine Augen sind vollständig verbrannt“, erklärte der Janitschar.

Sie bissen sich auf die Lippen. Der Janitschar sprach, als ob Sadedin gar nicht anwesend wäre.

„Ich habe ihn zufällig inmitten des Menschenstroms hineinstürmen sehen. Er war einer der ersten, die in den Innenhof rannten, nachdem wir das Haupttor niedergerissen hatten.“

Sie konnten ihre Blicke nicht von dem mit einem Stück Turban verbundenen Gesicht lassen.

„Dann sah ich ihn wieder, wie er im Innenhof, mitten im Hexenkessel, umherirrte. Er hielt sich ständig eine Hand vor die Augen.“

Tuz Oktschans Stimme klang erschöpft und ein wenig heiser. Man merkte, daß er während des Angriffs viel geschrien hatte.

„Als ich ihn das zweite Mal sah, hielt er die Hand immer noch vor den Augen. Er wurde von allen Seiten hin und her gestoßen."

Die anderen starrten unentwegt auf den Blinden.

„Da machte ich mir Sorgen um ihn und schlug mich mühselig durch den Hexenkessel bis in seine Nähe. Jetzt sah ich, daß von seinen Augen flüssiges Pech über die Wangen heruntergelaufen war", erklärte der Janitschar teilnahmslos.

„Nein!"

„Dann packte ich ihn an der Hand, und unter tausend Schwierigkeiten zog ich ihn aus der Hölle heraus."

Sadedin stand vor ihnen wie zur Säule erstarrt. Hätte er nicht auf seinen eigenen Füßen gestanden, so hätte man zweifeln können, daß er überhaupt noch lebte.

„Ich bringe ihn zu den Ärzten", sagte der Janitschar. „Für sein Augenlicht besteht keine Hoffnung mehr, vielleicht können sie wenigstens seine Schmerzen lindern!"

„Wir kommen mit."

Schweigend machten sich die vier auf den Weg zu den Sanitätszelten. Erst einen Tag zuvor aufgerichtet, hatten sie sich bereits in Schlachthöfe verwandelt. Die Ärzte, die von den alten Frauen aus Rumelien unterstützt wurden, operierten und verbanden in größter Eile die mitunter merkwürdigsten Verletzungen und Verbrennungen. Sie mußten lange warten, bis Sadedin an die Reihe kam. Die Behandlung selbst dauerte nicht lange. Der Poet schrie nicht, stöhnte nicht. Als seine Augen frisch verbunden waren und sie ihn an den Armen griffen, um ihn in sein Zelt zu führen, merkten sie lediglich, wie blaß er geworden war. Sobald sie ihn im Zelt hingelegt hatten, verfiel er in einen tiefen Schlaf.

Sie gingen hinaus. Lange schlenderten sie schweigsam im Schatten der Zelte umher.

„Du warst dort unten", sagte der Chronist und zeigte

mit der Hand in die Richtung, in der er die Festung vermutete. „Erzähle!“

Der Janitschar blickte sie erschrocken an. Sie warteten lange auf seinen Bericht, aber der Janitschar brachte kein Wort über die Lippen. Erst als sie ein Stück Weg schweigend hinter sich gebracht hatten, begann er, wie in einem Selbstgespräch vor sich hin zu murmeln.

„Ein grausamer Anblick!“

„Wo?“

„Da unten“, antwortete er und zeigte mit der Hand in die Richtung wie kurz zuvor der Chronist. Schweigend zogen sie weiter.

„Wo gehen wir hin?“

Erneut Stille.

„Wie schön war es doch gestern abend!“ sagte der Astrologe.

Überall bewegten sich die Schatten der Soldaten. Niemand sprach mit lauter Stimme. Alles flüsterte, ging sich aus dem Weg, huschte vorbei.

„Seine verbrannten Augen gehen mir nicht aus dem Kopf“, sagte plötzlich Tuz Oktschan. „Wie strahlten sie gestern abend, als er redete!“

„Er wollte ein großes Poem über diesen Kampf schreiben“, sagte der Chronist und dachte dabei an seine eigene Chronik.

„Er stürzte sich als erster in das Getümmel, um mit eigenen Augen zu sehen, wie das Tor niedergerissen würde“, sagte der Astrologe.

„Wirklich tragisch“, bedauerte Mevla Tschelebi, „er war begabt und mutig.“

„Wie strahlten seine Augen noch gestern abend!“ wiederholte der Janitschar mit leiser Stimme.

„Sie strahlten“, wiederholte auch Mevla Tschelebi ganz betrübt, „als ob sie geahnt hätten, daß sie die Welt zum letzten Mal sehen sollten.“

„Verlogene Welt!“ ereiferte sich der Astrologe.

„Das Pech hat sein Augenlicht auf ewig mit einem dunklen, undurchlässigen Schleier bedeckt.“

Wer sprach doch gestern abend von einem Schleier? Der Chronist war müde, und in seinem Kopf wirbelten die Gedanken durcheinander.

Der Astrologe betrachtete den Himmel.

„Welches Schicksal sagen uns die Sterne voraus?“ fragte der Janitschar. Jetzt, da er an der Schlacht teilgenommen hatte, fühlte er sich in der Gesellschaft dieser beiden Männer nicht mehr schüchtern. Er sprach ungehemmt, als ob sie alte Bekannte wären.

„Ein ungünstiges“, erwiderte der Astrologe, „es scheint, als triebe ein irre gewordener Wind sie ständig auseinander.“

Tatsächlich hatte er Kopfschmerzen und etwas Fieber, daher auch sein Eindruck, daß sich die Sterne bewegten. „Du sollst nicht sinken, oh mein Stern!“ Diese Worte hatte er irgendwo gelesen. Sie spukten jetzt ständig in seinem Kopf herum, hinter der fiebrigen Stirn. Beim Angriff hatten sie ihn bereits gepackt. „Halt dich fest, oh mein Stern!“ Auf diesen Feldzug hatte er all seine Hoffnungen gesetzt. Wenn sich seine Voraussagen als richtig erwiesen, könnte er nach der Rückkehr auf einen höheren Posten versetzt werden. Auf einen sehr hohen sogar. Er könnte zum Hofastrologen des Sultans ernannt werden. Warum eigentlich nicht? Dies war der bedeutendste Feldzug der letzten Jahre. Die Blicke des ganzen Reiches waren auf diese nebelumhüllten Berge gerichtet. Das Leben in der Provinz langweilte ihn. Er liebte das rauschende Leben der Hauptstadt, den bunten Trubel in den Straßen, die ausgefüllten Tage voller Ereignisse und Sorgen, die Mode, die Frauen. Der Himmel konnte ihm all diese Dinge ermöglichen aber ebenso plötzlich wieder entziehen. „Halt dich fest, oh mein Stern!“ Als die noch glimmenden Leitern, eine nach der anderen, in sich zusammenstürzten, schien ihm auch sein Stern zu sinken. Unglücksmensch! Dieses Wort hatte sich während des Nachmittags wie ein Nagel in sein Hirn gebohrt.

„Gestern abend waren wir noch zu viert“, gab Mevla Tschelebi nachdenklich von sich. „Heute sind wir nur noch drei.“

„Drei?“

In der Ferne hörte man Wagenräder knarren. Im Unterschied zu vorhin, als die Wagen zur Festung fuhren, klangen sie nun dumpf und schwer. Sie waren offensichtlich beladen.

„Schauen wir dem Begräbnis der Gefallenen zu“, sagte der Chronist.

Ohne ein Wort zu wechseln, begaben sie sich in die Richtung, aus der sie das Knarren der Wagenräder vernahmen. Sie waren lange unterwegs, bis sie die Fuhrwerke erreicht hatten. Die Wagen bewegten sich langsam in einer unendlichen Kolonne. Schweigend gingen sie neben ihnen her. Im Mondschein konnte man die übereinandergeworfenen Leichen erkennen. Einige Wagen waren mehr, andere weniger beladen. Von einem glitt ein Körper geräuschlos zu Boden. Der nachfolgende Wagen hielt an, und irgend jemand lud den Leib wieder auf.

Aus der Gegenrichtung kamen ihnen leere Wagen entgegen. Bereits entladen, holten sie neue Fracht. Ihre Bretter waren rot und schwarz von Blut gefärbt. Erst jetzt merkten sie, daß auch die Straße mit Blutspuren überzogen war.

„Du bist ja gelb wie eine Zitrone geworden, Mevla Tschelebi“, stellte der Astrologe fest. „Sollen wir umkehren?“

„Nein. Ich muß an der Bestattung der Soldaten teilnehmen, weil ich dieses Ereignis in meiner Chronik beschreiben will.“

Das waren die einzigen Worte, die sie auf dem langen Weg wechselten. Aus der Ferne vernahmen sie bereits die Gebete der Feldgeistlichen. Ihre Stimmen klangen schleppend und herzzerreißend. Sie wurden immer lauter und übertönten allmählich sogar die Geräusche der Pickel und Schaufeln.

Als sie eintrafen, hatten die Pioniere schon drei große quadratische Gruben ausgehoben. Jetzt arbeiteten sie gerade an vier weiteren. Die Wagen hielten neben den Gruben an, und die Leichname wurden, nachdem sie in aller Eile von Ärzten untersucht worden waren, hineingeworfen. Das erste Grab war schon voll, und die Pioniere hatten bereits begonnen, es mit Erde abzudecken. Die Feldgeistlichen ließen sich auf die Knie fallen und warfen unter Beten eine Handvoll Erde in das Grab, während das Loch zugeschaufelt wurde. Die zweite Grube füllte sich langsam. Halbnackte Derwische, die Arme bis zu den Ellbogen blutverschmiert, griffen rasch die Leichen an Armen und Beinen und warfen sie in die Grube. Die Wagen wurden zügig reihum abgeladen. Die vom Blutgeruch erregten Pferde konnten nur unter größter Mühe im Zaum gehalten werden. Die Feldgeistlichen beteten unentwegt. Ab und zu legten die Ärzte einen Körper beiseite. Diese Verletzten waren versehentlich auf die Wagen geraten. Der Chronist, der Janitschar Tuz Oktschan und der Astrologe harrten dort aus, bis die fünfte Grube zugeschüttet wurde. Inzwischen hoben die Pioniere weitere Gruben aus. Die drei Männer kehrten zum Lager zurück. Während des Rückwegs kamen ihnen weitere mit Leichen beladene Wagen entgegen.

Im Lager herrschte Dunkelheit. Sie hatten den Eindruck, daß schon alle schliefen. Doch sie irrten sich. Auf den Wegen, zwischen den Zelten und bei den Wachposten herrschte ein lebhaftes Treiben. Ab und zu hörten sie in der Stille der Nacht Befehle und Pferdegetrappel.

„Was bedeutet diese Regsamkeit?" fragte der Astrologe. „Oder täuschen mich meine Ohren?"

„Lebhaft ist es", antwortete der Janitschar. „Sie verstärken die Wachposten."

Je tiefer sie ins Lager eindrangen, desto mehr machte sich die Unruhe bemerkbar.

„Offensichtlich wird ein Angriff Skanderbegs erwartet", sagte der Janitschar Tuz Oktschan.

„Ein Angriff Skanderbegs?"

„Ja. Vorhin hörte ich, wie sich zwei Offiziere darüber unterhielten."

„Schon möglich", meinte der Astrologe. „Überall sind die Wachposten verdoppelt worden."

Sie spitzten die Ohren. Irgend jemand ritt schnell vorbei.

„Wenn er angreift, werden sich ihm die Akindschi entgegenwerfen", sagte Tuz Oktschan. „Sie haben bisher noch nicht in die Kämpfe eingegriffen."

„Schaut, wieder doppelte Wachposten", sagte der Astrologe.

Der Chronist machte sich erneut klar, daß das Reich auch in einer finsteren Nacht wie dieser nach der Niederlage seine Macht unter Beweis stellte. Er sagte sich, daß es eben kluge und mächtige Menschen gibt, die immer wachen. Sie sind ständig auf der Hut. In diesen schwierigen Augenblicken stehen sie bei Fuß auf ihren Posten und halten Wache. Mevla Tschelebi fühlte, wie die Begeisterung ihm schier die Brust sprengte.

„Man behauptet, daß Skanderbeg bei Nachtangriffen grausam vorgeht", sagte der Astrologe.

„Vieles wird über ihn erzählt", erwiderte Tuz Oktschan.

„Tursun Tundschaslan Pascha ist nicht weniger schrecklich", bemerkte Mevla Tschelebi.

„Gewiß."

Aus dem Zelt Tursun Paschas schimmerte Licht.

„Dauert die Versammlung noch an?“ fragte der Astrologe einen gerade vorbeigehenden Kurier. Zunächst wollte dieser nicht antworten. Als er dann im Mondschein das Astrologengewand erkannte, antwortete er kühl:

„Immer noch.“

Der Astrologe wurde unruhig.

Unterdessen setzte der Kriegsrat die außerordentliche Sitzung fort. Die Befehlshaber hatten sich auf den mit Fellen belegten Diwanen niedergelassen; die meisten von ihnen waren verwundet und trugen Verbände. Drei Ratsmitglieder waren gefallen, und schon jetzt hatte der Architekt Giauri, in die hinterste Ecke zurückgezogen, damit begonnen, für sie eine Türbe zu entwerfen, die der Tradition nach auf deren Gräber errichtet werden mußte. Dies war für ihn eine leichte Arbeit, mit der er sich gerne, besonders während der Versammlungen, beschäftigte.

Der Generalquartiermeister hatte das Wort ergriffen. Er forderte, den Astrologen seines Amtes zu entheben und ihn zu Zwangsarbeit zu verurteilen. Obwohl er seine heftigen Angriffe in gemäßigte und vornehme Worte faßte, war allen klar, daß sich seine Beschuldigungen vor allem gegen den Mufti richteten. Sarudscha, der während der Beratungen ab und zu eingenickt war, hörte jetzt mit drohendem Blick zu. Er unterbrach den Generalquartiermeister in seinem Beitrag und forderte die Todesstrafe für den Astrologen. Der Generalquartiermeister blieb jedoch bei seiner Forderung. Einige Sandschak Beyler, die unter dem Einfluß des Mufti standen, versuchten, den Irrtum des Astrologen zu rechtfertigen. Die übrigen forderten, daß er lediglich seines Amtes enthoben werden sollte. Auch Kara-Mukbil forderte die Todesstrafe für den Astrologen. Der Mufti, der alte Tavdscha und Kurdischdschi beteiligten sich überhaupt nicht an der Diskussion. Der Alay Bey forderte ebenfalls die Absetzung des Astrologen, äußerte sich aber nicht zu einer weiteren Strafmaßnahme. Tursun Pascha hörte der Diskussion völlig gleichgültig zu. Ob der Astrologe verurteilt werden würde oder nicht, schien ihm eine ausgesprochen unbedeutende Angelegenheit, etwa so, als ob er sich den Kopf darüber zerbrechen müßte, ob er beim Gehen mit der Ferse eine Ameise zertreten hätte oder nicht. Er war sich bewußt, daß die Ursache für den entbrannten Streit an anderer Stelle zu suchen war. Aber heute schien ihm die zwischen den zwei Gruppierungen seines Stabes aufgekommene und nicht offen geführte Auseinandersetzung, die ihm gewiß unter anderen Umständen große Sorgen bereitet hätte, unwichtig und bedeutungslos. Nur ein Gedanke überschattete alle anderen Sorgen und ging ihm nicht aus dem Kopf: Was sollte danach geschehen?

Er brach die Diskussion über den Astrologen ab und fällte dabei blitzartig seine Entscheidung: Der Astrologe wird seines Amtes enthoben und muß ab sofort Gruben und Schützengräben ausheben. Während der Sekretär diesen Beschluß schriftlich niederlegte, meldete sich Kurdischdschi zu Wort. Er bat um die Erlaubnis, mit seinen Abteilungen, wie es Tradition war, eine Strafexpedition durchführen zu dürfen, auf der er die ganze Umgebung mit all ihren Ortschaften und Bergnestern in Angst und Schrecken versetzen und ausrauben wolle. Er fügte hinzu, daß dies gerade in einer solchen Situation notwendig sei, um die von den Rebellen nach dem ersten Kampftag möglicherweise erlangte Zuversicht zu brechen und um eine allgemeine Panik hervorzurufen.

„Ich werde das heute vergossene Blut rächen!“ sagte Kurdischdschi. „Ich werde alles in Schutt und Asche legen! Keinen Stein werde ich auf dem anderen lassen! Alles werde ich verwüsten und in ein Grab verwandeln!“

Tursun Pascha musterte lange Kurdischdschis geröteten Kopf, der auf ihn den Eindruck machte, als ob er Feuer gefangen hätte. Er war überzeugt, daß es Kurdischdschi bitter ernst meinte.

„Zieh los!" entschied der Pascha und gab dem Sekretär ein Zeichen, damit dieser den Beschluß schriftlich niederlegte. Diesen Beschluß hatte er gefaßt, ohne sich zuvor mit den übrigen Ratsmitgliedern beraten zu haben, was eigentlich selten vorkam. Danach ging er sofort zur Hauptfrage über: Wie sollte der Krieg weitergeführt werden, welche Maßnahmen schlugen sie vor, um die Festung einzunehmen.

Die Diskussion zog sich lange hin und wurde unter reger Beteiligung in erheblicher Lautstärke geführt. Der alte Tavdscha, Tahankai, der Mufti und einige andere sprachen sich dafür aus, so schnell wie möglich mit einem zweiten Sturmangriff loszuschlagen. Sie führten aus, daß die ruhmreiche osmanische Armee, die Dutzende als uneinnehmbar geltende Festungen erobert hatte, schon der Schande wegen auf keinen Fall dulden könne, lange Zeit an den Mauern dieses Felsbrockens gefesselt auszuharren. Die ganze Welt erwarte die Nachricht ihrer Eroberung. Wir müssen mit dem Sturmangriff beginnen. Die meisten Ratsmitglieder sprachen sich gegen einen Angriff, besonders zum gegenwärtigen Zeitpunkt, aus. Sie waren der Meinung, daß ein zweiter derartiger Sturmangriff Gefahr liefe, die Armee auf die Hälfte zu reduzieren und die Kampfmoral völlig zugrunde zu richten. Weiterhin erklärten sie, daß unabhängig von der unumstrittenen Tatsache, daß dem rasenden Angriff der unbeugsamen osmanischen Armee keine Festung widerstehen könne, wie bereits auch Dutzende Male unter Beweis gestellt worden war, man andererseits doch der Wahrheit ins Auge sehen müsse, nämlich daß diese sich vor ihnen erhebende Festung offensichtlich eine Festung ganz besonderer Art sei, da sie ungeachtet des bereits durchgeführten fürchterlichen Sturmangriffs, bei dem jede andere uneinnehmbare Festung vom Erdboden hinweggefegt worden wäre, nicht erobert werden konnte. Aus diesem Grunde sprächen sie sich dafür aus, derzeitig andere Wege zu beschreiten, um das Ziel zu erreichen, was ihnen der Kampf nicht gebracht hatte. Zum Schluß betonten sie, daß die Ruhmeskrone einer Armee durch die Siegesperlen verschönert würde, unabhängig von den dafür eingesetzten Mitteln.

Bis spät in die Nacht hinein warfen die Mitglieder des Kriegsrates sowohl ihr ganzes Wissen, das sie durch langjährige Erfahrungen gesammelt hatten, als auch all das, was ihnen im Laufe der Zeit über Eroberungen von Festungen zu Ohren gekommen war, in die Debatte. Man erörterte Dutzende Varianten, manchmal wurde eine bereits diskutierte erneut aufgenommen, um jede kleine Besonderheit auf Vor- und Nachteile hin zu überprüfen. Ein Ratsmitglied wurde aufgrund seiner erlittenen Verletzungen ohnmächtig, und der in Eile herbeigerufene Arzt ließ ihn in sein Zelt transportieren. Zum Schluß der Sitzung zeichnete sich ab, daß die Mehrheit dafür war, einen unterirdischen Tunnel zu bauen, eine Variante, für die der Architekt Giauri von Anfang an plädiert hatte. Tursun Pascha gab dem Architekten ein Zeichen. Dieser zog aus seiner großen Tasche ein dickes Bündel Skizzen, kam aus seinem Winkel hervor und näherte sich dem versammelten Plenum. Er breitete die Zeichnungen auf dem Teppich aus und begann, sie zu erläutern. Die Ratsmitglieder schafften es nicht, ihm zuzuhören, denn trotz größter Aufmerksamkeit verstanden sie ihn nicht. Sie verfolgten seine sich über die rätselhaften Zeichnungen bewegende Hand immer wieder mit Staunen, weil sie nicht begriffen, wie man etwas Sichtbares, Greifbares und Massives wie die Festung mit einigen feinen, leichten Strichen darstellen konnte, und diese zeigten nicht nur die sichtbaren Teile der Festung, sondern sogar die unsichtbaren, vom Treppenhaus der Türme angefangen bis hin zu den tief unter der Erde liegenden Fundamenten, welche dem menschlichen Auge stets verborgen blieben. Die heilige Religion des Islam, das heißt die Wahrheit, hatte oftmals betont, daß Zeichnungen und Gemälde immer teuflische Elemente in sich bargen, aber dennoch waren sie gezwungen, sie zur Kenntnis zu nehmen und auf ihre Rätselhaftigkeit zu bauen, wie sie zuvor bereits in die komplizierten Zeichnungen Sarudschas Hoffnung gesetzt hatten, aus denen schließlich Kanonen, so riesig wie Ungeheuer, geboren wurden. Fortwährend bewegte sich die Hand des Architekten über die Zeichnungen. Er verwies auf die weichen und harten Erdschichten, die die Festung umgaben, und erklärte dabei, daß beim Ausheben des unterirdischen Ganges weicher Boden zwar vorteilhafter sei, weil er sich leichter und schneller abtragen ließe, man dabei allerdings die Einsturzgefahr berücksichtigen müsse, während harter Boden mehr Mühe beim Graben mache, dafür aber derartige Gefahren kaum zu befürchten seien. Er erklärte, in welcher Tiefe begonnen werden, welche Tiefe der Gang erreichen müsse, um unter den Festungsfundamenten zu verlaufen, und daß er sich dann zweckmäßigerweise gabeln sollte, um bei einem eventuellen Mißlingen auf der anderen Seite eine Ausweichmöglichkeit zu bieten. Zum Schluß seiner Ausführungen legte er dar, in wieviel Tagen der Tunnelbau abgeschlossen sein müßte, wie viele Soldaten dann in einer bestimmten Zeit gleichzeitig durch den unterirdischen Gang geschleust werden könnten.

Viele der vom Architekten vorgetragenen Einzelheiten hatten sie nicht verstanden und bemühten sich auch nicht darum, weil sowieso niemand in der Lage gewesen wäre, Verbesserungsvorschläge für das Tunnelprojekt zu machen. Wie gebannt starrten sie alle auf die gleiche Stelle, auf den roten Pfeil, der von einem Punkt außerhalb der Festung ausging und bis unter die Fundamente reichte, ähnlich einem Menschen, der sich bäuchlings auf den Boden legt, um unter der Tür durch ins Innere zu kriechen, und dann endlich im dunklen Kellerverlies der Festung wieder auftaucht. Allen Augen war die gleiche Frage abzulesen: Wird es diesem spitzen Pfeil jemals gelingen, den Bauch der Festung zu durchstoßen?

Während der Architekt sprach, zeigte der Mufti offen seine Mißachtung gegenüber den Zeichnungen, indem er kein einziges Mal die auf dem Kelim ausgebreiteten Skizzen anschaute. Der alte Tavdscha betrachtete nachdenklich die Skizzen und stellte betrübt fest, daß nunmehr, da diese Skizzen und Schriftstücke Eingang in die Kriegskunst des Reiches gefunden hatten, der Krieg, seines heiligen, feurigen Glanzes beraubt, sich unmerklich verstieg in immer neue Künsteleien von Schlauköpfen und rätselhaften Männern wie diesem Architekten, dessen Worte niemand verstand. Undeutlich fühlte er, daß das Reich dahinwelken würde, wenn es weiterhin diesen Schriften und Zeichnungen vertraute, da die Wurzeln nicht mehr mit dem heiligen und kämpferischen Geist seines Schlages genährt würden, sondern mit komplizierten Formeln, die alles Lebendige verdorren lassen. Tavdscha hielt die Augen halb geschlossen. Die Wunde in Augennähe schmerzte, er war müde. Während ihm diese Überlegungen durch den Kopf gingen, dachte der Generalquartiermeister, der aus den Augenwinkeln mal ihn und mal den Mufti betrachtete, daß er versuchen müßte, wolle das Reich weiterhin bestehen, mit der Zeit zu gehen und langsam solche Männer wie den alten Tavdscha, den Mufti oder Kurdischdschi aus den Führungsposten zu entfernen. Aber vielleicht, sagte er sich und widersprach sich dabei selbst, sind gerade sie es, die den kämpferischen Geist aufrecht halten, und wir können mit unserem ganzen Wissen ohne ihre Unwissenheit gar nichts ausrichten. Vielleicht bilden der Wissende und der Unwissende, sofern sie ein gemeinsames Ziel verfolgen, eine erheblich stärkere Einheit als zwei Wissende oder zwei Unwissende, so wie auch Bronze stärker ist als Kupfer oder Zinn allein, aus deren Verbindung sie ja entsteht.

Die Versammlung endete nach Mitternacht. In seinem Schlußwort forderte Tursun Pascha alle auf, absolutes Stillschweigen zu bewahren. Er sagte, daß jeder sich mit seinem Leben verbürge, unabhängig von Dienstgrad oder Stellung. Er erhob sich als erster.

„Es ist uns nicht gelungen, diese Festung einzunehmen, obwohl wir uns wie Falken auf sie stürzten", sprach er mit ruhiger Stimme. „Jetzt werden wir aus der Tiefe wie Schlangen in sie eindringen, um sie im Schlaf zu beißen."

Den Generalquartiermeister durchlief ein kalter Schauder.

In ihrem Lager herrschte tiefe Ruhe. Tagsüber schlenderten die Soldaten umher oder beschäftigten sich mit Aufräumungsarbeiten. Diese Ruhe erschien uns unnatürlich. Mit Sicherheit führten sie etwas im Schilde. Vorgestern wollten sie uns zwei Gesandte schicken, um eine Waffenruhe auszuhandeln. Wir weigerten uns, sie zu empfangen. Sie versuchen, Zeit zu gewinnen, aber warum? Derzeit können wir uns die Gründe dafür nicht erklären.

Bestimmt verbreitet sich jetzt überall, im Osten wie im Westen, die Nachricht von ihrem ersten gescheiterten Angriff. Kein Unglück fürchteten sie mehr. Das Ansehen des Reiches wird erschüttert werden. Voller Schrecken malen sie sich aus, daß unser Widerstand andere ermutigen könnte. Daraus läßt sich auch ihr erster stürmischer, verzweifelter Angriff erklären. Mit einem einzigen Schlag wollten sie uns von der Erdoberfläche hinwegfegen. Jetzt haben sie Angst, daß sich ihre Vasallen erheben könnten. Sie lassen nichts unversucht, um Zeit zu gewinnen. Aber weshalb?

Unser Gjergj hat noch keinen Überraschungsangriff gegen sie geführt. So wie es scheint, versucht er, einen Teil des Heeres in eine Bergschlucht zu locken. Vermutlich wird dies bald geschehen. Ihre Akindschi bereiten sich auf einen Rachezug vor. Ohne Zweifel werden sie in diesen Tagen aufbrechen. Wie üblich werden sie die ganze Umgebung in Angst und Schrecken versetzen. Sie werden morden, rauben, plündern und alles unternehmen, um unsere Mädchen gefangen zu nehmen. Sie werden unsere Ernte vernichten.

Die Erntezeit naht. Der Weizen muß schon reif sein. Zuletzt sahen wir die Felder am Morgen des 18. Juni. Damals waren die Ähren noch grün. Innerhalb weniger

Stunden wurde ein Kornfeld nach dem anderen unter den Hufen der Pferde und Kamele, unter den Füßen der Soldaten dem Erdboden gleichgemacht. Als der Morgen anbrach, waren die Felder der Umgebung kahl und verwüstet. Sie sahen aus, als hätte man riesige Pilze angebaut. Überall Pilze. Es kommt uns vor, wie ein schlechter Traum.

Dieser Anblick tut unseren Augen weh. Jetzt, da die Erntezeit naht, träumen wir oft von dem Weizen, und wir sehen auch unsere Kinder, die sich in den Bergen aufhalten, vor uns.

Irgend etwas geht in ihren Köpfen vor. Das ist die Ruhe vor dem Sturm. Sie birgt den Geruch des Todes in sich.

Kapitel 6

Die Akindschi bereiteten sich zum Aufbruch vor. Ihre Vorhut war soeben losmarschiert. Jetzt setzte sich eine Einheit nach der anderen unter dem Dröhnen der Trommelschläge in Bewegung. Tausende Soldaten hatten ihre Zelte verlassen, um den Abmarsch der Akindschi zu sehen. Viele waren gekommen, um sich von ihren Freunden und Bekannten zu verabschieden.

Mevla Tschelebi saß ebenso wie die Akindschi auf einem mit einer Wolldecke bedeckten kleinen Pferd und blickte zerstreut umher. Auch er brach mit der Expedition auf.

Das Gesicht des Chronisten war blaß. Von dem Moment an, als er vom Alay Bey den Befehl erhalten hatte, den Rachezug zu begleiten, konnte er kaum noch Schlaf finden. Zunächst hatte er seinen Ohren nicht trauen wollen. Gerade er, Mevla Tschelebi, sollte in seinem Alter die Akindschi begleiten? Das war das gleiche, als würde man von ihm schwierigste akrobatische Kunststücke verlangen. Es war doch bekannt, daß die Akindschi bei ihren Vergeltungsschlägen wie ein Wirbelwind vorwärtsstürmten und von einer Horde frei galoppierender Pferde begleitet wurden, auf deren Rücken sie sich abwechselnd warfen, um ihren eigenen Pferden eine Verschnaufpause zu gönnen. Wie sollte er, Mevla Tschelebi, mit den unaufhaltbaren Akindschi mithalten? Als dem Alay Bey auffiel, daß dem Chronisten kalter Schweiß über die Stirn rann, ließ er sich den Grund dafür nennen. Der Alay Bey beruhigte ihn daraufhin und erklärte, daß die Akindschi diesmal schwieriges Gebirgsgelände zu überwinden hätten, und aufgrund dieser Tatsache sei ihr Tempo für ihn erträglich. Darüber hinaus erfordere das völlig unbekannte Territorium eine besonders vorsichtige Kampftaktik. Und wenn man noch die Gefahr eines Überraschungsangriffs durch Skanderbeg berücksichtigte, damit nicht zu rechnen sei leichtfertig, betonte der Alay Bey, dann sei es doch auch leicht zu begreifen, daß dieses Unternehmen eher einem mühevollen Aufstieg als einem blitzartigen Flug gleichkomme. Dies war für den Chronisten ein schwacher Trost, dem es dann schon lieber gewesen wäre, sich in einem Wettrennen zu messen, als zwischen diesen wilden Bergen umherirren und dabei Kopf und Kragen riskieren zu müssen. Das konnte er natürlich nicht sagen, deshalb bedankte er sich bei dem Alay Bey, ihm die Chance gegeben zu haben, ein kriegerisches Unternehmen der Akindschi mit eigenen Augen beobachten zu können, und entfernte sich dann völlig verstört.

Jetzt, auf seinem Pferd sitzend und auf den Befehl zum Abmarsch seiner Abteilung wartend, schnappte er mit seinem verwirrten Kopf Gesprächsfetzen von Unterhaltungen auf, die um ihn herum geführt wurden.

„Wer weiß, wie viele Sklavinnen wir mitbringen werden!"

„Ulu, vergiß nicht den Auftrag!"

„Wer weiß, wie viele Schönheiten sie mitbringen, was?"

„Wer weiß."

„Warum sagst du, wer weiß? Glaubst du etwa nicht daran?"

„Ich habe nicht behauptet, daß ich nicht daran glaube, ich habe bemerkt, ‚wer weiß'!"

„Ulu, Bruder, ich bezahle, was immer sie auch kosten mag, sie muß nur blond und hochgewachsen sein."

„Auch wenn sie sechshundert Asper kosten würde?"
„Auch sechshundert Asper."
„Und woher nimmst du so einen Batzen Geld?"
„Was geht dich das an? Ich werde was auftreiben."
„Soviel ich weiß, bekommt eure Waffengattung einen Sold von zweieinhalb Asper pro Tag. Wie willst du denn an so viel Geld herankommen?"
„Ich werde es schaffen."
„Wie dem auch sei, mich wundert's."
Mevla Tschelebi wurde nun doch neugierig und drehte sich langsam um. Das Gespräch wurde zwischen einem berittenen Akindschi mit einem langen Schnurrbart und einem Soldaten der Pioniereinheiten geführt. Der Soldat war ein hübscher Bursche. Er hatte seine Hand auf den Rücken des Pferdes gelegt.
„Sechshundert Asper sind eine Menge Geld bei deinem Sold", sagte der Akindschi betont langsam und starrte mit seinen schwarzen Augen voller Mißtrauen auf den Soldaten. „Hast du vielleicht..."
Der andere errötete.
Der Akindschi machte eine geringschätzende Geste.
„Aha! So sieht die Sache also aus! Niemals hätte ich geglaubt, daß du so tief sinken könntest!"
Der andere schwieg.
„Es wäre besser gewesen, wenn du das Geld geklaut hättest, als daß..."
„Begreif mich doch, Ulu! Ich sterbe vor Begierde nach einer Frau!"
„Nach diesem Verhalten wirst du dich an keinem Weib erfreuen können, niemals...!"
In diesem Augenblick kündigte ihre Bataillonstrommel den Abmarsch an, und die Abteilungen setzen sich der Reihe nach in Bewegung. Mevla Tschelebi entdeckte gerade im letzten Augenblick den Janitschar Tuz Oktschan, als dieser einem Akindschi etwas mitteilte. Der

Akindschi nickte mit dem Kopf. Die vor ihm stehende Abteilung setzte sich in Bewegung. Ohne zu wissen warum, wandte Mevla Tschelebi den Kopf in Richtung Festung und sah die großen Pechflecken auf den Mauern, die wie Trauerschleier aussahen.

„Glückliche Reise, Mevla Tschelebi!“ hörte er hinter sich die Stimme des Janitscharen Tuz Oktschan, der den Chronisten soeben entdeckt hatte. Tschelebi hob die Hand zum Gruß, ohne sich umzudrehen. Normalerweise hätte Tuz Oktschan ein solches Verhalten beleidigt, aber jetzt, da Mevla Tschelebi zu einem solch schwierigen Unternehmen aufbrach, konnte er ihm alles verzeihen.

Tuz Oktschan blickte lange der Staubwolke nach, die von den Pferdehufen der Akindschi aufgewirbelt wurde. Als die letzte Abteilung außer Sicht war, kehrte er zum Lager zurück. Während er sich durch die Menge drängte, hörte er, wie sich die Soldaten über die eben verabschiedeten Akindschi unterhielten. Sie sprachen über die Bestellungen, die sie bei ihnen aufgegeben hatten. Die meisten äußerten sich zuversichtlich, daß die Akindschi ihre Wünsche erfüllen würden, andere schüttelten mißtrauisch den Kopf und erklärten, daß man nie vorausahnen könne, was passiere, wenn man sich ins Ungewisse begibt. Tuz Oktschan wußte sehr wohl, daß die meisten Soldaten Mädchen bestellt hatten. Durch die älteren Soldaten war ihm zu Ohren gekommen, daß sich nach der Rückkehr der Akindschi das Militärlager für gewöhnlich einige Tage lang in einen Sklavenmarkt, besser gesagt in einen Sklavinnenmarkt, verwandelt. Die Soldaten beeilten sich, für die Sklavinnen Gewänder mit Blumenmuster zu kaufen, um sie nach ihrem Geschmack hübsch einzukleiden und sie zu einem vorteilhaften Preis, nachdem sie sie mißbraucht hatten, weiterverkaufen zu können, um sich dann sofort eine neue zu beschaffen. Die Organisatoren der großen Feldzüge, die sich schon lange vor dem Abmarsch mit den

Vorbereitungen beschäftigten, vergaßen nie, außer der eigentlichen Ausstattung für die Armee, den Kanonen, den Decken und Kamelen, auch für einige Tausende zukünftiger Sklavinnen Kleider mit Blumenmustern zu besorgen.

Tuz Oktschan hatte gehört, daß der Sklavenmarkt für einen in diesem Geschäft unerfahrenen Soldaten zwar anziehend, aber oft auch undurchschaubar war. Es gab nie Festpreise. Sie änderten sich von Stunde zu Stunde. Die Preise richteten sich im allgemeinen nach der Anzahl der von den Akindschi mitgebrachten Sklavinnen, darüber hinaus verursachten aber auch noch andere Faktoren die Preisschwankungen. Aussehen und Alter der jungen Mädchen konnten die Preise fallen oder stark steigen lassen. Aber auch dafür gab es keine festgelegten Maßstäbe. Die Soldaten stammten aus den entferntesten Ländern des Reiches, und deshalb unterschieden sich auch ihre Geschmäcker erheblich. Diese Tatsache brachte den Markt durcheinander. Aber es gab auch Fälle von gemeinsamen Vorlieben. Die blonden Mädchen waren im allgemeinen die teuersten, das wurde von allen akzeptiert. Manchmal waren die für sie verlangten Preise so hoch, daß nur ranghohe Offiziere oder die Serdengetschti mit ihrem überdurchschnittlichen Sold zugreifen konnten.

Aber Aussehen und Alter waren nicht allein maßgebend. Innerhalb nur eines Tages schwankten die Preise. Es konnte durchaus geschehen, daß am Abend der Rückkehr der Akindschi die Preise außergewöhnlich hoch lagen aber plötzlich am nächsten Morgen unerwarteterweise sanken. Nachdem sich die Soldaten mit den Sklavinnen die Nacht über vergnügt hatten, bereuten sie mit einem Mal, dafür so viel Geld ausgegeben zu haben, und verkauften sie morgens weiter. Müde und nervös, waren sie sogar bereit, sie zum halben Preis loszuwerden. Die Pfiffigen und in dem Geschäft Erfahrenen nutzten diese Morgenstunden aus und erwarben die von den schlaftrunkenen Soldaten vor den Zelten ausgestellten jungen Mädchen in großer Anzahl. Diese schlauen Füchse wußten, daß Stunden später, in der dunklen, schwülen Nacht, die Preise wieder steigen würden.

Überraschenderweise schwankten die Preise ebenso, nachdem sich die erste große Woge der hemmungslosen Gier gelegt hatte. Nicht selten stiegen sie gerade danach erheblich. Der Grund dafür war, daß viele der erschöpften und leidgeprüften jungen Mädchen in den Zelten der Soldaten starben. Ein großer Teil wurde wahnsinnig. Dadurch verringerte sich ständig das Angebot.

Auf dem Rückweg zum Lager wurde sich Tuz Oktschan von neuem seiner Stellung bewußt, die ihm die Beteiligung an diesem verlockenden Sklavinnenhandel untersagte, und der Gedanke daran gab ihm einen Stich ins Herz. Geschäfte dieser Art waren den Janitscharen verboten. Er versuchte, sich damit abzufinden, da er mit seinem kleinen Rekrutensold ohnehin kein Mädchen hätte kaufen können. Andererseits überlegte er, den Geboten zum Trotz, daß er gemeinsam mit einem anderen oder gar mit zwei Kameraden ein Mädchen erwerben könnte. Er hatte gehört, daß so etwas häufiger vorkam. Mit einem Janitscharen durfte er sich allerdings nicht zusammentun. Als Partner mußte er sich einen Pionier, jemanden aus der Versorgungseinheit oder zumindest einen Feuerwerker suchen, wobei zu berücksichtigen wäre, daß letztere bekanntlich sehr stolz waren. Er war auch bereit, mit einem Azapen gemeinsames Geschäft zu machen, Hauptsache, niemand erführe davon. Dadurch könnte er zwei Fliegen mit einer Klappe schlagen: Er würde seinen Geldbeutel schonen, und seine Vorgesetzten würden nicht gewahr, daß er mit Frauen verkehrte. Das Mädchen könnte sich in aller Ruhe in dem Zelt seines Kompagnons aufhalten, während er sie ab und zu heimlich besuchte.

Tuz Oktschan schlenderte zwischen den Zelten umher. Überall begegnete er frohgestimmten Janitscharen. Heute war Zahltag. Während er zum Zelt des Zahlmeisters seines Bataillons unterwegs war, rechnete er sich in Gedanken aus, wie oft er die Hälfte seines vierzehntägigen Solds, der zweiundzwanzig Asper betrug, beiseite legen müßte, um die Summe von zweihundert Asper, die etwa die Hälfte des Preises für eine mittelmäßige Sklavin oder ein Drittel des Preises für eine Blondine ausmachte, zur Verfügung zu haben.

Zum zweiten Mal in dieser Woche wunderte sich Tuz Oktschan über die in der Nähe der Festungsmauer neu errichtete Bäckerei. Im Vorbeigehen schaute er voller Neugier auf die zahlreichen Wachposten. Noch nie hatte er gehört, daß man eine Bäckerei so nah an der Festungsmauer errichtet hatte, die darüber hinaus noch von so vielen Wachposten geschützt wurde. An zwei oder drei Stellen standen Schilder mit der Aufschrift: „Betreten der Bäckerei verboten“, „Der Aufenthalt im Bereich der Bäkkerei ist untersagt“. Einige Tage zuvor hatte das Gerücht die Runde gemacht, daß ein feindlicher Agent versucht habe, den Brotteig für die Soldaten zu vergiften. Das war offensichtlich der Grund für die strenge Bewachung des Ofens. Zudem schien hier das Brot für die hohen Offiziere gebacken zu werden, und deshalb war es nicht verwunderlich, daß dieser Ofen sorgsamer als die anderen bewacht wurde.

Tuz Oktschan wollte gerade das Gelände verlassen, als er Pferdegetrappel vernahm. Er drehte sich um und bemerkte zu seinem Erstaunen, daß ein hoher Offizier in Begleitung von zwei, drei anderen sich der Bäckerei näherte. Einige Soldaten blieben stehen und schauten ebenfalls neugierig. Weitere gesellten sich zu ihnen.

„Der Pascha!“ flüsterte jemand. „Der Oberbefehlshaber!“

Tuz Oktschan riß die Augen auf. Er hatte noch nie den Oberbefehlshaber gesehen. Der Janitschar stellte sich auf die Zehenspitzen, um besser sehen zu können. Die Soldaten um ihn herum flüsterten.

„Wie mürrisch er aussieht!"

„Wirklich sehr mürrisch!"

„Wer ist denn der andere, rechts neben ihm?"

„Keine Ahnung. Der links ist der Alay Bey, den anderen kenne ich nicht."

„Der andere ist der Architekt Giauri", sagte jemand.

„Wirklich?"

„Was für ein merkwürdiges Gesicht der hat!"

„Es wird gesagt, daß er an Fallsucht leidet."

„Allah!"

„Warum gehen sie wohl zur Bäckerei?"

„Wer weiß? Regierungsgeschäfte."

„Man spricht davon, daß schon wieder Gift in den Teig gemischt wurde."

„Was? Wie? Gift?"

Ein Wachposten kam auf die Soldatengruppe zu.

„Weitergehen!" forderte er sie auf, „Menschenansammlungen sind hier verboten!"

Daraufhin entfernten sich die Soldaten.

Inzwischen betraten Tursun Pascha, der Architekt Giauri und der Alay Bey die Bäckerei. Ihnen folgten der Adjutant des Paschas und ein Wachposten. Die beiden anderen Wachposten blieben draußen.

Tursun Pascha stieg hinter einem Pionier, der mit einer Fackel leuchtete, die enge Stiege hinab. Die kleine Gruppe folgte ihnen in den Keller der unterirdischen Bäckerei. Dort befanden sich weder Mehlsäcke noch Brotlaibe. Hier lag der geheime Eingang des Tunnels. Die Bäckerei über dem Keller diente nur dazu, den Eingang des unterirdischen Ganges zu tarnen. Der Schornstein qualmte Tag und Nacht. Brot wurde allerdings dort nicht gebacken.

Ein Soldat hielt ständig das Kaminfeuer in Gang. Durch das Außentor fuhren unaufhörlich mit Planen bedeckte Wagen hinein. Alle glaubten, sie seien mit Mehlsäcken beladen. Nur ein gut geschultes Ohr hätte hören können, daß die Wagen leer eintrafen. Wenn sie den Hof der Bäkkerei verließen, waren sie schwer beladen. Die Ladung wog erheblich mehr, als Brot es vermocht hätte. Unzählige Säcke wurden mit der Erde des unterirdischen Ganges gefüllt. Die Wagen transportierten sie in einen weit entfernten Wald, wo sie geleert wurden.

Die kleine Gruppe drang tiefer in den unterirdischen Gang ein. Entlüftungsvorrichtungen, einige Rohre, die an die Erdoberfläche führten und, durch Zelte getarnt, ständig bewacht wurden, gab es nur in geringer Anzahl. So war die Luft im Stollengang stickig. Je weiter sie vordrangen, desto schwerer fiel dem Pascha das Atmen, trotzdem zog es ihn weiter in die Tiefe hinein. Vereinzelt flackerten Lichter in Eimern, die mit in Petroleum getränkter Asche gefüllt waren. Ab und zu zogen Männer vorbei, die mit Erde beladene Schubkarren schoben. In dem Halbdunkel konnte man ihre Gesichter nicht unterscheiden.

„Bis hierhin verstärkt weiter nicht", sagte der Architekt.

„Er meint, daß wir nicht weitergehen sollen, weil im weiteren Verlauf des Tunnels keine Stützpfeiler mehr angebracht sind", wiederholte der Adjutant.

Sie blieben stehen.

Tursun Pascha blickte zur Decke und sah über sich große, feuchte Balken. Aus der halbdunklen Tiefe drangen die Geräusche der Pickel und Schaufeln zu ihnen herauf. Der Architekt entfaltete eine Skizze. Der Wachposten eilte mit einer Fackel herbei, und der Architekt begann mit seinen Erklärungen.

„Er sagt, daß von unserem Standort aus die Festungsmauer fünfundzwanzig Fuß entfernt ist", übersetzte der

Adjutant, „während sich die Schanzer nur noch sieben Fuß entfernt befinden. Heute nacht werden sie die Fundamente hinter sich lassen können."

Tursun Pascha fiel auf, daß der Architekt eine bestimmte Stelle auf seiner Skizze markierte. Sie befand sich unmittelbar an der Mauer.

„Er sagt, daß der Tunnel jetzt steil abfallen wird, damit die Decke unter der Festungsmauer verlaufen kann. Wir werden nur eine Armspanne unter den Fundamenten graben."

Ab und zu drang aus der Tiefe ein übler Geruch.

„Woher kommt dieser Gestank?" fragte der Pascha plötzlich voller Ekel. Der Architekt erklärte es.

„Er sagt, daß er durch die Salzlauge verursacht wird, mit der die Fundamente bespritzt werden, um das Graben zu erleichtern."

Der Architekt wies erneut auf die Skizze.

„Er sagte noch, je tiefer gegraben würde, desto mehr verringere sich die Wahrscheinlichkeit, durch das Geräusch der Spitzhacken von den Verteidigern entdeckt zu werden."

Wieder zeigte der Architekt etwas auf seiner Skizze, was der Pascha aber nicht genau erkennen konnte, weil ihm von dem Qualm die Augen tränten. Er gab ein Handzeichen, und der Fackelträger trat etwas zurück.

„Er sagte, daß der Tunnel auf seiner ursprünglichen Ebene fortgesetzt würde, sobald das Fundament überwunden sei, damit der Gang in der Nähe der Erdoberfläche enden könne."

„Wie will man dann den Lärm der Spitzhacken verheimlichen?" fragte der Alay Bey.

Der Architekt antwortete, ohne abzusetzen.

„Er sagte, daß jenseits des Fundamentes nicht mehr mit Spitzhacke und Schaufel gearbeitet, sondern das Erdreich abgekratzt werden wird", erklärte der Adjutant.

„Das wird doch ungeheuer viel Zeit in Anspruch nehmen!“ wandte der Pascha ein.

„Er sagt, daß diese Methode die einzige sei, um nicht gehört zu werden.“

„Wieviele Tage?“ fragte der Pascha kurz.

„Zwölf“, antwortete der Architekt.

Der Architekt fuhr mit seinen Erläuterungen fort. Er zeigte noch einmal, in welchem Festungskeller der Tunnel seinen Ausgang haben würde, und daß dort in kürzester Zeit Dutzende Soldaten durchgeschleust werden könnten. Diese wären dann in der Lage, so lange den Tunneleingang zu verteidigen, bis einige Hunderte weiterer Soldaten nachgestoßen seien, selbst dann, wenn die Verteidiger im letzten Augenblick den Tunnel entdecken und Alarm schlagen sollten.

Tursun Pascha wandte sich zum Gehen. Seine Begleiter folgten ihm. Als sie ins Freie traten, dämmerte es bereits. Ohne sich auch nur im Lager umzuschauen, begab sich der Pascha geradewegs zu seinem Zelt. Überall blieben Offiziere und Soldaten stehen und blickten neugierig dem Oberbefehlshaber nach. Da er sich nur selten im Lager sehen ließ, hatten ihn die meisten Soldaten, selbst die Offiziere, noch nie zu Gesicht bekommen.

Er setzte sich auf ein Sofa und überflog rasch die Tagesberichte. Sie betrafen verschiedenste Angelegenheiten, angefangen von Nachrichten der Spähtrupps bis hin zu einem sich am Vortag ereigneten Streit zwischen zwei Sandschak Beylern. Unter den Akten befanden sich auch solche, die weniger wichtige Dinge enthielten, etwa die Forderung nach Todesstrafe für zwei Zahlmeister, die sich den Sold von Gefallenen angeeignet hatten (er brachte nicht die Geduld auf, den Bericht zu Ende zu lesen, ihm reichte die vorhandene Unterschrift des Generalquartiermeisters), vier Verurteilungen wegen Befehlsverweigerung gegenüber Offizieren, sowie einige geringfügigere

Bestrafungen von Soldaten und Offizieren der verschiedensten Waffengattungen aufgrund allerhand anderer Vergehen, vornehmlich wegen Streitereien und Erregung öffentlichen Ärgernisses im Lager. Eilig unterzeichnete er die Urteile und versah die übrigen Akten mit einigen Randbemerkungen. Die zwei längsten Berichte legte er beiseite, um sie später aufmerksam durchzuarbeiten. Der erste, vom Generalquartiermeister verfaßt, betraf die Lebensmittelversorgung und die Finanzen. Der andere stammte aus der Feder des Alay Beys und setzte sich mit der Moral der Truppe auseinander. Er war sehr ausführlich gehalten und enthielt viele Erkenntnisse. Offenbar stützte sich der Alay Bey dabei auf Aussagen seiner zahlreichen Informanten. Außer den Ansichten und Schlußfolgerungen des Alay Beys enthielt der Bericht zahlreiche Mitteilungen über alltägliche kleine Ereignisse, sowie Aufzeichnungen von Soldatengesprächen, die die Thesen des Alay Beys untermauern sollten. Ein beigefügtes Blatt enthielt sogar den Text eines Liedes, das in der letzten Zeit im Lager gesungen wurde. Während Tursun Pascha den Bericht eilig überflog, begriff er, daß in der ganzen Fülle der geschilderten kleinen Begebenheiten sowie in den vielen Unterhaltungen der Soldaten etwas Jämmerliches und Abstoßendes lag, das nichts mehr zu tun hatte mit straffen Reihen, Vorschriften, Flaggen, Rangordnungen, Trompetengeschmetter, kurz gesagt, mit all dem, was die Großartigkeit eines Krieges ausmacht. Alles in allem wirkte dies wie ein Schimmelpilz, der in das Mark seiner großen Truppe eindrang. Obwohl der Alay Bey versuchte, ihm diese Einzelheiten in verschleierter Form und mit meisterlicher List beizubringen, verstand er sofort. Dank seiner Erfahrung als hoher Offizier wußte Tursun Pascha genau, daß eine solche Stimmung unter den Soldaten immer nach einer Niederlage entsteht, wenn die Truppe untätig herumlungert. Tagtäglich wachte inmitten ihres Belagerungsringes die Festung gemeinsam mit ihnen auf und legte sich ebenso mit ihnen zur Ruhe. Ihm war bekannt, daß solche Tage der Unbeweglichkeit immer schwer auf den Seelen der Soldaten lasteten. Er wußte aber auch, wie man Abhilfe schaffen konnte: Um die seelische Trägheit zu überwinden, mußte man Probleme schaffen, Prozesse oder Aufsehen erregende Hinrichtungen inszenieren, auf geschickte Weise mächtige Kommandanten der verschiedenen Waffengattungen gegeneinander aufhetzen und auch eine möglichst große Anzahl von Offizieren und Soldaten darin verwickeln. Ohne Zweifel wäre er in der Lage gewesen, all diese Maßnahmen durchzusetzen, und er hätte sie auch in die Wege geleitet, wenn nicht tief unter der Oberfläche dieses Schlangenvieh von Tunnel, auf das er all seine Hoffnungen gesetzt hatte, jeden Tag weiter vordränge. Ein überraschender nächtlicher Sieg, in aller Ruhe, mühelos und ohne Blutvergießen, würde dem Zustand der Trägheit ein Ende machen.

Zum zweiten Mal blätterte er in dem Bericht des Alay Beys und las noch einmal alle aufgezeichneten Soldatengespräche. Dieses entfernte Gemurmel, das wie Meeresrauschen aus den zahllosen Zelten zu ihm herüberdrang, dröhnte ihm noch lange in den Ohren. Für gewöhnlich unterhielt er sich nicht mit den Soldaten. Beim Betrachten seiner eigenen Truppen, in festen Reihen geschlossen, Kompanien und Bataillone zusammengeschweißt wie zu einem einzigen Körper, wirkten sie auf ihn immer wie eine taube, unterwürfige, stumme Masse. So waren sie ihm auch während des langen Marsches, der sie mit dem Staub zweier Kontinente bedeckt hatte, vorgekommen. Ebenso wirkten sie auf ihn in den Wogen des Sturmangriffs auf die Festung, als von ihren Schultern Blut und Asche rann. Und siehe da, jetzt vernahm er ihr Murmeln. Es war ein erstickendes, unheilvolles Flüstern. Es versetzte seine Seele in eine ungeahnt traurige Stimmung.

Tursun Pascha wollte gerade zum dritten Mal den Bericht des Alay Bey durchsehen, als ihm einer der Ordonnanzunteroffiziere den Arzt Siri Selim ankündigte, der ihn in einer sehr dringenden Angelegenheit zu sprechen wünschte.

Der Pascha war über einen so späten Besuch überrascht. Er legte den Bericht beiseite und ließ den Arzt hereinbitten.

Der Seuchenarzt Siri Selim, ein außergewöhnlich großer und schlanker Mann, verbeugte sich.

„Entschuldigt meine Belästigung zu so später Stunde, mein Pascha!“ Seine tiefe Stimme paßte nicht recht zu seiner Statur.

„In der Tat ist es schon sehr spät“, sagte Tursun Pascha. „Was hast du?“

„Ich komme in einer sehr dringenden Angelegenheit.“ Seine Augen trafen den Blick des fragenden Paschas. Siri Selim deutete mit der Hand auf den Ausgang des Zeltes, streckte den Zeigefinger vor, und nach einigen Augenblikken des angespannten Lauschens sagte er:

„Hört Ihr es?“

Der Pascha hatte die Lippen fest aufeinandergepreßt.

„Was?“

„Dieses Hundegebell.“

Der Pascha nickte.

„Deshalb bin ich hier“, sagte Siri Selim.

Der Pascha runzelte die Stirn, als ob er fragen wollte: Was sollen solche Scherze zu später Stunde?

„Diese Hunde, deren Bellen und Heulen zu uns herüberdringt, haben vorgestern eines der großen Gräber aufgescharrt“, beeilte sich der Arzt zu erklären, als er merkte, daß die Geduld des Paschas, wie die aller Befehlshaber von hohem Rang, sich bereits erschöpfte.

Tursun Pascha verzog angeekelt das Gesicht.

„Sie haben viele Leichen ausgegraben und zerfleischt.

Für die Truppe besteht Pestgefahr", fuhr Siri Selim fort. Ein Anflug von Angst zeichnete sich auf dem Gesicht des Oberbefehlshabers ab, als der Arzt das Wort „Pest" aussprach. „Die Arbeit der Pioniere läßt sehr zu wünschen übrig, mein Pascha. Sie haben die Gefallenen äußerst eilig begraben, und bei einer Inspektion, die ich heute abend durchgeführt habe, konnte ich feststellen, daß an manchen Stellen kaum zwei Handspannen Erdreich die Leichen bedecken."

Tursun Pascha konnte einen Fluch kaum unterdrücken. Er klatschte in die Hände. Am Eingang des Zeltes erschien einer der Ordonnanzunteroffiziere.

„Ulug Bey soll sofort herkommen!" Der Ordonnanzunteroffizier verschwand.

Schweigend verharrte der Pascha eine ganze Weile. Der Arzt rührte sich nicht von der Stelle. Aus der Richtung zu ihrer Linken drang mal deutlich, mal verhalten, Hundegebell.

„Auch gestern haben sie die ganze Nacht über gebellt", sagte Tursun Pascha.

„Ja, mein Pascha, aber niemand achtete darauf. Ein Untergebener hat mich heute darauf aufmerksam gemacht. Der wiederum hat es zufällig heute nachmittag aus dem Mund eines Stellmachers vernommen."

In dem Zelt herrschte wieder Stille, und beide glaubten, das Hundegebell näherkommen zu hören. Draußen klangen eilige Schritte. Ulug Bey, der Kommandeur der Pioniereinheiten, trat völlig außer Atem ein.

„Hörst du sie?" schrie ihm der Pascha entgegen, als der Kommandeur zur üblichen Verbeugung angesetzt hatte. „Hörst du die Hunde, du Gottloser?"

Ulug Bey brachte keinen Ton heraus.

„Diese Hunde verwüsten die Soldatengräber!" fuhr ihn der Pascha an.

Ulug Bey erblaßte. Jetzt begriff er.

„Die Helden lassen ihr Leben für den Ruhm des osmanischen Reiches, und du bist zu faul, eine Handvoll Erde auf ihre Körper zu werfen!" Die Stimme des Paschas steigerte sich zum Gebrüll.

Ulug Bey war unfähig zu einer Erwiderung. Das Hundegebell wurde ihm zur Folter.

„Wenn bis zum Morgen nicht mindestens drei Klafter Erde auf allen Gräbern liegen, werde ich dich bei lebendigem Leib begraben lassen. Das war's!"

Ulug Bey verbeugte sich und ging. Aus der Dunkelheit drangen seine Schritte; zunächst beeilte er sich, dann rannte er davon.

„Siri Selim", fragte der Pascha, nachdem sich Ulug Bey entfernt hatte, „besteht Pestgefahr?"

„Noch nicht, mein Pascha", antwortete der Arzt mit ruhiger Stimme.

Sein Blick traf mit einem verächtlichen Blick des Paschas zusammen. Er glaubte, den Augen ablesen zu können, daß der Pascha den Alarm für übertrieben hielt.

„Noch nicht", wiederholte der Arzt, „heute abend kam der Alarm rechtzeitig, aber morgen wäre es vielleicht zu spät gewesen."

Der Pascha senkte den Blick. Nach der Bitte, sich entfernen zu dürfen, verbeugte sich der Arzt und ging hinaus.

Der Pascha verharrte lange mit verschränkten Armen. Das Hundegebell drang von Zeit zu Zeit aus fast immer der gleichen Richtung zu ihm herüber. Tursun Pascha starrte auf irgendeine Stelle des Kelims. Als plötzlich das Hundegebell verstummte, wußte er, daß Ulug Bey mit seinen Pionieren an den Gräbern angekommen war. Er atmete auf. Er lehnte seinen Kopf an ein Kissen und senkte die Lider. Seine müden Gedanken schweiften langsam über das weitläufige Heereslager; ohne bei den unzähligen Zelten zu verweilen, begleiteten sie die Akindschi auf ihrem gefährlichen Bergmarsch, glitten zu den Lagerwachen hinüber, irrten zu den Festungsmauern, sodann in die Nähe des lilafarbenen Zeltes, zu den Hunden, zu den Soldatengräbern, und plötzlich ließen sie das alles hinter sich, schwenkten zu dem unterirdischen Geheimnis und verkrochen sich in dem dunklen und feuchten Tunnel. Und so schlief der Pascha ein. Einer der Unteroffiziere schlich auf Zehenspitzen heran, umhüllte die Schultern des Paschas mit einer weichen Decke und betrachtete voller Sorge und Bewunderung zugleich das verhärmte und erschöpfte Gesicht des Oberbefehlshabers.

Bereits seit zwei Tagen sieht man in den Bergtälern die Dörfer brennen. Die Akindschi plündern und verbreiten Angst und Schrecken.

In ihrem Lager herrscht nach wie vor Ruhe. Aber jetzt wissen wir genau, was sich hinter dieser Ruhe verbirgt. Den ersten Verdacht schöpften wir, als sie merkwürdigerweise nahe an unserer Festungsmauer eine Bäckerei errichteten. Wir beobachteten sie Tag und Nacht. Unentwegt fuhren mit Mehl beladene Karren hinein und brachten Brot heraus. Mit einem geübten Blick konnte man aber feststellen, daß die in den Hof fahrenden Wagen keine schwere Ware geladen haben konnten, obwohl sie sich langsam bewegten. Nach diesem ersten Verdacht begannen wir, den aus dem Schornstein steigenden Rauch sorgfältig zu beobachten. Beim genauen Vergleich der Zeitspanne zwischen der Phase, in der dichter Qualm austrat, in der der Backofen also angeheizt wurde, und der, in der der Schornstein nur schwach rauchte, also während des Backvorgangs, waren unsere erfahrensten Bäcker einhellig der Meinung, daß in keinem Backofen der Welt in dieser Weise Brot herzustellen sei.

Schließlich überzeugten wir uns alle, daß die Wagen, die in den Hof der Bäckerei einfuhren, kein Mehl geladen haben konnten, und demzufolge konnte aus einer Bäckerei, in die kein Mehl geliefert wird, auch kein Brot ausgeführt werden. Womit aber wurden diese Reihen von Wagen, die dann irgendwo im Lager verschwanden, beladen? Es konnte sich nur um Erdgut handeln.

Die Türken graben einen unterirdischen Tunnel. Das ist eine ihrer bewährten Methoden, Festungen einzunehmen. Wir stellten Horchposten in allen tiefen Schächten auf. Tag und Nacht lagen sie auf der Lauer, das Ohr auf den Boden gepreßt, um Geräuschen auf die Spur zu kommen. Viele unserer Leute erkrankten dabei. Also stellten wir große Kupferkessel auf, die die Eigenschaft besitzen, unterirdische Geräusche zu verstärken. Mehrere Nächte vergingen. Hin und wieder glaubten unsere Wachen, ein Pochen zu hören. Doch sie täuschten sich jedes Mal, weil ihr Gehör durch die ungewöhnliche Anspannung inzwischen überfordert war. Schließlich haben wir sie entdeckt. Sie waren schon um einige Meter unter die Festung vorgedrungen. Sie gruben langsam und vorsichtig. Es klang so, als ob ein wachsames Tier Tag und Nacht unter der Erdoberfläche vorsichtig kratzte.

Jetzt, in den feuchten Schächten liegend, das Ohr auf den Erdboden gedrückt, verfolgen unsere Leute das schrittweise unterirdische Vordringen. Die Angreifer graben pausenlos mit immer größerer Vorsicht. Soeben haben sie den Tunnel um eine Gabelung erweitert; so gleicht er einer doppelköpfigen Schlange, die aus der Tiefe auf uns zukriecht. Und wir, zu Dutzenden, einer den anderen abwechselnd, wachen Tag und Nacht. Unsere Ohren dröhnen unaufhörlich.

Kapitel 7

Die Akindschi kehrten zurück. Ihre Trommeln waren bereits zu hören, bevor die Vorhut im Tal auftauchte. Sofort kam im Lager Stimmung auf. Von allen Seiten strömten Soldaten herbei, um die Rückkehrenden zu empfangen. Als die Vorhut an der Bergschlucht erschien, hatte sich auf dem Platz vor dem Zeltlager bereits eine große Soldatenmenge versammelt. Andere liefen zwischen den Zelten umher und benachrichtigten laut ihre Kameraden, die sich ausruhten oder eingeschlafen waren. Augenblicklich waren all jene auf den Beinen, die schon sehnsüchtig auf die Rückkehr ihrer Kameraden gewartet hatten, oder die mit den Akindschi Geschäfte abgeschlossen hatten und nun die versprochenen Frauen oder Waren in Empfang nehmen wollten. Einige Soldaten hielten die zuvor auf dem Lagermarkt erworbenen geblümten Frauengewänder bereit, um sie ihren zukünftigen Sklavinnen sofort anziehen zu können. Der Janitschar Tuz Oktschan, der vom Menschenstrom vorwärtsgetrieben wurde, bereute bereits, nicht ebenfalls ein Kleid mit Blumenmuster gekauft zu haben. Schon vor dem Abmarsch der Akindschi waren ihm Soldaten begegnet, die solche Kleider gekauft hatten. Damals war es ihm voreilig erschienen. Jetzt bereute er seine Zurückhaltung, befürchtete er doch, daß die Kleider nun ausverkauft sein könnten, falls sie nicht auf andere Weise schon längst unter die Leute gebracht worden waren. Während er die zuerst anrückenden Einheiten beobachtete, war er ein paar Mal versucht, zu den Verkaufsbuden zu rennen. Aber aus Sorge, nicht rechtzeitig zur Stelle zu sein, unterließ er es immer wieder, denn er befürchtete, daß der Akindschi, mit dem er handelseinig geworden war, die ihm zugedachte Sklavin anderweitig verkaufen könnte.

Die Menschenmassen lärmten. Die Soldaten lachten, scherzten und erzählten zotige Witze. Hasan, der schwarze Eunuch, näherte sich mit zwei leeren Kannen. Die Soldaten stießen sich mit den Ellbogen an, um auf ihn aufmerksam zu machen.

„Er geht Wasser für sie holen."

„Für die?"

„Na klar. Siehst du nicht die Kannen?"

„Sie wollen sich erfrischen. Ihnen wird heiß sein."

„Oh!"

„Pst! Er könnte uns hören."

Der Eunuch Hasan ging mit verächtlicher Miene an den Soldaten vorbei. Mit lüsternen Blicken verfolgten sie den Mann, der sie an die leidenschaftlichen Freuden, die Frauen bereiten, erinnerte.

Das Gedröhn der Trommel verstärkte sich, und die Soldaten vergaßen den Eunuchen.

Die Einheiten der Akindschi kehrten ins Lager zurück. Kurdischdschis großer, geröteter, schläfrig wirkender Kopf schaukelte bedächtig im Rhythmus des Pferdeschrittes. Er ritt in Begleitung seiner Leibwache durch die Menge, die Soldaten jubelten ihm zu, er aber hielt die Augen halb geschlossen, machte keinerlei Anstalten stehenzubleiben, erwiderte keinen Gruß, sondern ritt weiter, geradewegs zum Zelt des Oberbefehlshabers. Vor dem Eingang stieg er ab und verschwand im Zeltinnern.

Während die langen Kolonnen der Akindschi, staubbedeckt von dem aufreibenden Marsch, wie ein müder Bach zwischen den Truppen der Azapen, der Janitscharen und den Soldaten der Spezialtruppen langsam dahinzogen, hörte sich Tursun Pascha voller Verachtung Kurdischdschis knappe Ausführung an.

„Soll das alles sein?“ fragte er, als Kurdischdschi geredet hatte.

„Ja, das ist alles.“

Tursun Pascha holte tief Luft und mußte sich überwinden, ihm nicht ins Gesicht zu spucken, genauer gesagt auf eine Stelle links am Mund, an der eine noch nicht verheilte Wunde zu erkennen war, statt dessen spuckte er auf den Boden. Kurdischdschi hob seinen Arm, als ob er die Absicht des Paschas erraten hätte, und wischte sich über die linke Seite seines Gesichtes.

„Gottloser! Hundesohn! Ungläubiger!“

Kurdischdschi verschlug es die Sprache. Er wußte genau, wenn es nach dem Willen des Oberbefehlshabers ginge, würde dieser ihn hinrichten lassen. Aber gleichzeitig war ihm bekannt, daß Tursun Pascha kein Recht hatte, weder an ihn, noch den alten Tavdscha, den Mufti oder den Alay Bey Hand anzulegen. Letztendlich war es Kurdischdschi jedoch klar, daß im Falle einer Befehlsverweigerung gegenüber dem Oberbefehlshaber die Verurteilung durch die höchste Staatsgewalt gefordert würde, was für ihn also auf dasselbe hinausliefe.

Inzwischen stiegen auf dem Lagervorplatz die müden Akindschi mit ihren staubigen und zerrissenen Turbanen (viele hatten Teile dieser Kopfbedeckung benutzt, um ihre Wunden zu verbinden) von den Pferden, während ihre Kameraden auf sie warteten. Sie gingen aber, ohne mit jemandem ein Wort zu wechseln, in ihre Zelte. Der Janitschar Tuz Oktschan beobachtete offenen Mundes die nach und nach eintreffenden Abteilungen und hielt Ausschau nach dem Akindschi, der ihm versprochen hatte, eine Sklavin mitzubringen. Er sah, daß auch andere Soldaten mit sehnsüchtigen Augen auf die Ankömmlinge blickten.

„Wo sind die Sklavinnen?“ fragte jemand hinter Tuz Oktschans Rücken.

„Bestimmt gehen sie als letzte im Zug.“

„Auf jeden Fall werden sie mit Verspätung gebracht.“

„Ja, so sieht es aus.“

Plötzlich entdeckte Tuz Oktschan den Chronisten.

„Mevla Tschelebi! Mevla Tschelebi!“ rief er, außer sich vor Freude.

Der Chronist versuchte, ihm aus blassem und auffallend abgemagertem Gesicht zuzulächeln. Der Janitschar reichte ihm die Hand, um ihm beim Absteigen zu helfen.

„Warst du krank?“ fragte er.

„Nein. Ich bin nur sehr erschöpft.“

„Das sieht man.“

Hinter ihnen fragte jemand voller Unruhe nach einem gewissen Ulu. Mevla Tschelebi erkannte den hübschen Soldaten in der Pioniersuniform. Dann wurde er Zeuge, wie ein Akindschi dem Pionier die traurige Mitteilung überbrachte und dabei die Augen senkte. Der Pionier schlug die Hände vors Gesicht.

„Sind viele gefallen?“ fragte der Janitschar.

Mevla Tschelebi schaute ihm mit einem traurigen Blick lange in die Augen, bevor er antwortete.

„Mehr als die Hälfte!“

„Oh!“

Offensichtlich wurde diese Frage von vielen Wartenden gestellt, denn die ursprünglich ausgelassene Freudenstimmung auf dem großen Vorplatz wich allmählich einem verhaltenen und niedergedrückten Flüstern.

„Seid ihr mit Skanderbeg zusammengestoßen?“ fragte der Janitschar.

„Vielleicht.“

„Wieso vielleicht?“

„Wir wurden ununterbrochen angegriffen, besonders nachts.“

„Von Skanderbeg?"
„Wir konnten es nicht feststellen. Vielleicht."
„Merkwürdig. Habt ihr Sklavinnen mitgebracht?"
Der Chronist lächelte voller Bitterkeit.
„Etwa sieben oder acht."
„So wenige?"
„Mir scheinen es sogar viele zu sein."

Tuz Oktschan ging es durch den Kopf, daß es wohl doch nicht verkehrt gewesen sei, sich mit dem Kauf geblümter Kleider zurückzuhalten. Er schaute auf die vielen dunkelhäutigen Soldaten, die nun herumstanden und mit den erworbenen Kleidern nichts anzufangen wußten.

„Die Sklavinnen!" rief jemand. „Sie bringen sie!"

Die Menge bewegte sich auf die Kolonne zu, die die Sklavinnen mitführte. Auf dem weitläufigen Platz herrschte augenblicklich Stille. Hunderte Soldaten stellten sich auf die Zehenspitzen, um besser sehen zu können. Sieben etwa fünfzehn- oder sechzehnjährige Mädchen tauchten auf, alle mit einem langen Seil aneinandergebunden. Aus ihren blassen und verstörten Gesichtern schauten sie voller Angst auf die Tausenden Soldaten, die unter ihren Turbanen schwitzten, deren Körper sonnenverbrannt und mit verschiedensten Wunden übersät waren, und die mit ihren Augen voller Begierde die Mädchen zu verschlingen drohten.

„Hier kommen die Sklavinnen, auf die du gewartet hast", sagte Mevla Tschelebi mit leiser Stimme.

Tuz Oktschan mußte seufzen, ohne den eigentlichen Grund zu wissen.

„In diesem ausgetrockneten Meer der Begierde sind sie ein Tropfen auf den heißen Stein", bemerkte der Chronist, der gleichzeitig eine Freude in sich aufsteigen spürte, die Freude darüber, daß er noch lebte.

„Den Abend werden sie kaum überleben. Spätestens um Mitternacht sind sie tot."

Diese Worte sprach jemand, der hinter ihnen stand, zu einem Kameraden.

Tuz Oktschan drehte sich um, und ohne genauer zu überlegen, fragte er:

„Warum?"

„Was heißt warum?" antwortete ihm ein nicht mehr junger Azape. „So etwas spielt sich doch jedes Mal ab, wenn es wenige sind. Länger als bis zum Abend halten sie es nicht aus, allerhöchstens bis Mitternacht."

„Was meinst du, werden sie von Hand zu Hand gereicht?" fragte Tuz Oktschan.

„Natürlich. Wie immer."

Tuz Oktschan entdeckte in seiner unmittelbaren Nähe den Eunuchen Hasan, der offensichtlich, von der Wasserstelle zurückgekehrt, eine Pause einlegte, um die Akindschi zu betrachten. Die Wasserkannen hatte er auf den Boden gestellt, und er verfolgte mit weit aufgerissenen Augen die gefangenen Mädchen.

Mevla Tschelebi spürte ein leichtes Tasten auf dem Rücken.

„Efendi!" rief ihn jemand mit leiser Stimme. Er drehte sich um und erkannte den Ordonnanzunteroffizier des Generalquartiermeisters. Dieser flüsterte ihm etwas ins Ohr.

„Du mußt mich entschuldigen", sagte der Chronist zu Tuz Oktschan. „Eine hochgestellte Persönlichkeit, einer meiner Freunde, möchte mich in seinem Zelt sprechen."

„Auf Wiedersehen!" sagte der Janitschar. „Wir werden uns später treffen, und du wirst mir von deinen Erlebnissen berichten."

„Bestimmt, Tuz Oktschan."

Mevla Tschelebi beeilte sich, zum Zelt des Generalquartiermeisters zu kommen. Sein bedeutender Bekannter hatte ihn zum Scherbett und zu einer Plauderstunde eingeladen. Er verspürte Sehnsucht nach ihm. Bald würden sie gemeinsam auf den weichen Kissen des Diwans sitzen und über angenehme und schöngeistige Dinge plaudern, weit weg von aller Gefahr, Angst und Gewalt. Auf einmal erschien ihm die Welt um ihn herum schöner denn je, angefangen bei dem spärlichen Graswuchs am Wegesrand, bis hin zum Klang eines hinter ihm fahrenden Wagens.

„Wie schmal du geworden bist, Mevla Tschelebi!" bemerkte der Generalquartiermeister mit lauter Stimme, als der Chronist das Zelt betrat.

Dem Blick seines Freundes entnahm der Chronist die Zuneigung, die dieser für ihn zu empfinden schien. Diese Gewißheit erfüllte sein Herz mit Freude.

„Setz dich, mein Freund!"

Mevla Tschelebi nahm Platz.

„Mir scheint, du bist sehr müde", sagte der Generalquartiermeister. „Willst du ein Bad nehmen?"

„Später, später."

„Entschuldige, daß ich dich habe rufen lassen, bevor du dich in deinem Zelt etwas ausruhen konntest", fuhr der Generalquartiermeister fort.

„Das macht nichts, das macht nichts."

„Ich war deshalb so erpicht darauf, dich so schnell wie möglich zu sehen, weil ich alle Neuigkeiten erfahren möchte. Außerdem machte ich mir auch Sorgen um dich."

Der Chronist fühlte sich nahezu glücklich.

„Diese Freundschaft ist wie ein Diamant, der mit seiner Herrlichkeit mein Leben erleuchtet", sagte der Chronist.

Der Generalquartiermeister lächelte in seiner besonderen Art, wie jedes Mal, wenn von Geld oder Edelsteinen die Rede war.

Der Unteroffizier brachte einen kleinen, niedrigen Tisch herein und stellte eine mit Scherbett gefüllte Kanne, Gläser und ein silbernes Tablett mit Halwa darauf.

„Wie ist es dir dort oben in den Bergen ergangen?" fragte schließlich der Generalquartiermeister.

Bevor er antwortete, hob der Chronist seine müden Augen und betrachtete lange den sanften Blick seines Freundes.

„Mir kannst du ruhig die Wahrheit sagen“, bemerkte der Generalquartiermeister. „Die Chroniken werden für die kommenden Generationen oder für die Damen in Edirne geschrieben.“ Er machte eine kleine Pause, und ohne seinen Blick abzuwenden, fragte er: „Wie war es?“

„Furchtbar!“

Der Generalquartiermeister nahm einen Schluck Scherbett.

„Das befürchtete ich. Es mußte so kommen.“

„Eine wahre Hölle!“ sagte der Chronist etwas erleichtert.

„Wie viele Verluste?“

„Mehr als die Hälfte.“

Der Generalquartiermeister machte ein finsteres Gesicht. „Viel.“

Der Chronist schüttelte traurig den Kopf. Danach fragte ihn der Generalquartiermeister nach den Bergen, und Tschelebi wiederholte die Worte aus seiner Chronik. Der Generalquartiermeister schien ihm nicht mehr lange zuzuhören.

„Hast du Albaner gesehen?“ fragte er plötzlich.

„Ja.“

„Beschreib sie mir!“

Wieder schaute Mevla Tschelebi auf, bevor er antwortete. Doch der Generalquartiermeister hatte den Blick gesenkt.

„Sie sind etwas größer als wir und auch schlanker. Ihre Haare sehen ein wenig wie von der Sonne gebleicht aus, während die Kinder, im Gegensatz zu den unsrigen, fast alle blond sind.“

„Und weiter? Ihr Aussehen kenne ich nun mehr oder weniger.“

„Was soll ich sagen...", stammelte der Chronist. „Sie sind leicht erregbar und gewalttätig. Es ist kaum zu glauben, daß sich unter diesen verblichenen Haaren eine derartige Hartnäckigkeit verbirgt. Ebenso kann man sich kaum vorstellen, daß sie in ihren Hütten Holzklötze haben, auf die sie ihre Köpfe legen, statt auf Kissen."

„Tapfer?"

„In meiner Chronik beabsichtige ich zu schreiben, daß sie, also die Albaner, nichts über ihrem Haupt dulden, so wie die scharfkralligen Tiger, die immer bereit sind, sich mit jemandem anzulegen, selbst mit den über ihren Köpfen hinweggleitenden Wolken."

„Schöner Satz", sagte der Generalquartiermeister, „aber ich habe dich gefragt, ob sie tapfer sind."

„Mir kommen sie so vor. Aber vielleicht gehört es sich nicht, daß ich dem Feind ein solches Lob ausspreche", fügte Mevla Tschelebi eilig hinzu.

„Daran ist nichts Schlechtes. Man weiß ja: Je tapferer der Feind, desto größer auch unser Ruhm."

„Unsere Soldaten kämpften wie Löwen", sagte der Chronist, „aber diese Teufel haben uns schweren Schaden zugefügt."

„Seid ihr mit Skanderbeg zusammengestoßen?"

„Wir haben es nicht herausgefunden. Vielleicht, möglicherweise."

„Nimm Halwa", sagte der Generalquartiermeister.

Mevla Tschelebi begann, in allen Einzelheiten von dem Rachefeldzug zu erzählen. Er sprach von den ständigen Angriffen und Gegenangriffen, von der strengen Kälte in den Bergen, von dem Terror und den Massakern. Der Generalquartiermeister hörte mit großer Aufmerksamkeit zu und unterbrach den Chronisten kein einziges Mal. Erst als es so schien, als sei Mevla Tschelebi fast am Ende seines Berichtes angelangt, forderte ihn der Generalquartiermeister erneut auf, Halwa zu nehmen. Obwohl der Chronist hungrig war, hatte er es für unschicklich gehalten zu essen, ohne daß sein Freund ihn erneut dazu aufgefordert hatte. Um so mehr, als der Generalquartiermeister fast nichts zu sich nahm. Seine blauen kalten Augen schienen nicht von dem Schimmer des Granatapfelsaftes loszukommen.

Mevla Tschelebi stellte fest, daß er etwas zu lange über Brutalitäten und Härten gesprochen hatte. Er überlegte, ob sein Freund nicht viel lieber etwas Geistreiches oder Philosophisches von ihm hören wollte, und deshalb lenkte er das Gespräch auf die von ihm während der Expedition oft gehörte albanische Sprache.

„Sie sprechen merkwürdig", erklärte er. „Es kommt einem so vor, als habe Allah auf ihre Sprache einen Nebelschleier geworfen, der es verhindert, daß die einzelnen Worte voneinander abgegrenzt werden, wie in unserer Sprache, in der die Worte deutlich und klar sind."

Während er die Phonetik dieser Sprache erklärte, merkte der Chronist, daß sein Freund ihm offensichtlich gar nicht mehr zuhörte. In Gedanken versunken starrte dieser auf den roten Granatapfelsaft in den Gläsern.

„Mit diesem Volk werden wir Schwierigkeiten haben", sagte er schließlich.

„Wir werden ihnen Schläge versetzen und sie vollständig vernichten", meinte der Chronist.

„Das weiß ich auch", sagte der andere. „Aber das Problem besteht in der Art des Schlages. Wie und wohin sollen die Schläge versetzt werden?"

Mevla Tschelebi warf ihm einen fragenden Blick zu.

„Der stärkste Schlag gegen ein Volk ist der, den man gegen seine Zukunft richtet", erklärte der Generalquartiermeister, und als er merkte, daß ihn der Chronist immer noch nicht verstand, fuhr er fort: „Meiner Meinung nach zählt ihre Bevölkerung weit unter einer Million. Wir müssen alles Erdenkliche unternehmen, damit diese Anzahl nicht zunimmt."

Der Chronist starrte verständnislos.

„Du bist erstaunt? Du glaubst doch nicht etwa, daß ich mir um ihr Wohl Sorgen mache?“

Der Chronist rührte sich nicht.

„Wenn es gelingt, daß dieses Volk in fünfhundert Jahren weiterhin nur eine Million zählt, dann wird dies unser erster Erfolg sein. Schon wieder wunderst du dich?“

„Ja. Ich wollte folgendes sagen: Wir werden ihnen Schläge versetzen, sie töten und ihr Land zerstören. Wieso sollten wir dann die nach so vielen Jahrhunderten immer noch unveränderte Einwohnerzahl als Erfolg werten?!“

„Ich werde es dir erklären“, antwortete der Generalquartiermeister. Er nahm einen Schluck Scherbett. Der Chronist machte es sich auf dem Diwan bequemer. Es war ihm, als hätte man seine Glieder mit Hammerschlägen bearbeitet.

„Nimm von dem Halwa!“ forderte ihn der Generalquartiermeister wieder auf. „Und jetzt hör mal zu! Alle Völker dieser Welt vermehren sich ständig. Einige mehr, andere weniger. Im allgemeinen nimmt eine Bevölkerung von tausend Leuten jährlich um dreißig bis vierzig zu.“

Zum ersten Mal hörte Mevla Tschelebi solche Zahlen. Die Bücher, die er für gewöhnlich las, enthielten keine Zahlen.

„Wenn wir eine einfache Rechnung aufstellen“, fuhr der Generalquartiermeister fort, „werden wir herausfinden, daß in fünfhundert Jahren die Albaner beispielsweise fünfzehn bis sechzehn Millionen zählen werden.“

Mevla Tschelebi verzog das Gesicht, als ob ihm der Kopf schmerzte.

„Das ist eine Zahl, mein lieber Freund, die uns den Schlaf verderben kann“, fuhr der Generalquartiermeister fort. „Verstehst du nun, was es heißt, das natürliche Wachstum der Bevölkerung eines Landes – so nennt man es – zu verhindern?“

Der Chronist schüttelte den Kopf.

„Du glaubst vielleicht, daß man durch Kriege und durch Morden ein Volk ausrotten kann! Viele andere, zum Beispiel der alte Tavdscha oder Kurdischdschi, denken ebenso. Aber so einfach ist das nicht. Gehen wir beispielsweise davon aus, daß der Feind in einer großen Schlacht dreißigtausend Soldaten verliert. Diese Tatsache würde doch als ein enormer Sieg unserer Armee gewertet werden, oder? Aber wie entmutigend ist nun die Feststellung, daß ein solcher Kampf, der so viele Vorbereitungen und unendliche Mühen abverlangt, nichts anderes bewirkt, als daß dieses Volk lediglich um den natürlichen Zuwachs eines Jahres gebracht wird."

„Wirklich seltsam!" staunte der Chronist.

„Deshalb sollten wir uns, anstatt mit offenen Augen zu träumen wie in diesem Fall, mit einem Nullwachstum zufriedengeben. Durch Strafexpeditionen, durch Morden, durch Verschleppung junger Burschen, die dann zu Janitscharen ausgebildet werden, durch fortgesetzte Kriegereien werden wir nur bis zu einem gewissen Grad das Wachstum dieses Volkes verhindern können. Das Volk ist wie das Gras. Es sprießt überall. Also müssen wir neue, wirksamere Methoden erfinden. Ich beschäftige mich mit Zahlenmaterial, aber nicht mit solchen Dingen. Den großen Padischah beraten seine Fachleute, die in diesem Sinne wirken. Sie haben bestimmt all diese Probleme bedacht. Sie sind Experten für die Entnationalisierung der Völker, ebenso gut, wie Sarudscha Fachmann für Zerstörungen von Festungen ist. Tag und Nacht suchen sie nach tauglichen Methoden, um die Ordnung und die Ruhe in unserem großen Reich aufrecht zu erhalten."

Der Generalquartiermeister nahm einen Schluck Scherbett.

„Zum Beispiel", fuhr er fort, „gibt es einen Brauch bei den Stämmen der arabischen Wüsten, wonach, wenn ein

Mann in einem Streit oder in einem Hinterhalt getötet wird, er unbedingt gerächt werden muß, selbst dann noch, wenn bereits drei Generationen vergangen sind. Dieser Brauch schmiedet die Familien mit den Ketten des Todes zusammen, da auf Tötung immer neue Tötung folgt, bis ins Unendliche. Eine derartige Sitte ist wirksamer als mehrere Siege auf dem Schlachtfeld zugleich. Ich habe dir gesagt, daß es bei der Regierung Leute gibt, die sich mit solchen Dingen beschäftigen. Sie haben an alles gedacht. Mit Sicherheit haben sie sich auch Gedanken über diesen Brauch gemacht."

„Ich glaube, einen ähnlichen Brauch gibt es auch bei den Albanern", unterbrach Tschelebi.

„Möglicherweise", sagte der Generalquartiermeister, „aber nehmen wir an, daß sie ihn noch nicht kennen, oder daß er noch nicht genügend verbreitet ist. Dann werden wir diese arabische Sitte, sofern es notwendig wird, einführen und sie unter den Albanern wie einen heimtückischen Samen aussäen. Im allgemeinen sind sie leicht erregbare Menschen, und der Samen wird auf diesem Boden keimen und aufgehen. Wenn er nicht fruchten sollte, werden wir einen anderen finden, vielleicht sogar einen schlimmeren. Auf jeden Fall werden wir einen ausstreuen, zur Not auch einen aus dem Reich des Eises, Hauptsache, er dient unseren Zwecken."

Mevla Tschelebi hörte fassungslos zu.

„Dadurch werden wir es schaffen, daß sie nur so viele bleiben, wie sie jetzt schon sind, wie jene Hunderasse, die sich nicht vermehrt. Hast du diese Hunde schon einmal gesehen? Für gewöhnlich halten sich die Ehefrauen der Christen in Edirne diese Tiere. Nimm Halwa!"

Mevla Tschelebi bediente sich.

„Die Albaner bereiten uns große Sorgen", fuhr der Generalquartiermeister fort. „Wir waren gerade dabei, uns auf Europa zu stürzen, als sie sich uns plötzlich in den

Weg stellten. Es ist bekannt, daß das unerwartete Hindernis immer das gefährlichste ist."

„Sie werden den großen Krieg, den sie gegen uns begonnen haben, bereuen, dann wird es aber zu spät sein", sagte der Chronist. „Viel Blut wird dann geflossen sein."

„Ihre Schläge kommen uns teuer zu stehen, Mevla Tschelebi! Wenn es uns nicht gelingt, sie auf dem schnellsten Weg und mit äußerster Härte zu bestrafen, werden sie uns künftig noch teurer zu stehen kommen. Das Ansehen des Reiches steht auf dem Spiel."

„Verflucht seien alle, die nicht wissen, was sie tun!" sagte Mevla Tschelebi. „Ich zerbreche mir ständig den Kopf, kann aber eines nicht verstehen: Wie konnten sie es wagen, sich gegen uns aufzulehnen!"

„Schon früher haben wir gegen sie gekämpft", sagte der Generalquartiermeister. „Aber jetzt haben sie einen Skanderbeg. Soweit ich es beurteilen kann, ist er ein außergewöhnlicher Mensch."

„Man spricht viel über ihn", meinte der Chronist.

„Ich befürchte, daß man noch mehr über ihn sprechen wird."

„Wie alt ist er?" fragte Tschelebi.

Der Generalquartiermeister überlegte einen Augenblick.

„Ich glaube, sechsunddreißig. Vielleicht etwas älter."

„Das ist erstaunlich."

„Ein mächtiger Freund von mir hat ihn kennengelernt."

„Skanderbeg?"

„Ja. Als wir mit ihm die ersten Gespräche führten. Unser Padischah, Murad Han, lud ihn in die Hauptstadt ein, um sich mit ihm zu unterhalten, er lehnte jedoch ab, obwohl das Einladungsschreiben mit den Worten ‚Mein Sohn' begann."

„Dieser undankbare Kerl!" schimpfte Mevla Tschelebi.

„Was sagte ich gerade ...", fragte der Generalquartiermeister mit müder Stimme. „Ach ja, daß ein Freund von mir ihn bei den Gesprächen kennengelernt hat."

„Wie war er?" fragte der Chronist neugierig.

„Was sein Äußeres betrifft, wie ein einfacher Mann. Ich erinnere mich, daß dies die ersten Worte waren, mit denen mein Freund ihn beschrieb, als er aus Albanien zurückkehrte. Meinem Freund stellte ich damals die gleiche Frage wie du jetzt mir. Der Freund erzählte mir auch, daß Skanderbeg damals erkältet gewesen sei. Er habe heiser gesprochen und den Schal, den er um den Hals gewickelt trug, sogar während der Gespräche nicht abgenommen."

„Einen Schal um den Hals gewickelt", sagte der schon fast eingeschlafene Chronist. „Seltsam. Also ein gewöhnlicher Mensch."

„Ich fürchte mich vor gewöhnlich aussehenden Männern", bemerkte der Generalquartiermeister. „Dieser Freund erzählte mir damals auch, daß Skanderbeg über eine kraftvolle, ausdauernde Stimme verfügt. Nach den Unterredungen nahm mein hochgestellter Freund Urlaub, um seine Nerven zu beruhigen."

Mevla Tschelebi war verwirrt.

„Natürlich nicht hauptsächlich der Stimme wegen", lenkte der Generalquartiermeister ein. „Im Gegenteil, ohne Furcht können wir sagen, daß seine Stimme nur ein unwesentlicher Grund war. Ausschlaggebend waren die sehr schwierigen Verhandlungen. Sehr schwierige!"

Der Chronist holte tief Luft.

„Das Leben ist kurz, und vor uns stehen noch viele Dinge, die erledigt werden müssen", sagte er.

„Unsere vordringlichste Aufgabe ist die Eroberung der Festung. Sie fängt an, uns mit ihrem Schatten zu erdrücken."

„Für alle wird es eine große Freude sein."

„Natürlich", sagte der Generalquartiermeister.

„Bedenken müssen wir aber, daß auch nach der Eroberung der Festung der Krieg unvermindert hart weitergehen wird. Ihre Festungen können wir erobern, aber letztendlich sind sie nichts weiter als ein Haufen von Steinen, die sie genauso zurückerobern können, wie wir sie eingenommen haben. Der Krieg wird länger dauern und komplizierter verlaufen als ein Sturmangriff auf die Festungsmauern. Es gibt andere Dinge, gegen die wir Hunderte Sturmangriffe führen müssen, jahrhundertelang, ohne Pause, um ihnen Schaden zuzufügen, und sei er noch so gering."

Mevla Tschelebi fühlte sich so hungrig, daß er diesmal unaufgefordert zum Halwa griff. Dem Generalquartiermeister fiel es nicht einmal auf.

„Hast du je darüber nachgedacht, welch großen Schaden ein Lied anrichten kann?" fragte der Generalquartiermeister. „Dieser Krieg, der sich nun schon über einen Monat hinzieht, verwandelt sich in einen tragischen Gesang. Wenn ich es in den von dir bevorzugten Worten ausdrücken müßte, würde ich sagen, daß sich dieser in einen Gesang verwandelte Krieg durch die Jahrhunderte zieht wie ein Nebel, den der Wind vor sich hertreibt. Der Krieg endet, aber das Lied wird von einer Generation zur anderen weitergegeben. Es wird neue Kriege gebären, weil unsere Welt so angelegt ist, daß alles aus sich selbst heraus entstehen kann. Und das wiederholt sich, und wiederholt sich, und unaufhörlich entsteht neues Leid. Wie aber kann dieser düstere Vogel aus der Welt geschafft werden? Nun siehst du, wie endlos die Folgen des Krieges sind! Oder nehmen wir als anderes Beispiel ihre Sprache. Als du mir vorhin von ihrer etwas nasalen Aussprache erzählt hast, mußte ich daran denken, wie schwer es sein würde, etwas an ihrer Sprache zu verändern, und sei es auch nur die von dir erwähnte nasale Aussprache. Dies ist ein schwieriges Unterfangen, Mevla Tschelebi, schwieriger, als Tore aus den Angeln zu heben und Festungsmauern niederzureißen. Hierbei helfen weder Kanonen noch die Pläne des Architekten Giauri. Da sind schon gigantische Anstrengungen notwendig. Aus diesen Gründen werden noch Ströme heiligen Türkenblutes fließen müssen."

„Wie es scheint, will es der Himmel so", sagte Mevla Tschelebi traurig. „Noch viele Kriege stehen uns bevor."

„Das ist eine harte Zeit", sagte der Generalquartiermeister. „Wir haben viele Feinde zu bezwingen. Sie sind mitten unter uns, machen sich gegenseitig Mut und bereiten sich darauf vor, uns anzugreifen."

„Es sind die kleinen Völker, die für gewöhnlich große Unannehmlichkeiten bereiten. Der Krieg muß bis zum Äußersten geführt werden, auf Leben und Tod."

„Unruhige Zeiten!"

„Jemand wie Skanderbeg ist in einer solchen Situation kaum zu verkraften", sagte der Generalquartiermeister mit müder Stimme. „Aber was willst du machen", fügte er noch hinzu. „Er ist aufgetaucht und hat uns den Krieg aufgezwungen."

„Auch wir sind von weit her gekommen, um mit ihm unsere Rechnungen zu begleichen", bemerkte Tschelebi.

„Die Hauptstadt ist sehr beunruhigt", unterbrach ihn der Generalquartiermeister. „Der Padischah wartet Tag und Nacht auf die Nachricht, daß die Festung erobert worden ist. Diese Festung ist für uns eine dunkle Vorwarnung."

„Im Lager ist es auffallend ruhig", sagte der Chronist. „Wird denn kein neuer Sturmangriff vorbereitet?"

„Irgend etwas wird man tun", antwortete der Generalquartiermeister knapp, und Mevla Tschelebi begriff, daß er nicht nach weiteren Einzelheiten zu fragen hatte.

Sie unterhielten sich noch eine ganze Weile, bis dem Chronisten auffiel, daß er sich in seinen Worten bereits wiederholte. Also entschuldigte er sich bei dem Gastgeber, verabschiedete sich und ging.

Er fühlte sich am Ende seiner Kräfte. Er konnte keinen Gedanken mehr fassen. Es war Abend. Im weitläufigen Lager herrschte das übliche Treiben. Die Soldaten bewegten sich wie Ameisen in alle Richtungen. Als er durch den Hauptweg ging, hörte er Wagengeräusche. Er schaute sich um und meinte, auf einem der Karren den Astrologen zu erkennen. Er beschleunigte seine Schritte, damit ihn die Wagen nicht überholten, und als er merkte, daß sie dennoch näher kamen, bog er in einen kleinen Seitenweg zwischen den Zelten der Freiwilligen-Abteilungen ein.

In seinem Zelt angekommen, legte er sich vollständig bekleidet auf die Felle, und während er einschlief (gerade in diesem Moment fluchte der Astrologe über Tschelebis Treulosigkeit), dachte er, schon etwas entrückt, daß das Leben trotz alledem angenehm sei. Dasselbe dachte in diesem Augenblick auch der Astrologe, der vom Wagen geklettert war und sich anschickte, mit der Gruppe der Sappeure untertage zu steigen, um die laufende Schicht abzulösen. Jedesmal, bevor sich der Astrologe unter die Erdoberfläche begeben mußte, maß er seine Umgebung mit einem traurigen Blick und wunderte sich, daß ihm nicht schon früher aufgefallen war, wie schön die Welt doch war. Zeit seines Lebens war er unzufrieden gewesen, und deswegen hatte er mit allen Mitteln versucht, gesellschaftlich aufzusteigen, aber leider hatte er nicht einmal die Freude über einen Erfolg genießen können. Jetzt, da ihn das Schicksal verurteilt hatte, in einen feuchten und dunklen unterirdischen Gang hinabsteigen zu müssen, begriff er endlich, daß viele seiner vergangenen Tage hätten glücklich verlaufen können, wenn er sie nicht mit seiner unersättlichen Gier nach Höherem verdüstert hätte.

Vor jedem Abstieg in den Untergrund versetzte ihm der Gedanke, von dort unten nicht mehr ans Tageslicht zurückzukehren, einen Stich wie mit einem spitzen Messer. Obwohl die Sappeure jetzt sehr behutsam vorgingen (gegraben wurde kaum noch, der Boden wurde langsam abgetragen), konnten sie sich von der Befürchtung, doch noch entdeckt zu werden, nicht freimachen, und dieser Gedanke belastete sie Tag und Nacht. Die größte Gefahr bestand darin, daß die Verteidiger ihnen auf die Spur kommen könnten. Die zweite Gefahr lauerte in der Nacht, in der der Durchbruch stattfinden sollte. Die Sappeure, die das schlimme Los treffen würde, ausgerechnet bei dieser Arbeit an der Reihe zu sein, könnten die ersten Opfer des Blutbades werden. Auch wenn sie von der ersten blutig ablaufenden Berührung mit dem Feind nicht betroffen sein sollten (sollte der Durchbruch in aller Ruhe gelingen, würde das erste Blutbad nicht bei der Öffnung, sondern an einer entfernteren Stelle in dem Labyrinth von Kellergängen stattfinden), mußten sie damit rechnen, von den vorwärtsstürmenden Janitscharen überrannt und erdrückt zu werden. Sobald die Tunnelwand durchstoßen wäre, würden sich die Janitscharen wie unterirdische Sturzbäche in die Kellergänge ergießen, so daß die Sappeure, von dieser sturmflutartigen Welle erfaßt, erschöpft und unbewaffnet in die Lanzen der Festungsverteidiger rennen würden.

Je näher der Zeitpunkt des Durchbruchs rückte, desto genauer rechnete sich der Astrologe die zu erwartende Gefahr aus. Jetzt hielten sich jede Nacht, während im Lager tiefe Ruhe herrschte, in den neben der Bäckerei aufgestellten Zelten Hunderte schwer bewaffneter Janitscharen in Einsatzbereitschaft. Seit zwei Nächten wurden weitere Hundertschaften Janitscharen auch im Tunnel stationiert, um im Falle eines unplanmäßigen Durchbruchs sofort angreifen zu können. In der Dunkelheit wirkten sie wie Statuen, während die Sappeure mit den letzten Säcken Erdreich an ihnen vorbeizogen. Infolge des Aufenthalts der Janitscharen war das Atmen im Tunnel immer anstrengender geworden, und es kam häufiger vor, daß Sappeure bewußtlos zusammenbrachen. Die Janitscharen wurden alle zwei Stunden von ausgeruhten Truppen abgelöst.

Aus all dem konnte man schließen, daß der Augenblick des Durchbruchs unmittelbar bevorstand. Während er in der Dunkelheit, einen Sack auf der Schulter, langsam hinter einem ehemaligen Offizier ging – dieser war verurteilt worden, weil er beim Angriff auf die Festung, nachdem er bereits bis zur Hälfte eine Leiter hochgeklettert war, plötzlich kehrtmachte und die Soldaten sich selbst überließ – dachte der Astrologe, daß er in den letzten zwei oder drei bis zum Durchbruch noch verbleibenden Tagen aufgrund der Tatsache, daß der neue Astrologe noch nicht aus der Hauptstadt eingetroffen war, die Möglichkeit hätte, einen letzten Versuch zu unternehmen, um sein Schicksal zu wenden. Wenn er die Sterne nach ihrer Konstellation als eine Schlange interpretieren würde (eine offensichtliche Anspielung auf den Tunnel), könnte er mutig die geeignete Nacht für den Durchbruch vorschlagen und damit den letzten Versuch unternehmen, entweder sein Schicksal aus dem Sumpf zu befreien, oder noch tiefer, und dann endgültig, sinken zu lassen. Jetzt aber, da er im Schoß der Erde schmachtete, sein Wort jedoch höhere Sphären erreichen mußte, benötigte er eine kleine Schar treuer Freunde. Mevla Tschelebi konnte er nicht zu diesen zählen. In früheren Zeiten wäre der Poet Sadedin der richtige Mann gewesen, aber der hatte sich ja in einen blinden Rhapsoden verwandelt, und seine Worte würden unter diesen Umständen kaum ernst genommen werden. Der mächtige Mufti, der ihn zur Vorhersage des Angriffstages ermutigt hatte und somit der eigentliche Urheber seines Unglücks war, hatte in der Zwischenzeit bestimmt sogar seinen Namen vergessen. Aber selbst, wenn der Mufti nur den leisesten Wunsch, ihm beizustehen, verspürt hätte, würde er sich bestimmt nicht mit einem solchen Anliegen den Blicken der Kriegsratsmitglieder aussetzen.

Der Astrologe seufzte tief. An diesem Abend hielten sich mehr Janitscharen als sonst im Tunnel auf. Sie standen regungslos zu beiden Seiten des Ganges, jeweils drei oder vier Schritte voneinander entfernt. Das flackernde Dämmerlicht, das hier und da von den kleinen mit Asche gefüllten Eimern ausging, verzerrte ihre Gesichter in furchterregender Weise, denn nur Kinn, Stirn und Nase waren zu erkennen, während Augen und Mund in der Dunkelheit verborgen blieben.

Der Astrologe überschritt jetzt die Stelle, an der der Tunnel sich jäh absenkte. Er wußte, daß sich über diesem Ort die Fundamente der Hauptmauer befanden, die im Zuge der Arbeiten am unterirdischen Gang möglichst nicht ganz freigelegt worden waren. An dieser tiefsten Stelle des Tunnels war die Luft besonders stickig und feucht. Danach erreichte der Tunnel wieder seine ursprüngliche Ebene. Der Astrologe befand sich bereits unter dem Festungsgelände. Am Tunnelende stand eine Gruppe von Männern. Die Nachmittagsschicht der Sappeure wurde von der Nachtschicht abgelöst. Die kleine Gruppe diskutierte lebhaft, zeigte mal auf die Seitenwände des Tunnelganges, mal auf die Decke, von der Wasser tropfte. Der Astrologe erkannte jetzt den Architekten Giauri und den Alay Bey. Sie redeten auf den Kommandeur der Pioniere, Ulug Bey, ein. Aus dessen Gesicht sprach Sorge. Der Architekt hielt den Arm hoch und zeigte immer wieder auf einen Kreis über seinem Kopf. Offensichtlich wurde die Stelle für den Tunnelausgang festgelegt.

Sie flüsterten miteinander. Die Sappeure, die soeben mit ihrer Arbeit begonnen hatten, vermieden jegliches Geräusch. Vorsichtig trugen sie das Erdreich mit groben Messern ab. Der Astrologe machte sich daran, einen Sack mit Erde zu füllen. Es wurde eindeutig, daß der Tunnel über diesem Bereich enden sollte. Die Sappeure verbreiterten die Seitenflanken. Offensichtlich sollte unter dem Ausgang Raum geschaffen werden, damit in dem verhängnisvollen Augenblick möglichst viele Janitscharen dort bereitstehen konnten.

Der Astrologe hatte den Sack gefüllt und lud ihn sich auf die Schulter. Als er an den hohen Beamten vorbeiging, vernahm er erneut ihre leisen, bedrückten Stimmen. Daß heute nacht etwas passieren würde, war offensichtlich. Unruhe und Erwartung waren überall zu spüren. Er zog, den Sack auf der Schulter, an den wie zu Statuen erstarrten Soldaten vorbei, ließ die abschüssige Stelle hinter sich, dann den Anstieg und erreichte schließlich die Stelle, von der aus die Benutzung der Karren erlaubt war.

„Also, was ist dort drüben los?“ fragte ihn ein Fuhrmann.

Der Astrologe zuckte mit den Schultern.

„Ich glaube, daß heute nacht durchgebrochen wird!“

„Das glaube ich auch“, sagte der Astrologe, als er den Sack ausschüttete.

Der andere seufzte.

Mit dem über die Schulter geworfenen leeren Sack kehrte der Astrologe um. Es war klar, daß heute nacht alles geschehen konnte. Als er am Tunnelende eintraf, standen sie immer noch da, unterhielten sich leise und zeigten ab und zu auf den Kreis über ihren Köpfen. Ihre Anwesenheit rief in ihm ein Gefühl von Sicherheit und Vertrauen hervor. Offenbar waren die hier in der Tiefe Arbeitenden gar nicht so verlassen, zumindest nicht, so lange sich die hohen Staatsbeamten in dieser außergewöhnlichen Nacht bei ihnen aufhielten.

Als der Astrologe den zweiten Sack wegschaffte, begegneten ihm zwei Pioniere, die eine kurze, aber recht breite Leiter schleppten.

„Sie bringen die Leitern!“ sagte der Fuhrmann. „Das ist schon die zweite!“

„Ich habe nur eine gesehen."

„Die zweite haben sie bestimmt zum anderen Ausgang geschleppt."

„Ja, du hast recht!" bestätigte der Astrologe.

„Ist am anderen Ausgang auch alles vorbereitet?"

„Keine Ahnung. Ich war schon seit vielen Tagen nicht mehr dort."

Als der Astrologe wieder zur Stirnseite des Tunnels zurückgekehrt war, machten sich der Architekt Giauri, der Alay Bey und die zwei Unbekannten gerade zum Aufbruch bereit. Jenes Gefühl von Sicherheit und Vertrauen, das die Sappeure während der langen Anwesenheit genossen hatten, verschwand mit den sich entfernenden Männern und wurde durch ein Gefühl der Angst ersetzt. Der Ulug Bey mit seinem Gehilfen und ein Offizier der Janitscharen waren jedoch vor Ort geblieben. Der Offizier stand ein wenig abseits und beobachtete das Geschehen mit unbewegter Miene. Die ganze Zeit über, als sich die Beamten dort aufgehalten hatten, war der Offizier nicht aufgefallen. Erst jetzt, nachdem sie den unterirdischen Gang verlassen hatten, nahmen die Sappeure seine steife und stumme Gestalt wahr, als wäre sie plötzlich aus der Finsternis hervorgekrochen. Offensichtlich sollte dieser Offizier den Angriff zum Durchbruch leiten.

Die Sappeure verbreiterten in aller Eile den kleinen Platz, der sich am Tunnelende schon deutlich abzeichnete. Die Erde war weich und ließ sich leicht abtragen. Der Astrologe und die anderen für den Transport eingesetzten Männer schwitzten unsagbar. An der einen Seitenwand wurde schnell ein niedriger Unterstand ausgehoben, in dem weitere Soldaten nebeneinandergekauert Platz fanden. Sie glichen den Figuren eines Basreliefs. Gegenüber entstand ebenfalls ein Unterstand, damit auch dort Truppen untergebracht werden konnten. Mit Schrecken betrachteten die Soldaten die kurze, breite Leiter, die neben ihnen an die Wand gelehnt stand und auf der sie bald ihrem Schicksal entgegenklettern sollten.

Niemand wußte die Uhrzeit. Bekannt war nur, daß oben, über ihren Köpfen, bereits die Nacht angebrochen war. Von Zeit zu Zeit blickte Ulug Bey voller Unruhe in die Dunkelheit des Tunnels. Offensichtlich wartete man auf den Boten, der den Befehl zum Durchbruch überbringen sollte. Entweder verspätete sich das Eintreffen des Befehls tatsächlich, oder es kam den untertage Weilenden nur so vor. Die anderen aber, die im Freien, urteilten, wie es schien, anders.

So verharrten sie voller Erwartung, als plötzlich an einer Stelle, etwa in der Mitte des Tunnels, eine Erschütterung erfolgte, und unmittelbar danach hörten sie einen ungeheuren Donner. Wie gelähmt blieben sie auf ihren Plätzen, wagten lediglich, den Kopf zu drehen. Ein dumpfes Einsturzgeräusch folgte auf den Donnerschlag. In der anschließenden großen Stille hörte man ein leichtes Rutschen, etwa so, als sei jemand auf einen nachgebenden Erdhügel geraten, danach herrschte Grabesstille im Tunnel.

Ulug Bey und sein Gehilfe rannten durch den unterirdischen Gang. Die an ihren Plätzen Verbliebenen, die Soldaten, Pioniere, Sappeure und Transportarbeiter, gerieten plötzlich auch in Bewegung, als seien sie aus einem Zauberschlaf erwacht. Jemand schrie: „Wir sind hoffnungslos verloren!“ Ein anderer: „Ein Erdbeben!“ Zwei, drei Männer wollten Ulug Bey folgen, als plötzlich der Offizier der Janitscharen, der bis zu diesem Augenblick wie eine Mumie dagestanden hatte, seinen Säbel zückte und brüllte:

„Ruhe! Niemand bewegt sich!“

Sie gehorchten ihm.

Durch die Stille drangen nur noch die dumpfen Schritte des Ulug Bey und seines Gehilfen, die sich immer weiter im Tunnel verloren. Danach war es vollkommen still. Ein neues Geräusch entstand, schnelle, leichte Schritte kamen näher. Von der Gabelung des Tunnels her lief ein Pionier auf sie zu.

„Was ist geschehen?" fragte er außer Atem.

„Wir wissen nichts. Werden es aber gleich erfahren", antwortete der Offizier mit ruhiger Stimme.

„Allah! Was ist uns widerfahren?!"

„Ruhe!" befahl der Offizier.

„Sie kommen!" sagte jemand leise. Alle lauschten. Sie hörten Schritte. Es klang aber nicht so, als ob jemand liefe, sondern vielmehr, als schlendere derjenige heran.

„Was ist denn passiert?"

Die Gesichter des Ulug Bey und seines Gehilfen waren blaß und mit kaltem Schweiß bedeckt.

„Wir sind erledigt!"

„Oh weh!"

„Ruhe!" befahl der Offizier. „Was ist vorgefallen?"

„Unter den Fundamenten haben sie die Decke einstürzen lassen", sagte Ulug Bey mit tonloser Stimme.

„Sie?" fragte der Offizier und deutete mit der Hand in die Höhe.

„Sie!"

„Sie haben uns entdeckt!" sagte jemand.

„Und wir haben nichts gemerkt!"

„Wir sind lebendig begraben!"

„Ruhe!" befahl der Offizier.

„Was können wir tun?"

„Gar nichts!" antwortete der Befehlshaber der Pioniere.

„Können wir nicht einen Durchbruch versuchen, um hier herauszukommen?" fragte der Offizier.

„Nein. Sie befinden sich genau über uns. Sie überwachen jede Bewegung."

„Vielleicht ist die Erdschicht von selbst abgerutscht."

„Nein. Ich habe es mit meinen eigenen Augen gesehen."

„Also werden wir sterben", sagte der Offizier mit ruhiger Stimme und wandte sich dabei an alle Anwesenden. „Allah hat für uns diesen Tod bestimmt, und wir werden damit einverstanden sein."

Einige begannen zu beten. Die meisten wimmerten. Der Astrologe setzte sich auf den Boden und stützte den Kopf in die Hände.

In Gedanken begann er, von der Welt Abschied zu nehmen.

„Warum ergeben wir uns nicht?" sagte jemand mit leiser Stimme.

„Schweig, Ungläubiger!" brüllte der Offizier.

„Wer teilt hier die Befehle aus?" sagte Ulug Bey. „Hier befehle ich!"

„Meine Janitscharen befehlige ich!" erklärte der Offizier.

„Hier befehle ich!" wiederholte Ulug Bey.

„Sag, Ulug Bey, willst du, daß wir uns ergeben?"

„Nein!" antwortete der Befehlshaber der Pioniere. „Ich bestehe nur darauf, daß niemand dort Befehle erteilt, wo ich zuständig bin."

„Wenn wir uns ergeben würden, müßten wir mit noch Schlimmerem rechnen", sagte der Offizier. „Sie würden uns wie Schafe abschlachten!"

„Das weiß man nicht", wisperte jemand.

„Ruhe!" sagte der Offizier. „Sie würden uns abschlachten, um die Massaker der Akindschi zu rächen."

„Oh weh!"

Der Astrologe lehnte sich mit dem Rücken an einen Berg feuchter Erde. Im Dämmerschein des flackernden Aschelichtes betrachtete er das kuppelförmige Tunnelgewölbe. Von der Decke rann dunkles Wasser. Sein nur noch langsam und schwach arbeitendes Gehirn nahm mühsam ein paar trübe und zusammenhanglose Gedanken auf. Einer dieser Gedanken betraf mehr oder weniger sein böses Schicksal, das ihn dazu verurteilt hatte, unter den Verliesen einer ausländischen Festung sterben zu müssen. Ein weiterer Gedanke stand in einer gewissen Beziehung zu den Sternen, mit denen er mal in Freundschaft, mal in Feindschaft, mal im Streit verkehrt hatte, aber dennoch hatte er sich häufiger mit ihnen versöhnt als mit den Menschen. Und jetzt, da seine Stunde gekommen war, würde er sie nie mehr sehen können, statt dessen mußte er sich ausschließlich mit dem Anblick schwarzer, nasser Erde, von der unentwegt Wasser tropfte, begnügen.

Von überall hörte man Gebete und Wehklagen. Das ging eine ganze Weile so. Danach begann das in den Aschekübeln flackernde Dämmerlicht zu erlöschen. Ab und zu gab es, als hätte es einen Schluckauf, noch unregelmäßige Leuchtzeichen ab. Dann erlosch es endgültig. Unter seinen letzten Zuckungen kamen die verängstigten Gesichter mit ihren verzerrten, gedunsenen Zügen, mit Augen und Nasen, die sich zu verschmelzen schienen, mit Kinnen, die sich scheinbar auflösten, zum Vorschein. Jedes Wesen war an der Schwelle zum ewigen Schatten angelangt. Eine Flamme nach der anderen war erloschen. Die nur für kurze Zeit unterbrochenen Gebete, das Gemurmel und das Wehklagen begannen von neuem. Ab und zu gellte ein kurzer Schrei, oder ein angstvoller Klagelaut hob an, der dann sofort von Schluchzen erstickt wurde. Auf der Seite des Astrologen kroch jemand umher, näherte sich ihm. Der Astrologe spürte den warmen Atem des Unbekannten.

„Möchtest du, daß ich dir meine Lebensgeschichte erzähle?“ fragte der Unbekannte leise.

Der Astrologe antwortete nicht.

„Ich werde dir meine Lebensgeschichte erzählen“, fuhr der andere fort. Er begann, in monotonem Tonfall von einigen Sprossen einer Leiter zu erzählen, auf der er hochgestiegen war und auf der er immer weitergeklettert war.

„Der erste Gedanke kam mir auf der vierten Sprosse: Und wenn ich nun umkehren würde? Aber ich ließ diesen Gedanken fallen. Kletterte weiter. Bei der siebten Sprosse rutschte ein Toter an mir vorbei. Kletterte weiter. Bei der achten verspürte ich noch stärker den Wunsch umzukehren, verwarf ihn aber, da ich mir vorstellte, was wohl meine Soldaten dazu sagen würden, wenn sie mich dabei beobachten würden. Bei der zehnten Sprosse hob ich den Kopf, und dann konnte ich alles, was sich auf der Mauer ereignete, sehen. Es war entsetzlich! Ich blickte nach unten und sah, daß meine Soldaten mir auf der Leiter gefolgt waren. Damit ich hätte hinabklettern können, hätten sie mir Platz machen müssen. Kletterte weiter. Bei der elften drang der Geruch verbrannten Fleisches in meine Nase. Die Brandwunde am Hals des vor mir Hochsteigenden schwelte noch. Bei der zwölften Stufe dachte ich daran, daß in diesem großen Durcheinander niemand auf mich achten würde. Ich hielt mich gut an der Sprosse fest und ließ mich nach unten hängen. Da wechselte ich mit der einen Hand zur elften Sprosse über, mit der anderen faßte ich nach. Danach ergriff ich mit der rechten Hand die zehnte Sprosse. Ich war dabei hinunterzusteigen. Bei der neunten trat mir ein Soldat auf die Finger. Bei der achten traten sie mir wieder auf die Finger. Da ließ ich mich fallen und landete mitten im dichtesten Durcheinander am Fuße der Festungsmauer. Ich glaubte, von niemandem beobachtet worden zu sein, aber da irrte ich mich. Alle meine Schritte waren registriert worden. Nichts war ihren Blikken entgangen. Später erinnerten sie mich an alles, bis hin zu den kleinsten Einzelheiten. Der Gedanke an Umkehr war mir, um die Wahrheit zu sagen, bereits bei der zehnten Sprosse gekommen. Von der vierten bis zur siebten Sprosse stieg ich wie im Rausch hoch, um dann bei der achten Sprosse ... um genau zu sein, ich faßte den Beschluß zur Umkehr bereits auf der siebten, aber ich wußte nicht, wie ich es anstellen sollte. Bei der elften wollte ich mich totstellen und hinunterfallen lassen, aber die Höhe schien mir zu gefährlich. In diesem Augenblick roch ich das verbrannte Fleisch ... hörst du mir nicht zu? Weinst du etwa? Keine Ursache, ich habe dir fast mein ganzes Leben erzählt. Ich wollte dich über die letzten Ereignisse aufklären. Wenn du willst, hör mir zu, wenn nicht, mach dir keine Sorgen, ich werde nicht beleidigt sein."

Er redete trotzdem mit seiner monotonen Stimme weiter. Die Erzählung dauerte eine ganze Weile. Er versuchte, möglichst genau wiederzugeben, auf welcher Sprosse die Idee zur Rückkehr geboren worden war und auf welcher er den tatsächlichen Entschluß zur Umkehr gefaßt hatte. Er nannte die entsprechenden Sprossen, aber dann hatte er Vorbehalte gegenüber seinen Erklärungen und wiederholte in diesem Zusammenhang ständig, daß er seine Lebensgeschichte möglichst genau und ehrlich erzählen wollte.

Als der Astrologe merkte, daß sein Gesicht kühler wurde, war ihm klar, daß sich der Fremde entfernt hatte. Die Klagelaute und die Gebete klangen nur noch gedämpft. Schluchzer durchbrachen ab und zu die Monotonie der Gebete und des Wehklagens. Schreie hörte man immer seltener. Die letzten drangen plötzlich aus dem hintersten Winkel.

„Ich will deine Lebensgeschichte nicht hören!" schrie irgend jemand. „Ich will nicht! Ich bin selbst am Ende! Warum soll ich mir dein Ende anhören? Ich will es nicht wissen. Verschwinde, sage ich dir! Warum hast du mich ausgesucht? Ich will nicht, daß du mir dein Leben erzählst! Hast du verstanden! Ich will nicht! Ich will nicht!"

Das Schreien steigerte sich zum Gebrüll. Doch dann ging es schlagartig in ein Schluchzen über. Der Geist des

Astrologen strengte sich an, die Dunkelheit und den Schlamm zu vergessen, um endgültig von der Welt Abschied zu nehmen. Aber es gelang ihm nicht. Schlamm und Finsternis begannen, von nun an ihre Macht auf ihn auszuüben. Der Astrologe weinte. Er versuchte, in seinem Kopf Freunde, verschiedene Frauen, von Leben erfüllte Straßen, bestimmte Tore und Klopfzeichen in mehr oder weniger logische Beziehungen zueinander zu setzen, aber es war ihm unmöglich.

Wir beschlossen, den Tunnel in der Nacht des 26. Juli einstürzen zu lassen, unmittelbar nachdem wir festgestellt hatten, daß die Grabungen eingestellt worden waren. Der Abbruch dieser Arbeiten konnte nur bedeuten, daß sie in derselben Nacht, spätestens aber in der darauf folgenden, den Durchstoß ausführen würden. Wir beschlossen, die Zerstörung unter den Fundamenten vorzunehmen, weil dort der Gang tiefer als an jeder anderen Stelle lag. Aufgrund dieser Tiefe würde dort auch entsprechend viel Erdreich herabstürzen und somit den Tunnel zu ihrem Grab machen.

Wir brachten den Tunnel zum Einsturz, indem wir ein kleines mit Schießpulver gefülltes Faß, das wir in einem tiefen Loch über der festgelegten Einsturzstelle eingegraben hatten, zur Explosion brachten. Nachdem das Erdreich abgerutscht war, überwachten wir weiterhin die gesamte Tunnelstrecke, besonders aber die Stelle, an der der Einsturz erfolgt war, und die beiden Stellen, an denen sie den Durchstoß geplant hatten. Weder von den Eingeschlossenen noch von außen wurde auch nur der geringste Versuch unternommen, einen Notausgang zu ihrer Rettung zu schaffen. So wie es schien, begriffen sie sofort, daß jeder Versuch dazu überflüssig war. Und in der Tat wäre jeder Versuch herauszukommen völlig nutzlos gewesen.

Zunächst herrschte Ruhe unter uns. Wir konnten es kaum glauben, daß sie, Dutzende Pioniere und schwerbewaffnete Soldaten, sich in kaum zwei Metern Tiefe unter uns befanden. Aber still war es nur zu Anfang. In den folgenden Tagen, besonders nachts, konnte man, wenn man mit dem Ohr am Boden lauschte, deutlich ihr Stöhnen und Schreien hören. Was dort unten wirklich vorging, konnte kein Mensch sagen.

Wir hielten es für das beste, sie dort sterben zu lassen, wo sie waren. Wenn wir sie herausgeholt hätten, wären sie uns als Gefangene zur Last gefallen, denn schon für uns reichten die Lebensmittelvorräte kaum aus. Wir wären also gezwungen gewesen, sie hinzurichten. Nach der Hinrichtung würde sich das Problem der Grabstätte stellen. Die dafür in Frage kommenden Plätze sind nur in geringer Zahl vorhanden und auch nur unseren im Kampf gefallenen Soldaten und Offizieren vorbehalten. Einige schlugen vor, sie herauszuholen und nach der Hinrichtung von den Festungsmauern zu werfen. Aber das alles waren nutzlose Überlegungen, und deshalb entschlossen wir uns, sie dort in ihrem Grab, das sie sich selbst geschaufelt hatten, zu lassen.

Das Schluchzen und Schreien wurde allmählich schwächer, bis es endgültig erstarb. Unter der Festung herrschte wieder Ruhe.

Kapitel 8

Sie lagen halb ausgestreckt auf ihren Feldbetten. Im Zelt herrschte eine drückende Hitze. Obwohl sie beinahe unbekleidet waren, sah man trotzdem, daß die Hitze sie plagte, die unerbittlich durch die kleinen vergitterten Zeltluken drang.

„Oh, wir ersticken!“

„Draußen glüht die Sonne wie eine Backglocke.“

„Nein. Draußen ist es frischer“, bemerkte Leila, „denn im Zelt ist es gewöhnlich frischer oder wärmer als draußen.“

Leila war die einzige, die schon einmal einen Krieg mitgemacht hatte. Der Wesir, der sie und ein anderes Mädchen auf einen Feldzug mitgenommen hatte, war dort gefallen, und danach verkaufte seine Familie, die nunmehr ausschließlich aus Frauen bestand, sie an diesen Harem.

„Wer hat eigentlich diese Zelte erfunden?“ fragte Ajsel mit zarter und doch klagender Stimme. „Entweder zittert man darin vor Kälte, oder man kommt vor Hitze beinahe um.“

Leila lachte.

„Und wo sollten die Soldaten bleiben, wenn es diese Zelte nicht gäbe?“

Ajsel zuckte die Schultern.

„Woher soll ich das wissen?“

„Oh, ich ersticke!“ stöhnte eine andere, eine Blonde, die recht gelangweilt aussah. „Wo ist Hasan? Wenn er uns wenigstens etwas Wasser zur Erfrischung bringen würde!"

Die Jüngste unter ihnen, Edscher, hatte sich, entgegen ihren sonstigen Gewohnheiten, abgesondert und schwieg. Ihre Wangen waren blaß, die Zöpfe unordentlich geflochten.

„Ist dir immer noch übel, Edscher?" fragte Leila.

„Ja."

„Dann scheint es sicher zu sein."

Edscher starrte sie an. „Wirklich?"

„Natürlich, weil du dauernd erbrechen mußt."

„Als ich schwanger war, erging es mir genauso", sagte Ajsel. „Oh, wie ich mich nach meiner Kleinen sehne!"

„Wann wird sie zwei?"

„Anfang September. Werden wir dann schon zurück sein?"

„Das glaube ich kaum", sagte Leila. „Nach diesem furchtbaren Anfang wird die Belagerung noch lange dauern."

„Ich Ärmste. Ich sterbe vor Sehnsucht!"

„Wurde dir auch immer übel?" fragte Edscher.

„Ja. Sogar noch viel schlimmer."

„Trotzdem bist du nach der Entbindung noch hübscher geworden", sagte Leila. „Als du schwanger warst, glaubten wir alle, daß *er* dich nach der Niederkunft verkaufen würde. Aber das Gegenteil geschah."

Ajsel lächelte sanft.

„Eine Zeitlang warst du sogar seine Lieblingsfrau. Erinnerst du dich, wie sich Itmara darüber ärgerte?"

„*Er* liebte auch Itmara", erwiderte Ajsel.

„Aber nicht so sehr wie dich."

„Wenn *er* sie tatsächlich so sehr geliebt hätte, würde *er* sie auch mitgenommen haben", sagte Edscher.

„*Er* wollte ihr diese Strapazen nicht zumuten", entgegnete Ajsel.

„Wie dem auch sei, nach der Niederkunft liebte *er* dich mehr als alle anderen."

Wieder lachte Ajsel und blickte dabei mit ihren heiteren Augen auf die Mädchen.

„Wißt ihr, weshalb *er* mich liebte?" fragte sie leise.

Sie schauten zu ihr hin. Selbst die Blonde hob ihre vor Langeweile trüben Augen und stützte das Kinn in die Hand.

„Mich liebte *er* meiner Milch wegen, denn *ihm* gefiel es, daß die Milch auf seine Brust spritzte, während er mich in seine Arme nahm."

„Wirklich?" Edscher riß die Augen auf.

„Ja. *Er* trug mir sogar auf, daß ich in der Nacht, bevor *er* mich lieben wollte, meinem Kind nicht die Brust geben sollte, damit für *ihn* dann möglichst viel Milch vorhanden war."

„Warum hast du uns diese Geschichte nicht schon früher erzählt?"

„Ich schämte mich."

„Schämen? Vor wem denn?"

Ajsel zuckte die Schultern. „Was weiß ich?"

„Werde ich auch viel Milch haben?" fragte Edscher.

Die anderen lachten.

„Das kann man vorher nicht wissen."

„Ich möchte viel Milch haben, nur damit Itmara vor Neid erblaßt", sagte Edscher.

„Aber was hat denn deine Milch mit Itmara zu tun?"

„Natürlich hat sie damit zu tun. Wenn ich nach der Geburt viel Milch habe, wird *er* sich wieder von Itmara abwenden."

„Und wenn Itmara schwanger wird?"

„Sie wird bestimmt keine Kinder bekommen, weil sie bis jetzt noch nie schwanger war."

„Vielleicht will *er* nicht, daß sie Kinder bekommt!" sagte Ajsel.

„Ich hasse dieses Mädchen!“ sagte Edscher. „Erinnert ihr euch, wie sie in der letzten Nacht vor unserer Abreise ärgerlich dasaß, nur weil sie erfahren hatte, daß sie nicht mit uns nach Albanien fahren durfte?“

„Wenn ich an diese Nacht denke!“ seufzte Ajsel. „‚Hubse Mami‘, sagte mein Kind zu mir und bedeckte mich mit Küssen; sagen wollte es ‚Hübsche Mami‘.“

Ajsels Augen füllten sich mit Tränen.

„Niemand konnte in dieser Nacht schlafen“, sagte Leila. „Einige waren ausgelassen, weil sie nicht mitzufahren brauchten, andere waren aus demselben Grund der Verzweiflung nahe. Ich wußte ja, was im Krieg auf uns zukommt, aber ich wollte euch beiden nicht die Freude nehmen.“ Leila wandte sich Edscher und der Blonden zu. „Besonders du, Edscher, warst vor Freude außer Rand und Band. ‚Wie ist der Krieg?‘ hast du laufend gefragt, und vor lauter Ungeduld konntest du kaum die Morgendämmerung erwarten.“

„Wie konnte ich wissen, daß Krieg nichts anderes bedeutet als Aufenthalt in einem Zelt, in dem man vor Hitze fast erstickt und sich andauernd übergeben muß?“ sagte Edscher mit klagender Stimme und sichtlichem Unbehagen.

„Wartet nur ab, es kommt noch schlimmer!“ sagte Leila.

„Warum gibt es überhaupt Kriege?“ fragte Edscher.

Ajsel zuckte die Schultern.

„Woher sollen wir das wissen?“

Leila wurde nachdenklich.

„Niemand weiß, warum Kriege geführt werden“, sagte sie. „Nur der erhabene Sultan kann es sagen.“

„Gisela hat mir einmal erzählt, daß Kriege wegen der Frauen geführt würden – so hatte sie es in einem Buch gelesen“, sagte Ajsel.

„Kriege wegen der Frauen?“ Leila zuckte die Schultern.

„Vielleicht stimmt es tatsächlich“, bemerkte Ajsel. „Vielleicht gebären wir Frauen gemeinsam mit den Kindern auch Kriege.“

„Wer weiß?“

„Vielleicht gefällt es dem Menschen, weil er unter Schmerz und Blut geboren wird, sein weiteres Leben ebenfalls unter Schmerz und Blut zu verbringen.“

„Welch abwegige Gedanken, Ajsel!“

„Warum abwegig?“

„Wie wird dieser Krieg ausgehen?“ fragte Edscher.

„Wer weiß“, sagte Leila. „Der Wille des Herrn wird ihn entscheiden! Wie er auch ausgehen mag, für uns ändert sich nicht viel. Wenn *er* siegt, wird *er* befördert werden, noch reicher werden und neue Frauen kaufen, so daß wir neue Freundinnen bekommen werden.“

„Oh, wird das eine Freude!“ sagte Edscher.

„Wenn *er* verlieren sollte, wird *er* uns verkaufen, und unser Schicksal wird ungewiß sein. Es kann uns besser ergehen, aber ebenso können wir Pech haben.“

„Oh, das wird lustig!“ wiederholte Edscher. „Ich würde gern verkauft werden.“

„Pst, du Dummkopf!“ rief Leila. „Der Eunuch könnte dich hören.“

„Wo ist denn Hasan geblieben?“ jammerte die Blonde. „Wenn er wenigstens etwas Wasser bringen würde!“

„Ich glaube“, sagte Ajsel, „daß sie Vorbereitungen treffen, um die Wasserleitung zur Festung abzusperren. Gestern hörte ich, wie sich Hasan mit einer Wache darüber unterhielt.“

„Wirklich? Dann wird der Krieg ja schnell zu Ende sein“, meinte Leila. „Bei dieser Gluthitze hält doch niemand eine Belagerung ohne Wasser aus.“

„Wie stellen sie denn das Wasser ab?“ fragte Edscher.

„Wie? Für gewöhnlich suchen sie die Wasserleitung, und dann wird sie zerstört“, antwortete Leila.

„Genau!“ sagte Ajsel. „Sie sprachen auch darüber, daß sie die Wasserleitung noch nicht entdeckt hätten.“

„Zum Glück haben wir Hasan, von ihm erfährt man wenigstens ab und zu, was draußen vorgeht!“

„Als Hasan vorgestern an den Soldaten vorbeischlenderte, hörte er, daß der Mufti uns vier aus vollem Herzen hassen soll“, sagte Ajsel.

„Der Mufti? Was hat der denn mit uns zu schaffen?“

„Sie erzählten sich, daß er gesagt haben soll, unsere Anwesenheit brächte Unglück.“

„Ha!“ empörte sich Leila. „Sie werden auch noch behaupten, daß es unsere Schuld ist, wenn die Festung nicht erobert wird.“

„Oh Gott! Ich kann es kaum noch erwarten, von hier wegzukommen“, jammerte die Blonde.

„Kannst es wohl gar nicht mehr aushalten, bis du wieder bei deiner Gisela bist!“ sagte Edscher ironisch.

Die Blonde antwortete nicht. Ihr trauriges und gelangweiltes Gesicht errötete leicht, was sie zu verbergen suchte, indem sie den Kopf zur Seite drehte.

„Hört mit diesen Scherzen auf, Hasan könnte euch hören!“ sagte Ajsel. „Erinnert ihr euch noch daran, wie sie Kekika und die Griechin erwischten, als sie sich gerade küßten?“

„Ich war damals noch nicht da“, sagte Edscher.

„Oh Herr, diese schrecklich Nacht! Die werde ich nie vergessen!“

„*Er* peitschte beide persönlich vor unseren Augen aus, bis sie ohnmächtig zusammenbrachen. Wir schauten zitternd zu.“

„Und dann?“ fragte Edscher.

„Danach wußte niemand, was mit ihnen geschehen würde. Am nächsten Morgen sahen wir sie nicht mehr wieder.“

„Diese Nacht werde ich nie vergessen!“ sagte Ajsel.

„Ich werde dagegen nie dieses wie ein Backofen glühende Zelt vergessen!“ sagte Edscher.

„Jammere nicht so, es gibt Schlimmeres!“ sagte Leila.

„Was kann es denn Schlimmeres als dieses Zelt geben?“

„Entsetzliches könnte auf uns zukommen“, sagte Leila. „Der Feind könnte angreifen und uns gefangennehmen.“

Edschers Gesicht strahlte vor Freude.

„Mir gefällt es, gefangengenommen zu werden“, sagte sie.

„Ruhig, du Dummkopf, der Eunuch könnte dich hören!“ sagte Ajsel.

„Dir würde es gefallen, von Soldaten gefangengenommen zu werden?“ fragte Leila. „Hast du etwa die sieben albanischen Mädchen vergessen, die unsere Akindschi vor zwei Wochen mitbrachten? Erinnerst du dich, was Hasan über ihr Schicksal erzählt hat? Sie lebten in unserem Lager nur einen Abend, wie die Schmetterlinge, die die Nacht nicht überleben. In der Morgendämmerung wurden alle sieben begraben.“

Edscher senkte den Kopf.

„Hasan hat sie gesehen“, erzählte Ajsel weiter. „Er war vor Tagesanbruch wach geworden und ging hinaus, um frische Luft zu schnappen. Als er zurückkam, stolperte er über einen Bottich, davon wurde ich wach. Ich sah, wie er zitterte. ‚Was hast du‘, fragte ich ihn mit Flüsterstimme. Er trat näher. ‚Frau Ajsel‘, sagte er, und seine Stimme zitterte, ‚ich habe sie gesehen, sie waren alle leichenblaß, so weiß wie diese Bettlaken‘.“

„Armer Hasan! Er kann den Anblick gequälter Frauen nicht ertragen.“

Edscher mußte plötzlich weinen.

„Jetzt reicht's, Ajsel!“ sagte Leila. „Edscher darf solche Geschichten nicht hören.“

Eine ganze Weile vernahm man nur das Schluchzen des Mädchens.

„Oh, ich gehe ein!“ jammerte die Blonde und strich mit der Hand ihr Haar aus der Stirn.

Die beiden anderen versuchten, sich etwas Kühlung zu verschaffen, indem sie sich mit ihren Bettlaken Luft zufächelten.

„Wenn sich wenigstens dieser Kriegsrat versammeln würde, damit wir etwas zu sehen bekommen!“

„Du freust dich wohl, Kara-Mukbil zu sehen, was?“

„Warum auch nicht? Er ist der jüngste und hübscheste von allen Kommandanten.“

„Skanderbeg wird nachgesagt, daß er sehr hübsch sei.“

„Hat Skanderbeg einen Harem?“ fragte Edscher, deren Tränen an den Wimpern noch nicht getrocknet waren.

„Bestimmt, schließlich ist er ein großer Heerführer“, bemerkte Ajsel. „Sag mal, Edscher, möchtest du zu seinem Harem gehören?“

„Wieso, du etwa nicht?“

„Schon wieder dieser Blödsinn!“ sagte Leila. „Habt ihr nichts Gescheiteres im Kopf?“

„Wir langweilen uns so!“ antwortete Ajsel.

Lange Zeit war es still. Fast nackt lagen sie da und bewegten ihre Körper nur, um das kühlste Plätzchen auf dem Laken zu erwischen. Nach vergeblichen Versuchen seufzten sie.

„Ob Itmara aus dem Stoff, den sie im Winter beim Juden Isaak gekauft hat, wohl ein Kleid genäht hat?“ fragte Edscher mehr sich selbst als ihre Freundinnen.

Ajsel zuckte die Schultern.

„Sie werden jetzt die verschiedensten Nachrichten über den Krieg hören und unsere Rückkehr erwarten“, sagte Leila.

„Ach, wenn wir doch nur bald nach Hause könnten!“ seufzte Ajsel.

„Was sollen wir über diesen Krieg berichten, wenn sie sich danach erkundigen?“ fragte Leila.

Ajsel zuckte die Schultern.

„Ich glaube, Hasan kommt zurück", sagte Edscher. „Ich habe seine Schritte gehört."

Tatsächlich trat Hasan, der schwarze Eunuch, ein.

„Wo warst du, Hasan?" fragten die Frauen wie aus einem Mund. „Wir kommen vor Hitze um!"

„Ich habe zugeschaut, wie sie die Wasserleitung suchen", antwortete Hasan.

„Und, gefunden?"

„Nein. Sie graben überall, aber es gelingt ihnen nicht, auch nur die geringste Spur zu finden."

„Erstaunlich!" sagte Leila. „Die Röhren müssen sie sehr gut versteckt haben!"

„Der Boden ringsum ist voller Gräben und Löcher", sagte Hasan, „aber von der Wasserleitung keine Spur."

„Suchen sie vielleicht an den falschen Stellen?" fragte Leila. Sie war die einzige unter den vier Frauen, die schon etwas von der Suche nach den Wasserröhren gehört hatte.

„Die Pioniere graben genau an den vom Architekten Giauri vorgeschriebenen Stellen", fuhr der Eunuch fort. „Man sagt, daß er in alle Geheimnisse des Erdbodens und des Wassers eingeweiht sei."

„Hasan, du bist ein Schwätzer! Bring uns frisches Wasser, wir zerfließen sonst", jammerte die Blonde.

„Ich hole es sofort! Hier ist es wirklich sehr heiß."

Er verließ das Zelt, und als er zum Fluß eilte, hörten sie das Geklapper der leeren Kupferkannen.

Edscher hatte ihren Kopf in die Hände gestützt.

„Was hast du?" fragte Ajsel, „ist dir wieder übel?"

„Ja."

„Man sieht es", stellte Leila fest. „Du bist wieder so blaß."

„Das wird öfter vorkommen."

„Aber nur in den ersten zwei, drei Monaten", sagte Ajsel.

„Weiß *er*, daß du schwanger bist?" fragte Leila.

„Bestimmt hat es Hasan erzählt."

„Männer wie er lieben die Kinder, die sie auf Feldzügen gezeugt haben, ganz besonders", sagte Leila. Ihre Stimme klang nachdenklich. Offensichtlich wollte sie noch weiter reden, doch sie brach plötzlich ab.

„Und warum?" fragte Edscher.

Leila schwieg.

„Besonders die Knaben", sagte sie schließlich.

„Warum lieben sie diese Kinder besonders?"

Leila schlug die Augen nieder.

„Genau weiß ich es auch nicht", sagte sie. „Vielleicht, weil bei der Geburt dieser Kinder Zerstörung und Tod Pate stehen; solche Konstellationen scheinen den Männern zu gefallen. Vielleicht auch deshalb, weil sie sich, durch das ständige Blutvergießen tief in die Schuld des Lebens geraten, sich dann aber freuen können, wenn sie etwas von dem, und sei es auch nur ein Krümel, zurückgeben können, das sie zuvor ausgelöscht haben."

„In letzter Zeit quälen *ihn* viele Sorgen", sagte Ajsel. „Ist euch das auch aufgefallen?"

„Ja. *Er* wirkt ständig gehetzt."

„Ich mag Männer, die sich Sorgen machen", bemerkte Edscher.

Leila und Ajsel lachten.

„Kleiner Dummkopf, was verstehst du denn schon von Männern?" sagte Leila.

„In letzter Zeit hat *er* Schmerzen im rechten Ohr", fuhr Ajsel fort. „Vor einer Woche, wir hatten uns gerade geliebt, legte *er* plötzlich seine Hand auf das rechte Ohr, und nachdem ich *ihn* gefragt hatte, ob *er* Schmerzen habe, sagte *er*, daß *er* ab und zu ein starkes Dröhnen verspüre."

„Kein Wunder", sagte Edscher, „daß *ihm* bei diesem anhaltenden Kriegsgetöse und Trommelschlagen die Ohren dröhnen!"

„Ich glaube aber kaum, daß *er* sich deswegen Sorgen macht“, sagte Leila. „Dieser Krieg, der kein Ende findet, der bereitet *ihm* große Sorgen.“

„Nachdem auch noch die Sache mit dem Tunnel schiefgegangen war, ging *er* sehr besorgt umher“, sagte Edscher.

„Der Tunnel? Ganz bestimmt“, ergänzte Leila. „Der Tunnel ließ *ihn* mehr als alles andere verzweifeln.“

„Wie lange bleibt dieser Hasan bloß weg“, sagte die Blonde.

„Was meint ihr, wird es ein Junge oder ein Mädchen?“ fragte Edscher.

„Was wünschst du dir denn?“

„Einen Jungen.“

„Ich würde lieber ein Mädchen haben“, sagte Ajsel leise. „In diesen finsteren Zeiten möchte ich keinen Jungen zur Welt bringen. Es stimmt zwar, daß *er* sich nicht besonders für Mädchen interessiert, aber mir würde es gefallen. Ich hätte dann das Gefühl, daß das Mädchen nur mir gehört. ‚Hubse Mami‘. Mamis Schatz, oh, wie ich mich nach dir sehne!“

Ajsels Augen füllten sich mit Tränen.

Draußen klapperten die Wasserkannen.

Es herrscht unerträgliche Hitze. Die Sonne brennt den ganzen Tag, und keine Wolke zeigt sich am Himmel. Auf den Feldern ringsum mähen sie den Weizen. Uns bricht das Herz, wenn wir unser Korn unter den Sensen fallen sehen, die von ihren blutbesudelten Händen gehalten werden.

Die Ebene rund um die Festung ist von Gräben und Löchern aufgewühlt. Schon seit zwei Wochen suchen sie beharrlich nach der Wasserleitung. Überall graben sie. Tagelang haben sie das Flußbett untersucht. Danach begannen sie von neuem, an den verschiedensten Stellen die Erde zu öffnen. Die Arbeiten werden offensichtlich von einem sehr erfahrenen Mann geleitet; denn sie durchsuchen die Erde immer an den Stellen, wo normalerweise die Wasserleitung verlaufen müßte. Tatsächlich befand sich dort unsere alte Wasserleitung, und demzufolge hätten sie schon längst die Wasserzufuhr unterbrochen. Da wir aber eine lange Belagerung vorausgesehen haben, bauten wir eine neue Leitung, die nun einen umständlichen und ungewöhnlichen Weg zur Festung nimmt.

Nunmehr haben sie ihre ganze Hoffnung auf die Entdeckung der Wasserleitung gesetzt. Was sie nicht mit ihren Kanonen und dem Bau des Tunnels verwirklichen konnten, versuchen sie nun, mit der Unterbrechung der Wasserzufuhr zu erreichen. Es wird ihnen schwerfallen, die neue Leitung zu finden. Vorsichtshalber haben wir trotzdem damit begonnen, in den Kellergewölben der Festung einen sehr tiefen Brunnen auszuschachten. Es ist schwer vorauszusehen, ob dieser Brunnen überhaupt Wasser spenden wird. Diese Frage läßt uns deshalb Tag und Nacht keine Ruhe.

Ihr Plan ist offensichtlich. Nach der Blockierung der Wasserzufuhr werden sie uns letztmalig auffordern, uns zu ergeben. Wenn wir auf ihre Bedingungen nicht eingehen, werden sie uns angreifen. Angreifen werden sie, nachdem sie uns einige Wochen ohne Wasser haben ausharren lassen und bevor der Septemberregen einsetzt. Auf diesen letzten Angriff, der unserer Überzeugung nach der schlimmste werden wird, so sagt es die Erfahrung, werden sie ihre ganze Siegeshoffnung setzen.

Sie belagern uns nun schon seit zwei Monaten. Ihr Anblick hat uns ermüdet. Dort unten in der Ebene treiben sich Zehntausende Soldaten herum; eine unvorstellbare Masse regt und bewegt sich pausenlos. Wo kriechen diese unzählbaren Horden hervor? Wie verständigen sie sich untereinander, wenn sie sich auf den Wegen begegnen? Wohin gehen sie, und warum sind sie unterwegs? Wer bringt sie eigentlich zur Welt? Die Leute, die schon einmal ihre Länder besucht haben, berichten, daß es dort sehr wenige Frauen gibt, und daß man selbst diese wenigen nirgends zu Gesicht bekommt. Wer setzt sie also in die Welt? Die Wüste?

Kapitel 9

Mevla Tschelebi betrachtete voller Neid die Soldaten, die sich vor ihren Zelten halb nackt ausgestreckt hatten. Die Hitze nahm ihm den Atem, und gerne hätte er sich, so wie sie, der Kleider entledigt, doch wollte er seinen Ruf nicht aufs Spiel setzen. Tatsache war aber, daß die Soldaten Mevla Tschelebi gar nicht kannten. Sie wußten nicht einmal, daß sich unter ihnen ein Historiker befand, der diesen Kampf verewigen sollte. Trotzdem verhielt sich Mevla Tschelebi sehr vorsichtig. Er wußte, daß ihn die Soldaten nicht kannten (aufgrund seiner Kleidung hielten sie ihn mal für einen Arzt oder mal für einen Wahrsager), aber dennoch wagte er nicht, sein Gewand auszuziehen. Er befürchtete, daß er in einem solchen Aufzug einem seiner hochrangigen Freunde über den Weg laufen könnte.

„Was bedeutet dieses Trommelschlagen?" fragte er eine Schar Soldaten.

„Sie werden jemanden köpfen", antworteten sie, ohne den Kopf zu wenden.

Er sah, daß Menschentrauben zu dem Vorplatz unterwegs waren, auf dem in der Regel die Hinrichtungen stattfanden. Da Mevla Tschelebi nicht so recht wußte, wohin er gehen sollte, schlug er ebenfalls diese Richtung ein. Am Morgen hatte er einen Spaziergang um das Lager herum unternommen. Die Ebene war schön, aber die zahlreichen Gräben und Löcher hatten ihm die Freude an dem Rundgang verdorben. Da und dort ragten noch Pfeile des letzten großen Sturmangriffs aus dem Boden. Er hatte sich gebückt und einen Pfeil in die Hand genommen. Noch nie hatte er eine Waffe benutzt, und es kam ihm merkwürdig vor, daß ein einfaches Holzstück mit einer kleinen Eisenspitze den Tod bringen konnte.

„Wen werden sie enthaupten?“ fragte er kurz darauf einen Soldaten.

Der Soldat zuckte mit den Schultern.

„Keine Ahnung. Ich glaube, zwei Spione.“

Pausenlos schlug die Trommel, die die Leute zur Hinrichtung anlockte. Aus der Ferne war die Stimme des Ausrufers zu vernehmen. Mevla Tschelebi wandte seinen Kopf dorthin, um einige Worte aufzuschnappen, als er plötzlich die große Gestalt Siri Selims entdeckte, der mit einem Unbekannten näher kam.

„Wie geht es dir, Mevla Tschelebi?“ fragte Siri Selim. „Wie steht es mit der Historik?“

Der Chronist verbeugte sich voller Hochachtung.

„Darf ich bekannt machen?“ fuhr Siri Selim fort und deutete mit der einen Hand auf Mevla Tschelebi und mit der anderen auf den Unbekannten.

„Der Geschichtsschreiber Mevla Tschelebi.“

Der Unbekannte blickte voller Geringschätzung auf den Chronisten.

„Das ist der neue, soeben aus Edirne angereiste Astrologe.“

Mevla Tschelebi betrachtete den Astrologen mit der Achtung, die er jedem aus der Hauptstadt eingetroffenen Menschen gezollt hätte.

„Gibt es etwas Neues in Edirne?“ fragte er höflich, ungeachtet der Geringschätzung, mit der der Astrologe ihm begegnet war.

„Nichts, Hitze.“

Mevla Tschelebi begriff, daß der andere nicht in der Stimmung war zu reden.

„Weshalb solche Menschenansammlung?“ fragte Siri Selim.

„Ich glaube, daß zwei Spione hingerichtet werden.“

„Spione?“ fragte ein gerade vorbeigehender Janitschar. „Wirklich?“

„Und was haben sie ausgekundschaftet?“ wollte Siri Selim wissen. Er machte sich auf den Weg in die Richtung, aus der der Trommelwirbel zu hören war. Die anderen folgten ihm.

„Ich weiß es nicht“, antwortete der Chronist.

„Laßt uns jemanden fragen!“ sagte Siri Selim.

„Efendi“, bat Mevla Tschelebi einen Offizier, „weißt du etwas über diese Spione?“

„Nein.“

„Ich kann es euch sagen“, mischte sich ein Derwisch ein, der hinter ihnen ging. „Es sind zwei Spione, die versucht haben, das Gußgeheimnis der großen Kanonen zu stehlen.“

„Das Geheimnis der Kanonen?“ wunderte sich ein Azape und pfiff vor Überraschung.

„Was gibt's da zu wundern?“ warf ein anderer ein, „Spione gab es schon immer auf der Welt.“

„In der Tat hat es schon immer Spione gegeben, aber daß man das Geheimnis der Kanonen stehlen könnte, das hätte ich mir nie träumen lassen“, entgegnete der Azape.

„Das Unheil ist zu groß, als daß es von dir begriffen werden könnte!“

Der Azape beschimpfte sie und verschwand in der Menge.

„Stimmt es wirklich, daß sie Sarudschas Geheimnis stehlen wollten?“ fragte Siri Selim. „Ich kann es kaum glauben.“

„Das wird behauptet“, antwortete der Chronist. Da entdeckte er in der Menge den Poeten Sadedin, der in dem Gedränge hin und her gestoßen wurde. Mevla Tschelebi war dem blinden Sadedin häufiger begegnet, wenn sich der Poet mit einem Stock durch das Lager tastete, aber in den seltensten Fällen war der Chronist stehengeblieben, weil er seine Zeit nicht vergeuden wollte; doch jetzt, als er den kräftigen Körper wanken sah, überkam ihn tiefes Mitleid.

„Siehst du den Blinden dort, den sie von allen Seiten anrempeln?“ fragte er Siri Selim.

„Ich sehe ihn.“

„Das ist der Poet Sadedin. Er verlor sein Augenlicht bei dem Sturmangriff, und seither irrt er blind umher.“

Auch diesmal schenkte der Astrologe Mevla Tschelebis Erklärungen nicht die geringste Aufmerksamkeit. Er schaute nicht einmal zu Sadedin hinüber.

„Ich hole ihn zu uns“, sagte Mevla Tschelebi. „Ich kann es nicht ertragen, wie er hin und her gestoßen wird.“

„Warum kehrt er jetzt, da er blind ist, nicht in die Türkei zurück?“ fragte Siri Selim.

„Er schreibt zur Zeit an einem großen Poem über den Krieg. Wenn die Festung erobert wird, will er dabei sein.“

„Aha, eine erstaunliche Gestalt! Ruf ihn her!“

Mevla Tschelebi begab sich zu Sadedin und kehrte kurz darauf mit ihm zurück.

„Überall ertönen Soldatenschritte“, sagte Sadedin mit seiner dröhnenden Stimme. „Dieser Lärm macht mich fröhlich.“

Der Astrologe sah ihn gleichgültig an.

„Vor vielen Jahren gab es in Griechenland einen blinden Poeten wie dich“, sagte Siri Selim.

Sadedin wandte die leeren Augenhöhlen dem Arzt zu.

„Der hieß Homer und verfaßte ein großes Poem über eine Festung mit Namen Troja, die von den Griechen über zehn Jahre hinweg nicht erobert werden konnte.“

„Ich heiße Sadedin“, sagte der Blinde. „Früher nannten sie mich ‚Sadedin Nachtigall‘, ein Name, der mir übrigens nie gefallen hatte.“

„Dir gefiel der Name ‚Sarperkan Tok Kelitsch Olgunsoi'", unterbrach ihn der Chronist.

„Den Namen konnte ich nicht behalten", sagte Sadedin. „Der Krieg machte aus ‚Sadedin Nachtigall' ‚Sadedin Stockblind'. So nennen mich jetzt alle."

Er faßte sich zwei-, dreimal an die Stirn, und Mevla Tschelebi schien diese Geste etwas Schmerzhaftes, Verhängnisvolles anzudeuten.

„Ich höre Soldatenschritte", sagte er wieder und wechselte das Thema. „Wir schreiten voran wie die Nacht. Niemandem gelingt es, die Nacht aufzuhalten. Der kahle Erdboden läßt uns schaudern wie Schlangenhaut unter den Füßen."

Siri Selim lächelte. „Du gefällst mir!" sagte er.

Sadedin antwortete ihm nicht.

„Das türkische Blut wird den Staub dreier Erdteile tränken", fuhr er fort. „Es wird überliefert, daß dieses Blut nicht in den Adern kreisen, sondern, nachdem die Wunden in Brunnen verwandelt worden sind, herausströmen soll, bis die Erde überflutet sein wird."

Siri Selims Blick verfinsterte sich.

„Das Blut fließt in Strömen!" sagte Sadedin mit heiserer Stimme. „Edles türkisches Blut!"

Gestützt auf seinen Stock und ohne sich zu verabschieden, ging Sadedin plötzlich davon. Mevla Tschelebi schaute ihm eine Weile nach, sah, wie der Körper von neuem in der Menge hin und her gestoßen wurde.

„Wird sich die Hinrichtung verzögern?" fragte der Arzt.

„Ich glaube kaum", antwortete Tschelebi. „Der Wachtmeister ging soeben vorbei."

In diesem Augenblick begrüßte eine Gruppe von Offizieren lautstark einen Kameraden, der offensichtlich von weit her gekommen war. Mevla Tschelebi lauschte, um etwas von der fröhlichen Unterhaltung mitzubekommen.

„Sag, welche Neuigkeiten bringst du uns aus der Hauptstadt?“ fragten sie zwei, drei Male hintereinander.

„Was soll es schon Neues geben?“ antwortete endlich der Offizier. „Alle erkundigen sich nach dem Krieg. Der Krieg ist das Tagesgespräch. Überall redet man nur über ihn, werden Spenden gesammelt und Gedichte geschrieben. Und die Damen träumen von Helden“, fügte er lachend hinzu.

„Scherz nicht, sag die Wahrheit! Was erzählt man sich zu Hause?“

„Ich scherze nicht. Die ganze Hauptstadt hat nur ein Gesprächsthema, den Krieg. ‚Habt ihr Skanderbeg gesehen‘, fragen sie, sobald sie hören, daß man aus Albanien zurückgekehrt ist. Sie fragen so, als ob wir nach Albanien gereist seien, um lediglich einem Schauspiel beizuwohnen.“

„Von der Amtsstube aus läßt sich gut reden!“

„Sie können sich nicht vorstellen, daß, wenn du Skanderbeg einmal begegnet bist, du kaum noch die Chance hast, die Welt wiederzusehen“, warf ein anderer der Runde ein.

„Oder bestensfalls noch halb erblindet“, sagte der Offizier, den sie kurz zuvor begrüßt hatten. Alle mußten lachen.

„Da kommt der Generalquartiermeister mit Sarudscha“, bemerkte Siri Selim. „Sie sind wohl auf dem Weg zur Versammlung.“

Der Generalquartiermeister und Sarudscha grüßten im Vorbeigehen, aber Siri Selim gab ihnen mit der Hand ein Zeichen.

„Es wird eine Hinrichtung geben. Geht doch mit!“

„Wer wird denn hingerichtet?“

„Es sollen zwei Spione sein, die das Geheimnis deiner Kanone stehlen wollten“, sagte Siri Selim. „Weißt du wirklich nichts darüber?“ Seine Stimme klang jetzt gedämpft.

„Ich weiß von nichts", antwortete Sarudscha mit belegter Stimme. „Wer sind diese Spione?"

„Merkwürdig."

„Wer ist der andere?" fragte der Generalquartiermeister.

„Der neue Astrologe", antwortete Siri Selim, „soeben aus Edirne eingetroffen."

Der Generalquartiermeister warf dem Astrologen einen verachtenden Blick zu.

„Weißt du wirklich nichts davon?" fragte Siri Selim erneut.

„Ich habe dir doch schon gesagt, daß ich nichts darüber weiß."

„Deine Stimme klingt heiser. Bist du erkältet?"

„Ich glaube."

Stimmen wurden laut: „Sie bringen sie!" „Sie bringen sie!"

Die Menschen drängten vor, um besser sehen zu können. Hunderte kleiner Gassen bildeten sich und verschwanden sofort wieder zwischen den Schulter an Schulter stehenden Soldaten.

Zwei gefesselte Männer wurden von zwei Bewachern auf die hohe Holztribüne geführt. Ihnen folgte der Scharfrichter. Die Verurteilten waren fast nackt, und ihre Körper wiesen, weithin sichtbar, Folterspuren auf.

Der Generalquartiermeister beobachtete sie mit lebhafter Aufmerksamkeit.

„Wo habe ich diese Gesichter bloß schon gesehen?" sagte er.

„Das sind doch die zwei neugierigen Soldaten, die wir einige Male bei der Kanonengießerei beobachtet haben", sagte Mevla Tschelebi. „Da ist der Rothaarige! Erinnerst du dich?"

„Ja", bestätigte Sarudscha, „das sind sie."

Die Männer, die in ihrer Nähe standen, reckten die Hälse, um Einzelheiten zu verstehen.

„Deshalb kamen sie jeden Tag, um sich die Kanonen anzuschauen“, sagte Mevla Tschelebi. „Diese Gauner! Und wir hielten sie für brave und wißbegierige Burschen, die nichts Schlechtes im Schilde führen.“

Gemeinsam mit seinem Gehilfen löste der Scharfrichter die Fesseln der Gefangenen.

„Ihr täuscht euch!“ sagte Sarudscha und wandte sich Tschelebi zu. „Vor zwanzig Jahren war ich es, der, hinter einer Hecke versteckt, voller Leidenschaft beobachtete, wie der große Sarahanli seine Kanonen goß. Wenn die beiden heute Spione sind, war ich vor zwanzig Jahren auch einer.“

Dem Chronisten blieb der Mund offen.

„Damals?“

„Die beiden sind Opfer ihres Wissensdurstes geworden. Natürlich könnte ich sie retten, aber heute habe ich Halsschmerzen.“

Die Trommel des Rufers schwieg.

„Warum starrst du mich so an?“ fragte Sarudscha, nun vollends heiser. „Merkst du nicht, wie sich mein Hals zusammengezogen hat? Um zwei Menschen vor dem Tode zu retten, muß man lange und mit lauter Stimme reden können.“

„Das stimmt“, pflichtete ihm der Generalquartiermeister bei.

„Von deiner Gesundheit hängt das Leben Tausender Soldaten ab, und deshalb bist du verpflichtet, sie dir zu erhalten.“

Dic Köpfe der Verurteilten wurden auf den Richtklotz heruntergedrückt.

„Da ist auch der Architekt“, sagte Siri Selim.

Der Architekt Giauri eilte schnurstracks an ihnen vorüber.

„Ich glaube, wir kommen zu spät zur Versammlung“, sagte der Generalquartiermeister.

„Gehen wir also!"

Sie verabschiedeten sich. In diesem Augenblick traf das Beil des Henkers den ersten Verurteilten. Die Menge bewegte sich unruhig, dabei entstieg ein gewaltiges Murmeln.

„Sie beeilen sich, zur Versammlung zu kommen", sagte Siri Selim, in Gedanken versunken. „Ich glaube, daß sie mich auch bald dorthin bestellen werden."

Mevla Tschelebi brachte nicht den Mut auf, nach dem Grund zu fragen.

Der Scharfrichter hob zum zweiten Mal das Beil. Jetzt war der Rothaarige an der Reihe. Wieder kam Bewegung in die Menge, wieder hörte man ihr Murmeln.

„Bestimmt werden sie mich rufen!" sagte Siri Selim mit fast lauter Stimme, und plötzlich errötete er.

Mevla Tschelebi erschrak. Er wußte nicht, wie er sich verhalten sollte: Mußte er, um den Anstandsregeln zu genügen, den unverständlichen Worten Siri Selims die notwendige Aufmerksamkeit schenken, oder durfte er vortäuschen, nichts gehört zu haben? Wenn auch Siri Selim in der Rangordnung nicht mit dem Generalquartiermeister oder mit Sarudscha zu vergleichen war, so gehörte er dennoch zur Gruppe der einflußreichen Männer, und Mevla Tschelebi verfluchte den Augenblick, in dem er sich neben ihm eingefunden hatte.

„Ha! Ha!" lachte Siri Selim furchterregend.

Mevla Tschelebi fühlte sein Blut stocken. Er wandte sich dem Astrologen zu, der schaute jedoch völlig gleichgültig in die Menge.

Unterdessen befanden sich der Generalquartiermeister und Sarudscha auf dem Weg zum Zelt des Oberbefehlshabers. Vor ihnen betrat beinahe im Laufschritt der Architekt Giauri das Zelt.

„Er scheint den Verstand verloren zu haben", bemerkte Sarudscha.

„Du hast recht“, sagte der Generalquartiermeister. „Sein Kopf platzt bald. Die Vernichtung des Tunnels hat ihn vollkommen aus der Bahn geworfen.“

„Was meinst du, wird er auch bei der Suche nach der Wasserleitung scheitern?“

„Ich befürchte, ja.“

„Du hast es am ruhigsten“, sagte Sarudscha. „Du hast nicht so große Sorgen wie die anderen.“

Der Generalquartiermeister lächelte.

„Das scheint nur so.“

„Und welche Sorgen plagen dich?“

„Das scheint nur so“, wiederholte der Generalquartiermeister. „Hast du dich noch nicht gefragt, weshalb sich seit zwei Tagen Tausende Soldaten beeilen, das restliche Getreide auf den Feldern zu mähen?“

„Doch, ich wollte dich vorhin schon danach fragen, vergaß es aber wieder. Warum macht man das?“

„Ich vertraue dir jetzt ein Geheimnis an, das nur noch Tursun Pascha und der Alay Bey kennen.“

Sarudscha bekam einen Hustenanfall.

„Skanderbeg hat die Karawanen der Venezianer, die uns Nachschub liefern sollten, angegriffen und völlig aufgerieben. Unsere Vorräte reichen nur noch für vier Tage.“

„Er hat die Karawanen der Venezianer angegriffen? Das heißt also ...“

„Er hat Venedig den Krieg erklärt“, sagte der Generalquartiermeister.

Sarudscha blieb verblüfft stehen. „Venedig den Krieg erklärt, in einer für ihn so schwierigen Zeit?“

„Ja!“

„Er hat den Verstand verloren!“

„Immerhin hat er es geschafft, uns ohne Vorräte zu lassen“, sagte der Generalquartiermeister.

„Das ist eine Verzweiflungstat!“ Sarudscha setzte seinen Weg fort.

„Der Meinung bin ich auch“, sagte der Generalquartiermeister. „Nur darf man nicht vergessen, daß es die Verzweiflung eines Löwen ist.“

„Und dann?“

„Es ist bekannt, daß die Verzweiflung eines Löwen immer für denjenigen am gefährlichsten wird, der ihm gegenübersteht“, beendete der Generalquartiermeister seinen Gedankengang.

„Aber warum hat er bisher unser Lager nicht angegriffen, sondern schleicht stattdessen nur um uns herum?“

„Das weiß man nicht. Vielleicht, weil es ihm sinnvoller erscheint, die Nachschubkarawanen anzugreifen anstelle des Lagers; an seiner Stelle hätte ich auch so gehandelt. Oder er hat interne Schwierigkeiten, vielleicht wegen der Vereinigung mit den anderen Feudalherren.“

„Ich glaube, wir sind zu spät dran!“ sagte Sarudscha.

Nacheinander betraten sie, den Kopf eingezogen, das Zelt. Der Kriegsrat war vollzählig versammelt. Lediglich der Oberbefehlshaber fehlte noch. Einige Kommandeure und hohe Beamte unterhielten sich leise mit ihren Nachbarn. Die meisten nippten schweigend an ihrem Scherbett, den ein Offiziersbursche, sich wie ein Schatten unter ihnen bewegend, aus einer gelben Kupferkanne in die leeren Gläser nachschenkte. Ab und zu warfen sie aus den Augenwinkeln einen Blick auf den Architekten Giauri. Aber das leblose Gesicht des Architekten verschaffte ihnen nicht die unter solchen Umständen erhoffte Befriedigung, die sie erlangt hätten, wenn die bedrückte Stimmung der Versammlung einem Menschen allein zuzuschreiben wäre, dessen Sorgen vor Beginn der Sitzung allen Anwesenden bekannt waren, und sie selbst dadurch die heimliche Freude empfinden konnten, nicht in dessen Haut zu stecken. Die Miene des Architekten zeigte die gewohnte Gleichgültigkeit, und dieser Anblick raubte den Kriegsratsmitgliedern nicht nur die ihrer Ansicht nach berechtigte Schadenfreude, sondern machte sie geradezu nervös.

Als Tursun Pascha eintrat und Platz nahm, verfielen alle in tiefes Schweigen. Für einige Augenblicke hörte man nur die altbekannten Geräusche der Schreibwerkzeuge des Sekretärs, an die sich ihre Ohren mit der Zeit gewöhnt hatten.

Tursun Pascha faßte sich kurz. Zunächst gab er bekannt, daß der Rat über die nächsten Kampfschritte beschließen müsse. Dann kam er auf das Problem der Wasserleitung zu sprechen. Er gab zu verstehen, daß alle Versuche zur Entdeckung fehlgeschlagen seien. Die Wasserleitung sei nicht gefunden worden, und die Hoffnung, sie doch noch zu entdecken, verringere sich von Tag zu Tag. Er weigere sich, die Zweifel des Architekten Giauri zu teilen, nach dessen Vermutung keine Wasserleitung existiere.

„Alle Berechnungen und Informationen bestätigen, daß die Wasserversorgung der Festung von außen durch eine Wasserleitung gesichert wird“, sagte er. Dann starrte er mit seinen kalten und müden Augen auf den Architekten Giauri. „Ich bin unzufrieden mit dir, Architekt!“ sagte er.

Danach erwähnte er den nach den Plänen des Architekten durchgeführten Tunnelbau. Ohne den Blick von dem Architekten zu wenden, oder genauer, von der Richtung, in der der Architekt saß, erklärte er weiter, daß Giauri in Bezug auf den Einsturz des Tunnels bis zu einem gewissen Grad jegliche Schuldzuweisungen zurückweisen könne, da möglicherweise die Pioniere den Einsturz verursacht hätten und ihr Befehlshaber Ulug Bey tot unter der Erde liege, und niemand ihn mehr befragen oder zur Rechenschaft ziehen könne; aber für die Wasserleitung sei nur er allein zuständig, und demzufolge müsse er vor dem Kriegsrat Rede und Antwort stehen. Zum Schluß seiner Rede äußerte Tursun Pascha die bittere Vermutung, daß der Architekt – aus welchen Gründen auch immer – die Wasserleitung gar nicht habe entdecken wollen. Als der Architekt auch nach diesem Vorwurf keine Miene verzog und sich wie üblich völlig gleichgültig und unbewegt zeigte, versetzte dieses Verhalten alle Anwesenden nicht nur in eine verständliche Nervosität, sondern darüber hinaus in einen schwer zu erklärenden Angstzustand.

Tursun Pascha war mit seiner Rede fertig. Für eine Weile hörte man in der großen Stille nur die Feder des Sekretärs, der alles zu Papier brachte, was seine Ohren aufgenommen hatten. Sie waren an das Kratzen gewöhnt, das immer gleichmäßig war, ungeachtet des Inhalts der geschriebenen Worte, der zornig oder ruhig, böse oder gut sein konnte. Andererseits wußten all jene Ratsmitglieder, die mit Verwaltungsarbeiten vertraut waren, daß der Sekretär mehr Geräusche als notwendig verursachte. Auch brauchte man nur seine würdevolle Miene zu beobachten, um leicht festzustellen, daß jene Stille, die nur durch das Schreibgeräusch unterbrochen wurde, zu den wenigen Augenblicken seines Lebens gehörte, in denen er sich tatsächlich als eine Person von gewisser Bedeutung fühlte. Aber nachdem der erste das Wort ergriffen hatte, vergaßen alle seine Anwesenheit.

Der Architekt erhob sich. Wie immer begann er, mit abgehackten Wörtern monotone Sätze zu bilden, die er nahtlos aneinanderreihte. In der anstrengenden Langweiligkeit seiner Sprechweise lag etwas Trockenes. Dieser Eindruck verstärkte sich, als er nun vom Wasser sprach. Während sie ihm zuhörten, spürten sie, daß dieser Mann wie geschaffen sein müßte, Wasserleitungen und Quellen trockenzulegen, schließlich hatte er in den vergangenen Kriegen große Erfolge gehabt, als er die Wasserleitungen von drei belagerten Festungen entdeckte.

Der Architekt berichtete über seine Nachforschungen. Er erklärte vor der Ratsversammlung, wie er bereits vor der jetzigen Suche sorgfältig die Bodenverhältnisse des Festungsgürtels, Bodenerhebungen, Aufforstungen, Stellen, an denen Kalkschichten mit Tonschichten zusammentrafen, Feuchtigkeit und verschiedene andere Fakten studiert hatte. Auf der Grundlage seiner eigenen Forschungen habe er dann vor Ort die Anweisung gegeben, an bestimmten Stellen zu graben. Dies sei ohne Erfolg geblieben. Dann habe er angeordnet, das Flußbett zu kontrollieren, obwohl, angesichts des Niveauunterschiedes zwischen dem tiefliegenden Flußbett und den Festungsfundamenten, es nahezu unmöglich schien, daß der Fluß durch eine Verbindungsleitung die Festung versorgen könne. Die Verteidiger der Festung könnten geringe Wassermengen aus dem Fluß nur dann gewinnen, wenn sie unter dem Kellergewölbe einen tiefer als das Flußniveau liegenden Brunnen ausgeschachtet und diesen durch eine Rohrleitung mit dem Fluß verbunden hätte. Ein in solcher Tiefe angelegter Brunnen könnte niemals den gesamten Wasserbedarf der Festungsbewohner decken. Allerdings wäre er in Tagen wirklicher Engpässe als Reservebrunnen tauglich gewesen, und deshalb hatte der Architekt die Anweisung gegeben, einen längeren Streckenabschnitt des Flußbettes Meter um Meter untersuchen zu lassen. Nach dieser Kontrolle, die ebenfalls ergebnislos verlaufen sei, war er überzeugt, daß keine Wasserleitung zur Festung führe. Wie versorgten sich aber die belagerten Festungsbewohner mit Wasser? Er äußerte die Vermutung, daß sich, abgesehen von einigen natürlichen Reservebrunnen, in der Festung sich auch eine riesige Zisterne befinden müsse, die bereits vor Kriegsbeginn durch eine Verbindungsleitung, deren Spuren er an einigen Stellen während der Grabungen entdeckt hatte, versorgt worden sei. Mit dem sich ankündigenden Kriegsbeginn hätten sie selbst aus Furcht, die Wasserleitung könnte entdeckt werden, den Zufluß zerstört. Zuvor sei die riesige Zisterne aufgefüllt worden.

An dieser Stelle seiner Ausführungen wurde der Architekt durch den Mufti unterbrochen.

„Entschuldigt, daß ich Euch unterbreche, Herr Architekt“, sagte der Mufti, „aber ich kann nicht begreifen, weshalb sie selbst die Wasserleitung voreilig hätten zerstören sollen. Was hätte sie dazu treiben sollen, sich mit einer Arbeit zu beeilen, die uns reichlich Mühe gekostet hätte, und aus welchem Grund sollten sie freiwillig drei Monate auf die Wasserzufuhr verzichten, wenn es doch ausgereicht hätte, die Wasserleitung erst in dem für sie unglücklichen Augenblick, also nach der Entdeckung, zu zerstören?“

„Alter Fuchs“, flüsterte Sarudscha dem Generalquartiermeister zu.

„Er ist gar nicht so dumm, wie er aussieht“, sagte der Generalquartiermeister mit leiser Stimme.

„Es darf nicht vergessen werden“, fuhr der Mufti fort, „daß sich eine Zisterne, nachdem einmal die Wasserzufuhr unterbrochen worden ist, nicht mehr füllen läßt. Jeder Belagerte versucht doch, diesen Moment so weit wie möglich hinauszuzögern, um die Wasserzufuhr möglichst lange aufrechtzuerhalten. Diese Belagerten jedoch sollen deiner Meinung nach so verrückt sein, daß sie sich mit eigenen Händen vor unserem Eintreffen das Wasser abgraben? Mir scheint, Herr Architekt, daß deinen Schlußfolgerungen in jeder Hinsicht die Logik fehlt.“

Der alte Tavdscha, Kurdischdschi und einige Sandschak Beyler lächelten unter ihren Schnurrbärten. Tahankais Augen blitzten. Kara-Mukbil sah nach wie vor traurig aus, während Tursun Pascha und der Alay Bey unverändert finster blickten. Als die Sandschak Beyler sich dessen bewußt wurden, verschwand auch das Lächeln aus ihren Gesichtern.

„Diese Festung besitzt keinerlei Zisterne“, sagte der Mufti, dessen Stimme nun lauter wurde. „Sie wird durch eine Wasserleitung gespeist, die aufzuspüren der Herr entweder nicht in der Lage ist, oder aber nicht entdecken will. Es wäre gut, uns endlich reinen Wein einzuschenken!"

Das gesamte Plenum starrte auf den Architekten. Auch jetzt blieb seine Miene völlig undurchschaubar; und erst als der Architekt merkte, daß der Mufti mit seinen Ausführungen zu Ende war, öffnete er den Mund und begann zu reden: „Du fragen was Grund weshalb sie zerstören Wasserleitung selbst Grund sein Angst vor Gift."

Er erläuterte in allen Einzelheiten, daß die Albaner selbst die Wasserleitung zerstört hätten aus Angst, sie könnte entdeckt werden, daß diese Maßnahme aber geheimgehalten würde. Dadurch sollte verhindert werden, daß die Angreifer dem Wasser Gift beimischten und somit den gesamten Zisterneninhalt verseuchten. Auf diese Art und Weise wurden zehn Jahre zuvor die Verteidiger der belagerten Festung Kizil vergiftet. Bestimmt war das den Albanern bekannt, und deshalb hatten sie alle Maßnahmen ergriffen, um einen solchen Fall sich nicht wiederholen zu lassen.

Der Mufti wollte etwas entgegnen, doch schien er es sich plötzlich anders überlegt zu haben. Er senkte die Lider, und seine Miene bedeutete Verachtung gegen alles und jedermann. Es war offensichtlich, daß sich der Architekt erneut aus einer für ihn heiklen Lage befreit hatte.

Um seinen Beitrag abzuschließen, tat der Architekt seine Meinung zum weiteren Verlauf des Krieges kund. Er schlug einen neuen Sturmangriff vor.

„Was meinen die anderen?" fragte Tursun Pascha, ohne jemanden dabei anzuschauen.

Die darauf folgende Stille nutzte der Sekretär aus, um seine Feder noch lauter kratzen zu lassen.

„Ist dein dritter Mörser einsatzbereit?" fragte der Generalquartiermeister leise Sarudscha.

„Er ist einsatzbereit."

„Ich bin für den Sturmangriff. Was meinst du dazu?"

Sarudscha zuckte mit den Schultern.

„Mir ist es egal."

„Es ist Zeit anzugreifen", flüsterte der Generalquartiermeister. Während der gesamten Sitzungsdauer waren seine Gedanken nur um einen Punkt gekreist: die Vernichtung der Versorgungskarawane. Die Vasallen, die sich in ihrer Nähe befanden, konnten dem Heer kleine Vorräte überlassen, doch diese Menge würde nicht einmal ein Drittel der riesigen venezianischen Lieferung ausgleichen. Unter diesen Umständen war der Angriff die einzige Lösung.

Der Generalquartiermeister äußerte sich als erster. Sich wie immer in gewählten Worten und geschliffene Sätzen ausdrückend, beschrieb er in einer kurzen Einleitung die kaum zu ertragende Dauer der Belagerung und die sich daraus ergebende Trägheit, die die Soldaten bereits befallen habe. Dann teilte er der Versammlung seine Entscheidung mit: Er stimme, ebenso wie der Architekt, für einen zweiten Angriff.

„Ich habe gehört, daß aus der Hauptstadt der neue Astrologe eingetroffen ist", sagte einer der Sandschak Beyler.

„Das stimmt", bemerkte Tursun Pascha. „Ruft den Astrologen!"

Ein Kurier machte sich sofort auf den Weg, um den Astrologen zu suchen.

Der einzige, der noch vor dem Eintreffen des Astrologen seinen Standpunkt äußerte, war Sarudscha. Auch er befürwortete den Angriff.

Der Astrologe trat ein. Er verbeugte sich tief und nahm auf dem zugewiesenen Polsterkissen Platz. Tursun Pascha wechselte ein paar Worte mit dem neben ihm sitzenden Alay Bey.

„Der Kriegsrat wünscht zu erfahren, was die Sterne für diesen Krieg voraussagen“, sagte der Alay Bey. „Bist du in der Lage zu antworten?“

„Ich bin bereit.“

„Dann antworte: Wie deutest du die Sterne bezüglich eines zweiten Sturmangriffs auf die Festung?“

Der Astrologe antwortete, ohne zu zögern.

„Keine guten Zeichen“, sagte er. „Vorläufig stehen sie für einen Angriff ungünstig.“

Die Ratsmitglieder flüsterten untereinander.

„Dieser scheint klüger als der erste zu sein“, sagte Sarudscha zum Generalquartiermeister.

Der Generalquartiermeister knirschte vor Zorn mit den Zähnen.

„Diese Dummköpfe können alles nur kaputtmachen“, murmelte er.

„Er weiß eben, daß er damit kein Risiko eingeht“, sagte Sarudscha, „wenn er das Gegenteil behaupten würde, könnte er wie sein Vorgänger enden.“

„Dummkopf!“ wiederholte der Generalquartiermeister.

Nacheinander gaben die Ratsmitglieder ihre Meinung ab. Um die Wahrheit zu sagen: Sie hatten sich noch nie in einer solch verzwickten Lage befunden. Ursache ihres Unbehagens war das Beharren des Generalquartiermeisters auf dem Sturmangriff; darin lag etwas Beunruhigendes. Andererseits führte die Tatsache, daß der Angriff von dem Architekten vorgeschlagen und von dem Generalquartiermeister und von Sarudscha unterstützt wurde zusammen mit dem Schrecken über die Sterndeutung, dazu, daß der Mufti gemeinsam mit zwei, drei Sandschak Beylern, die sich wie üblich seiner Meinung anschlossen, diesmal gegen den Sturmangriff stimmte; und der alte Tavdscha, Kurdischdschi und ein paar andere Leute entgegen ihrer sonstigen Überzeugung sich ebenfalls gegen den Angriff aussprachen, obwohl sie nicht unbedingt zu den Widersachern gezählt werden konnten. Ihre schwankende Haltung, unter anderen Umständen als würdelos empfunden, wurde durch die Prognose des Astrologen gerechtfertigt. Obwohl in Tahankais Augen beim Anblick der Techniker für gewöhnlich Haß aufflackerte, verbündete er sich dieses Mal mit ihnen, weil sie den Angriff befürworteten.

„Kara-Mukbil", sagte Tursun Pascha, „was denkst du darüber?"

„Ich habe mich noch nicht entschieden", sagte Kara-Mukbil. Traurig sah er sie der Reihe nach an, den Architekten, den Generalquartiermeister und den Chefmechanikus, und dabei versuchte er nachzuvollziehen, warum sie wohl auf den Sturmangriff bestanden hätten. Ihre Haltung verstand er nicht, sie beunruhigte ihn und erweckte in ihm ein Gefühl dumpfer Angst.

„Und wenn wir unser Glück doch noch einmal mit der Wasserleitung versuchten?" sagte der alte Tavdscha zum Erstaunen aller, denn keiner hätte es für möglich gehalten, daß der Veteran Tavdscha sich dazu zu Wort melden würde, war doch das Aufspüren von Wasserleitungen Domäne der Architekten und Techniker, für die er sonst nur tiefen Haß empfand.

Tavdscha wischte sich mit seiner kurzen Hand über die Stirn.

„Vor vielen Jahren, ich erinnere mich nicht mehr, wann es war, als wir die Festung Hapsan belagert hatten, fanden wir das Wasser auf eine merkwürdige Weise", sagte er. „Wir verwendeten weder derartige Papiere noch solche verdammten Zeichnungen, um das Wasser zu finden. Wir entdeckten es mit einem Pferd."

„Und wie habt ihr es gefunden?" fragte der Alay Bey.

„Ein alter Sipahi brachte uns darauf", fuhr der alte Tavdscha fort. „Die Methode ist einfach. Wir nahmen ein

Pferd, fütterten es gut und gaben ihm vier Tage lang kein Wasser. Danach ließen wir es um die Festung laufen. Ein Pferd, rasend vor Durst, kann selbst den letzten Tropfen Feuchtigkeit in der ausgetrockneten Erde aufspüren. Ihr könnt sicher sein, daß es diese Aufgabe sehr viel besser erfüllt als jeder Architekt."

Der Mufti und zwei, drei Sandschak Beyler lachten. Tursun Pascha gebot durch ein Zeichen augenblickliche Ruhe.

„Auf diese Weise entdeckten wir die Wasserleitung der Festung Hapsan", sagte Tavdscha, „warum also nicht auch hier diese Methode ausprobieren?"

Lange wurde über Tavdschas Vorschlag diskutiert, zunächst unter vielen Vorbehalten, dann immer ernsthafter.

„Daß ein Pferd fähig ist, versteckte Quellen aufzuspüren, vor allem, wenn es durstig ist, weiß jeder Akindschi aus eigener Erfahrung", sagte Kurdischdschi. „Daß es aber in der Lage sein soll, eine Wasserleitung zu entdekken, habe ich noch nie gehört."

„Wir befanden uns zu Tausenden vor der Festung Hapsan und beobachteten es mit eigenen Augen", erwiderte Tavdscha zornig.

„Und wenn ihr zu Hunderttausenden dort gestanden hättet, ich glaube es trotzdem nicht", beharrte Kurdischdschi.

Der Alay Bey fragte nun mit lauter Stimme den Architekten Giauri, ob die Wasserleitung auf ihrem unterirdischen Weg zur Festung so viel Feuchtigkeit abgeben könne, daß ein durstiges Pferd angelockt würde. Der Architekt antwortete, daß er sich nie für Pferde interessiert habe und deshalb auch nichts über ihre Eigenschaften aussagen könne. Was die austretende Feuchtigkeit beträfe, so müsse man auf die Beschaffenheit der Leitung achten: Er erklärte, daß die Wasserleitungen mit Röhren gebaut würden. Wenn die Röhren wie allgemein üblich aus Ton seien, so könne Feuchtigkeit austreten, wären die Röhren aber aus Blei, sei ein Durchsickern ausgeschlossen.

Bis zum Ende der Versammlung diskutierten sie nur über diese Frage. Als sie sich erhoben, dämmerte es bereits. Nacheinander verließen sie das Zelt und gingen zu dritt, zu zweit, oder auch allein in verschiedene Richtungen auseinander. Ein hochgewachsener Mann stand etwas abseits und hatte beobachtet, wie sie, einer nach dem anderen, mit eingezogenem Kopf das Zelt verlassen hatten. Es war Siri Selim.

Es ist nun schon der dritte Tag, an dem etwas vor sich geht, was für uns völlig unbegreiflich ist. Tausende halbnackter Soldaten errichten unter glühender Sonne einen großen Zaun rings um die Festung. Wozu brauchen sie diesen Zaun? Es ist unmöglich zu erraten. Vielleicht haben sie Angst, von uns plötzlich in der Nacht angegriffen zu werden. Vielleicht befürchten sie, daß unser Gjergj ohne Vorwarnung ihr Lager überfallen könnte und daß es in dem Kampfgetümmel einigen seiner Abteilungen gelingen könnte, zur Festung durchzudringen, um unsere Garnison zu verstärken? Oder haben sie Angst, daß wir in einer dunklen Nacht einen unserer Leute von der Mauer herablassen könnten, um ihn mit einer Botschaft zu Gjergj zu schicken?

Seit drei Tagen zerbrechen wir uns nun den Kopf, um zu ergründen, weshalb sie so plötzlich die Suche nach der Wasserleitung aufgegeben haben und stattdessen in aller Eile diesen Zaun errichten, als seien sie von Sinnen.

Die Hitze ist furchtbar. Am Himmel zeigt sich nicht die kleinste Wolke. Sie arbeiten wie im Fieberwahn, um diesen seltsamen Zaun zu vollenden.

Kapitel 10

Am Mittag machten sich trotz der sengenden Sonne eine Menge Soldaten auf den Weg, um zu sehen, was am großen Zaun geschah. Der Zaun war in so kurzer Zeit errichtet worden, daß die meisten Soldaten noch keine Gelegenheit gefunden hatten, ihn sich anzuschauen. Jetzt, als sie in seiner Nähe standen und ihn zum ersten Mal betrachten konnten, empfanden sie Enttäuschung. Es war ein gewöhnlicher Zaun, etwas höher und stabiler als diejenigen, mit denen sie die Gemüsegärten ihrer Häuser einfriedeten, aber die Gerüchte besagten, daß hinter dem Zaun, auf dem Ödland zwischen Festungsmauern und Zaun, etwas Außergewöhnliches stattfinden sollte. In den vergangenen zwei oder drei Tagen, besonders aber am Morgen des letzten Tages, waren unter den Soldaten viele Gerüchte darüber verbreitet worden. Trotzdem, die Wahrheit kannte keiner, das heißt, niemandem war klar, zu welchem Zweck der Zaun errichtet worden war und was auf dem Ödland, das sich zwischen Festungsmauern und Zaun erstreckte, passieren sollte. Einige behaupteten, daß diese Maßnahmen mit der Suche nach der Wasserleitung zu tun hätten. Aber auch sie konnten nicht erklären, was ein Zaun mit den tief unter der Erde verlegten Röhren einer Wasserleitung zu tun haben sollte. Andere sagten, daß der Zaun durch Weihwasser und Gebete verzaubert werden sollte. Der Zaun könnte dann einerseits durch seine Zauberkraft das Lager und die Soldaten schützen, andererseits das unter seiner Zauberkraft stehende Gebiet genauestens von der feindlichen Umgebung abgrenzen.

Allen wurde in dem Augenblick klar, daß hinter dem Zaun tatsächlich etwas von größter Bedeutung geschehen müßte, als sie eine Gruppe hoher Offiziere von der Lagermitte aus auf sich zukommen sahen. Ihre Vermutung bestätigte sich, als hinter den Dschebeli-Soldaten die Leibgarde des Oberbefehlshabers auftauchte, und schließlich sogar Tursun Pascha selbst, der auf einer kleinen Anhöhe stehenblieb. Hinter dem Pascha nahmen der Reihe nach Aufstellung: der Alay Bey, der alte Tavdscha, der Mufti, der Generalquartiermeister, Chefmechanikus Sarudscha, Kara-Mukbil, Architekt Giauri, Tahankai und weitere Mitglieder des Kriegsrates. In ihrer Nähe standen Sandschak Beyler, Befehlshaber verschiedener Abteilungen, Militärrichter, Siri Selim, der Astrologe, der neue Befehlshaber der Pioniere, Sarudschas Gehilfe, der Oberfeuerwerker, der Tambour-Major, der Lagerbefehlshaber, der Oberbefehlshaber des militärischen Nachrichtendienstes und so weiter. Etwas weiter entfernt befand sich eine dichter gedrängte, weniger geordnete Gruppe, die sich aus verschiedenen Sekretären, Ärzten, Feldgeistlichen, Sipahis, älteren Technikern und Offizieren verschiedener Dienstgrade zusammensetzte. Mevla Tschelebi befand sich ebenfalls unter ihnen, und während er unentwegt in die Richtung schaute, wo Siri Selims Kopf unverkennbar aus der Menge herausragte, überlegte der Chronist, ob er sich zu ihm gesellen sollte, befürchtete aber, daß sein Erscheinen dort ein schlechtes Licht auf ihn werfen und man ihm einen unangemessenen Drang nach Höherem nachsagen könnte. Mevla Tschelebi fürchtete über alle Maßen die Mißgunst der kleinen Beamten. Er kannte die Engstirnigkeit dieser Leute, und je kleinlicher sie im Grunde ihres Herzens waren, desto gefährlicher waren sie in ihrem Neid. Der Gedanke daran verdarb ihm häufig die gute Laune, wenn er – und das waren seine glücklichsten Augenblicke – mit dem Generalquartiermeister oder mit Sarudscha lange Spaziergänge unternahm. Deshalb beschloß er jetzt und endgültig, auf seinem unverdächtigen Platz zu bleiben, statt zu Siri Selim hinüberzugehen und die Freude über das Wiedersehen mit diesen Sorgen zu belasten.

Inzwischen war die Menge, soeben noch träge unter der sengenden Sonne, sichtbar aufgelebt. Man hörte Stimmen, Worte, man fühlte die aufkommende Unruhe, die von Kopfbewegungen begleitet wurde, und man stellte sich auf die Zehenspitzen, um besser sehen zu können. Worte wie „Ein Pferd!", „Der Schimmel!", „Das Pferd!" wurden Dutzende Male wiederholt. „Warum ist es weiß?" fragte irgend jemand beharrlich. Einer antwortete, daß es ein heiliges Pferd sei. Die Frage wurde von einem anderen wiederholt, und als ihm niemand antwortete, mußte er sie noch einmal stellen. Inzwischen deutete ein heftiges Wiehern, das vielmehr einem Klageschrei glich, darauf hin, daß der Vorgang, auf den alle gespannt warteten, tatsächlich mit einem Pferd zu tun hatte; denn wenig später bekamen sie das Pferd zu sehen, das im Alleingang in das öde, abgeteilte Gebiet jenseits des Zaunes hinausstürmte. Es war weiß. Niemand ritt auf ihm, niemand folgte ihm. Das Pferd galoppierte, blieb stehen, schnaufte, schlug mit den Hufen auf den Erdboden, hob den Kopf, schnaufte nochmals, als ob es in der Luft etwas suchte, und lief in Richtung Fluß weiter.

„Es sucht Wasser! Siehst du, wie es Wasser sucht?"

„Es hat Durst! Man merkt, daß es durstig ist!"

„Sie haben es tagelang ohne Wasser gelassen."

„Bestimmt haben sie es mit Gerste und Salz gefüttert."

„Tatsächlich?"

„Hast du nicht den Schaum vor seinem Maul gesehen?"

„Man sagt, daß es die Wasserleitung finden wird."

„Das kann man nicht wissen."

Das Pferd hielt vor dem Zaun an und stampfte mit den Hufen auf den Erdboden. Jetzt fiel allen auf, daß der Zaun zum Fluß hin stärker und höher war. Das Pferd galoppierte am Zaun entlang; offensichtlich suchte es einen Ausgang. Als es merkte, daß kein Ausgang vorhanden war, kehrte es um und lief abermals in der Öde umher.

„Da, der Schaum! Seht, wie ihm Schaum aus dem Maul läuft!"

„Tatsächlich, Schaum!"

„Das arme Pferd!"

An zwei, drei Stellen blieb das Pferd stehen, schlug mit den Hufen auf den ausgetrockneten Boden, schnaubte und begann von neuem zu galoppieren, dieses Mal in Richtung der Festungsmauern.

„Vermerke jede Stelle, an der es anhält!" befahl jemand, der hinter dem Pascha stand.

Der Schimmel erreichte den Fuß der Festungsmauern, senkte im Lauf seinen Kopf und rannte nun an der Mauer entlang.

„Um Wasser aufzuspüren, wäre eine Schlange zuverlässiger gewesen", sagte Tavdscha in der allgemeinen Stille zu Tursun Pascha. „Bei der Festung Hapsan wollten wir eine Schlange einsetzen, verzichteten aber darauf, weil es uns trotz aller Bemühungen nicht gelang, sie an der vorgesehenen Stelle zum Suchen zu bringen."

Tursun Pascha verfolgte mit größter Aufmerksamkeit jede Regung des Pferdes. Wie gebannt starrte er auf das Tier und ließ sich keine seiner Bewegungen entgehen. Er hatte sich dermaßen intensiv in das Tier hineinversetzt, daß er nach einer Weile eine Schwäche in den Knien und eine Verspannung im Nacken verspürte, so, als ob er selber an der Mauer entlanggaloppiert wäre, selber ab und zu den Kopf gesenkt hätte, um in dem ausgedörrten Boden die Feuchtigkeit aufzuspüren. Für einen Augenblick kam es ihm so vor, als ob er sogar Schaum an den Lippen hätte, und er hob die Hand, um ihn abzuwischen.

Inzwischen waren auf den hohen Mauern und zwischen den Zinnen nach und nach Festungsverteidiger erschienen. Auf die Mauern gestützt verfolgten sie mit ihren Blicken den Lauf des Pferdes (das konnte man aus ihren Kopfbewegungen schließen), und ab und zu sprachen sie miteinander.

Das Pferd rannte immer wilder umher. Schon zum vierten Mal kehrte es zum Zaun zurück, nachdem es bis zum Rand des Steilhanges vorgeprescht war, wo der Zaun es am Weiterlaufen gehindert hatte.

Jetzt, da ihre Aufmerksamkeit ausschließlich auf die Spurensuche des Pferdes gelenkt war (dem größten Teil der Soldaten war in der Zwischenzeit klar geworden, welches Ziel das Pferd verfolgte, so daß jeder diesen Lauf mit dem Schicksal des Krieges, und somit auch mit dem eigenen in Verbindung bringen konnte), kehrte auch hinter dem Zaun, wo sich Zehntausende Soldaten versammelt hatten, eine gewisse Ruhe ein. Der Lärm war nach und nach in ein verhaltenes Gemurmel übergegangen, das dennoch kräftig war, da es aus den Kehlen Zehntausender Männer herrührte. Trotz dieses Gemurmels, das mal von gedämpftem Stöhnen, mal von schwerem Atmen unterbrochen wurde, hörte man das Schlagen der Pferdehufe auf dem steinharten Boden.

„Die alten Griechen eroberten Troja mit Hilfe eines Holzpferdes“, sagte Siri Selim zu dem Astrologen, indem er sich zu ihm hinabbeugte. „Wir werden diese Festung offensichtlich mit Hilfe eines lebendigen Pferdes erobern.“

Der Astrologe hörte mit teilnahmslosem Gesicht zu.

„In der Tat ändern sich die Zeiten“, sagte Siri Selim.

„Wird es die Wasserleitung finden?“ fragte jemand zum zehnten Male.

„Mir scheint es unwahrscheinlich."

„Das Pferd wird müde. Ich fürchte, es bricht zusammen."

„Das befürchte ich auch."

„Schau mal, auf den Zinnen der Festung sind ihre Mädchen aufgetaucht!"

„Mädchen! Wo sind sie?"

„Da, rechts vom zweiten Turm stehen welche! Und da, etwas entfernt, zwei weitere!"

„Oh ja, ich sehe sie!"

„Erstaunlich!"

„Wie können sie sich denn mit unbedecktem Kopf vor Tausenden Soldaten zeigen?"

Tatsächlich war auf den Zinnen der Festung eine Gruppe Mädchen erschienen. Unter anderen Umständen hätte ihr Auftreten die Aufmerksamkeit ausnahmslos aller Soldaten erregt, aber dieses Mal war deren Interesse auf den rasenden Lauf des Tieres gerichtet, so daß nur ein Teil den Kopf hob, um die Mädchen zu betrachten, aber auch diese wandten sich bald wieder dem Pferd zu.

„Ich glaube, das Pferd ist erschöpft!"

Wie vom Teufel geritten jagte das Pferd entlang der Hauptmauer. Zwei-, dreimal blieb es stehen, schlug dabei wie von Sinnen die Erde auf und lief weiter. Jetzt herrschte eine solche Stille, daß nicht nur die Hufschläge zu hören waren, sondern auch das Schnauben und Keuchen. Plötzlich blieb das Tier einige Schritte vor der Mauer stehen, stampfte derart wütend auf den Boden, daß sich eine Staubwolke erhob, und rannte dann wieder davon. Als es unter dem dritten Turm auftauchte, spannte einer der Verteidiger seinen Bogen und zielte auf das Tier. Der Flug des Pfeiles wurde von einem erstickten Aufschrei begleitet, und als das Tier verzweifelte Sprünge machte, um offensichtlich den in die linke Schulter eingedrungenen Pfeil abzuschütteln, entwich rundherum aus der Brust der

Soldaten etwas, das wie ein Verzweiflungsschrei oder ein Seufzer klang.

Die um ihn herumstehenden hohen Beamten warfen fragende Blicke auf den Pascha.

„Das ist nicht weiter schlimm“, sagte der Pascha, und dabei verspürte er einen stechenden Schmerz in der linken Schulter. „Durch die Wunde wird es noch durstiger.“

Das Pferd stieß ein mitleiderregendes Wiehern aus. Alle hatten ihre Blicke auf den dritten Turm gerichtet, als erwarteten sie, daß aus der Menge der Festungsverteidiger, die sich auf den Zinnen eingefunden hatten, ein zweiter Pfeil abgeschnellt würde. Aber ein zweiter Pfeil folgte nicht.

„Wenn sie wollten, könnten sie das Pferd töten, aber sie verzichten darauf, um zu beweisen, daß es keine Wasserleitung gibt“, sagte jemand mit leiser Stimme hinter dem Rücken des Paschas.

„Warum haben sie dann auf das Pferd gezielt?“

„Rein zufällig. Jemand von ihnen hat sicherlich die Nerven verloren.“

Das Pferd rannte erneut los, diesmal mit doppelter Geschwindigkeit. Bereits nach den ersten Schritten löste sich der Pfeil aus seinem Körper. Sogar aus einer großen Entfernung konnte man die blutende Wunde an der Schulter erkennen.

„Bei der Festung Hapsan töteten sie drei Pferde hintereinander“, sagte Tavdscha. „Dem vierten, das die Wasserleitung aufspürte, hatten wir einen Eisenpanzer angelegt.“

Das Pferd wieherte noch einmal und hob dabei den Kopf. Das Schnauben und die Schläge mit den Hufen kamen nun häufiger und heftiger. Von den Zinnen aus beobachteten die Festungsverteidiger schweigend das Geschehen (zumindest erweckten sie diesen Eindruck, denn sie bewegten ihre Köpfe nicht mehr), während hinter dem Zaun Tausende Soldaten außer Atem gerieten. Hier und da vernahm man Worte wie „Oh, wenn es doch nur das Wasser finden würde!“, „Finde doch das Wasser!“, „Heiliges Pferd, finde das Wasser!“, manchmal klang es wie ein Gebet, manchmal mehr wie ein Schluchzen. Dutzende Feldgeistliche und Derwische falteten ihre Hände vor dem Mund zum Gebet und ließen sich auf den Boden fallen.

Das Pferd reckte den Kopf, wieherte, und offensichtlich witterte es den Fluß, denn es raste nochmals in die Richtung. Jedoch hielt der Zaun auch diesmal stand, und das Tier rannte unverrichteter Dinge zurück, um an einer anderen Stelle einen Durchgang zu finden. Der entkräftete Körper dampfte, die Nüstern bebten. Das Maul war an zwei, drei Stellen blutig aufgeschürft. In einer dünnen Spur rann beständig Blut aus der Wunde. Während es an dem Zaun entlanglief, nur einige Schritte von den Soldaten entfernt, starrte es sie mit trüben, verwirrten Augen an.

Auf den Zinnen der Festung wurde es dunkel von Menschen. Beinahe alle Festungsverteidiger waren ins Freie getreten. Ihre Blicke verfolgten jede Bewegung des Pferdes.

Plötzlich hielt das Pferd inne, drehte sich um die eigene Achse, blieb auf der Stelle stehen, senkte den Kopf, schabte mit den Nüstern auf dem Boden und trampelte anschließend wie von Sinnen auf immer dieselbe Stelle, wobei Staub und Erde aufgewirbelt wurden. Anders als zuvor rannte es nicht weg, sondern blieb an dieser Stelle, und die Hufschläge und das Schaben mit dem Maul steigerten sich zur Raserei. Der aufgewirbelte Staub verdeckte das Pferd für eine ganze Weile, und als er sich langsam legte, sahen alle, daß das Pferd zu Boden gestürzt war. Es scheuerte seinen Hals über den Boden, während die Hufe immer erschöpfter in die Luft schlugen.

„Grabt sofort an dieser Stelle!“ schrie Tursun Pascha. Der Befehlshaber der Pioniere, der diese Anweisung schon geahnt hatte, rannte zu seiner Truppe, die etwas entfernt mit Pickel und Schaufel bereitstand. Im Zaun wurde eine Tür geöffnet, und die Pioniere, angeführt von ihrem Befehlshaber, eilten zu der Stelle, wo das Pferd ausgestreckt lag. Sofort nach ihrem Eintreffen zogen sie das Pferd zur Seite und begannen zu graben.

Auf den Zinnen entstand Unruhe. Die vorgebeugten Körper der Verteidiger nahmen eine drohende Haltung ein. Pfeile schwirrten durch die flimmernde Luft. Zwei Pioniere brachen schreiend zusammen. Als dritter fiel ihr Befehlshaber.

Tursun Pascha schloß müde und glücklich die Augen.

„Endlich!“ murmelte er. „Endlich!“

„Gebt den Pionieren Deckung!“ schrie der Alay Bey.

Irgendeiner rannte. Befehle ertönten, und wieder wurde das Zauntor geöffnet. Eine Abteilung Azapen, mit Schutzschildern an den Armen, rannte auf die Pioniere zu, die ihre Arbeit unterbrochen hatten und vor den Pfeilen zurückwichen.

„Dort ist Wasser!“ sagte Tursun Pascha. „Daß sie angreifen, heißt, daß sich dort tatsächlich Wasser befindet. Warum ziehen sich die Pioniere zurück? Sie sollen sofort wieder umkehren! Man muß so schnell wie möglich graben! Man darf ihnen keine Zeit lassen, Wasser abfüllen zu können! Schnell!“

„Zurück!“ schrie der Alay Bey und rannte den flüchtenden Pionieren und Azapen entgegen. „Grabt weiter!“

Die Azapen, von einem ihrer Offiziere geführt, machten sich als erste auf den Weg zu der Stelle, wo das Pferd lag. Die Pioniere folgten ihnen. Sobald die Azapen sich in dem Umkreis befanden, der von den Pfeilen der Festungsverteidiger erreicht werden konnte, gingen sie mit ihren Schilden in Deckung und tasteten sich vorsichtig vor. Als sie ihr Ziel erreicht hatten, bildeten sie an der Stelle, an der gegraben werden sollte, aus ihren Schilden eine Schutzmauer und ließen die Pioniere nachrücken. Diese liefen gebückt, erreichten den Schutzwall und nahmen sofort die Arbeit auf. Um die Soldaten, die neben dem Pferd gefallen waren, kümmerte sich niemand.

Von den Zinnen wurden noch einige Pfeile abgeschnellt, aber nach und nach leerte sich die Mauerkrone.

„Sie sind hinuntergestiegen, um Wasservorräte anzulegen", sagte jemand.

Tursun Pascha gab einen Befehl. Sofort rückte eine Abteilung Azapen ab, um die Pioniere durch einen zweiten Verteidigungsgürtel zu schützen.

Die Pioniere gruben ohne Unterbrechung. Alles wartete gespannt. Nur das Gesicht des Architekten Giauri blieb trotz Fieber, Schweiß und allgemeiner Aufregung regungslos wie immer. Der Mufti blickte ab und zu aus den Augenwinkeln auf den Architekten, dessen Gleichgültigkeit ihn aufs äußerste reizte.

Die Arbeiten dauerten an. Die Pioniere waren bereits unter der Erdoberfläche verschwunden, und man sah nur noch die von den Schaufeln hochgeworfene Erde. Auf den Gesichtern ringsum zeigte sich die wachsende Spannung.

„Vor der Festung Hapsan mußten wir einen halben Tag ununterbrochen graben", sagte der alte Tavdscha, ohne sich an jemanden bestimmtes zu wenden. Eine kaum zu ertragende Stille folgte seinen Worten.

„In welcher Tiefe kann sie höchstens verlegt worden sein?" fragte Kara-Mukbil den Architekten Giauri.

„Zehn Klafter", antwortete der Architekt.

Kara-Mukbil pfiff zum Zeichen der Verwunderung.

Jetzt waren nicht nur die grabenden Pioniere untergetaucht, sondern selbst die Schaufeln, die die Erde ans Tageslicht beförderten, waren verschwunden. Der Graben mußte eine beachtliche Tiefe erreicht haben, da die Erde jetzt in Säcken hinausbefördert wurde. Nach einiger Zeit ließ man eine Leiter hinab. Das bedeutete, daß in noch größerer Tiefe gearbeitet wurde. Offensichtlich war der Boden weich, und die Pioniere konnten mit ungeheuerlicher Geschwindigkeit graben. Das zeigte sich an dem dunklen Schlammhaufen am Grubenrand, der ebenso schnell anwuchs wie die allgemeine Hoffnung auf Erfolg.

Tursun Pascha ließ bedächtig die Fingergelenke knakken. In seinem rechten Ohr begann es wieder zu dröhnen. Sein Blick ruhte auf den Leibern der Gefallenen, um die herum die Pioniere sich bewegten. Er sagte etwas zum Alay Bey. Aber in diesem Moment ertönte der Freudenschrei: „Wasser!" Der Schrei wurde zehnfach, dann hundertfach von der unendlichen Menge der Soldaten wiederholt, die plötzlich aus ihrer durch die glühende Sonne verursachten Benommenheit erwacht waren, als hätte das Wasser ihre verbrannten Glieder und Gesichter bespritzt.

Tursun Pascha lachte. Zum ersten Mal während dieses Feldzuges lachte er. Diejenigen, die sich in seiner Nähe befanden, drehten überrascht die Köpfe, um seinen Freudenausbruch zu sehen. Denn es war etwas nicht Alltägliches, beinahe Unpassendes. Keiner von ihnen hätte je geglaubt, daß er lachen könnte. Und wie alles, was von der Norm abweicht, Erstaunen auslöst, so löste sein Verhalten eine gewisse Beunruhigung, beinahe ein Gefühl von Angst aus. Plötzlich erschien ihnen sein Gesicht fremd, unbegreiflich und weit entfernt.

Die Schreie „Wasser!", „Wasser!", „Wasser!" ertönten aus vollem Hals in einem unermeßlichen Freudentaumel. Die Soldaten umarmten sich, trugen einander auf den Schultern, schrien und brüllten wie Wahnsinnige. Die Derwische fingen zu tanzen an.

Die Mauerkrone der Festung war wie ausgestorben. Keine Menschenseele zeigte sich dort. Die einsamen Wachposten auf den Turmspitzen bewegten sich langsam, als stünden sie außerhalb der menschlichen Welt.

„Skanderbe", murmelte Tursun Pascha wie in einem

Rausch, „endlich werde ich deinen Kopf bekommen!“ Er knirschte mit den Zähnen, als zermahle er die Knochen seines mächtigsten Feindes, dessen Namen er zum ersten Mal ausgesprochen hatte. Jedesmal, wenn auf den Versammlungen des Kriegsrates die Rede auf Skanderbeg gekommen war, hatte es Tursun Pascha vermieden, diesen Namen auszusprechen und ihn immer nur „Er“ genannt.

„Skanderbe“, murmelte er ein zweites Mal, so als ob er jeden einzelnen Buchstaben dieses Namens mit den Zähnen zermalmen wollte.

Langsam, wie Wasser im Sand versickert, verschwand das Lächeln aus seinem Gesicht, und seine Züge wurden für alle, die in seiner Nähe standen, zusehends natürlicher. Die anderen fanden sofort wieder zu ihrer alten Lebhaftigkeit zurück, und es überkam sie, wenn auch mit Verspätung, eine Woge von Fröhlichkeit. Sie begannen, sich laut zu unterhalten, fielen sich gegenseitig ins Wort und gratulierten einander. Der Mufti, Kurdischdschi und einige andere drehten ab und zu ihren Kopf zum Architekten hin, der nach wie vor keine Miene verzog. Dann spielten sie sich gegenseitig ironische Zeichen zu. Der alte Tavdscha dagegen blickte kein einziges Mal zum Architekten hinüber. Mit gewissem Stolz nahm er aus allen Richtungen Glückwünsche entgegen und murmelte dabei unentwegt vor sich hin.

Das Wasser war mittlerweile über den Grubenrand getreten und bildete einen Tümpel. Im ausgedörrten Boden versickerte es allerdings so schnell, daß eine größere Ausweitung nicht zustandekam. Die schlammbedeckten Pioniere bewegten sich zwischen ihren Arbeitsgeräten, dem Pferdekadaver und den Körpern der Gefallenen, um die sich niemand kümmerte.

Tursun Pascha machte sich auf den Rückweg. Im Gehen drehte er sich noch einmal um, und, ohne sich an jemand bestimmtes zu richten, sagte er:

„Heute abend soll gefeiert werden!“

Nach ihm gingen auch die anderen.

„Ich glaube, daß der Krieg bald zu Ende ist“, sagte Sarudscha zum Generalquartiermeister. „Es tut mir leid, daß ich den dritten Mörser nicht ausprobieren kann.“

„Meiner Meinung nach wirst du noch Zeit finden, den dritten Mörser ausprobieren zu können, und auch noch einen vierten, sofern du noch einen gießen solltest“, sagte der Generalquartiermeister.

„Aber wieso denn? Man hat ihnen das Wasser abgesperrt. Das heißt, daß sie sich innerhalb einer Woche ergeben werden.“

„Ich zweifle daran!“ sagte der Generalquartiermeister.

„Auf jeden Fall erfreust du mich“, sagte Sarudscha. „Als ich vorhin den ersten Schrei ‚Wasser‘ hörte, verabschiedete ich mich in Gedanken bereits von dem dritten Mörser.“

„Sind die Gußformen fertig?“ fragte der Generalquartiermeister.

„Beinahe einsatzbereit.“

Sie schlenderten durch das Gedränge und spürten die allgemeine Ausgelassenheit. Da und dort hörte man Schreie und Befehle: „Geht nicht so dicht an die Grube heran!“ „Sie könnten auf euch zielen!“ „Entfernt euch vom Zaun!“ Einige Pioniere trugen auf Tragbahren die Gefallenen fort. Ihnen folgte eine größere Gruppe, die auf einem Holzgestell den Pferdekadaver fortschaffte. Die Soldaten gingen beiseite, um den Trägern Platz zu machen, reckten aber neugierig die Hälse, um den Kadaver besser sehen zu können.

„Das Pferd werden sie mit den gleichen militärischen Ehren beisetzen wie den Befehlshaber der Pioniere“, sagte jemand. „Es ist ein heiliges Pferd!“

„Sie werden ihm eine Türbe errichten; mit eigenen Ohren habe ich diesen Befehl des Paschas gehört.“

„Türbe? Das haben sie sich gut ausgedacht!"

„Wer wird wohl zum neuen Befehlshaber der Pioniere ernannt werden?" fragte ein junger Janitscharenoffizier.

„Wer weiß? Nun ist schon der zweite gefallen! Hoffentlich hat der dritte mehr Glück!" antwortete sein Kamerad.

Der Generalquartiermeister entdeckte einige Schritte vor sich den Architekten Giauri, der allein ging und nur von seiner Leibgarde begleitet wurde. Die zwei jungen Janitscharenoffiziere, die sich soeben über das traurige Schicksal der Pioniertruppenbefehlshaber unterhalten hatten, sahen ebenfalls den Architekten und mußten unwillkürlich lachen.

„Trotz seiner ganzen Ausbildung", sagte einer der beiden, „war das Pferd klüger als er."

„Sie sind alle aus dem gleichen Holz geschnitzt, lassen sich vom Staatssäckel aushalten und leisten nichts dafür."

„Glaubst du etwa, daß der Staat diese Leute schätzt? Keineswegs."

„Er sagte, daß sich das Pferd klüger gezeigt hätte als der Herr Architekt", wiederholte ein Janitschar die Worte des Offiziers für einen Kameraden.

Die Janitscharen lachten laut. Einer von ihnen drehte sich um, und als er den Generalquartiermeister mit Sarudscha sah, flüsterte er seinen Kameraden etwas zu. Daraufhin hörten sie auf zu lachen. Einer der jungen Offiziere wandte sich ebenfalls um und begriff, weshalb die Soldaten plötzlich verstummt waren. Dieses Verhalten wollte er keineswegs dulden.

„Tatsächlich kann es vorkommen, daß ein Pferd etwas leistet, wozu ein gebildeter Mensch nicht in der Lage ist", sagte er betont laut, denn er wollte den Soldaten zeigen, daß ein Janitschar keinesfalls Persönlichkeiten wie den Generalquartiermeister und den Chefmechanikus zu fürchten habe, egal welchen Rangs sie auch sein mochten. Zwei, drei Janitscharen lachten verhalten.

Der Generalquartiermeister wurde blaß.

„Was hast du gesagt, Offizier?!" schrie er unbeherrscht. „Wiederhole!"

„Ich habe nicht mit dir gesprochen", sagte der Offizier.

„Dreckskerl, Dummkopf! Keinen Schritt weiter!" brüllte der Generalquartiermeister. „Stehengeblieben!"

Der Offizier blieb stehen. Er warf dem Generalquartiermeister einen verachtenden Blick zu. Der andere Offizier und die Janitscharen waren ebenfalls stehengeblieben. Der Architekt Giauri wandte ihnen sein ausdrucksloses Gesicht zu, um zu sehen, was dort vor sich ging.

„Hast du was mit mir zu schaffen?" sagte der Offizier mit spöttischem Lächeln.

„Habe ich!" sagte der Generalquartiermeister und ging auf ihn zu. „Das habe ich vor!" Und er schlug, während er noch sprach, mit einem ledernen Fächer auf den Offizier ein.

Dieser griff zum Säbel, aber schnell wie Wildkatzen stellten sich die Leibwächter des Generalquartiermeisters vor ihren Schützling und zückten die Dolche. Auch Sarudschas Leibwächter zog seine Waffe. Aus der Menge wurden Unmutsäußerungen laut, aber die Abzeichen auf Sarudschas und des Generalquartiermeisters langen Gewändern ließen alle erkennen, daß es sich bei den beiden um Mitglieder des Kriegsrates handelte.

„Entwaffnet ihn!" befahl der Generalquartiermeister.

Die zwei Leibwächter warfen sich auf den Offizier und entwaffneten ihn im Handumdrehen. Beinahe hilfesuchend schaute dieser sich um, aber es war nichts weiter zu hören als ein verhaltenes Gemurmel. Die Leibwächter, noch mit ihren Dolchen in der Hand, schauten auf ihren Herrn, um weitere Befehle entgegenzunehmen, und alle begriffen, daß die Grenze zwischen Leben und Tod dieses Offiziers zwischen den Befehlen der beiden Kriegsratsmitglieder und den Dolchen der Leibwachen verlief.

„Ins Gefängnis mit ihm!“ sagte der Generalquartiermeister und sprach dabei einen ihm unbekannten Offizier an, der aber unter allen Anwesenden den höchsten Dienstgrad zu haben schien. „Ich befehle dir, diesen Dreckskerl ins Gefängnis abzuführen!“

Der Offizier nickte bestätigend mit dem Kopf und gab die Order, seinen Kollegen abzuführen, an zwei, drei Soldaten weiter.

„Dem hast du es aber gut gezeigt!“ sagte Sarudscha, als sie ein paar Schritte gegangen waren. „Noch besser wäre gewesen, wenn wir unseren Leibwächtern befohlen hätten, ihn auf der Stelle zu erledigen.“

„Das kommt auf dasselbe heraus,“ sagte der Generalquartiermeister. „Das Gericht wird ihn zum Tode verurteilen.“

„Dieser Dummkopf!“

„Er hat unsere Unterhaltung unterbrochen“, bemerkte der Generalquartiermeister, „wir hatten gerade eine angenehme Unterhaltung, worüber sprachen wir doch?“

„Ich erinnere mich nicht mehr.“

„Ich glaube, wir sprachen über die Versorgung.“

„Ich glaube auch. Worum geht es?“

„Skanderbeg hat nacheinander alle Vasallen, die uns noch letzte Woche Vorrat für das Heer geliefert hatten, aufgerieben.“

„Der ist ja verrückt geworden!“

„Er schlägt wie ein wütender Tiger um sich. Wo er hinkommt, legt er Feuer und richtet Verwüstungen an.“

„Er ist ein schwieriger Zeitgenosse“, sagte Sarudscha.

„Unsere Vasallen trauen sich schon gar nicht mehr aus ihren Festungen heraus“, fuhr der Generalquartiermeister fort.

„Der Wassermangel wird die Kriegslage verändern.“

„Kann sein. Weißt du, was wir jetzt machen sollten? Wir gehen in mein Zelt, um etwas zu trinken“, sagte der

Generalquartiermeister. „Jetzt wird der große Rummel beginnen, und den kann ich nicht ertragen."

Sarudscha war einverstanden.

Der Rummel war in der Tat schon im Gange. Der Abend brach an. Aus allen Richtungen dröhnten die Trommeln. Die Soldaten machten sich auf den Weg, in der Hoffnung, etwas geboten zu bekommen. Einige Male stießen der Generalquartiermeister und Sarudscha beinahe mit angetrunkenen Azapen zusammen. Hier und da hatten Scheichs damit begonnen, ihren Sermon abzuhalten. Einige Derwische suchten nach einer geeigneten Fläche, um ihre Tänze vorführen zu können.

Als sie am großen Zelt des Tursun Pascha vorbeikamen, ließ sie der Klang einer Zimbel aufhorchen. Unter dem mächtigen, ohrenbetäubenden Lärm der großen Trommeln klang sie weich und zart.

„Das ist die Hand einer Frau", sagte der Generalquartiermeister und verlangsamte seinen Schritt.

„Ja, das ist die Hand einer Frau."

Das lilafarbene Zelt erstrahlte in hellerem Licht als gewöhnlich. In ihren Augen spiegelte sich für einige Sekunden etwas von dem entrückenden Zauber, den jenes Zelt in sich barg.

„Der Pascha vergnügt sich", sagte Sarudscha.

„Ja. Das kommt selten vor."

„Ich denke, daß er im allgemeinen keinen Gefallen daran findet, sich mit Volksmusik unterhalten zu lassen", sagte Sarudscha.

„Das bedeutet also, daß er heute abend eine außergewöhnliche Freude genießt", sagte der Generalquartiermeister und wies mit dem Arm in die Richtung, aus der die Zimbel erklang.

Sie ertönte derweil in einem angenehmen Rhythmus, der ab und zu in einer fast kauzigen Weise gebrochen wurde.

„Alle wissen schon, daß sein Stern für immer erlöschen wird, wenn er aus diesem Feldzug nicht als Sieger hervorgehen wird", sagte der Generalquartiermeister.

„Meinst du?"

„Das steht fest. Im Falle einer Niederlage kommt für ihn bestenfalls lebenslange Verbannung in Frage. Die Alternative dazu ist..." Der Generalquartiermeister strich mit dem waagerecht gehaltenen Zeigefinger über seinen Hals.

„Deswegen unternimmt er sogar das Unmöglichste, um die Festung zu erobern."

„Natürlich. Er weiß doch besser als jeder andere, welches Schicksal ihn im Falle einer Niederlage erwartet."

Fortwährend versperrten ihnen angetrunkene Soldaten den Weg. Da sie die überfüllten Hauptwege hatten meiden wollen, waren sie auf die dunklen Nebenwege ausgewichen, auf denen nun die Soldaten heimlich ihren Schnaps tranken, den sie auf dem Schwarzmarkt gekauft hatten.

Das Zelt des Generalquartiermeisters lag in einiger Entfernung vom Zentrum, und dort herrschte mehr oder weniger Ruhe. Die Soldaten, die es nicht zu den Feierlichkeiten gezogen hatte, saßen oder lagen vor ihren Zelten und plauderten in der Dunkelheit. Irgendwo sangen Soldaten ein trauriges Lied. Die einzelnen Worte waren kaum zu verstehen.

Der Krieg, der in diesem Jahr ausbrach
... am Ende der Welt.

Von weitem dröhnten die vielen Trommeln, deren Töne sich zu einem einzigen ohrenbetäubenden Lärm verdichteten, der dann schließlich einer Woge gleich in die Endlosigkeit der Nacht eindrang.

Bevor sie das Zelt betraten, drehte sich der Generalquartiermeister noch einmal um und ließ seinen Blick über das unendliche Lager schweifen, das sich bis zum Horizont erstreckte, und in dem Anblick der Tausenden blauen, spitzen Zelte unter dem klaren Himmel lag etwas Bedrohliches.

„Woran denkst du gerade?“ fragte der Chefmechanikus.

„Daran, daß wir noch oft gezwungen sein werden, von weit her zu kommen, um unsere Zelte an solchen Orten aufzuschlagen.“

„Daran kann man nichts ändern. Wir leben in einer kriegerischen Zeit.“

„Hör zu“, sagte der Generalquartiermeister und wechselte plötzlich das Thema. „Ich will vor dem Kriegsrat darauf bestehen, daß der zweite Sturmangriff gegen die Festung so schnell wie möglich durchgeführt wird. Du mußt mir beistehen.“

„Bestimmt“, sagte der Chefmechanikus, „aber warum diese Eile?“

„Weil es so viele sind“, sagte der Generalquartiermeister und deutete mit dem Arm auf das Meer von Zelten, „und das Brot nicht für alle ausreicht.“

Sarudscha schneuzte sich.

„Zehntausend Mäuler weniger zu stopfen?“

„Ja“, sagte der Generalquartiermeister, „außerdem könnte uns der Angriff den Sieg bringen.“

„Jeden Tag, der vergeht, ohne daß die Belagerten Wasser haben, kommen wir dem Sieg ein Stück näher“, meinte Sarudscha. „Die Zeit arbeitet für uns.“

„Es stimmt zwar, daß wir ihnen das Wasser abgegraben haben, aber wir dürfen nicht vergessen, daß sie uns das Brot nehmen“, sagte der Generalquartiermeister. Er deutete noch einmal auf das Lager, aus dessen Mitte der Festtagslärm zu ihnen herüberdrang. „Sie feiern und wissen nicht, daß wir in wenigen Tagen ihre Lebensmittelrationen auf die Hälfte herabsetzen müssen.“

„Arme Kerle! Es gibt so vieles, wovon sie keine Ahnung haben!“

„Das ist Soldatenschicksal."

Sie betraten das Zelt. Sie unterhielten sich lange über die verschiedensten Themen. Einige Male rüstete Sarudscha sich zum Aufbruch, doch der Generalquartiermeister bat ihn jedesmal zu bleiben. Schließlich verließ er mit ihm das Zelt, um ihn noch ein Stück zu begleiten. In der Ferne wurde immer noch gefeiert, wenn auch der Schwung inzwischen nachgelassen hatte.

„Warte!" sagte der Generalquartiermeister, als er seinen Gast gerade verabschieden wollte. „Was höre ich da? Die Alarmtrommel?"

„Sie schlägt schon eine ganze Weile", bestätigte sein Ordonnanzunteroffizier.

„Tatsächlich, die Alarmtrommel!" sagte Sarudscha.

Sie blieben stehen und horchten. Die große Alarmtrommel wurde an einer entfernten Stelle des Lagers geschlagen. Ihr Lärm übertönte von Mal zu Mal alle anderen Trommeln.

„Skanderbeg!" sagte der Generalquartiermeister.

Wieder horchten sie. Von irgendwoher auf der linken Seite vernahmen sie ein verhaltenes Geräusch. Die Worte „Silah Baschina!" (ergreift die Waffen!), „Alarm!" wurden an verschiedenen Stellen in unterschiedlicher Lautstärke in der Dunkelheit wiederholt.

„Sarudscha, bleib hier und übernachte bei mir", sagte der Generalquartiermeister. „Dieser Lagerabschnitt liegt außerhalb der Gefahrenzone."

„Ich mache mir Sorgen um die Werkstatt."

„Auch die Werkstatt ist außer Gefahr."

„Es ist besser, wenn ich gehe", sagte Sarudscha.

„Ich rate dir zu bleiben. Schließlich ist heute nacht Alarm geschlagen worden."

Sarudscha zögerte. Die Alarmtrommel dröhnte ohne Pause.

„Offensichtlich hat er erfahren, daß die Wasserzufuhr

unterbrochen worden ist“, sagte der Generalquartiermeister nachdenklich. „Am Ende hat sich der Tiger auf uns geworfen“, fügte er nach kurzer Pause hinzu.

Schließlich, am 11. August, unterbrachen sie die Wasserzufuhr. Als der Schimmel begann, um die Festungsmauern zu rennen, als vollzöge er einen Bannfluch, wurde uns klar, daß dies eine Methode war, das Wasser aufzuspüren. Wir hätten das Pferd sofort töten können, doch wir verzichteten darauf, denn damit hätten wir ihnen bestätigt, daß an der Stelle des Erdbodens tatsächlich unsere Wasserleitung verlief, und dann hätten sie alles Erdenkliche unternommen, um sie zu finden. Stattdessen hofften wir immer noch, daß sie auf die Suche nach der Wasserleitung verzichten würden, wenn es selbst dem Pferd nicht gelänge, sie zu entdecken.

Schon lange Zeit vorher, bevor der Krieg ausgebrochen war, tauchten in den Straßen unserer Dörfer und Städte in immer größerer Anzahl zerlumpte Derwische auf, die Tag und Nacht unterwegs waren. Wie sich später herausstellen sollte, handelte es sich bei den meisten von ihnen um osmanische Spione, die bei uns die verschiedensten militärischen Geheimnisse und wirtschaftlichen Gegebenheiten auskundschafteten, angefangen bei den Brücken und Straßen, über die ihre Armeen später anrücken sollten, bis hin zu der Wasserleitung der Festung. Vermutlich hatten sie schon damals die ersten Erkenntnisse über die Existenz unserer Wasserleitung gewonnen, denn anders wäre ihre Hartnäckigkeit bei der Suche nicht zu erklären.

Während das Pferd rasend schnell umherrannte, stockte uns das Blut in den Adern, und wir verfolgten jede einzelne Bewegung. Einige Male blieb es an den Stellen stehen, wo die Wasserleitung verläuft, und jedesmal schlossen wir vor Entsetzen die Augen. Einer unserer Soldaten verlor die Nerven und schnellte einen Pfeil ab. Das verletzte Pferd fand schließlich das Wasser. Wir beeilten uns, alle zur

Verfügung stehenden Gefäße zu füllen, während sie wie tollwütige Hyänen die Erde aufgruben.

Als unsere Mädchen das Wasser sprudeln sahen und ansehen mußten, wie der Graben, der vorher noch wie ein Grab gewirkt hatte, allmählich zu einem Brunnen anschwoll, fingen sie an zu weinen.

Den ganzen Tag über waren wir damit beschäftigt, einen tiefen Brunnen im Kellergewölbe der Festung auszuschachten. Sie dagegen feierten die ganze Nacht die Entdeckung der Wasserleitung. Doch plötzlich wurde Alarm geschlagen. Unser Gjergj, der offensichtlich erfahren haben mußte, daß sie uns das Wasser abgesperrt hatten, griff sie an.

Mitternacht ist schon vorbei. Der Alarmzustand hält an. Ihr weitläufiges Lager zuckt und ringt nach Atem, als ob es von allen Seiten mit Messern aufgeschlitzt würde. Gjergj ist dort, mitten unter ihnen. Er bewegt sich wie eine nicht zu bändigende Furie. Die Nacht ist stockdunkel. Wir sehen nichts. Wir hören nur seinen Atem. Wir haben uns alle hinter den Toren versammelt und stehen bereit, sie zu öffnen, um uns, sobald uns der Befehl erreicht, ebenfalls in den Angriff zu werfen. Eine Frau konnte sich nicht mehr beherrschen und schrie von der Mauerkrone herab: „Gjergj, Gjergj, räche uns, töte sie!"

Kapitel 11

Der Chronist war kaum eingeschlafen, als er durch die ersten Alarmschreie geweckt wurde. Für ihn war es ein langweiliger Abend gewesen. Während der ganzen Zeit, in der überall gefeiert wurde, war er einsam und allein durch das Lager geschlendert, hatte sich durch Menschenmassen und Siegestaumel gedrängt, ohne auch nur einem Bekannten begegnet zu sein. Nachdem er schließlich jede Hoffnung aufgegeben hatte, kehrte er in sein Zelt zurück und versuchte einzuschlafen. Auch damit hatte er keinen Erfolg. Er fühlte sich einsam und alleingelassen. Der Festtagslärm, der bis in sein Zelt drang, verstärkte dieses Gefühl. Zwei-, dreimal wäre er beinahe wieder aufgestanden, um sein Zelt zu verlassen, aber dann erinnerte er sich an seinen unglückseligen Lagerrundgang und blieb liegen. Er wartete darauf, daß der Lärm nachließe, in der Hoffnung, dann einschlafen zu können. Aber der Schlaf überwältigte ihn tatsächlich schon vorher. Das merkte er aber erst, als er, vom Alarmgeschrei geweckt, vom Bett aufsprang. Er lief zum Zelteingang und lauschte. In der Lagermitte wurde die große Alarmtrommel geschlagen. Als die anderen Trommeln nach und nach verstummten, hörte man die Alarmtrommel um so deutlicher. Die Schreie „Hazirol!“ (Achtung!), „Silah Baschina!“ (an die Waffen!) hallten ringsherum. Der Chronist zog sich in Eile an. Kalter Schweiß trat auf seine Stirn. Er ging vor das Zelt und horchte in die Dunkelheit. Alle Festtrommeln waren verstummt, und das Lager war in einer beklemmenden Dunkelheit versunken. Nur die große Alarmtrommel dröhnte voller Verzweiflung weiter. In der Dunkelheit hörte er Soldatenschritte, Waffengerassel und Befehle. Anschließend Pferdegetrappel, das sich schnell entfernte. Dies alles spielte sich entfernt von ihm ab, irgendwo an der Perepherie des Lagers. Die Soldaten stürzten bewaffnet aus den Zelten und rannten aufgeregt zu der Stelle, an der sich die Bataillone versammeln mußten. Sie bewegten sich wie Schatten, die zu einer Verschwörung aufbrachen. Mevla Tschelebi packte die Angst. Warum verflüchtigten sie sich wie Schatten? Wohin gingen sie? Wie zur Säule erstarrt stand er vor seinem Zelt und wußte weder aus noch ein. Die Stille kam ihm verdächtig vor. Eine Gruppe Soldaten zog im Laufschritt vorüber. Jemand schrie „Schnell! Schnell!" Danach kehrte wieder Stille ein. Warum verließen sie diesen Teil des Lagers? Während Tschelebi diese Frage durch den Kopf ging, begriff er, und ohne zu zögern, rannte er hinter den Soldaten her. Er wußte nicht, wie lange er gelaufen war. Erst als er viele Menschen um sich herum wahrnahm, blieb er stehen. Das war ja eine richtige Flucht! Janitscharen, Freiwillige, Azapen, Eschkindschi – alle waren sie bewaffnet – suchten im Schein der Fackeln ihre Einheiten. Man wußte nicht, ob sie auf dem Rückzug waren oder sich auf den Angriff vorbereiteten. Von allen Seiten hörte man wildes Geschrei, Stimmen, Rufe, Befehle von Offizieren.

„Das vierte Bataillon ist abmarschiert! Das vierte Bataillon ist abmarschiert!"

„Man sagt, sie hätten den Bereich der Janitscharen angegriffen!"

„Die Eschkindschi des fünften Bataillons, hierher!"

„Kara-Mukbil kämpft um Leben und Tod!"

„Zur Kanonengießerei! Sie stürmen die Kanonengießerei!"

„Zurück! Zu welchem Bataillon gehört ihr? Zum zweiten? Dann kehrt, Marsch!"

„Die Verteidiger haben die Tore geöffnet!"

„Das ist unmöglich! Schweig!"

„Bakirhan ist getötet worden!" schrie jemand wie von Sinnen. Er stürzte an der Spitze einer größeren Gruppe auf sie zu.

„Zurück! Wo willst du hin?"

„Skanderbeg!"

„Zurück!"

„Skanderbeg! Skanderbeg!"

„Warum schreist du so, du Gottloser! Hier, nimm das!"

„Ah!"

Der Chronist hörte, wie hinter seinem Rücken ein Säbel in Fleisch eindrang und wie ein Körper auf den Boden aufschlug.

„Die Eschkindschi! Die Eschkindschi kommen!"

Im flackernden Fackellicht tauchte Kurdischdschis großer Kopf an der Spitze eines Reitertrupps auf, der wie ein Sturmwind vor ihren Augen vorbeifegte.

„Zurück! Zurück!" schrie ein Offizier.

„Zu den Bataillonen! Alle sofort zu ihren Bataillonen!"

„Die ruhmreichen Sipahis! Die ruhmreichen Sipahis kommen!"

Die Reiterabteilungen der Sipahis jagten hinter den schon längst verschwundenen Eschkindschi her.

Der Chronist fühlte sein Herz heftig schlagen. Das Schmuckstück der Armee war auf dem Weg, sich dem Feind entgegenzuwerfen. Er schämte sich, daß er vorher Angst gehabt hatte. (Er tat so, als ob er niemals davongelaufen wäre.) Mit Begeisterung beobachtete er nun die Bataillone, die dorthin aufbrachen, wo *er* sich aufhielt, er, das wilde Raubtier Skanderbeg. Aber seine Freude war nur von kurzer Dauer. Die vielen Soldaten, die mit ihrem Lärm, ihren Waffen und Befehlen ihn seine Angst hatten überwinden lassen, verschwanden plötzlich aus seinen Augen. Die Waffen, Stimmen und Befehle glitten zwischen den nächtlichen Schatten hinweg, und der Chronist begriff, und wieder stieg ein Gefühl von Angst in ihm hoch, daß er in kürzester Zeit völlig allein auf diesem Pfad stehen würde, auf den sich jederzeit das schwer zu bändigende Raubtier werfen konnte.

Tschelebi fing wieder zu rennen an. Ziellos irrte er umher. Es kam ihm nur darauf an, sich von diesem Ort zu entfernen, der wie ein sinkendes Schiff verlassen worden war. Aus der Dunkelheit drangen fortwährend Stimmen und Befehle zu ihm herüber. Es war schwer, die Richtung auszumachen, aus der sie kamen. Sie wirbelten im Strudel der Nacht umher und glichen eher Geisterstimmen als den Stimmen menschlicher Wesen.

Während der Chronist lief, geriet er von neuem in eine Menschenmenge. Wieder wußte er nicht, ob die Soldaten sich dem Kampf entziehen wollten oder ihn suchten. Die Menge zerstreute sich sehr schnell, und Tschelebi blieb wieder allein zurück. Er begriff, daß in dem riesigen Lager die Soldatenmassen immer näher zusammenrückten, sich bewegten, sich wieder verloren, gleich den weißen Wolken am Himmel an einem windigen Tag. In einer Nacht voller Grausen wie dieser konnte schließlich nichts von Bestand sein.

Der Chronist rannte. Ohne sich selbst darüber im klaren zu sein, trugen ihn seine Füße ins Zentrum des Lagers, wo das Zelt des Oberbefehlshabers stand. Während er rannte, hörte er immer wieder Stimmen und Befehle. Dann vernahm er aus der Dunkelheit ein außergewöhnliches, furchteinflößendes Husten, das alles andere übertönte. Tahankai, dachte der Chronist.

Das Zelt des Tursun Pascha war vollkommen dunkel. Trotzdem gingen Kuriere ein und aus. Mevla Tschelebi begriff, daß sich der Pascha sehr wohl in dem Zelt aufhielt, daß es allerdings verdunkelt war, um es vor Angriffen zu schützen. Als Mevla Tschelebi sich wieder beruhigt hatte, sah er ringsum mit langen Speeren bewaffnete Dschebeli-Soldaten, die zu Hunderten in der Dunkelheit schweigend in Bereitschaft standen. Der Chronist fühlte sich in Sicherheit. Er setzte sich am Wegrand nieder. Aus der Ferne drangen allerlei Geräusche; doch hier war alles ruhig. Nur die Hufe der Kurierpferde donnerten ab und zu über den Boden. Aber auch dieser Zustand hielt nicht lange an. Mevla Tschelebi spürte, daß irgend etwas in der Nacht herumstrich, sich bewegte. Er sah, wie die Reihen der Dschebeli-Soldaten immer dichter wurden. Hinter ihm begann jemand, Befehle zu erteilen. Es war, als ob das ferne Kampfgetümmel allmählich auf sie zurücken würde.

Wieder spürte der Chronist kalten Schweiß auf seiner Stirn. Und wenn *er* unmittelbar auf das Zelt des Oberbefehlshabers losstürmte? Tschelebi stand auf. Das war ja nur allzu logisch. Hierhin würde *er* stürmen. Hierhin, und nirgendwo anders. Den Chronisten packte die Angst. Er rannte los. Wo verstecken, wo untertauchen? Nur dieser eine Gedanke wirbelte in seinem Kopf herum. Einen sicheren Ort, eine Höhle, einen Graben. Graben ... Tunnel. Sein Gehirn arbeitete schnell. Der unterirdische Gang ... Die Bäckerei! (Mevla Tschelebi, hättest du je gedacht, daß diese Bäckerei den Eingang des Tunnels tarnen sollte? Niemals!) Er rannte zu der halb zerstörten Bäckerei. Der Kampfeslärm rückte immer näher. Schnell! Schnell! Da ist die Bäckerei! Er wandte den Kopf. Niemand in Sicht. Er stürzte hinein. Er zitterte am ganzen Leib, und während er sich mit Händen und Füßen vortastete, fand er die Treppe. Er begann hinunterzusteigen. Die Stufen waren kühl. Er stieg tiefer hinab. Es herrschte vollkommene Dunkelheit. Schwerer Schlammgeruch. Er dachte an den Astrologen. Plötzlich spürte er, daß sich in der Finsternis vor seinen Füßen etwas bewegte. Eine

Schlange, schoß es ihm voller Angst durch den Kopf, und schon wollte er zur Seite springen, als unter ihm eine ruhige Stimme sagte:

„Paß auf! Tritt nicht auf uns!"

Mevla Tschelebi blieb wie erstarrt stehen.

„Nimm lieber Platz!" sprach dieselbe ruhige Stimme.

Tschelebi hatte seine Fassung noch nicht wiedergefunden. Es war ihm, als bewege sich noch etwas, nur weiter entfernt. Irgend jemand nieste.

„Woher bist du?" fragte die Stimme.

„Ich, von hier... ich nur zufällig...", stammelte der Chronist.

„Laß doch dieses zufällig", sagte die Stimme. „Ich kenne diese Zufälligkeiten. Lieber Freund, das hast du gut überlegt. Bist ein kluger Mann."

Tschelebi brachte kein Wort über die Lippen.

Der Unbekannte hatte eine tiefe, männliche Stimme.

„Hab keine Angst", fuhr er fort, „wir hier verraten einander nicht. Eine Krähe hackt doch der anderen kein Auge aus. Ich gehöre zum vierten Bataillon der Azapen. Seit vierundzwanzig Jahren Soldat. Schon vor einiger Zeit hatte ich beschlossen, mich hier zu verstecken, sobald Skanderbeg einen Nachtangriff unternehmen würde. Im Sturmangriff auf den Mauern zu sterben, mag noch einen Sinn haben, aber hier, inmitten dieses Tohuwabohus zu sterben, sich zufällig von irgendeinem Säbel erwischen zu lassen, das ist unerträglich. So kam es, als ich die Alarmtrommel hörte, daß ich mich beeilte, das Zelt zu verlassen. Renn weg, zu deinem Platz, Azap, sagte ich mir. Dann, als ich hier ankam, fand ich andere Freunde vor. Die waren noch schneller als ich."

Als ob er diese Worte bestätigen wollte, gähnte jemand in ihrer Nähe.

„Laß dich auf dem Boden nieder", sagte der Azape. „Mach es dir so bequem wie zu Hause."

Tschelebi setzte sich auf einen Erdhaufen.

„Bist du Pionier?“ fragte der Azape.

„Ja.“

„Das habe ich mir gedacht.“

Nach diesem Wortwechsel, als sich in Tschelebi der Wunsch regte, sich zu unterhalten, wie es alle Menschen tun, die eine Gefahr überstanden haben, schwieg der Azape. Der Chronist traute sich nicht, als erster das eingetretene Schweigen zu brechen. Es kam ihm so vor, als ob sie ihn an der Stimme erkannt hätten. Es war beschämend, während oben der Kampf tobte, hatte er, Mevla Tschelebi, der Historiker, Verfasser der Chronik, die die Heldentaten dieses Krieges unsterblich festhalten sollte, sich wie eine Maus in einem dunklen Tunnel verkrochen, um das Ende der bewaffneten Auseinandersetzung abzuwarten.

„Dort oben fließt jetzt das Blut in Strömen“, bemerkte der Azape, als ob er Tschelebis Gedanken erraten hätte.

Der Chronist wußte nichts darauf zu sagen. Oben, über ihren Köpfen, hörten sie mal leichtes, mal dumpfes Gepolter. Danach war es für längere Zeit völlig still. Dann schien das Gepolter immer näher zu kommen.

„Sie kommen von dieser Seite“, sagte der Azape.

Alles schwieg. Es war offensichtlich, daß alle angespannt lauschten. Beim Näherkommen erwies sich das Gepolter als Pferdegetrappel. Jetzt mußten sie in der Nähe sein. Ganz nahe. Die Erde bebte. Der Chronist kauerte sich zusammen.

„Sie sind über unseren Köpfen“, sagte der Azape.

Das Dröhnen der Pferdehufe über ihren Köpfen wurde immer unerträglicher. Doch nach einigen Augenblicken war es vorbei. Das Getöse war verstummt. Irgendwo atmete jemand tief ein. Mevla Tschelebi fühlte sich erleichtert, und gerade, als er etwas sagen wollte, hörte man von weit her, aus der Tiefe der Nacht, ein zunächst verhaltenes, dann immer heftiger anschwellendes Gepolter.

„Eine neue Welle rollt an“, sagte der Azape. Sie hielten den Atem an. Das Dröhnen der Hufe wurde so laut, daß sie befürchteten, ihr Zufluchtsort könnte einstürzen. Aber in diesem Augenblick wurde das Stampfen wieder schwächer und entfernte sich schließlich, bis nur noch ein Pochen zu hören war.

„Skanderbeg!“ sagte jemand.

Keiner antwortete ihm. Alle horchten, um das aus der Ferne dringende Pochen zu vernehmen, das sich dann in ungeheuerer Schnelligkeit in furchterregendes Hufgedröhn verwandelte. Die nächste Welle nahte.

Diesmal kam sie dem Chronisten besonders lang vor. Als dann wieder Ruhe herrschte und nichts auf eine neue Gefahr deutete, hörte Mevla Tschelebi die gelassene Stimme des Azapen, der offenbar schon längere Zeit geredet hatte, ohne sich darum zu kümmern, ob er ihm überhaupt zuhörte.

„Vierundzwanzig Jahre Soldat. Findest du das viel? Wer weiß, wie lange ich noch mitmachen muß! Wir Altgedienten wollen endlich das schon lange versprochene Stück Land haben. Bevor wir zu diesem Krieg aufbrachen, wurde uns versprochen, daß wir das Land bekämen, das um die eroberte Festung liegt. Ich komme aus Anatolien, habe aber viele Länder gesehen. Habe in den Ebenen von Karabogdan, der bulgarischen Stara Planina, in Tripolis, in Bosnien gekämpft und bin bis nach Semendria in Ungarn gekommen. Überall gab es guten Boden, und überall, wo wir unsere Zelte aufschlagen mußten, überlegte ich, was man in dieser Gegend anbauen könnte, und wie dieser Boden im Vergleich zu dem, auf welchem wir einige Monate zuvor gekämpft hatten, war. Kommt dir das eigenartig vor? Du bist Pionier und solltest dich darüber doch nicht wundern. Ihr habt doch auch mit Boden und Schlamm zu tun. Aber statt ihn zu achten, legt ihr euch mit dem Boden an, und der rächt sich dafür, wie der unterirdische Gang Rache genommen hat, indem er zusammengestürzt ist und deine Kameraden verschüttet hat. Aber lassen wir das. Wovon redete ich gerade? Über den Boden. Also, sie hatten uns das um die Festung liegende Ackerland versprochen, und als erstes, nachdem wir eingetroffen waren, prüfte ich die Bodenbeschaffenheit. Ich nahm eine Handvoll, zerkrümelte sie, roch daran. Gute Erde. Weizen wächst gut darauf. Doch wem nützt das? Es ist fremder Boden. Mein Herz könnte sich dafür nicht erwärmen. Genau hier empfand ich eine Leere. Fremde Erde. Verstehst du, was ich damit sagen will? Selbst der Geruch ist anders."

Vom Eingang her hörte man etwas umherschleichen. Irgend jemand kam die Treppe herunter. Der Azape unterbrach seine Erzählung. Alle hielten den Atem an. Sie spürten, daß sich jemand wie ein Blinder in den unterirdischen Gang hineintastete.

„Langsam, Freund, sonst wirst du noch auf unsere Füße treten", sagte der Azape.

„Oh!" gab der Fremde erschrocken von sich.

„Hör auf mit deinem Oh und Ah und setz dich dorthin, da bist du gut aufgehoben", sagte der Azape.

Schweigen.

„Woher kommst du?"

„Vom neunten Bataillon der Eschkindschi."

Dem Fremden verschlug es vor Angst die Sprache.

„Was geht oben vor?"

„Schreckliches!"

„Es wird erzählt, daß die Festungsverteidiger die Tore geöffnet hätten und herausgekommen seien", sagte der Azape. „Weißt du etwas darüber?"

„Darüber weiß ich nichts. Ich weiß nur, daß oben Schreckliches passiert."

„Setz dich! Mach es dir so bequem wie zu Hause!"

„Und wenn ein Offizier kontrollieren kommt?"

„Wenn einer kommt, soll er uns willkommen sein."

Der Fremde bewegte sich nicht mehr. Wie es schien, hatte er sich hingesetzt.

„Krieg!" sagte der Azape. Niemand verstand, was er damit ausdrücken wollte.

Schweigen. Von oben hörten sie wieder verhaltenes Gepolter, das aber nicht näher zu kommen schien. Dieser entfernte Lärm, am Rande des Lagers, wollte nicht enden, für einige Augenblicke verstummte er, kehrte für einen Moment wieder zurück und hörte endgültig auf. Die anschließende Stille hielt eine längere Zeit an.

„Ich gehe einmal hinaus, um zu sehen, was vor sich geht", sagte jemand.

Sie hörten, wie er durch den Schlamm watete, dann die Treppe hinaufstieg. Sie erwarteten seine Rückkehr.

„Also?"

„Es scheint sich beruhigt zu haben. Es dämmert bereits."

„Es dämmert? Zeit zum Aufbruch!"

Mevla Tschelebi erhob sich.

„Gehst du?" fragte der Azape, als er hörte, daß Tschelebi aufstand. „Wie du willst. Ich bleibe noch ein bißchen hier. Wir werden uns wiedersehen. Sobald du die Alarmtrommel hörst, rennst du los. Mich wirst du wieder hier antreffen."

Ohne ein Wort zu sagen, bewegte sich Mevla Tschelebi dem Ausgang zu. Er tastete sich mit den Händen auf den Steinen vor, stieg die Treppe hinauf und blieb im Ausgang der Bäckerei stehen. Tatsächlich dämmerte es. Ein tiefes Grau, durchbrochen von violetten Sprenkeln, ließ die Umgebung unwirklich erscheinen. Um von niemandem erkannt zu werden, schlug der Chronist seinen breiten Mantelkragen hoch und lief mit eiligen Schritten an den Zelten entlang. Als er der Meinung war, sich genügend entfernt zu haben, schlug er den Kragen zurück. Das

Lager sah aus, als ob es friedlich schliefe. Nichts erinnerte an das, was sich hier soeben noch ereignet hatte. Tschelebi kam es so vor, als sei er aus einem Alptraum erwacht. An den Steilwänden der Zelte fühlte man die Feuchtigkeit des Morgentaus, dem die Feindseligkeiten der Menschen fremd war. Die Furcht, die Schreckensschreie, das Gedröhn der Hufe, alles war aufgelöst in Millionen kleiner Tautropfen, von denen jeder gespeist wurde von der zu Ende gehenden Nacht und der Ewigkeit des Morgens. Aber ein paar Schritte weiter wandelte sich dieses Bild auf grausame Weise. Vor seinen Augen tauchten ganze Reihen von umgestürzten, mehrfach aufgeschlitzen Zelten auf. Zu Boden getrampelte Flaggen. Ein hingestrecktes Pferd. Etwas weiter eine Gestalt, das Gesicht im Schmutz. Mevla Tschelebi verspürte einen Schmerz in der Brust. Der Anblick war niederdrückend. Umgestürzte Zelte. Eins neben dem anderen. Hier ist *er* durchgebraust. Der Chronist beschleunigte seinen Schritt, um aus dieser Zone herauszukommen. Wieder befand er sich in einem Gebiet, das vom nächtlichen Sturm verschont geblieben war. Er war nun auf dem Weg zu seinem Zelt. Er hörte taumelnde Schritte. Jemand wankte auf ihn zu. Es war eine hohe Gestalt, die sich auf einen Stock stützte. Der Chronist hatte den Eindruck, daß der Unbekannte über die eigenen Füße stolperte. Als er nahe genug herangekommen war, erkannte er ihn. Es war Sadedin. Der Blinde murmelte Unverständliches vor sich hin, und ab und zu schwang er seinen Stock, als ob er jemandem drohen wollte. Er war offensichtlich betrunken. Man hatte Mevla Tschelebi erzählt, daß Sadedin in den Nächten mit seinem Stock im Lager umherirre und die schlafenden Soldaten aufgeschrecke. Er selbst aber hatte ihn nie getroffen.

Der Chronist ließ den betrunkenen Sadedin hinter sich. Vor ihm tauchte wieder eine Reihe halbumgestürzter Zelte auf. Mevla Tschelebi rannte an ihnen vorbei. Dann führte ihn sein Weg an dem Zaun entlang, der ebenfalls an einigen Stellen eingedrückt war, und endlich erkannte er sein Zelt, das unversehrt geblieben war.

Einen Tag, nachdem sie uns das Wasser abgesperrt hatten, schickten sie eine Delegation, die mit uns verhandeln sollte. Die prächtig gekleideten Parlamentäre standen vor dem Haupttor und warteten darauf, von uns empfangen zu werden. Einer von ihnen hielt die Friedensfahne in der Hand, ein anderer schlug fortwährend eine Trommel. Von der Mauerkrone riefen wir ihnen zu, daß sie verschwinden sollten, sonst würden wir auf sie zielen. Darauf rief der, der die Trommel schlug, mit lauter Stimme:

„Heda, ihr Unglückseligen! Hört ihr diese Trommel? Ihr Fell wurde einem Feind des Padischahs abgezogen!“ Eine Weile trommelte er weiter und fuhr dann fort: „Eure Haut wird ebensolche Trommel zieren. Ihr Unglücklichen, wenn ihr nur wüßtet, was euch erwartet!“

Damit endete das Gespräch.

Nach wie vor herrscht eine entsetzliche Hitze. Unsere Wasservorräte gehen zur Neige. Aus den neu angelegten Brunnen trat Wasser aus, aber nur eine sehr geringe Menge. Wir sind dabei, einen weiteren Brunnen auszuschachten. Wir haben Durst. Sie haben tatsächlich die Wasserzufuhr blockiert, womit sie uns in den Verhandlungen vor Kriegsbeginn gedroht hatten. Die Erde glüht vor Hitze. Allmächtige Sonne!

Bisher hat unser Gjergj sie dreimal in der Nacht angegriffen. Den ganzen Tag über heben sie Schützengräben aus und schlagen rund um das Lager Pfähle in den Boden, um weitere Überraschungsangriffe zu verhindern.

Sie bereiten sich auf den Angriff vor. Aus ihrer Geschützgießerei steigt Tag und Nacht schwarzer Rauch. Wie es scheint, gießen sie eine neue Kanone. Ihre Mechaniker und Wissenschaftler sind ebenso wild wie die Janitscharen, die unsere Mauern erklimmen. Sie wollen uns jetzt den Todesstoß versetzen. Sie wollen die heißen Tage und unseren Durst ausnutzen. Sie beeilen sich.

Sie wollen alles zu Ende bringen, bevor der Regen einsetzt. Denn wenn es zu regnen anfängt...

Oft schauen wir hinauf und suchen lange den Horizont ab. Nirgendwo steht eine Wolke am Himmel.

Kapitel 12

Der Angriff wurde fortgesetzt. Im Gegensatz zur gewohnten Taktik begann er zur Mittagszeit, als die Hitze ihren Höhepunkt erreicht hatte. Die unzählbaren Massen der blutbedeckten und schweißüberströmten Soldaten schoben sich immer wieder auf die Mauern zu, kletterten die Leitern hoch, kletterten hinunter, zogen sich zurück, stürmten abermals vorwärts, stürzten sich in den Menschenstrudel, stöhnten und schrien unter dem Donner der Kanonen und dem Dröhnen der Pauken und Trommeln, die ohne Pause geschlagen wurden. Gelber Staub überzog die Stätte, und besonders dicht wirbelte er dort, wo der Kampf heftig und verzweifelt tobte.

Die Sonne brannte erbarmungslos. Entgegen den Kriegsregeln hatte Tursun Pascha entschieden, den Sturmangriff zur Mittagsstunde beginnen zu lassen, da er hoffte, daß die Verteidiger, die nun schon seit zehn Tagen ohne Wasser ausharren mußten, in der Glut des Mittags besonders schnell aufgerieben würden. Alle Fachleute, mit denen er sich vor dem Angriff beraten hatte, waren einhellig der Meinung gewesen, daß zehn Tage völlig ausreichen müßten, um sämtliche Wasservorräte, die die Verteidiger in entsprechenden Behältern angesammelt hatten, erschöpfen zu lassen. Einige Mitglieder des Kriegsrates hatten vorgeschlagen, den Angriff um einige Tage zu verschieben. Sie sagten, daß der Sieg umso sicherer sei, je länger die Durstperiode andauere. Diese Einschätzung war richtig, doch es war schon Ende August, und diejenigen, die sich in diesen Gegenden auskannten, erinnerten daran, daß die Regenzeit bevorstehe. Hätten sie die Wasserleitung schon ihm Juli entdeckt, wäre ihnen genug Zeit geblieben, die Festungsverteidiger in ihrem Durst allmählich umkommen zu lassen. Aber dem Architekten Giauri war es nicht gelungen, die Wasserleitung rechtzeitig zu entdecken, und jetzt war es zu spät, um noch länger zu warten. Wenn es plötzlich anfinge zu regnen, könnten die Verteidiger in kürzester Zeit ihren Durst löschen, auf den die Angreifer unter so vielen Mühen hingearbeitet hatten. Außerdem war es denkbar, daß die Verteidiger noch über Reservebrunnen verfügten. Zwar müßten solche Schächte aufgrund des Höhenniveaus der Festung besonders tief sein, und die Wassergewinnung wäre entsprechend schwierig; doch könnten die Brunnen immerhin so viel Wasser spenden, daß es die Verteidiger am Leben erhielte. Die Vorstellung, daß ein Brunnen tatsächlich existieren könnte, quälte Tursun Pascha mehr als alles andere.

Es wäre immerhin möglich, daß sich die Belagerer mit der Unterbrechung der Wasserversorgung zufrieden geben und glücklich die Tage zählen, bis die Festungsverteidiger verdurstet sein werden. Doch diese liegen in ihren kühlen Kellern der Festung, trinken das wenige Wasser und segnen ihr Schicksal, das ihnen im Augenblick keinen weiteren Angriff beschert, während der Herbstregen immer näherrückt. Deshalb hatte sich Tursun Pascha schließlich für den Angriff entschieden. Der Angriff würde alles lösen. Der Angriff würde ihnen keine Zeit lassen, weitere Brunnen auszuschachten, um sich von dem quälenden Durst zu befreien. Er würde ihnen nicht gestatten, weitere Reservebrunnen auszuschachten, um sich von der Gefahr des Verdurstens endgültig zu retten. Der Angriff mußte auch noch aus einem anderen Grund geführt werden. Mit oder ohne Durst, mit oder ohne

Sturzbächen oder Strömen von Blut, diese Festung mußte endlich erobert werden, denn der Zeitpunkt für die Beendigung des Krieges war festgelegt. Er durfte höchstens bis zur Herbstmitte hinausgezögert werden. Bis dahin mußte alles erledigt sein. Mit dem Einsetzen des ersten Frostes konnte jeden Morgen aus der Hauptstadt der Befehl zum Rückzug eintreffen, der für Tursun Pascha das Ende bedeuten würde. Er wandte seine Blicke nicht von einer bestimmten Stelle der Festung. Vor dem Haupttor war das Gedränge der Soldaten am dichtesten. Azapen hatten erneut einen Holzturm errichtet, den sie in Windeseile mit feuchten Fellen bedeckten. Die riesigen Schilfschilde schaukelten über den Köpfen der Soldaten hin und her, wie Boote auf einem stürmischen Meer. Unter deren Schutz hatten sie damit begonnen, mit riesigen Rammböcken auf das Tor einzurennen. Die rhythmischen Anfeuerungsrufe der Soldaten, die die Rammböcke bedienten, drangen von Zeit zu Zeit durch den Gefechtslärm.

„Das Tor bebt schon in seinen Angeln!“ sagte der Alay Bey.

„Überbringt ihnen noch einmal den Befehl, daß niemand den Innenhof betreten darf!“ sagte Tursun Pascha.

Einer der Offiziere jagte davon.

„Erhabener Pascha“, sagte sein Adjutant mit leiser Stimme und näherte sich mit dem Kopf, „der Arzt Siri Selim wünscht dich zu sprechen.“

„Jetzt?“ fragte Tursun Pascha, ohne das Getümmel vor dem Haupttor aus den Augen zu lassen.

„Jetzt.“

„Laß ihn kommen!“

Siri Selim beugte zwei-, dreimal seinen langen Rücken. Da er annahm, nicht bemerkt worden zu sein, verbeugte er sich noch einmal.

„Sprich!“ sagte der Pascha, als er die lange Gestalt des Arztes zu seiner Linken bemerkt hatte.

„Ich entschuldige mich dafür, daß ich jetzt störe. mein Pascha, in diesem Augenblick voller … voller …"

„Faß dich kurz!" sagte der Pascha.

„Ein Festungsverteidiger muß von dort herausgezogen werden", sagte Siri Selim und wies dabei auf die Mauern, vor denen der Angriff tobte. „Wenn nicht lebend, dann mindestens ohnmächtig. Selbst ein Toter würde genügen", fügte er kurz darauf hinzu, weil er fürchtete, wohl zuviel verlangt zu haben. „Ich werde seinen Körper öffnen, um festzustellen, ob er Wasser getrunken hat und wieviel."

Einen Gefangenen. Während des ersten Angriffs hatten sie versucht, wenigstens einen Gefangenen zu machen, aber das schien fast unmöglich. Es war nicht leicht, einen Verteidiger von der Mauerkrone über die langen brennenden Leitern, die jeden Moment zusammenzubrechen drohten, herunterzuziehen. Und das größte Hindernis bestand darin, daß der lebende Gefangene, auch wenn er verletzt war, von mindestens zwei oder drei Mann gemeinsam gepackt werden müßte, die Leitersprossen jeweils aber nur einen Mann tragen konnten. Es war schon vorgekommen, daß sich der verletzte Gefangene während des Abstiegs gewehrt hatte, so daß er gemeinsam mit dem Soldaten, der ihn auf der Schulter trug, abgestürzt war. Bei einem leblosen Körper dagegen, wie ihn Siri Selim suchte, änderte sich die Lage. Ein widerstandsloser Körper konnte leichter aus dem Kampfgetümmel abgeschleppt werden, wenn dies auch Mut und außerordentliche Fähigkeit erforderte, mußte man doch auf die Zinnen steigen, den Betroffenen herausholen und dann mit der schweren Last auf dem Rücken versuchen, wieder heil herunterzukommen.

„Einen toten Gefangenen!" sagte Tursun Pascha, ohne Siri Selim weiter zu beachten. „Er soll gegriffen und unter allen Umständen hergebracht werden."

Einige Minuten später sah Siri Selim eine kleine Abteilung bewaffneter Derwische zu den Mauern rennen, verlor sie jedoch aus den Augen, sobald sie im allgemeinen Gedränge untergetaucht waren. Zwar glaubte er dann, sie plötzlich wiederentdeckt zu haben, als sie blitzschnell eine der vielen an den Mauern lehnenden Leitern hinaufkletterten, aber seine Aufmerksamkeit wurde auf etwas anderes gelenkt, und so verlor er die Derwische wieder aus den Augen. Unter den gewaltigen Schlägen der eisernen Rammböcke brach soeben das Haupttor auf. Vor dem Tor wogte die Menge der Angreifer, die inmitten der Staubwolke kaum noch zu erkennen war. Die Mörser donnerten, einer nach dem anderen, und rissen Gesteinsbrocken aus den Mauern.

„Das ist der dritte Mörser", sagte der Generalquartiermeister zu Siri Selim nach dem letzten Donnerschlag.

„Er hört sich etwas anders an als die beiden ersten", sagte Siri Selim.

„Ja. Sarudschas Gehilfe hat ihn entworfen."

Das Haupttor schien jeden Moment endgültig zusammenzubrechen.

„Das Tor soll aus den Angeln gerissen und zu mir gebracht werden!" befahl Tursun Pascha. Dieser Befehl war etwas ungewöhnlich, dennoch stieg ein Offizier sofort auf sein Pferd und galoppierte zu der unüberschaubaren Menge, die das Haupttor bestürmte. Das tumultartige Gedränge verstärkte sich immer mehr. Offensichtlich hatten die Verteidiger die Absicht der Angreifer, das Tor aus den Angeln zu heben, erkannt und ließen einen dichten Geschoßhagel auf sie niedergehen. Aber weder die Azapen noch die Mechaniker verließen das Tor. Drei oder vier von ihnen waren an den Eisenbeschlägen hängengeblieben, doch die anderen kletterten ungeachtet der Abwehr stürmisch weiter. Danach erhob sich inmitten der unten Drängenden ein unbändiges Gebrüll, und man verstand nicht, ob es ein Freudentaumel oder ein Warnruf war, als plötzlich das gigantische Tor unter ohrenbetäubendem Lärm zu Boden krachte. Die Soldaten, die sich in dem Augenblick, als das Tor umzustürzen drohte, in Sicherheit gebracht hatten, wimmelten schon wieder wie Ameisen vor der Maueröffnung. Die ruhelose Menge bewegte sich vor dem Tor pausenlos hin und her. Schließlich wurde es an Dutzenden Seilen und Eisenhaken befestigt und von nackten Armen langsam von der Mauer weggezogen. Die Festungsverteidiger zielten wie tollwütig auf die Soldaten, die damit beschäftigt waren, das Tor abzuschleppen. Pfeile, Lanzen und Feuergeschosse sausten nieder. An den Eisenbeschlägen waren einige tödlich getroffene Soldaten hängengeblieben, sie wurden jetzt zusammen mit dem Tor durch den Staub gezerrt, aber niemand hatte Zeit, sich um sie zu kümmern. Dutzende Azapen und Müsellem-Soldaten, schweißüberströmt und im Staub fast versunken, zogen stöhnend und ächzend das riesige Tor aus der Kampfeszone heraus.

Wieder donnerten nacheinander die Mörser, und beim letzten Donner sagte der Generalquartiermeister zu Siri Selim:

„Das ist der dritte Mörser."

„Jetzt habe ich ihn auch erkannt", sagte Siri Selim, ohne seinen Blick von den Zinnen abzuwenden, wo seit einiger Zeit eine Abteilung Derwische kämpfte, von einer Gruppe Janitscharen unterstützt.

„Er zielt immer niedriger", sagte der Generalquartiermeister.

„Soso!" murmelte Siri Selim, ohne die Zinnen aus den Augen zu lassen.

In diesem Augenblick rannte eine große Gruppe Soldaten mit Trommeln zu den Mauern, um die Trommeln der vordersten Reihe zu ersetzen, die, von den Pfeilen und Lanzen durchbohrt, fast völlig schwiegen oder nur noch schwache Töne von sich gaben, je nach der Schwere der Beschädigung.

„Er bringt ihn! Er bringt ihn!" rief Siri Selim mit gedämpfter Stimme und kniff dabei, um besser sehen zu können, die Augen zusammen. Der Generalquartiermeister schaute nun ebenfalls in die Richtung, wo sich offensichtlich etwas Besonderes abspielte, aber er konnte nichts in dem großen Durcheinander erkennen.

„Ach, meine Augen haben sich getäuscht", sagte Siri Selim kurz darauf. Noch einmal rief er wie von Sinnen: „Er bringt ihn! Er bringt ihn!" Aber wieder hatte er sich geirrt. Beim dritten Mal tauchte tatsächlich ein Derwisch, der einen reglosen Körper trug, auf der Mauerkrone auf. Er klammerte sich an der Leiterspitze fest und begann, ohne den Leib loszulassen, mit der Geschicklichkeit einer Raubkatze hinabzuklettern. Die heraufsteigenden Janitscharen blieben stehen und versuchten, Platz zu machen. Offensichtlich hatte der Derwisch ihnen zugerufen, daß er auf Befehl des Paschas einen Gefangenen brächte. An zwei, drei Stellen fing die Leiter Feuer, und sofort rückten die Azapen eine neue Leiter nach, doch der Derwisch erreichte den Boden, bevor die Leiter zusammenbrach. Für eine ganze Weile verschwand er in dem Meer von Soldaten. Als er wieder auftauchte, rief Siri Selim voller Freude:

„Er bringt den Gefangenen!"

Tursun Pascha und die Umstehenden schauten in die Richtung, die der Arm des Arztes wies. Mit leichtem Schritt, trotz der Last auf der Schulter, kam der Derwisch auf sie zu, während seine nackten Füße den Staub aufwirbelten. Als er nah herangekommen war, sahen sie, daß sein braunes Gesicht schweißüberströmt war und daß er nur mit Mühe die heiße Luft durch den geöffneten Mund einatmete. Der Derwisch keuchte. Einige feine Blutspuren, die von seinem Hals hinabführten, trafen auf seiner nackten Brust zusammen, aber man konnte nicht erkennen, ob es sein eigenes Blut war oder das des Körpers, den er auf seiner Schulter schleppte. Der hellhaarige Kopf des Fremden schaukelte leicht hinter dem dunkelhäutigen Hals des Derwischs.

„Leg ihn auf den Boden!" schrie Siri Selim plötzlich mit zorniger Stimme. Sein langer Hals und sein Gesicht liefen rot an. Mit letzter Kraft gab der Derwisch dem Gefangenen, der an seiner Schulter angebunden schien, einen Stoß und ließ ihn zu Boden fallen. Siri Selim kniete sich hin und begann eilig, Brust, Gesicht, Mund und Augen des Gefangenen abzutasten.

„Er lebt noch!" rief er.

„Lebt?"

„Er lebt noch, aber er wird bald sterben."

Er öffnete ihm den Mund und begann, irgend etwas an der Zunge des Gefangenen zu untersuchen.

„Hat er Durst?" fragte der Pascha.

„Er hat, mein Pascha. Gleich werden wir genauer wissen, wieviel Durst er hat!" rief Siri Selim.

Er zog eilig das Seziermesser hervor und beugte sich wieder über den Körper des Gefangenen. Einige der Herumstehenden drehten den Kopf zur Seite. Siri Selim verharrte lange, fast geistesabwesend, über dem nackten Körper des Fremden. Als er aufstand, waren seine Hände bis zu den Ellbogen blutig. Er näherte sich dem Pascha.

„Sie leiden unter Durst, aber nehmen etwas Wasser zu sich", sagte er.

Der Pascha schloß die Augen, und erschöpft atmete er tief ein. Dann gab er mit der Hand ein Zeichen, und der massakrierte Körper wurde weggeschafft. Der Derwisch war stehengeblieben. Er keuchte immer noch.

„Belohnt ihn!" befahl Tursun Pascha und versuchte, mit seinem müden Blick die gesamte Mauer zu umfassen, an der der Sturmangriff weiterhin tobte. Die Szenerie hatte sich in keiner Hinsicht geändert. Die gleichen ungeordneten, endlosen Bewegungen, die gleichen Leitern, zu Hunderten, einige mit Soldaten überfüllt, einige leer, andere halb verkohlt, und überall derselbe gelbliche Staub, der sich auf den Schweiß und die Wunden der Soldaten legte. Obwohl die Sonne den Zenit überschritten hatte, brannte sie noch immer erbarmungslos. Tursun Pascha merkte, daß es ihm vor Erschöpfung schwarz vor Augen wurde. Zuweilen fiel er in einen Dämmerzustand, und nur das fürchterliche Krachen der Mörser ließ ihn wieder zu sich kommen.

Ein Kurier preschte heran.

„Utsch Tundschkurt ist gefallen!" meldete er kurz.

Tursun Pascha blickte zum östlichen Turm, wo die Eschkindschi angriffen. Das Durcheinander war unverändert, und es sah so aus, als ob sich überhaupt nichts ereignet hätte. Aus der Ferne wirkten die Soldaten träge, wie im Halbschlaf, aber er wußte genau, was dort hinten tatsächlich geschah, welche Härte und welch übermenschlicher Einsatz sich hinter dieser scheinbaren Trägheit verbargen.

Sein Blick löste sich von den Eschkindschi und verharrte wieder an der Mauer, dort, wo sich die unzähligen Azapen unter dem Kommando von Kara-Mukbil vorwärtsbewegten, auf die Leitern kletterten, hinabrutschten, abstürzten, verwundet wurden, verbrannten, stöhnten und starben. Sie trugen die größte Last des Angriffs. Der alte Tavdscha hielt seine Janitscharen von dem jetzt geöffneten Haupttor etwas entfernt und wartete auf den Befehl, durch den Innenhof auf das zweite Tor loszustürmen.

Immer noch wurden die Mörser nacheinander abgefeuert. Der dritte Mörser traf die Mauer über dem zweiten Tor und schlug eine Bresche in das Mauerwerk.

„Jetzt versuchen sie, das zweite Tor durch Mörserschläge zum Einsturz zu bringen", sagte der Generalquartiermeister zu Siri Selim.

Der Arzt sprach kein Wort. Es schien so, als sei er mit anderen Überlegungen beschäftigt.

„Schwieriges Unternehmen", sagte ein Sandschak Bey, dem eine Hand amputiert worden war.

„Schwieriges Unternehmen, ja, aber es wird ihnen gelingen", sagte der Generalquartiermeister. „Dies ist ein neuer Mörser, der bisher noch nicht eingesetzt worden ist."

Der Sandschak Bey wiegte nachdenklich den Kopf.

„Mir scheint es schwierig zu sein, das Geschützrohr muß gesenkt werden, und das ist gefährlich."

„Ich weiß", sagte der Generalquartiermeister.

Die Mörser donnerten noch einmal. Der dritte Mörser traf wenige Klafter rechts über dem zweiten Tor und verbreiterte die bereits vorhandene große Bresche.

„Das nächste Mal wird er mit Sicherheit treffen", sagte der Alay Bey, ohne sich an jemanden zu wenden.

Nach dem letzten Schuß des Mörsers rückten die Janitscharen unter dem Schutz der gigantischen Schilfschilde erneut zum offenen Tor vor.

„Tavdscha macht sich bereit", sagte der einhändige Sandschak Bey.

„Ihr Sturmangriff wird so furchtbar wie ein Erdbeben sein", sagte jemand, der hinter ihnen stand.

Die kleine Gruppe hoher Würdenträger, die die Schlacht verfolgte, wurde lebhaft. Sie alle warteten auf die nächste Kanonensalve. Niemand erregte sich mehr über das, was an den Mauern geschah. Zusammenbrechende Leitern, Körper, die sich von den Zinnen lösten und hinunterstürzten, Zusammenstöße und plötzliche Rückzüge, all dies war ihnen zur Gewohnheit geworden und wiederholte sich unter dem ohrenbetäubenden Lärm der Trommeln zum hundertsten Mal. Ihre ganze Aufmerksamkeit war jetzt auf das Haupttor gerichtet, dorthin, wo Tavdschas Truppen, in große quadratische Abteilungen eingeteilt, auf das Zeichen zum Sturm warteten.

Eine Feldschlange nach der anderen dröhnte. Ihre Geschosse landeten hinter den Zinnen in der Tiefe der Festung. Danach donnerten die zwei großen Mörser. Nachdem ihr Echo verhallt war, wartete jedermann in der nachfolgenden Stille auf das bekannte Dröhnen des dritten Mörsers. Aber das ließ auf sich warten.

Die Janitscharen waren jetzt vor dem Haupttor versammelt, von wo aus man einen Teil des völlig verwaisten Innenhofes erkennen konnte. Auf die großen Schilfschilde gingen pausenlos Feuerbälle, Pfeile und Speere herab, aber die Janitscharen wichen um keinen Meter von ihrem Platz. Wie es schien, hatten die Verteidiger begriffen, daß diese in Stellung gegangen waren, um das zweite Tor zu stürmen, denn der Geschoßhagel auf die Janitscharen nahm kein Ende. Aber die Azapen, die Eschkindschi und die Freiwilligen schickten sich gerade an, einen fürchterlichen Vorstoß entlang der gesamten Kampflinie zu unternehmen, so daß ein großer Teil der Verteidiger gezwungen war, in ihren Stellungen zu bleiben, obwohl sie genau erkannt hatten, von wo die größte Gefahr drohte. Tursun Pascha zögerte mit dem Befehl, die Dalkilitschlar und die Serdengetschti in den Sturmangriff zu schicken. Er wartete auf den dritten Mörser. Der dritte Mörser zögerte noch.

„Warum schießt er nicht?“, „Ist etwas nicht in Ordnung?“, „Was hat Sarudscha vor?“ So fragte man sich mit leiser Stimme. In der zunehmenden Unruhe, wurden die Fragen ungeduldig wiederholt. Tursun Pascha schickte einen Offizier zur Geschützgießerei. Aber der Kurier war noch keine hundert Meter geritten, als der Donner des dritten Mörsers, der allen aufgrund der angespannten Nerven lauter vorkam, als er tatsächlich war, die Erde erbeben ließ. Auf den ohrenbetäubenden Lärm folgte unmittelbar ein furchterregendes, ungewöhnliches Pfeifen, so, als schösse etwas dicht über ihre Köpfe hinweg. Alle schauten gebannt auf die Stelle, die das Geschoß treffen sollte, aber gerade in diesem Augenblick, in dem das zweite Tor nun endgültig hätte bersten müssen, schlug das Geschoß in die dichten Reihen der Janitscharen.

„Nein!“ stieß Tursun Pascha aus. Seine Stimme klang fremd.

Die Reihen der Janitscharen stoben auseinander. Vor dem großen Tor entstand ein wildes Durcheinander. Von allen Seiten rannten Offiziere herbei, um sich ein genaueres Bild über die Verluste machen zu können.

Tavdscha jagte in einer dichten Staubwolke auf Tursun Pascha zu. Er war schweißüberströmt und mit einer dichten Staubschicht bedeckt. Seine Augen waren in furchterregender Weise weit aufgerissen. Er warf sich vom Pferd, und noch bevor er beim Pascha angelangt war, begann er zu brüllen und fuchtelte dabei mit seinen kurzen Armen herum, als wolle er jemandem den Hals umdrehen:

„Sie haben uns getötet, diese Schweine, diese gedungenen Christen! Pascha, wie könnt Ihr ein solches Verbrechen ertragen? Sie haben uns hinterrücks getroffen! Verräter!“

Tursun Pascha hörte ihm ruhig zu und unterbrach ihn nicht.

„Bisher haben wir ihr Geschwätz geduldet. Jetzt aber fangen sie an, uns hinterrücks anzugreifen! Jetzt reicht's mir! Jetzt reicht's mir!“

„Wieviele sind getötet worden?“ fragte der Pascha.

Tavdscha war außer sich.

„Dutzende, Hunderte! Meine Janitscharen, Kara Halils Söhne! Ich will Rache nehmen. Ich will den Schuldigen. Pascha, ich will den Kopf des Schuldigen. Meine Janitscharen wollen den Schuldigen.“

„Wir werden ihn euch überlassen", sagte der Oberbefehlshaber.

„Sofort!" brüllte Tavdscha. „Sie wollen ihn sofort! Sie sind wütend. Sie wollen ihn selber richten. Übergebt mir den Schuldigen!"

„Findet sofort den Schuldigen!" befahl der Pascha. „Der Lagerkommandant soll herkommen!"

Der Lagerkommandant kam sogleich angerannt.

„Suche den Schuldigen und verhafte ihn auf der Stelle, wer es auch immer sein mag!" befahl der Pascha. „Nachdem du ihn verhaftet hast, lieferst du ihn den Janitscharen aus. Es ist ihr Recht, mit ihm zu machen, was sie wollen."

Der Lagerkommandant machte sich auf den Weg zu den Geschützstellungen. Eine Schar Soldaten begleitete ihn.

Tursun Pascha begriff, daß eine Fortsetzung des Angriffs ohne Janitscharen sinnlos war. Er befahl den Rückzug.

Während sich die müden und erschöpften Bataillone unter der glühenden Sonne nacheinander zurückzogen, machte sich der Generalquartiermeister – kaum hatte er bemerkt, daß sich auch Tursun Pascha zum Gehen wandte – im Laufschritt auf den Weg in Richtung Geschützstellung. Vor der Stückgießerei traf er die Schar Janitscharen, an deren Spitze Tavdscha und der Lagerkommandant gingen. Die Truppe kam lärmend wie eine wilde Horde an. In ihrer Mitte erkannte der Generalquartiermeister den an Händen und Füßen gefesselten, wachsbleichen Gehilfen Sarudschas. Drei oder vier Janitscharen zerrten ihn durch den Staub. Die Blicke des jungen Mannes, der völlig verloren wirkte und schweißüberströmt war, klammerten sich verzweifelt und hilfesuchend an die Augen des Generalquartiermeisters. Die Horde stürmte vorbei, den Generalquartiermeister verfolgte noch lange der qualvolle Blick. Dann wurde seine Aufmerksamkeit auf eine bekannte Stimme gelenkt, jemand schrie außer sich vor Wut. Er erkannte Sarudscha, der am Ende des Zuges rannte, gefolgt von seinem Ordonnanzunteroffizier.

„Bleibt stehen, Schweine! Dummköpfe! Laßt ihn los! Laßt ihn los, sage ich euch! Mit eurem Kopf werdet ihr euch dafür verantworten müssen!"

„Sarudscha", sprach ihn der Generalquartiermeister mit sanfter Stimme an und hielt ihn am Ärmel fest, „höre einmal kurz zu!"

„Laß mich los, halte mich nicht auf! Ihn trifft keinerlei Schuld. Stehenbleiben!"

Der Generalquartiermeister mußte beinahe rennen, um Sarudscha nicht zu verlieren.

„Warte, Sarudscha, es hat keinen Zweck hinterherzurennen. Begreifst du nicht, daß man sich mit ihnen nicht verständigen kann? Warte!"

„Nein, keine Sorge! Bleibt auf der Stelle stehen! Feiglinge, Schweine, Dummköpfe! Tavdscha und du, Lagerkommandant, ihr seid Schweine, Dummköpfe! Hört ihr auf mich oder nicht? Ihr niederträchtigen Schweine, ihr Dreckschweine, Bestien! Bleibt stehen!"

Keiner der vor ihm laufenden Soldaten wandte auch nur einmal den Kopf. Dem Generalquartiermeister wurde klar, daß, wenn er ihn gewähren ließe, Sarudscha sich auf sie stürzen und dabei den Kopf riskieren würde.

„Sarudscha, mein Bruder, warte, ich bitte dich!"

Er versuchte, den Chefmechanikus mit Gewalt festzuhalten und gab seinem Leibwächter ein Zeichen, ihm dabei behilflich zu sein. Der Leibwächter kam hinzu, wagte aber nicht, den hohen Beamten anzurühren.

„Tavdscha Tokmakhan, du ekelhaftes Schwein, ich werde dir deinen dicken Kopf zerquetschen. Bei der ersten Gelegenheit werde ich mit meinen Kanonen deine Janitscharen beschießen. Ich..."

Dem Generalquartiermeister war es endlich gelungen, ihn festzuhalten. Sarudscha schäumte. Seine Augen waren gelblich getrübt, und er zitterte am ganzen Leib. Während er versuchte, sich aus dem Griff des Generalquartiermeisters zu befreien, blickte er den sich entfernenden Janitscharen nach und schickte mit heiserer Stimme wilde Drohungen hinterher.

Als der Haufen endgültig verschwunden war, stöhnte Sarudscha auf, als ob er verwundet worden sei.

„Wie werde ich ohne ihn auskommen?“ sagte er. Es klang beinahe jämmerlich, aber es lag auch etwas Rührendes in seiner Klage. „Töten werden sie ihn, diese Dummköpfe. Sag mir, was soll ich ohne ihn machen?“

„Wir werden uns etwas ausdenken“, sagte der Generalquartiermeister. „Wir werden etwas unternehmen, um ihn zu retten.“

„An wen könnten wir uns wenden, bei wem beschweren?“ schluchzte Sarudscha. „Hier sind wir doch wie in der Wüste!“

„Etwas werden wir uns schon ausdenken“, wiederholte der Generalquartiermeister.

Sarudscha sah ihn aus trüben Augen an und bemühte sich herauszufinden, ob der Generalquartiermeister das glaubte, was er sagte, oder ob er ihn nur trösten wollte.

„Sie werden seinen Tod noch bereuen, aber dann wird es zu spät sein“, sagte er voller Verzweiflung.

Der Generalquartiermeister überlegte, an wen er sich wenden könnte, damit dieser beim Pascha interveniere, um das Leben des Gehilfen zu retten. Natürlich hätte auch er sich dafür einsetzen können, doch sein Wort hätte nicht die erforderliche Wirkung gehabt, weil allgemein bekannt war, daß er ein enger Freund des Chefmechanikus’ war. Er mußte einen anderen einschalten, einen Außenstehenden. Für diesen Zweck wäre Kurdischdschi geeignet gewesen, aber der lag im Fieberwahn in seinem Zelt, mit zwei schweren Verletzungen an den Rippen, die ihm beim letzten Angriff Skanderbegs zugefügt worden waren.

Auch Kara-Mukbils Wort würde in diesem Fall keinerlei Wirkung zeigen, weil man wußte, daß er und der alte Tavdscha nicht gut miteinander standen. Außerdem wäre es nach dem furchtbaren und aufreibenden Angriff, bei dem dieser mit seinen Azapen die Hauptlast zu tragen hatte, ungünstig, sich gerade an ihn zu wenden, um eine einzige Person zu retten, nachdem er kurz zuvor mit eigenen Augen hatte ansehen müssen, wie links und rechts von ihm seine Soldaten zu Hunderten starben. Der Mufti würde erst recht nichts ausrichten. Ihn würde der Tod des Mechanikus mehr erfreuen als alle anderen. Es blieb nur noch ein einziger übrig: der Alay Bey.

„Gehen wir zum Alay Bey!" sagte der Generalquartiermeister. „Er kann etwas unternehmen."

Auf dem Weg zum Zelt des Alay Bey sahen sie unendliche Reihen von Soldaten, die von den Mauern zurückkehrten. Ihren Gesichtern und Bewegungen sah man noch die unmenschliche Qual an. Viele trugen verwundete Kameraden auf den Schultern, deren Köpfe mit den angesengten Haaren sich auf die seltsamste Weise bewegten. Der Generalquartiermeister schaute zur Seite, um die fürchterlichen Wunden, die Metall, Pech und Steine hinterlassen hatten, nicht sehen zu müssen.

Sie versuchten, einen Weg zu nehmen, der nicht von den zurückkehrenden Soldaten benutzt würde, aber das war unmöglich. In außergewöhnlicher Stille strömten die Soldaten aus allen Richtungen in ihre Zelte. In diesen Stunden, wenn der Tag zu Ende ging und die Sonne begonnen hatte, eine rötliche Farbe anzunehmen, ähnelte das Lager einem riesigen Schwamm, der sich langsam mit Blut und Schweiß vollsog.

„Dies ist eine unpassende Zeit, unsere Bitte vorzutragen", sagte der Generalquartiermeister, „aber trotzdem sollten wir es versuchen."

Der Alay Bey war allein in seinem Zelt. Aufmerksam

hörte er dem Generalquartiermeister zu (Sarudscha gab kein Wort von sich), seine finstere Miene veränderte sich dabei keinen Augenblick. Als der Generalquartiermeister aufgehört hatte zu sprechen und der Alay Bey immer noch unverändert vor sich hin starrte, begriffen sie, daß sie von ihm keine Hilfe erwarten konnten. Der Alay Bey sprach so langsam, als ob er mit den Gedanken ganz woanders sei. Er sagte, daß es für ihn eine hohe Ehre wäre, wenn er durch seine Fürsprache den beiden bedeutenden Gelehrten helfen könnte. Auch verstünde er gut, daß die Hinrichtung des begabten Mechanikus nicht im Interesse des Padischahs und des Reiches liegen könne, zumal eine neue Epoche moderner Waffen angebrochen sei und die Konstrukteure neuer Geschütze im ganzen Reich an den Fingern einer Hand abgezählt werden könnten. Dennoch hielte er eine Eingabe beim Oberbefehlshaber, um das Leben des Mechanikus zu retten, für schwierig und überflüssig. Er bat sie, ihn richtig zu verstehen. Er sagte, daß sie auch versuchen müßten, sich in den seelischen Zustand der Soldaten hineinzuversetzen, die, nachdem sie eine Reihe verzweifelter Angriffe gegen die unüberwindlichen Festungsmauern unternommen hätten, nachdem sie erbarmungslos von Lanzen durchlöchert und von Petroleum verbrannt worden seien, auch noch unerwarteterweise von der eigenen Kanone in den Rücken getroffen wurden. Mit diesen Soldaten, von denen viele einen Hitzschlag bekommen hatten, sei es schwierig, sich zu verständigen, besonders im gegenwärtigen Augenblick. Erschwert würde die Sache auch dadurch, daß sich Tavdscha eingeschaltet hatte.

Sarudscha murmelte Beschimpfungen vor sich hin, sobald er den verhaßten Namen des Janitscharenbefehlshabers hörte.

Als er sie hinausbegleitete, riet ihnen der Alay Bey, doch selbst einen Versuch beim Pascha zu unternehmen, wenn er persönlich auch nur geringe Hoffnungen habe, daß sie irgendetwas erreichen könnten.

„Begeben wir uns zum Pascha!" sagte Sarudscha, als sie aus dem Zelt des Alay Beys traten. „Gehen wir hin, ohne Zeit zu verlieren, sonst bringen ihn diese Schweine noch vor der Gerichtsverhandlung um."

Fast im Laufschritt erreichten sie das Zelt Tursun Paschas. Zwei Wachen, den Säbel in der Hand, standen davor.

„Zum Pascha", sagte der Generalquartiermeister knapp.

Im Zelteingang erschien einer der Ordonnanzunteroffiziere des Oberbefehlshabers.

„Der Pascha ist müde", sagt er, „er hat uns aufgetragen, ihn nicht zu stören."

„Sage ihm, daß wir in einer sehr dringenden Angelegenheit hier sind", sagte Sarudscha. „Ich bin Sarudscha, der Chefmechanikus der Kanonen, und das ist der Generalquartiermeister."

„Ich kenne euch", sagte der Ordonnanzunteroffizier, verbeugte sich und verschwand wieder.

Die zwei Wachposten blickten aus den Augenwinkeln auf die beiden Besucher. Von Zeit zu Zeit blitzten die Spitzen ihrer Säbel im Schein der letzten Sonnenstrahlen auf.

Der Ordonnanzunteroffizier kam kurz darauf zurück.

„Der Pascha hat Halsschmerzen", sagte er. „Er kann euch nicht empfangen."

Sarudscha griff sich an den Hals, als ob es ihn getroffen habe.

„Sag ihm, ob wir ... sag ihm, daß wir ..."

Aber der Unteroffizier war bereits verschwunden, ehe Sarudscha überhaupt zu sprechen begonnen hatte. Sarudschas Blick traf sich mit dem ungerührten Blick eines der Wachposten.

„Komm, gehen wir“, sagte der Generalquartiermeister.

Sie drehten sich um und schlenderten zurück. Jetzt konnten sie sich Zeit lassen. Es bestand kein Grund mehr zur Eile. Der breite Streifen vor den Festungsmauern, wo vor kurzem noch Trommeln und Menschen gelärmt hatten, war jetzt wie ausgestorben. Nur das große eiserne Tor, das sie bis zum Lager geschleppt hatten, lag im Staub, wie Gerümpel, mit dem niemand etwas anzufangen wußte.

Etwas weiter trafen sie auf eine schier endlose Wagenkolonne, die aufgebrochen war, um die Gefallenen einzusammeln.

Ohne sich dessen bewußt zu sein, trugen ihre Füße sie in den Teil des Lagers, in dem sich die Zelte der Janitscharen befanden. Sie gingen schweigend nebeneinander, jeder mit den eigenen Gedanken beschäftigt, die durch die brennenden Sonnenstrahlen, die stundenlang auf ihre Köpfe niedergegangen waren, noch zusätzlich verwirrt worden waren.

Sie beschleunigten ihre Schritte auch dann noch nicht, als sie eine Ansammlung von Janitscharen wahrnahmen, in deren Mitte sich etwas ereignet hatte oder soeben ereignete. Als sie etwas näher gekommen waren, sahen sie, daß sich die Soldaten gruppenweise entfernten. Dies bedeutete, daß alles vorbei war. Trotzdem schlenderten sie zu der immer kleiner werdenden Gruppe der Janitscharen. Die Soldaten standen wie benommen da und starrten ins Leere. Einige hielten wie betäubt ihre Jatagane und Äxte in den Händen. Irgendwo, inmitten der sich entfernenden Soldaten, entdeckten sie Tavdschas breiten Rükken. Als sie ganz nah herangekommen waren und mit eigenen Augen den Leib des Hingerichteten suchten, sahen sie, wie einige Pioniere etwas mit Schaufeln auf eine Tragbahre warfen. Dieses Etwas war weder Leib, noch Gliedmaß, noch Teil davon. Es war ein Gemisch aus Erde,

Fleisch, Knochen und Geröll, alles von der entfesselten Wucht der Jatagane und Äxte zu einem Brei geschlagen.

Sie ließen ihre Blicke nicht von dem Tragegestell, das sich immer mehr füllte. Einige der noch herumstehenden Janitscharen schauten verwirrt auf die beiden hohen Beamten. Bestimmt gehörten auch sie zu denjenigen, die an dem Massaker teilgenommen hatten. Aber jetzt verrieten ihre Augen nichts mehr von der Rohheit und dem Haß, die sie vor noch nicht allzu langer Zeit vergiftet hatten, so daß sie sich zu einer derartigen Rache hatten hinreißen lassen. An ihren Augen sah man ihnen an, daß sie nur noch benommen und erschöpft waren.

Der Generalquartiermeister starrte sie an. Kurz zuvor hatten sie in ihrem Haß und gleichzeitig auch in ihrer Angst vor seinen rätselhaften Fähigkeiten, die ihre Seelen tyrannisierte, den Mechaniker umgebracht. Indem sie ihn in Stücke schlugen, glaubten sie, sich von der Angst vor diesem Unbegreiflichen befreien zu können. In Wirklichkeit aber befreiten sie sich nur vorläufig davon, denn wieder drang die Angst Tropfen für Tropfen in ihr Bewußtsein und begann, sie von neuem zu quälen.

Der Generalquartiermeister und Sarudscha entfernten sich schweigend. Die Sonne ging unter. Die ersten mit Leibern beladenen Wagen kehrten zurück. Hier und da tropfte Blut von den Rädern. Im Lager war kaum Leben. Ein Bataillon Pioniere, die Pickel und Schaufeln geschultert hatten, machte sich offensichtlich auf den Weg, um Massengräber auszuheben.

Jemand grüßte sie, aber keiner der beiden erwiderte den Gruß.

„Selam, Efendiler“ grüßte er sie zum zweiten Mal. Es war Siri Selim. Er hatte es eilig.

„Selam“, antwortete der Generalquartiermeister.

„Was habt ihr denn?“ fragte Siri Selim.

Keiner antwortete ihm.

„Ich gehe gerade zum Pascha", sagte Siri Selim, obwohl sie ihn nicht gefragt hatten, wohin er gehe. „Ich habe mir etwas anderes ausgedacht, um die dort ohne Wasser zu lassen."

Sie antworteten wieder nicht. Siri Selim ging an ihrer Seite, und sein Schatten, der über den Boden kroch, war lang wie ein Ungeheuer. Plötzlich liefen sein Gesicht und sein langer Hals rot an.

„Ihr glaubt wohl, daß der Krieg nur mit Kanonen und Buchhaltung geführt wird", sagte er verbittert und beschleunigte seinen Schritt. Als er ein Stück vorausgeeilt war, drehte er sich nochmals um. „Aber über Mäuse machen sich die Efendiler keine Gedanken."

„Er hat einen Sonnenstich", sagte der Generalquartiermeister.

Sarudscha schwieg.

Sie befanden sich jetzt in der Mitte des Lagers. Noch nie war das Zentrum so verlassen gewesen. Eine Gruppe von Ärzten verließ gerade das große Zelt Kurdischdschis. Ein weiteres Bataillon Pioniere, Pickel und Schaufeln geschultert, zog in Richtung der großen Gruben davon.

Wieder griffen sie uns rasend an, und wieder schlugen wir sie zurück. Der Angriff begann am Mittag des 22. August in brütender Hitze.

Wir hatten Durst; unter der erbarmungslos glühenden Sonne wurden wir ohnmächtig, aber trotzdem blieben wir standhaft. Sie rückten in Wellen vor, wie ein höllisches Meer, und in Wellen zogen sie sich wieder zurück. Ihre Kanonen schlugen viele Breschen in die Mauern. Sie haben das große eiserne Tor aus den Angeln gehoben und in ihr Lager geschleppt. Aber es hat ihnen alles nichts genützt.

Wir haben Durst. Obwohl unsere beiden Brunnen Wasser führen, reicht das Wasser nicht aus. Jetzt, nach dem Kampf, wird es ausschließlich für die vielen Verletzten gebraucht.

Obwohl der Angriff sie viele Tausend Tote gekostet hat, bereiten sie einen neuen vor. Sie beeilen sich. Sie haben keine Zeit mehr zu verlieren. Sie sind bereit, für einen Sieg jeden Preis zu zahlen. Jetzt tritt der Krieg in die entscheidende Phase. Voraussichtlich wird ihr kommender Sturmangriff der wildeste und verzweifeltste sein. Wir bereiten uns auf die furchtbarsten Tage vor.

Kapitel 13

Er schenkte ihren Worten keine Beachtung. Während sie nacheinander über die Verluste in der Truppe berichteten und ihre Gedanken über die Fortsetzung des Krieges und über Siri Selims neuen Vorschlag darlegten (er war aufgefordert worden, an der Versammlung teilzunehmen), kreisten Tursun Paschas Gedanken fortwährend um den Bericht des Alay Beys, den er schon seit dem Morgen immer wieder las. Es war der zweite vom Alay Bey erstattete Bericht, den er mit Unterstützung des Chefs des militärischen Geheimdienstes verfaßt hatte, in dem ausführlich die Moral der Truppe nach der Niederlage beim zweiten Sturmangriff dargelegt wurde. Beim Lesen dieser dicht mit Schriftzeichen gefüllten Blätter hörte er aus den Zeilen, die diesmal aus harten und bitteren Worten bestanden, wieder das uferlose und mächtige Murren der Soldaten heraus. An dem Murren erkannte er als erfahrener Soldat unmißverständlich jene Stimmung, die Kriegsmüdigkeit genannt wird. Seine auf Märschen und in Kriegen erworbene Erfahrung hatte ihn gelehrt, immer auf der Hut zu sein und dieser Stimmung größte Aufmerksamkeit zu schenken. Fast auf allen langen, von ihm befehligten Feldzügen tauchte diese Erscheinung wie eine alte und furchtbare Bekanntschaft auf. Weder aufeinanderfolgende Rückschläge in den Angriffen, weder Disziplinverletzungen oder Befehlsverweigerungen, weder Zwistigkeiten unter den Befehlshabern, weder das Fluchen auf den Propheten oder auf seine eigene Person, weder die Angst, noch der Schreck über die ersten Anzeichen von Pest ergriffen ihn so sehr wie diese schwarze Wolke, die sich langsam aber unaufhaltsam näherte und sich ohne Vorwarnung auf die Gesichter, Bewegungen, Augen, Hände, Waffen und Stimmen der Soldaten und Offiziere legte. Auch während dieses Feldzuges wußte er, daß sich die Kriegsmüdigkeit zu erkennen geben würde, aber er hatte alles Erdenkliche unternommen, damit sie so spät wie möglich auftauchte. Die ersten Anzeichen waren vor eineinhalb Monaten, unmittelbar nach der Niederlage im ersten Sturmangriffs aufgetaucht, aber damals verschwanden sie schnell. Die ständige Sorge bei der Wassersuche und die anschließende Entdeckung der Wasserleitung verjagten sie. Niemals, auf keinem der früheren Feldzüge, hatte er diese feindselige Kriegsmüdigkeit so sehr gefürchtet. Und jetzt, am Ende, war sie doch gekommen. Es waren nicht mehr die Anzeichen wie vor eineinhalb Monaten, sondern es war sie selbst, unermeßlich, staubbedeckt und so alt wie der Krieg selbst.

Sie sprachen über den neuen Angriff. Einige bestanden darauf, daß die Angriffe dicht aufeinanderfolgen sollten, um den Albanern zu verwehren, sich von dem Durst und der Erschöpfung zu erholen. Der Angriff müßte schnell erfolgen, beharrten sie, weil die Albaner den größten Teil der Wasservorräte sicherlich für ihre Verwundeten brauchten und sich somit einem noch schlimmeren Durst aussetzten. Besonders hartnäckig bestand der Generalquartiermeister auf einem schnellen Angriff. Der Pascha wußte, daß er des mangelnden Nachschubs wegen in Sorge war. Die meisten Karawanen aus Edirne waren trotz starken Geleitschutzes von den bewaffneten Scharen Skanderbegs vernichtet worden. Und wenn sie den Angreifern entkommen waren, erreichte oft nur noch die Hälfte von ihnen das Lager. Als vor zwei Tagen Tursun

Pascha den Offizieren eines Begleitbataillons schwere Vorhaltungen gemacht hatte, daß sie es nicht geschafft hätten, die Angriffe der Rebellen zurückzuschlagen, antwortete ein Offizier niedrigen Ranges, der, wie es schien, von den Anstrengungen der langen Reise sehr erschöpft war, auf diese Anschuldigungen des Paschas mit einem leicht überheblichen Unterton. Tursun Pascha schlug ihn daraufhin einige Male mit einer Lederpeitsche ins Gesicht und gab den Befehl, ihn zu degradieren und ihn umgehend zu Schanzarbeiten in die um das Lager befindlichen Schützengräben zu schicken.

Jemand erwähnte den Astrologen.

„Und was sagt der Astrologe?" mischte sich daraufhin Tursun Pascha mit ironischer Stimme ein.

Niemand antwortete. Tursun Pascha wiederholte seine Frage und wandte sich diesmal dem Mufti zu, der gewöhnlich mit den Astrologen in Verbindung stand.

„Einstweilen hat er keine Vorhersehungen", antwortete der Mufti.

„So?" schrie der Pascha voller Zorn. „Dann werden wir etwas für ihn vorsehen."

Es wurde still.

„Die Soldaten rennen sich an den Mauern die Köpfe ein, während er sich in keiner Weise darum kümmert, Vorhersehungen zu machen", brüllte der Pascha. Seine Stimme war fast heiser. „Er soll vor dem Lager ausgepeitscht werden und anschließend Schanzarbeiten wie sein Vorgänger verrichten!"

Das war derselbe Haß, den er vor zwei Tagen bei der Bestrafung des Konvoioffiziers verspürt hatte. Es war der Haß gegen die Leute, die aus der Hauptstadt anreisten und die ihm wie Beobachter seiner Niederlage vorkamen. Nach der kurzen Stille, in der der Sekretär das Urteil über den Astrologen schriftlich niedergelegt hatte, meldeten sich der Reihe nach die Mitglieder des Kriegsrates zu

Wort. Ein Teil war gegen die fortlaufenden Angriffe. Sie meinten, es sei besser, zunächst abzuwarten, welche Wirkung die Infizierung der Festungsbrunnen und der Verteidiger zeige, nach der Methode, die der Arzt Siri Selim vorgeschlagen hatte, und dann erst anzugreifen. Tursun Pascha folgte eine Weile ihren Worten, dann schweiften seine Gedanken wieder ab.

Jemand erwähnte die Wolken.

„Leider kann der große Padischah den Wolken keinerlei Befehle erteilen", sagte der Generalquartiermeister, um Kara-Mukbil, der gegen einen sofortigen Angriff war, zu widersprechen. „Die Wolken könnten eines Morgens am Horizont auftauchen, und ein unverhoffter Regen könnte ihren Durst löschen, um dessen Wirkung wir uns so sehr bemüht haben."

Regen. Noch nie in seinem Leben hatte die Bedeutung dieses Wortes Tursun Pascha so sehr beschäftigt wie in den letzten beiden Wochen. Dieses kurze, häßliche Wort ließ ihn erzittern. Er haßte es, und er versuchte, es zu vergessen. Wenn er den weiten, außergewöhnlich blauen Himmel unter der Herrschaft der glühenden Sonnenstrahlen betrachtete, schien es ihm manchmal so, als ob es auf der ganzen Welt keinen Regen mehr gäbe. Aber er wußte auch, daß zu dieser Zeit, auf dem Höhepunkt der Hitze, in anderen Ländern der Regen ruhig, gleichmäßig, langweilig wie der Tod selbst, niederging. Vorläufig war der Regen fern, aber es würde eine kurze Zeitspanne genügen, um die heimtückischen Wolken plötzlich auftauchen zu lassen, die ihre Tropfen alles benetzen ließen.

„Sie warten auf den Regen", fuhr der Generalquartiermeister fort. „Auf einem der Türme haben sie einige Blätter aus Blech aufgehängt, die sich drehen, damit wollen sie das Wetter vorhersagen. Das heißt also, daß es schlecht um sie steht, deshalb müssen wir uns beeilen. Wir dürfen ihnen keine Zeit zum Atmen lassen."

Die Sandschak Beyler hörten zu und wunderten sich über die Hartnäckigkeit des Generalquartiermeisters. Der Generalquartiermeister, der Chefmechanikus und der Architekt bildeten im Kriegsrat die Gruppe, die sich gewöhnlich nie für Angriffe begeisterte. Jetzt schien sich das Blatt gewendet zu haben. Der alte Tavdscha, vom Generalquartiermeister in eine schwierige Position gedrängt, hatte noch nicht das Wort ergriffen. Er wollte nicht die Haltung der „Gelehrten", wie er sie für sich abwertend bezeichnete, unterstützen, aber andererseits konnte er sich auch nicht gegen einen sofortigen Angriff aussprechen.

In der Versammlung beschränkten sie sich darauf, entweder über die Fortsetzung des Kampfes oder über den Vorschlag des Arztes zu sprechen.

Der Alay Bey fragte Siri Selim, wieviele Tage nach der Einschleusung der infizierten Tiere vergehen müßten, bis sich in der Festung die ersten Krankheitssymptome bemerkbar machten.

„Bei der Belagerung der Festung Demir brach die Seuche eine Woche, nachdem wir die ersten Tiere eingeschleust hatten, aus", antwortete Siri Selim. „Man muß aber die Tatsache berücksichtigen, daß dort tote Tiere verwendet wurden. Lebende Tiere verbreiten die Krankheiten schneller, weil sie sich bewegen."

Die Versammlung zog sich hin. Es war schwierig vorauszusehen, welche Entscheidung fallen würde, denn beide Gruppen, die sich gebildet hatten, waren etwa gleich stark. Fast alle, mit Ausnahme von Sarudscha, von dem man nicht wußte, weshalb er widersprach, unterstützten den Vorschlag des Arztes, durch kranke Tiere, die während des Angriffs durch die Mauerbreschen und über die Mauerkrone geschleudert werden sollten, die Brunnen und die Nahrungsmittel der Verteidiger zu vergiften. In der Frage der Weiterführung des Krieges gingen die Meinungen auseinander. Man wartete auf die Entscheidung des Oberbefehlshabers.

Tursun Pascha wurde sich bewußt, daß sich die Sitzung noch unendlich lange hinziehen würde, und deshalb ergriff er das Wort, ohne abzuwarten – und das kam in den Kriegsratssitzungen sehr selten vor – bis alle ihre Meinung geäußert hatten. Anders als sonst sprach er diesmal lange und schleppend, und seine Stimme klang wegen seiner Erkältung etwas heiser. Er beschloß, daß man versuchen sollte, die Verteidiger mit den kranken Tieren, so wie es der Arzt Siri Selim vorgeschlagen hatte, zu infizieren. (Gesicht und langer Hals Siri Selims erröteten vollends). In Bezug auf die Fortführung des Krieges, sagte er, sollten ununterbrochen Angriffe entfesselt werden, um den Verteidigern keine Atempause zu gönnen. „Wir sind hierher gekommen, um diese Festung zu erobern, nicht um zu philosophieren", sagte er. „Wir müssen jeden Tag angreifen, ohne auf Verluste und Hindernisse zu achten."

Er sagte dies alles aus vollster Überzeugung, weil er aus eigener Erfahrung wußte, daß nur ständige Angriffe, die den Soldaten keine Zeit ließen, an etwas anderes zu denken als an das eigene Überleben, das beste Mittel gegen die Kriegsmüdigkeit seien. Langsam, die Worte einzeln betonend, sagte er dann, daß er von ihnen größten Einsatz bei der Vorbereitung der Truppen auf den Angriff erwarte, und was noch wichtiger sei, größten persönlichen Einsatz im Kampf. An dieser Stelle warf er einen strengen Blick auf die Runde, als ob er entscheiden wolle, wer von ihnen in diesem Augenblick der Besprechung nicht auf dem langen Diwan sitzen, sondern unter der Erde vermodern sollte, oder zumindest schwer verwundet darniederliegen wie Kurdischdschi.

In der tiefen Stille, die nach seinen Worten eintrat, kratzte die Feder des Sekretärs alles aufs Papier, was Tursun Pascha gesagt hatte, und quälte dabei ihre Herzen wie ein scharfes Messer. Ihnen wurde bewußt, daß die Nerven des Oberbefehlshabers von Tag zu Tag angespannter wurden und daß von jetzt an alles zu erwarten war. Zum Schluß sagte Tursun Pascha, daß der Infizierungsversuch durch die Tiere als absolutes Geheimnis zu betrachten sei, damit die Soldaten, die die Tiere zur Angriffsstelle befördern mußten, keinesfalls erführen, was sie trugen.

„Das muß unbedingt vermieden werden, um unter den Soldaten wegen der Pestgefahr keine Panik aufkommen zu lassen."

Die Versammlung war zu Ende. Der Alay Bey, Kara-Mukbil und der Generalquartiermeister begleiteten auf Empfehlung des Paschas den Arzt Siri Selim, um gemeinsam den Ort seiner Tierhaltung zu begutachten. Unterwegs begegneten ihnen Gruppen von Soldaten, die zum Lagerplatz gingen, um sich die Auspeitschung des Astrologen anzusehen.

Der Ort, an dem der Arzt die Tiere hielt, war eine Art großer überdachter Käfig hinter seinem Zelt. Vor dem Zelt warteten Soldaten in einer langen Reihe wahrscheinlich darauf, untersucht zu werden.

Siri Selims Ordonnanzunteroffizier (er beschäftigte sich, wie es schien, auch mit der Fütterung der Tiere), öffnete mit einem Schlüssel die Tür des großen Käfigs, und sie gingen hinein.

„Schaut, das ist mein Reich", sagte Siri Selim fröhlich und zeigte mit seinen langen Armen auf die kleinen Käfige, die an den Seiten aufgestellt und teilweise übereinandergestapelt waren. „Habt keine Angst vor Ansteckungen! Zur Zeit gibt es keinerlei Gefahr."

Er erzählte, wie es ihm während all der langen Belagerungen, an denen er als Militärarzt teilgenommen hatte, zur Gewohnheit geworden war, solche Käfige zu bauen und in den Lagern verschiedene Tiere einzufangen, an denen er unterschiedliche Kräuter ausprobierte.

Kara-Mukbil betrachtete voller Verachtung die kleinen Käfige, in denen sich vorwiegend Mäuse befanden. Es gab auch kleine Hunde, Katzen, Mistkäfer, Hasen, einige graue Tierchen, die er zum ersten Mal sah, Igel, Heuschrecken, und in einem der Käfige, in dem sich ein mit Wasser gefülltes Tongefäß befand, saß sogar ein Frosch. Der Alay Bey folgte allen Erklärungen mit größter Aufmerksamkeit, während der Generalquartiermeister mit seinen Gedanken woanders zu sein schien.

„Die Verwendung kranker Tiere in Kriegen ist nichts Neues", sagte Siri Selim. „Aber trotzdem ist ihre Verwendung nicht so verbreitet, wie es eigentlich sein müßte. In die belagerten Festungen wurden bisher vorwiegend Tierkadaver mit Katapulten hineingeschleudert, während, wie es mir scheint, dem Einschleusen lebender Tiere eher die Zukunft gehört."

Der Arzt nahm Kara-Mukbils verächtliche Miene wahr und fuhr fort:

„Vielleicht erscheint einigen dieses Vorgehen für eine ruhmreiche Armee wie der unsrigen als unwürdig, da kann man nichts machen. Manchmal vermag eine unsichtbare Krankheit das auszurichten, wozu das Schwert oder die Kanone nicht in der Lage waren."

Kara-Mukbil schwieg. Er schaute mit der gleichen Verachtung auf die Käfige mit den Mäusen.

Nachdem der Alay Bey fast alle Käfige mit Interesse besichtigt hatte, stellte er Siri Selim eine Reihe von Fragen. Der Arzt begann, auf jede Einzelheit Antwort zu geben, angefangen bei den Krankheiten, mit denen er die Tiere zu infizieren gedachte, bis hin zu der Möglichkeit, sie in die Festungen zu befördern. Er sagte, daß die kranken Tiere, nachdem sie einige Tage ohne Futter und ohne Wasser gelassen worden waren, am Angriffstag in kleine Schilfkörbe gesteckt werden müßten, die die angreifenden Soldaten dann auf ihren Rücken tragen sollten. Mitten im

Kampfgetümmel, sobald die Soldaten die Zinnen oder Mauerbreschen erklommen hätten, sollten sie die Körbe mit dem Messer aufschneiden und die Tiere laufen lassen. Im Getümmel, auf dem Höhepunkt des Durcheinanders, würde es den Verteidigern schwerfallen, auf so etwas zu achten; und selbst wenn sie aufmerksam würden, hätten sie keine Zeit, den Tieren, besonders den Mäusen, nachzujagen, denn von Hunger und Durst geplagt, würden diese geradewegs zu den Nahrungsmittellagern oder zu den Brunnen der Festung rennen.

„Und der Soldat?" unterbrach ihn Kara-Mukbil. „Riskiert nicht der Soldat, der die Tiere auf die Mauern mitnimmt, angesteckt zu werden?"

„Der Soldat muß sehr vorsichtig sein." Diese Worte sprach der Arzt sehr ruhig und selbstsicher aus, als wolle er darauf hinweisen, daß es ihn wenig interessiere, ob sie diese Kampfmethode nun befürworteten oder nicht, nachdem sein Vorschlag vom Oberbefehlshaber gebilligt worden war.

Siri Selim machte eine ganze Reihe weiterer Erläuterungen in Bezug auf die außergewöhnlichen Fähigkeiten der Mäuse, Krankheiten zu übertragen, und darüber, daß diese Art der Kriegsführung in der Welt eine große Zukunft habe.

Als sie sich verabschiedeten, errötete Siri Selim, wies mit der Hand zur Festung und sagte mit unnatürlicher Gebärde:

„Dieses Volk, dem man nachsagt, es sei von einem Adler geboren worden, wird vielleicht durch eine Maus zu Tode kommen."

Diesen Satz hatte er schon lange vorbereitet, um ihn vor dem Kriegsrat zu zitieren, aber er hatte bisher keine Gelegenheit gefunden, ihn auszusprechen.

Der Generalquartiermeister begriff, daß der Arzt mit Mevla Tschelebi freundschaftlich verkehrte.

Siri Selim begleitete sie ein paar Schritte, dann verabschiedeten sie sich, und jeder ging zu seinem Zelt. Als der Generalquartiermeister plötzlich Mevla Tschelebi entdeckte, der ihm entgegenkam, konnte er sich davon überzeugen, daß Siri Selim tatsächlich mit Mevla Tschelebi freundschaftlich verkehrte.

„Bist du gerade auf dem Weg zu Siri Selim“, fragte er ihn.

„Ja“, antwortete Mevla Tschelebi und versuchte dabei zu ergründen, ob diese Antwort seinem hochgestellten Bekannten wohl gefallen könnte oder nicht.

„Von ihm komme ich gerade“, sagte der Generalquartiermeister. „Komm, laß uns in mein Zelt gehen. Ich langweile mich.“

Auf der Stirn des Chronisten erschienen Sorgenfalten.

„Du bist doch nicht krank?“ fragte er ihn.

„Aber nein!“ Der Generalquartiermeister lachte unbekümmert. „Bei Siri Selim war ich in einer anderen Angelegenheit. Wie steht es mit der Chronik?“

Mevla Tschelebi lächelte.

„Na ja.“

Die Lagerwege waren voll von Soldaten, die soeben von dem Platz zurückkehrten, auf dem der Astrologe ausgepeitscht worden war. Sie machten dem Generalquartiermeister Platz. Ab und zu begegneten den beiden Männern lange Reihen von Azapen, die Balken und Bretter auf ihren Schultern trugen. Tausende anderer Soldaten lagen ausgestreckt im Schatten ihrer Zelte, um sich vor der Sonne zu schützen.

„Sie sind müde“, sagte der Generalquartiermeister.

Der Chronist nickte zur Bestätigung.

„Der letzte Angriff hat sie völlig niedergeschlagen.“

„Wie es scheint, wird eine neue Attacke vorbereitet“, sagte der Chronist, als sie einer weiteren Kolonne begegneten, die Balken und Bretter schleppten.

„Ja. In diesen Tagen wird wieder angegriffen."

„Während die da in den letzten Zügen liegen", sagte Mevla Tschelebi und zeigte dabei mit dem gestreckten Arm auf die Festungsmauern, die mit ihren riesigen Bruchstellen und den schwarzen bis auf den Boden reichenden Vorhängen aus Pech völlig verlassen aussah.

Der Generalquartiermeister schwieg.

„Man sagt, daß sie schon schwarze Ringe unter den Augen hätten, weil sie Tag und Nacht auf den Zinnen verbrächten, um die Straßen zu beobachten, aus denen sie Hilfe erwarteten", fuhr Mevla Tschelebi fort.

Der Generalquartiermeister schien nicht zuzuhören.

„Das hat ein mir bekannter Janitschar erzählt, dem es beim letzten Angriff gelungen ist, weit vorzudringen."

„Freundest du dich mit Janitscharen an?" fragte der Generalquartiermeister. Mevla Tschelebi fühlte sich in die Enge getrieben.

„Ich wollte für meine Chronik noch einige Einzelheiten über die Kämpfe erfahren, die sich auf der Mauerkrone zugetragen haben, und zwar von einem, der unmittelbar an der Attacke teilgenommen hat."

„Da, noch ein blinder Poet", sagte der Generalquartiermeister ironisch und zeigte auf Sadedin. „Mir scheint, daß auch er dein Freund ist."

Mevla Tschelebi schwieg.

Der lange Sadedin tappte allein umher. Dabei schlug er ständig mit seinem Stock auf den Boden. Bei einer anderen Gelegenheit hätte der Chronist mit seinem unglückseligen Freund Mitleid gehabt, aber diesmal erschien es ihm so, als ob er nur aufgetaucht sei, um ihn zu demütigen, und das ärgerte ihn. Einige herumstehende Offiziere sprachen Sadedin an, als er an ihnen vorbeiging, und der Blinde drehte sich zu ihnen herum, als er antwortete. Der Generalquartiermeister blieb stehen, um zu hören, was der Poet sagte. Sadedins Stimme war heiser.

„Was seht ihr in dieser Welt?“ schrie er und richtete seine leeren Augenhöhlen auf die Offiziere. „Auch wenn ich Augen hätte, würde ich sie mir herausreißen, um diese Niederlage nicht mit ansehen zu müssen.“

Die Offiziere bemerkten den Generalquartiermeister, der mittlerweile in ihrer Nähe stand, verbeugten sich höflich und bereuten es, Sadedin angesprochen zu haben. Aber es war zu spät.

„Ihr seid es nicht wert, das Brot des Padischahs zu essen!“ schrie der Blinde.

Er drehte sein Gesicht mit den leeren Augenhöhlen nach allen Seiten, offensichtlich verblüfft über die plötzliche Stille um ihn herum.

„Was seht ihr auf dieser Welt?“ wiederholte er mit tiefer Stimme. „Zu Waisen gewordene Sterne, sonst nichts.“

Er drehte sich um und hastete davon, bei jedem Schritt mit seinem Stock den Boden abtastend, als ob sich in jedem Augenblick vor seinen Füßen der Abgrund auftun könnte.

Die Offiziere blieben schweigend stehen. Der Generalquartiermeister setzte, ohne sie zu beachten, seinen Gang fort.

„Heiß“, sagte er kurz darauf, als sie sich von den Offizieren entfernt hatten. „Jetzt wäre es schön, am Meer entlang zu gehen.“

„Man sagt, das Meer sei gar nicht weit von hier.“

„Ja, es ist ein sehr schönes Meer, obwohl es einen schwierigen Namen hat.“

„Kadri-Atia“, sagte Mevla Tschelebi, „so, glaube ich, heißt es.“

Der Generalquartiermeister lachte unbändig.

„Adria“, sagte er, „Ad-ria.“

Mevla Tschelebi ärgerte sich über sich selbst.

„Jetzt wäre es wirklich schön, am Meer entlang zu gehen“, sagte der Generalquartiermeister, „man erzählt sich, daß der Padischah sich gerade im anatolischen Magnesia erholt."

Mevla Tschelebi wußte nicht, was er sagen sollte. Sein Freund sprach so freimütig über Dinge, über die er nicht einmal nachzudenken wagte.

„Man sagt, daß er sich mit allgemeintheoretischen Fragen der Religion beschäftigen soll."

„Möge Allah ihm ein langes Leben schenken", sagte Mevla Tschelebi. Er war betrübt, weil er diesen Satz nur in einer solchen Situation hatte aussprechen können. Er atmete auf, als sie endlich das große Zelt des Generalquartiermeisters erreichten. In seinem Zelt würde er diesen ironischen Unterton, der den Chronisten so quälte, sicherlich unterlassen.

Eine lange Reihe Soldaten der Freiwilligen-Bataillone transportierte auf ihren nackten Schultern zahlreiche Leitern in die Lagermitte.

Der Generalquartiermeister schaute ihnen eine ganze Weile nach.

„Der neue Sturmangriff wird sehr bald erfolgen", sagte er, nachdem sie das Zelt betreten hatten. „Jetzt werde ich dir ein Geheimnis anvertrauen."

Er erzählte dem Chronisten von den kranken Tieren, die während des nächsten Sturmangriffs in die Festung eingeschleust werden sollten. Mevla Tschelebi hörte erstaunt zu, und gleichzeitig freute er sich über das Vertrauen, das ihm der Generalquartiermeister entgegenbrachte.

„Das ist unsere letzte Anstrengung, Mevla Tschelebi. Wir haben unser Möglichstes getan, aber das Glück war bis jetzt nicht auf unserer Seite. Dies ist unser letzter Versuch."

In der Stimme des Generalquartiermeisters lag etwas wie Hoffnungslosigkeit.

„Die Kriegssaison geht ihrem Ende entgegen", sagte der

Generalquartiermeister langsam und fast traurig. „Genau wie deine Chronik, in der nur noch wenige Seiten zu füllen sind.“

„Und danach? Was wird geschehen, wenn ...“ Mevla Tschelebi hatte nicht zu sagen gewagt ‚wenn diese Festung nicht erobert wird.‘

Der Generalquartiermeister schaute ihn mit einem ruhigen Blick an, und auch diesmal konnte der Chronist nicht Offenheit von Gleichgültigkeit unterscheiden.

„Dann wird der Feldzug im nächsten Frühjahr wiederholt werden“, antwortete der Generalquartiermeister mit einer seltsam veränderten Stimme. „Und wieder werden unendliche Bataillone, eins hinter dem anderen, mit Trommelwirbeln und flatternden Fahnen aufbrechen“, fuhr er mit seiner merkwürdigen Stimme fort. „Tag und Nacht werden die Soldaten, zu Fuß, zu Pferd, auf Kamelen, mit Kutschen unterwegs sein, bis sie die Mauern der Festung erreicht haben werden. Hier“, der Generalquartiermeister wies auf den Boden, „werden sie die Spuren unseres Lagers entdecken, die der Winterregen weggespült und mit Schlamm bedeckt, aber doch nicht vollständig verwischt haben wird. Sie werden ihre Zelte genau an diesem Ort aufschlagen, und die Geschichte wird sich wiederholen.“

In den Augen des Generalquartiermeisters schimmerte ein unheimlicher Glanz. Sie ließen den Chronisten nicht los.

„Du fragst, was geschehen wird, wenn die Festung auch im nächsten Jahr nicht erobert wird. Ich sehe dir den brennenden Wunsch an, mir diese Frage zu stellen.“

Dem Chronisten brach kalter Schweiß aus. Er war nicht so vermessen, daß er es gewagt hätte, eine solche Frage zu stellen, auf der anderen Seite konnte er die Vermutungen seines hochrangigen Bekannten nicht in Frage stellen. Wenn der Generalquartiermeister sicher war, daß er,

Tschelebi, ihm diese Frage stellen wollte, bedeutete das, daß er ihn bestätigen mußte, um den hochgestellten Freund nicht zu enttäuschen, auch wenn es für ihn ziemlich gefährlich war, eine solche Frage offen auszusprechen.

„Wenn die Festung auch im Frühling des nächsten Jahres nicht erobert werden sollte", sagte der Generalquartiermeister, „wird der Feldzug im übernächsten Jahr wiederholt werden."

Mevla Tschelebi wagte kaum noch, den Generalquartiermeister anzusehen.

„Nur daß der dann viel großartiger sein wird, weil an seiner Spitze der erhabene Padischah persönlich stehen wird."

Wieder brach dem Chronisten kalter Schweiß aus.

„Der Feldzug wird noch majestätischer sein", fuhr der Generalquartiermeister fort, „so wie es das Ansehen unseres Reiches verlangt. Die Bataillone werden unzählbar sein, die Ränge der Befehlshaber höher, statt unseres Kriegsrates wird es einen Rat der Wesire, der Paschas und Emire geben, anstelle von Kara-Mukbil und von Kurdischdschi werden die Beyler Beys von Rumelien und Anatolien sein, anstelle des alten Tavdscha der oberste Agha der Janitscharen, anstelle des Muftis der Scheich-Ul-Islam, anstelle des heute von Soldaten ausgepeitschten Astrologen der Obersterndeuter des Hofes, und anstelle von Mevla Tschelebi der berühmte Ibn-Suleyman."

Der Generalquartiermeister machte eine kleine Pause. „Nur daß die Soldaten dieselben sein werden", fuhr er fort, „und die Mauern. Und der Tod wird dieselbe Farbe und denselben Geruch haben", sagte er nach einer kurzen Pause.

Mevla Tschelebi hielt den Atem an. Sollte es dem Generalquartiermeister in den Sinn kommen, ihm eine weitere Frage zu stellen? Von Angst gepeinigt wartete er darauf, aber der Generalquartiermeister schwieg, so daß der Chronist zu der Überzeugung gelangte, daß es auch bei den Mächtigen, so bedeutend und stark sie auch sein mochten, Grenzen gab, die sie nicht zu überschreiten wagten.

Langsam wich der verklärte und unheimliche Glanz aus den Augen des Generalquartiermeisters, und sein Blick nahm wieder den üblichen Ausdruck an, nur mit dem Unterschied, daß er nun etwas müde wirkte.

Der Ordonnanzunteroffizier brachte den Scherbett.

„Dieser Krieg wird sich lange hinziehen", sagte der Generalquartiermeister. „Albanien wird in diesem Krieg seine ganze Energie aufbrauchen. Das ist erst der Anfang."

Er trank von dem Scherbett und seufzte tief.

„Jedes Frühjahr, gleichzeitig mit der ersten Blüte, werden wir in diesen Gegenden auftauchen", fuhr er dann fort. „Unter den Schritten unserer Bataillone wird die kahle Erde erzittern. Die Täler werden brennen und sich in Asche verwandeln. Ihre starke Wirtschaft wird zerstört werden. Mit dem Wort ‚Türke' werden sie ihre Kinder erschrecken. Aber trotz allem, Mevla Tschelebi, das habe ich dir schon einmal gesagt, wenn es uns nicht gelingen sollte, sie mit dem ersten fürchterlichen Schlag niederzuwerfen, brauchen wir doppelte Kräfte für einen zweiten Angriff, dreifache Kräfte für einen dritten, und so weiter. Wenn sie aber aus dieser Hölle lebend herauskommen sollten, wird es schwierig sein, sie dann noch zum Sterben zu bringen. Sie werden sich an die Belagerungen, an Hunger, Durst, an die Massaker, an die Alarmsignale gewöhnen. Unterdessen werden ihre ersten Kinder im Krieg zur Welt kommen. Aber das Schlimmste ist, daß sie sich mit dem Tod abfinden werden. Sie werden sich an ihn gewöhnen wie an ein gezähmtes Tier, vor dem man sich nicht mehr zu fürchten braucht. Dann werden wir sie aber, selbst wenn wir sie vorher besiegt haben, nicht unterwerfen können. Wenn wir sie ständig angreifen, erbarmungslos und ohne Pause zuschlagen, immer wieder unsere unzähligen Truppen auf sie hetzen, ohne ihnen einen tödlichen Schlag zu versetzen, haben wir ihnen ungewollt einen großen Gefallen getan."

Der Generalquartiermeister schüttelte verzweifelt den Kopf.

„Wir glaubten, ihnen den Tod zu bringen, während wir ihnen aus unseren eigenen Händen die Unsterblichkeit schenkten."

Mevla Tschelebi hörte zu wie in einem Traum.

„Deine Chronik, Mevla Tschelebi, wird lang und traurig werden", sagte der Generalquartiermeister. Er heftete seinen Blick auf die ergrauten Haare des Chronisten, und Mevla Tschelebi freute sich, in den Augen seines Freundes einen Anflug von Mitgefühl zu entdecken.

„Diese Belagerung zieht sich lange hin", sagte der Generalquartiermeister.

Der Chronist wußte nichts zu antworten.

„Der Herbst steht vor der Tür. Jetzt werden die Angriffe unerbittlich sein."

Sie unterhielten sich eine Weile über den Herbst. Allerdings gab es für diese Jahreszeit noch keine Anzeichen. Sie beschäftigte nur ihre Gedanken. Aber es würden nur noch wenige Wochen vergehen, und plötzlich würde die Ebene eines Morgens mit tausend kleinen und großen Pfützen aufwachen, die wie tausend trübe Augen zum Himmel blickten.

„Was macht Sarudscha? Ich habe ihn schon lange nicht mehr gesehen", sagte der Chronist, um das Thema zu wechseln.

„Er hängt seinen Gedanken nach und verläßt die Gießerei den ganzen Tag nicht mehr."

„Er mochte seinen Gehilfen sehr."

„Ja, sein Tod hat ihn sehr erschüttert. Seither lebt er völlig zurückgezogen."

„Arbeitet er?" fragte der Chronist.

„Er arbeitet. In ihm ist ein großer Haß auf die Menschen erwacht. Das spornt ihn zur Arbeit an. In seiner Einsamkeit plant er eine ungeheuerliche Kanone."

„Tatsächlich?"

„Ja. Aber die Hauptzeit des Krieges geht zu Ende, und ich befürchte, daß ihm keine Zeit bleiben wird, seine Kanone auszuprobieren."

„Vielleicht im nächsten Feldzug..." Der Chronist sprach den Satz nur zur Hälfte.

„Bestimmt", sagte der Generalquartiermeister, „in den kommenden Feldzügen werden noch größere Kanonen eingesetzt werden."

Wieder trat dieser unheimliche Glanz in seine Augen.

„Von den Attacken der nächsten Tage hängt es ab, ob noch weitere Feldzüge notwendig sein werden", sagte er. „In diesen Tagen werden noch erstaunliche Dinge geschehen."

Mevla Tschelebi konnte seinen hochrangigen Freund nicht mehr verstehen.

„Er zieht sich nicht geschlagen von der Festung zurück", fuhr der Generalquartiermeister fort und zeigte mit dem Finger in irgendeine Richtung.

Der Chronist verstand, daß Tursun Pascha gemeint war.

„In diesen Tagen wird sich diese Ebene in ein Blutmeer verwandeln."

Ihre ständigen Angriffe dauern an. Seitdem am Horizont die ersten Wolken aufgetaucht waren, die vor Schreck ebenso schnell wieder verschwanden, haben sie ihre Attakken in unglaublichem Maße vervielfacht, ohne Rücksicht auf jedwede Verluste.

Jeden Tag werfen sie sich in endlosen Wellen gegen unsere Mauern, in die ihre Kanonen an vielen Stellen Breschen geschlagen haben, sie lehnen Hunderte Leitern an, klettern hoch, kämpfen, versuchen, das zweite Tor aus den Angeln zu heben, ziehen sich zurück und attackieren uns wieder mit doppelter Wildheit.

Unser Gjergj greift sie fast jede Nacht an. Sobald sie die Soldaten begraben haben, die während des Tages an den Mauern gefallenen sind, müssen sie sich gegen die nächtlichen Angreifer wehren, und sobald sie am Morgen die in der Nacht gefallenen Soldaten unter die Erde gebracht haben, stürmen sie wieder los, um die Mauerkronen zu erobern.

Wir bleiben Tag und Nacht auf den Mauern. Vor Hunger und Durst bekommen wir Schwindelanfälle.

Vor vier Tagen, als sie mit einer Reihe neuer Angriffe begannen, gelang es ihren Soldaten, über die Breschen bis auf die Zinnen vorzudringen, dabei ließen sie viele kranke Tiere laufen, vor allem Mäuse, denen es gelang, in die Festung einzudringen. Die Mäuse stürzten sich in den dritten Brunnen, aus dem wir gerade die ersten Eimer Wasser geschöpft hatten. Die beiden anderen Brunnen wurden von den Wachposten, die dort Tag und Nacht auf der Lauer liegen, gerettet. Sobald sie die Rufe ‚Mäuse', ‚Mäuse' hören, decken sie die Brunnen mit eisernen Dekkeln ab. Ein Teil der Nahrungsmittelvorräte ist ebenfalls verseucht. Unsere Schmiede arbeiteten ohne Pause, um

Fallen herzustellen, die in allen Ecken der Festung aufgestellt wurden. Tag und Nacht hört man ihre dumpfen Schläge, sie lassen die Soldaten kein Auge zumachen.

Alles haben sie gegen uns versucht, von den riesigen Kanonen bis zu den infizierten Mäusen. Doch wir hielten stand und werden weiterhin standhalten. Wir wissen, daß uns dieser Widerstand teuer zu stehen kommt und daß er uns vielleicht noch mehr kosten wird. Dem Vormarsch dieser wahnsinnigen Horden muß sich jemand in den Weg stellen, und diesmal hat das Schicksal uns bestimmt. Die Zeit hat uns zwei Wege offengelassen: den leichten Weg der Unterwerfung und den schwierigen Weg des Kampfes. Wir haben uns für den zweiten entschieden. Wir hätten uns auch für den ersten entscheiden können, wenn wir nur an uns selbst gedacht hätten. Wir könnten unsere Tage friedlich verbringen, neben dem Pflug und in unseren Olivenhainen, aber das wäre ein tödlicher Friede gewesen.

Ihre Wut hat den Höhepunkt erreicht. Die große Stunde der Bewährung naht. Jetzt füllt sich der Himmel mit Wolken. Von allen Seiten des Horizonts bewegen sie sich auf uns zu, als ob sie sich beeilten, dem blutigen Gemetzel zuschauen zu können.

Kapitel 14

Im Zelt herrschte drückende Schwüle. Der Chronist schrieb nur noch mit Mühe einige Zeilen und stützte den Kopf in die Hände. Ihm war nicht nach Arbeiten zumute. Das Gedonner der Kanonen vertrieb seine Gedanken wie einen Schwarm Krähen. Zum zehnten Mal las er den halbfertigen Satz: „Die Krokodile aus dem Meer des Krieges stürzten sich mehrere Male den Mauern entgegen, aber das Schicksal…“ Meer des Krieges. Er dachte, daß dieser Ausdruck sehr gut gewählt sei, aber gegen das Wort „Krokodil“ in diesem Satz hatte er einige Vorbehalte. Man weiß, daß Krokodile nicht im Meer leben, sondern in Flüssen, das hieße also, daß man, um sich genau auszudrücken, sagen müßte „Die Krokodile aus dem Fluß des Krieges“. Der Ausdruck „Fluß des Krieges“ hatte in keiner Weise die Ausdrucksstärke von „Meer des Krieges“, hierbei wurde man doch sofort an das Brausen, an die Sturmwellen und an den sich plötzlich wütend zuspitzenden Krieg erinnert. Auf das Wort „Krokodile“ könnte er besser verzichten als auf den Begriff „Meer des Krieges“. Zu Anfang sogar, als ihm der Begriff „Meer des Krieges“ eingefallen war und er ein bildhaftes Wort für die Soldaten suchte, die in diesem Meer schwimmen, ging er alle Fische und Meerestiere durch, aber keines schien ihm für die ruhmreichen Soldaten treffend genug zu sein. Das Wort „Fisch“ kam ihm zu weich und zu glatt vor, das Wort „Haifisch“ zu hinterlistig und räuberisch, „Wal“ schien ihm zu schwerfällig, „Krake“ zu abstoßend. Während „Krokodile“ sowohl die Kraft und Gefährlichkeit als auch das Vorgehen der Soldaten, wenn sie sich gegen die Mauern der Festung stürzten, verdeutlichte. Dies um so mehr, wenn man an den starken und undurchdringlichen Schuppenpanzer denkt, der den Körper des Krokodils bedeckt, und der doch eine verblüffende Ähnlichkeit mit den Schutzschilden der Soldaten aufweist.

„Die Krokodile aus dem Meer des Krieges stürzten mehrmals gegen die Mauern, aber das Schicksal...“ Es war schwer, diesen Satz zu vollenden, und ihn plagten Kopfschmerzen. Er hätte schreiben können: „... aber das Schicksal lächelte ihnen nicht zu“; aber das Wort „lächelte“ kam ihm ekelhaft vor. Von welchem Lächeln konnte bei dieser furchtbaren Zerstörung die Rede sein? Er legte die Feder beiseite und begann, nachdenklich die vollen Blätter seiner Chronik zu betrachten, deren Schrift wie vom Alter gebeugt schien. Also dies würde später erhalten bleiben, von all dem Blut, das unter der glühenden Sonne vergossen wurde, von all den Tausenden schrecklichen Wunden, von dem Donner der Kanonen, von dem gelben Staub der aufreibenden Märsche, von dem fieberhaften, pausenlosen Hinauf- und Hinabklettern an den Festungsmauern, an denen du, wenn du sie unter kochendem Pech und Pfeilhagel erklommen hast, wieder hinabgleitest, um an der Seite deines Kameraden, der dich nicht mehr erkennt, weil die Verletzungen dein Gesicht entstellt haben, wieder hinaufzuklettern. Also das würde später von der braungebrannten Haut der Soldaten erhalten bleiben, von den Tausenden Klaftern Haut, auf der das scharfe Metall, das geronnene Blut, Pech und Petroleum gespenstische Zeichnungen hinterlassen hat, die dann, nach Beendigung des Krieges, immer noch ihr Aussehen verändern können, als seien sie lebendig. Also dies würde am Ende erhalten bleiben von dem Gewimmel von Zelten, und wenn sie in einigen Wochen abgebrochen werden, würden sie auf dieser Ebene Tausende von Spuren hinterlassen, als seien Tausende merkwürdiger Tiere vorbeigezogen. Und jene Spuren würden, wie der Generalquartiermeister gesagt hatte, langsam vom Wind und dem Winterregen verwischt werden, auf ihnen würde im Frühjahr dann das Gras sprießen, Tausende kleine unbekümmerte Grashalme, unwissend, was auf dieser Welt geschieht.

Mevla Tschelebi deckte die Blätter der Chronik mit einem Stück Pappe zu und stand auf, um hinauszugehen. Draußen wehte ein warmer Wind, der ihm fast den Atem nahm. Der Himmel war wieder bewölkt. Der dichte, vom Wind aufgewirbelte Staub bedeckte von Zeit zu Zeit ganze Zeltgruppen. Die Soldaten, die ausgestreckt neben den Zelten ruhten, unternahmen nicht einmal den kleinsten Versuch, sich vor dem Staub zu schützen. Ermattet und teilnahmslos erwarteten sie den Schlag der großen Appelltrommel. Dies würde schon der fünfte Sturmangriff innerhalb einer Woche werden. Selbst altgediente Veteranen konnten sich nicht an so viele Angriffe innerhalb so kurzer Zeit erinnern. Alle wußten, daß jetzt, je mehr Wolken als Vorboten des Regens sich am Himmel zeigten, die Angriffe umso wilder und dichter aufeinander erfolgen mußten. Ihnen war klar, daß dies die letzten, und somit auch die verzweifeltsten Angriffe waren. Das war für die Soldaten eine allgemein bekannte Tatsache.

Der Chronist schlenderte eine ganze Weile durch das Lager, ohne einen Bekannten zu treffen. In der drückenden Schwüle betrachtete er die unbekannten und ausdruckslosen Gesichter der Soldaten und Offiziere. Ihre Augen wirkten müde, außergewöhnlich müde. Der Staub, der vom ausgedörrten Boden immer wieder emporgeweht wurde, schien einen Schleier der Gleichgültigkeit über diese Stätte zu legen. Nichts konnte noch Aufmerksamkeit erregen. Weder das große Zelt Tursun Paschas, vor dem sich sonst die Soldaten lange aufhielten, um die hohe Metallstange zu bewundern, an deren Spitze ein kupferner Halbmond, das alte Wappen des osmanischen Reiches, angebracht war, noch das daneben aufgeschlagene, einzige lilafarbene Zelt, das immer den Eindruck erweckt hatte, als schwebe es inmitten der anderen Zelte wie ein zitternder fliederfarbener Nebel auf dem Ozean, und das die wilde Begierde zehntausender Soldaten ausgelöst hatte.

Von Zeit zu Zeit wurde alles vom Donner der Kanonen übertönt.

Man wartete auf das Schlagen der großen Appelltrommel.

Endlich entdeckte der Chronist einen Bekannten, den Janitscharen Tuz Oktschan. Mevla Tschelebi freute sich, aber das Gesicht des Janitscharen war kreidebleich. Er bewegte sich nur langsam vorwärts und wurde, und das erstaunte den Chronisten am meisten, von einem bewaffneten Soldaten begleitet.

„Tuz Oktschan, wie geht es dir? Bist du etwa krank?"

„Mir geht es schlecht."

Das war offensichtlich, auch wenn er es nicht gesagt hätte.

„Bist du vielleicht erkältet? Es ist jetzt ein verfluchtes Wetter, bei dem sich jeder erkälten kann, ohne es zu merken."

Tuz Oktschan schüttelte niedergeschlagen den Kopf.

„Nein, ich bin nicht erkältet."

„Hat dich der Bataillonsarzt untersucht?"

„Der hat mich zu Siri Selim geschickt. Zu dem gehe ich gerade."

„Zu Siri Selim?" Ein schrecklicher Gedanke durchzuckte den Chronisten.

„Tuz Oktschan, hast du dich in den letzten Tagen an einem Sturmangriff beteiligt?" fragte er vorsichtig.

„Ja."

„Das heißt also, daß du ..." Er wußte nicht weiter und murmelte etwas Unverständliches.

„Das heißt, daß ich mich an der Hand verletzt habe, als ich mit dem Messer den Korb aufschnitt, in dem sich die Mäuse befanden", sagte Tuz Oktschan.

Die Augen des Chronisten flackerten. Der Janitschar packte ihn am Ärmel.

„Mevla Tschelebi, du bist doch ein Freund von Siri Selim. Sag mir die Wahrheit, mit welcher Krankheit waren die Mäuse infiziert, die wir während des Angriffs laufen ließen?" fragte der Janitschar mit flehender Stimme. „Man sagt, daß Siri Selim darüber Bescheid weiß."

Der Chronist zuckte mit den Schultern.

„Ich schwöre dir, ich weiß nichts. Ich habe von keiner Krankheit gehört. Bei Allah!"

„War es vielleicht die Pest?" rief der Janitschar verzweifelt.

„Pest? Bist du verrückt geworden? Auf gar keinen Fall, Tuz Oktschan. Wie kommst du bloß auf solche Gedanken?"

„Ach, ich bin krank!" stöhnte Tuz Oktschan. „Ich bin sehr krank!"

Mevla Tschelebi wußte nicht, was er ihm sagen sollte. Der Janitschar ging weiter, ohne sich zu verabschieden. Der Chronist war froh, ihn so schnell losgeworden zu sein. Er schlug eine andere Richtung ein, weil er fürchtete, Tuz Oktschan könnte noch einmal zurückkommen. Daß die Wache den Janitscharen begleitete, schien ihm ein schlechtes Zeichen zu sein. Er hatte schon von dem Schicksal der Soldaten gehört, die von einer Seuche befallen waren. Sie wurden in lange Baracken eingesperrt, in denen sie dann einsam starben.

Auch der ist gegangen, dachte der Chronist bei sich. Gegangen wie Sadedin und der Astrologe. Er erinnerte sich an den Vorabend des ersten Angriffs, als sie zu viert Schnaps aus derselben Flasche getrunken hatten. Jener Abend kam ihm sehr fern vor, wie eine Erinnerung an eine andere Welt.

In Gedanken versunken erreichte er den Platz vor Tursun Paschas Zelt. Die Wachposten standen wie immer unbewegt vor dem Zelteingang und hielten ihre Lanzen in den Händen. Eine Staubwolke hüllte für einige Augenblicke die Gesichter der Wachen, die Lanzen und das kupferne Wappen ein. Der Staub, der von dem warmen Wind aufgewirbelt wurde, legte sich unterschiedslos auf alles nieder. Sein gelbes Gesicht, wandelbar und grenzenlos, tauchte auf und erlosch wieder auf der Oberfläche des Bodens wie das Antlitz eines alten Philosophen, wie die Erde selbst. Mevla Tschelebi spürte, daß in seinem Kopf Gedankenverbindungen entstanden, die zwar noch nicht deutlich waren, aber doch gefährliche Ideen erkennen ließen, und, um ihnen ein Ende zu bereiten, entschloß er sich, den Platz zu verlassen. Aber da sah er einige Mitglieder des Kriegsrates im Zelt des Oberbefehlshabers verschwinden. Ihnen folgte der Mufti, der von einem Sandschak Bey begleitet wurde. Ihre Ordonnanzunteroffiziere, die draußen blieben, streckten sich in der Nähe des Zeltes im Gras aus.

Schon wieder eine Versammlung, sagte der Chronist zu sich selbst und rührte sich nicht von der Stelle. Der Generalquartiermeister kam allein. Er schien in Gedanken versunken und schaute weder nach links noch nach rechts, als er an ihm vorbeiging. Auch Kara-Mukbil, der unmittelbar folgte, machte ein düsteres Gesicht. Man sagt, daß er beim vorgestrigen Angriff schon wieder verletzt worden sei. Nach Sarudscha und zwei Sandschak Beylern traf Kurdischdschi ein, der von zwei Ordonnanzunteroffizieren an den Armen gestützt wurde. Kurdischdschis schläfriges, rotes Gesicht wirkte zum ersten Mal gelb, fast weiß.

Offenbar hatte er gerade das Bett verlassen, und sein Gang zum Zelt des Oberbefehlshabers, ungeachtet seines besorgniserregenden Zustands, war ein Beweis dafür, daß es sich um eine sehr wichtige Sitzung handeln mußte. Die Kanonen donnerten unaufhörlich.

Nacheinander betraten das Zelt der taubstumme Tahankai, Oltscha Karaduman, Jildirim, Aslanhan und Ulu Kurtdogmuz, danach der Alay Bey, nach diesem mit verzerrtem Gesicht, als ob er an etwas Unerklärlichem leide, der alte Tavdscha. Fast alle hatten eine finstere Miene aufgesetzt. Nur das Gesicht des Architekten Giauri, der als letzter, mit auffallend gleichmäßigen Schritten, daherkam, war starr und leblos wie immer.

Die Staubwolke, die vor Mevla Tschelebis Augen emporstob, vermochte seine Gedanken nicht zu verwirren. Das Reich war mächtig. Es blieb auch in schlechten Tagen stolz. Der osmanische Halbmond war unsterblich. Mächtige und kluge Männer versammelten sich gerade. Sie würden etwas tun. Das Ziel „diese“ Festung zu erobern, würden sie nicht leichtfertig aufgeben. Ihre gewaltigen Worte, so schwer wie die Waffen des Krieges, donnerten dort in dem Zelt, und der Sekretär hielt sie mit seinen Schriftzeichen fest. Ein Gefühl bitteren Neids packte Mevla Tschelebi. Er wandte sich ein zweites Mal zum Gehen, als sein Blick auf die lange Gestalt Siri Selims fiel. Dieser stand regungslos vor dem Zelt des Oberbefehlshabers. Anscheinend hatte er Mevla Tschelebi nicht bemerkt, und der Chronist wußte nun nicht, wie er sich verhalten sollte. Weggehen, ohne ihn begrüßt zu haben, wollte er nicht, denn er war sich nicht sicher, ob Siri Selim ihn nicht doch gesehen hatte. Andererseits wagte er nicht, ihn als erster anzusprechen, um so mehr, als Siri Selims langes Gesicht mit den vor Übernächtigung geröteten Augen heute besonders schrecklich aussah. Er entschloß sich zu bleiben, bis dem Arzt seine Anwesenheit aufgefallen war. Darauf mußte er lange warten. Siri Selim stand wie zur Säule erstarrt. Einmal hatte Mevla Tschelebi sogar den Eindruck, Siri Selim schliefe im Stehen und könnte jeden Moment in seiner vollen Länge hinschlagen.

Schließlich nahm ihn der Arzt wahr. In sein müdes, erstarrtes Gesicht schoß das Blut.

„Sie sind zur Ratsversammlung zusammengekommen", sagte er und zeigte dabei auf das Zelt des Paschas.

Der Chronist nickte zur Bestätigung.

„Mich haben sie nicht gerufen", sagte Siri Selim. Sein gerötetes Gesicht und sein langer Hals liefen jetzt blau an. „Sie sind mit mir unzufrieden!" rief er, wobei sich seine Stimme fast überschlug.

Der Chronist schaute sich um.

„Sie wollen, daß alles schnell, schnell geht, aber schnell, schnell geht nichts. Und letztendlich waren es ja Hasen, Katzen, Hunde und Mäuse", fuhr Siri Selim hitzig fort. „In Hasen, Katzen und Hunde habe ich keine besondere Hoffnung gesetzt, doch von den Mäusen habe ich wirklich viel erwartet. Aber dennoch darf man nicht außer Acht lassen, daß auch Mäuse ins Auge fallen, und man darf auch nicht vergessen, und das ist das Wichtigste, daß Mäuse mit Fallen gefangen werden können. Also muß man noch kleinere Tiere hineinbefördern, Mevla Tschelebi", der Arzt packte den Chronisten am Ärmel und klammerten sich mit seiner ganzen erdrückenden Länge an ihn. „Hast du je, wenn du mal von einem Floh gebissen worden bist, daran gedacht, wie nützlich ein Floh im Krieg sein könnte? Ich bin mir sicher, daß ein solcher Gedanke noch niemandem in den Sinn gekommen ist. Der Floh ..." An dieser Stelle bekam Siri Selims Gesicht einen anderen Ausdruck, und Mevla Tschelebi nahm diese Erscheinung, wie immer in einer solchen Situation, von der besten Seite und lächelte. „Hast du noch nie daran gedacht, daß sein Stich wirkungsvoller sein könnte als die Stiche von Sarudschas

Kanonen? Es stimmt tatsächlich, daß man durch Mäuse die Pest übertragen kann, aber selbst wenn ich solche pestkranken Tiere besäße, wäre ich mir sicher, daß sie mir aus lauter Angst verbieten würden, mich mit ihnen zu beschäftigen. Eine Maus kann man jedoch fangen; also stimmt es tatsächlich, daß man durch Mäuse die Pest übertragen kann. Einen Floh kannst du mit keiner Falle schnappen. Man sieht ihn nicht. Du kannst ihn über den Boden oder durch die Luft hüpfen lassen. Aber leider weiß ich zur Zeit noch nicht, welche Krankheiten durch Flöhe übertragen werden können. Dazu bedarf es einer langen und sorgfältigen Forschung." Wieder schoß Blut in sein Gesicht und seinen Hals. „Diese Frage werde ich dem mächtigen Padischah in einem Brief darlegen. Besser als jeder andere wird er die große Bedeutung dieser Frage verstehen und entsprechende Anweisungen geben."

Die Kanonen donnerten wieder, eine nach der anderen.

Der Chronist hörte schweigend zu.

„Was?" gab Siri Selim plötzlich von sich. „Dir scheint wohl diese Sache einer kaiserlichen Armee unwürdig zu sein!"

„Nein", erwiderte der Chronist ängstlich, „ich habe nichts dergleichen gesagt."

„Eine große und moderne Armee, wie es die unsrige ist, muß über alle zeitgemäßen Kampfmittel verfügen, angefangen bei den Kamelen, die Bronze für die Kanonen transportieren, bis hin zu den Mäusen und Flöhen."

„So ist es, Siri Selim", sagte der Chronist.

„Du sagst zwar ‚so ist es, Siri Selim', aber ich bin mir sicher, daß du in deiner Chronik die Mause an keiner Stelle erwähnen wirst!" schrie Siri Selim mit seiner ganzen Kraft und entfernte sich mit langen Schritten. Dann drehte er sich noch einmal um und schrie aus der Ferne zu ihm herüber: „Weißt du, was ich mit deiner verschimmelten Chronik mache? ..."

An dieser Stelle sprach Siri Selim zwei Worte aus, die die Ohren des Historikers über alle Maßen beleidigten.

Mevla Tschelebi entfernte sich verzweifelt in die entgegengesetzte Richtung.

Währenddessen hatte im Zelt des Oberbefehlshabers die Versammlung begonnen. Nacheinander berichteten die Sandschak Beyler über den Zustand der Truppen.

„Oh“, gab der alte Tavdscha in der Stille, die zwischen zwei Redebeiträgen entstanden war, von sich, „die Gelenke meiner Beine tun mir weh...“ Er wollte noch etwas anderes sagen, hörte aber mitten im Satz auf.

Es wurde still, und alle Blicke glitten zum Pascha hinüber. Ihnen war bekannt, daß Tavdscha an Rheumatismus litt, und sein Jammern bedeutete, daß die kurzen und krummen Glieder des Veteranen den kommenden Regen spürten. „Oh, meine Gelenke schmerzen, wir werden Regen bekommen.“ Bereits die Hälfte dieses Satzes, den er bei jedem Wetterwechsel angewandt und wohl schon Hunderte Male in seinem Leben ausgesprochen hatte, klang jetzt düster und beunruhigend.

Tursun Pascha blickte sie drohend an.

„Redet!“ schrie er.

Der Mufti ergriff das Wort. Er sprach über die Gefallenen und über ihre Seelen, die jetzt im Paradiesgarten den Märtyrerscherbett tranken.

Tursun Pascha schenkte dem Gerede des Mufti keinerlei Beachtung. Mit feuchten Augen – er hatte an einer schweren Augenreizung gelitten – musterte er der Reihe nach die Gesichter der Kriegsratsmitglieder. In der letzten Zeit hatte er häufiger bemerkt, daß sie, sobald ihre Blicke sich trafen, ihm sofort auswichen. Er spürte, daß dieses Ausweichen das erste und unfehlbare Anzeichen der Trennung seines Schicksals von dem ihren war. Vor ihm saßen jetzt der Reihe nach Tavdscha, Kara-Mukbil, der Alay Bey, Kurdischdschi, der Generalquartiermeister, Tahankai, der Mufti, Sarudscha, Giauri und die übrigen Sandschak Beyler, alles hohe Würdenträger des Staates und der Armee. Er erinnerte sich an jenen Frühlingstag, als er mit den Vorbereitungen für den Feldzug beschäftigt war und voller Aufmerksamkeit die Liste seiner zukünftigen Mitarbeiter, die ihm der Großwesir überreicht hatte, zum ersten Mal studierte. Auf der Liste standen ihre Namen. Einen Teil kannte er persönlich, einen Teil kannte er nur dem Namen nach, die übrigen waren ihm unbekannt. Ihre ausführlichen Lebensläufe bekundeten die Teilnahme an vielen Märschen, wütenden Kriegen, langen Belagerungen, gaben Auskunft über ihre Verwundungen, ihren beruflichen Auf- und Abstieg, enthielten die Namen der von ihnen im Sturmangriff oder durch List eroberten Festungen, Namen bezwungener Feinde und besetzter Gebiete, in denen kein Gras mehr wuchs. Damals hatte er mit Freude festgestellt, daß die Gruppe der ihm zugeteilten Mitarbeiter stark und erfahren war und daß er gut mit ihr zusammenarbeiten würde, dieser Eindruck hatte sich bestätigt, als er in den ersten Versammlungen vor Beginn des Feldzuges jeden einzelnen persönlich kennengelernt hatte. Und siehe da, jetzt fing es an, daß ihre Blicke ihm auswichen, und langsam wuchs in ihm ein Gefühl, das dem Haß nahekam. Dieser Feldzug würde zu Ende gehen, mit welchem Ergebnis auch immer, sie würden ihre Laufbahn fortsetzen, sich morgen auf den nächsten Marsch begeben, wieder ihre Zelte vor unbekannten Festungen aufschlagen und die Stufen in der Hierarchie des Militärs oder des Staatsapparates hinaufsteigen. Aber nicht er. Sein Weg endete vor den Mauern dieser Festung. Er würde entweder aufsteigen oder endgültig abstürzen. Diese Tatsache kannten sie ebenso gut wie er, und deswegen schauten sie an ihm vorbei, um seinem Blick nicht begegnen zu müssen, und deshalb kam auch die beklemmende Stille im Zelt auf, als die Glieder des alten Tavdscha (Tursun Pascha kamen sie wegen ihrer Kürze unheimlich vor) den Regen voraussagten. Für einen Augenblick schien es ihm, als sehnten sie den Regen herbei, als wäre die Kriegsmüdigkeit in jeden einzelnen eingedrungen wie die Feuchtigkeit. Es war ihm, als hätten sie es eilig, zu ihren Harems zurückzukehren.

In der Tat, sie waren müde und ohne Hoffnung. Sie erwarteten die Beendigung des Krieges. Sie warteten auf den Regen. Sie spürten, daß dieser Krieg verloren war, und daß er, Tursun Pascha jeden Tag für sie gefährlicher wurde. Jetzt konnte er auch sie in den Abgrund stürzen.

Langsam, von Augenblick zu Augenblick, wurde ihm alles klar. Er erkannte, daß sie sich von ihm trennen wollten. Sie wollten ihn sich selbst überlassen. Aber noch war er ihr Oberbefehlshaber, und so leicht würde er es ihnen nicht machen. Er würde ihnen schon zeigen, wozu ein Oberbefehlshaber in seiner Verzweiflung fähig war. Sie sehnten den Regen herbei und schauten hoffnungsvoll auf Tavdschas angeschlagene Glieder, die ihnen den Regen vorausgesagt hatten. Ihre listigen Ohren lauerten auf das Schlagen der Regentrommeln. Sehr gut! Diesen Wunsch würde er ihnen erfüllen. Er würde ihnen Regen liefern. Er würde sie mit Regen überschütten. Nur daß es ein anderer Regen sein würde...

Draußen dröhnte die große Appelltrommel für die Bataillone. Ihr ohrenbetäubender Widerhall breitete sich in Wellen aus und beherrschte alles.

Sie beendeten die Gespräche. Tursun Pascha sah ihre finsteren Mienen. Er sprach kurz über den Angriff, der bald erfolgen sollte. Er sagte, daß sich alle Truppen wie dicht aufeinanderfolgende Wellen in den Sturmangriff werfen müßten. Danach sagte er in einem strengen Ton, daß niemand sich einbilden sollte, daß die Kämpfe mit dem Beginn des Regens eingestellt würden. Ihm selbst war allzu klar, daß mit dem ersten Regen alles zu Ende sein würde, dennoch wollte er ihre Seelen quälen. Am Ende, während er seinen Kopf hob, sagte Tursun Pascha:

„Heute werde ich mich am Kampf beteiligen."

Seinen Worten folgte eine langanhaltende, tiefe Stille. Sie verstanden, was sein letzter Satz zu bedeuten hatte. Er bedeutete, daß alle, ohne Ausnahme, vom Mufti bis zum Architekten Giauri, an der Schlacht teilnehmen mußten. Auf dem Gesicht des alten Tavdscha erstrahlte ein Lächeln.

„Den Truppen soll sofort bekannt gegeben werden, daß sich die Mitglieder des Kriegsrates an dem Kampf beteiligen werden", sagte der Pascha und stand auf.

Nacheinander verließen sie das Zelt, nachdem sie sich jeweils verbeugt hatten.

Inzwischen schwieg die große Appelltrommel. Einer der Ordonnanzunteroffiziere des Oberbefehlshabers brachte das weiße Pferd. Die Ordonnanzen der Kriegsratsmitglieder, die es sich während der Versammlung im Gras bequem gemacht und sich unterhalten hatten, sprangen sofort auf, als sie sahen, daß die Versammlung zu Ende gegangen war, blieben schweigend stehen und warteten auf ihren Herrn.

Inzwischen waren alle Bataillone vollzählig angetreten. Die weitläufige Ebene war schwarz von Truppen. Noch nie zuvor waren so viele Soldaten für den Sturmangriff aufgeboten worden. Es schien, als ob der warme Wind und die zahllosen Fahnen das verwirklichen wollten, was den Dichtern und Chronisten bisher nur als Gleichnis gelungen war.

Tursun Pascha verließ das Zelt. Er schaute hoch und sah die Wolken, die den Himmel bedeckten. Sie hingen tief und schwer. Er bestieg sein Pferd, und in Begleitung seiner Adjutanten und Ordonnanzunteroffiziere ritt er zu der Stelle, von der aus er bislang das Kampfgeschehen verfolgt hatte. Kaum angekommen, gab er den Befehl zum

Sturm. Der unbeschreibliche Lärm der Trommeln erfüllte Himmel und Erde. Seine müden Augen beobachteten teilnahmslos die erste heftige Angriffswelle der Irregulären-Freiwilligentruppen, dann die zweite, und danach die aufeinanderfolgenden Wogen der Azapen. Alles lief wie gewohnt ab, nur die Zahl der am Sturmangriff teilnehmenden Bataillone war diesmal weitaus größer als sonst. Die Bataillone hatten den Fuß der Mauern erreicht, und aus der riesigen Masse der Soldaten kletterten Scharen auf Hunderte Leitern, die wie Hunderte träumende, hölzerne Fangarme an der Mauer lehnten. Danach ergossen sich durch das aufgerissene Meer der Azapen die Eschkindschi wie ungestüme Sturzbäche, die sich wie gewöhnlich auf den Steilhang stürzten. Danach nahm alles seinen gewohnten Gang, und der Gedanke, daß sich alles nur wiederhole, versetzte die Seele des Paschas in Langeweile. Er gab einen Befehl. Danach einen zweiten. Dann wiederholte er einen Befehl. Die erlesenen Bataillone der Dalkilitschlar stürmten unter Jubelschreien vorwärts. Der Adjutant, der den ersten Befehl übermittelt hatte, kehrte zurück. Dann kam der zweite zurück. In dem Moment, als sich die Janitscharentruppen langsam und schwerfällig auf die Mauern zubewegten und über ihren Köpfen ein ganzes Meer von Sternen und Halbmonden aufgetaucht war, ließ sich Tursun Pascha vom Ordonnanzunteroffizier Schild und Jatagan überreichen, versetzte seinem Pferd einen Schlag mit der Peitsche und galoppierte auf die Festung zu, gefolgt von zwei seiner Adjutanten, von Wachen und einer größeren Gruppe Dschebeli-Soldaten.

Er spürte den leichten Galopp seines Pferdes (durch den ohrenbetäubenden Lärm der Trommeln konnte er die Hufschläge nicht hören), und mit jedem Augenblick verkürzte sich die Entfernung zu den Mauern. Er hatte keine Angst. Nur in seinem geöffneten Mund spürte er einen bitteren Geschmack.

Die Festungsmauern rückten immer näher. Je dichter er herankam, desto beeindruckender wirkte ihre Höhe, und um so furchterregender klafften die von den Mörsern geschlagenen Breschen über ihm. Darüber ragten die Zinnen empor wie hervorstehende Zähne eines Ungeheuers, die begonnen hatten, die Körper der Soldaten zu zermalmen. Dort oben, zwischen diesen gnadenlosen Zähnen hängengeblieben, entschied und vollzog sich sein blutiges Schicksal.

Die Festung kam näher. Zum erstenmal befand er sich so dicht an ihren Mauern. Da, die schwarzen Pechschleier! Sie schwankten vor seinen Augen. Sie bedeckten große Teile der Mauer und unzählige Steine, konnten aber nicht ihren ganzen Leib umhüllen. Im Frühjahr, als er gegen die Festung losmarschiert war, hatte er sie im Traum vor sich gesehen. Sie war ihm in der Gestalt einer Frau erschienen, vielleicht deswegen, weil er damals viele alte Kriegschroniken gelesen hatte, in denen die Chronisten, die sich bemühten, die Eroberungssucht der ruhmreichen Befehlshaber anschaulich darzustellen, bei ihren Beschreibungen einer Festung mit Vorliebe bildhafte Vergleiche verwendet hatten, mit denen man für gewöhnlich Frauen beschrieb. Deswegen war sie ihm wie eine Frau erschienen. Er hatte sich mit ihr, in Schweiß gebadet, angelegt, denn sie wollte sich ihm nicht hingeben. Die Mauern, die Türme, die Befestigungen, die Tore und ihre Luken quälten ihn, glitten ihm aus den Händen, erdrückten ihn und nahmen ihm den Atem.

Die gewaltigen Beifallsbekundungen Zehntausender Soldaten, die seine Ankunft vor den Mauern bejubelten, rissen ihn aus der Benommenheit. Umringt von Wachen und Dschebeli-Soldaten mischte er sich unter die Angreifer. Jetzt waren die Mauern dicht vor ihm. Wie in Trauer bewegten sich die schwarzen Vorhänge. Hunderte Janitscharen, Sipahis, Azapen, Freiwillige, Eschkindschi, Dalkilitschlar, Müsellem stürmten auf die Leitern, die bereits Feuer gefangen hatten.

„Bravo!“ schrie er. „Vorwärts!“

Seine Stimme wurde in dem Lärm nicht gehört, aber alle sahen seine Handbewegung, und an den Füßen Hunderter Leitern entbrannte ein verbissener Kampf unter den Soldaten, von denen jeder versuchte, als erster die Mauerkrone zu erklimmen. Sie wußten, daß an diesen halbverkohlten Leitern der Aufstieg zur Karriere begann. Hier würden ihr Rang, ihr Reichtum, ihre Harems ihren Ursprung haben.

Die Kriegsbegeisterung versetzte Tursun Pascha in einen Rauschzustand. Die Trommeln, die Fahnen, die Schreie, die Schlagstöcke, der Gestank von Petroleum, das Pech, die brennenden Leitern, der dichte Staub, der Jubel, das Blut, das Geheul, dieser ganze rauchgeschwärzte und blutige Tumult hüllte ihn ein und stieg ihm in den Kopf, wie ein starkes alkoholisches Getränk. Er raste auf seinem Pferd an den Mauern entlang, hielt kaum Abstand, und Schritt für Schritt folgten ihm die Adjutanten und die Wachen. Die Verteidiger der Festung, die ihn offensichtlich erkannt hatten, ließen Pfeile und Brandsätze auf ihn herabhageln, die unter furchterregendem Pfeifen um ihn herum einschlugen. Seine Wachen bildeten mit ihren Schilden eine Mauer um ihn herum und blieben selbst ungeschützt. Bei einem Adjutanten, der an seiner Seite ritt, bildete sich am Hals ein Kragen aus Blut, der immer breiter wurde. Er raste. Die Soldaten ließen den Padischah, den Propheten und ihn hochleben. Sie drängten und schoben einer den anderen bis zu den Leitern vor, stiegen und kletterten immerzu auf ihnen hoch, um so schnell wie möglich die Zinnen zu erreichen. Während des Aufstiegs sausten Schilde, Jatagane und manchmal auch Teile von Gliedmaßen durch die Luft, die sie, so wie es aussah, herunterwarfen, als ob sie sich erleichtern wollten.

Plötzlich drehten sich die Mauern, die Türme wanderten in beängstigender Weise über seinem Kopf hinweg. Die pechschwarzen Trauervorhänge mit ihrem blutroten Spitzenbesatz segelten wie von einem Sturm bewegt auf ihn zu und schienen ihn einhüllen zu wollen. Er stürzte. Der Himmel verdunkelte sich. Aber das war nicht die Folge einer Verwundung. Seine Wachen hatten sofort ein Schutzdach aus Schilden über ihm errichtet.

Jemand schrie:

„Der Pascha ist gefallen!“

Der Adjutant mit dem Blutkragen beugte sich über ihn.

„Zieh mich hoch“, sagte Tursun Pascha, „ich bin nicht verletzt.“

„Das Pferd ist getötet worden!“ schrie der andere Adjutant.

Tursun Pascha kam auf die Beine. Ohne Pferd war es ihm, als sei er in einen Graben gestürzt.

„Der Pascha ist gefallen!“ schrie die Stimme wieder.

Er sprang auf das andere Pferd, das sie ihm sofort gebracht hatten, und ritt vorwärts. Die Wachen folgten ihm.

„Entfernt Euch von den Mauern, Pascha!“ rief der Adjutant. „Sie haben Euch erkannt.“

Offensichtlich meinte er die Verteidiger. Ihr Pfeilhagel wurde dichter. Dennoch entfernte Tursun Pascha sich nicht. Noch einmal ritt er die gesamte Länge der Festung ab, an der eine unübersehbare Menschenmasse, in Schweiß und Blut gebadet, immer noch gigantische Anstrengungen unternahm, um die Zinnen zu erklimmen, wo hoch oben die Verteidiger inmitten eines nebelhaften und ungreifbaren Dunstes von Pech und Petroleum, wie Kriegsgeister, ihr Möglichstes taten, um die riesenhafte Masse Männer nicht hochkommen zu lassen; erbarmungslos schlugen sie auf sie ein, verbrannten sie, äscherten sie ein, rissen ihr Hunderte Hände und Beine aus, aber immer wieder drängte sie sich vor, rutschte im eigenen Blut aus, krallte und biß sich am Mauerwerk fest, holte blitzartig Hunderte neue Beine und neue Hände hervor, die nichts anderes im Sinn hatten, als hochzuklettern, hochzuklettern.

Dieser Alptraum dauerte bis zur Dämmerung. Dann schlugen die Trommeln zum Rückzug. Während unzählige Bataillone das verlassene Lager wieder füllten, wartete Tursun Pascha ungeduldig auf die Verlustmeldungen. Obwohl diese Schlacht immer noch nicht den Sieg gebracht hatte, konnte man aber auch nicht von einer Niederlage sprechen. Noch nie zuvor hatten so viele Soldaten die Mauern erklommen. Von diesen Soldaten kehrte in der Regel nur der kleinste Teil zurück, aber diejenigen, die dort oben blieben, gaben ihr Leben zu einem sehr hohen Preis. Deshalb mußte es beim heutigen Sturmangriff sehr viele Tote unter den Verteidigern gegeben haben. Der Durst zeigte allmählich seine Wirkung. Er brauchte nur noch wenige solcher Angriffe, und die Reihen der Verteidiger, vom Tod gelichtet und vom Durst gequält, wären nicht mehr in der Lage, sich auf der ganzen Mauerlänge zu verteidigen. Wenige Tage Trockenheit würden ihm genügen. Nur einige Tage. So sagte er sich, aber in seinem tiefsten Innern wußte er sehr wohl, daß einige Tage Trockenheit nicht ausreichen würden. Die ausweglose Situation hatte ihn erschöpft, und er ließ sich manchmal zu unsinnigen Träumen hinreißen. Es kam ihm in den Sinn, wie schön es doch wäre, wenn auf den September, statt des Oktobers und des Novembers, Juli und August folgen würden. Er dachte so oft daran, daß es ihm manchmal sogar glaubwürdig schien. Er bildete sich ein, es könnte unerwarteterweise ein verrückter Wind aufkommen, der die Monate und Jahreszeiten durcheineinderwirbelte wie ein scharfer Oktoberwind das Herbstlaub. Manchmal hatte er den Eindruck, daß seit dem Tag, an dem er in den Krieg gezogen war, so unendlich viel Zeit vergangen war, daß in der Zwischenzeit so viele Dinge in Vergessenheit geraten waren, daß die Leidenschaften eingeschlummert waren, daß der Zeitpunkt für den Sieg oder die Niederlage nicht mehr bestimmt werden konnte. Diese Vorstellung überkam ihn vor allem nachts, wenn er vor sein Zelt trat und mit seinem Blick das riesige Lager umarmte, mit seinen Zelten, Kuppeln, den Sternen und Halbmonden aus Kupfer, Bronze und Gold, die wie eine unheimliche Nachahmung des Himmels anmuteten. Er hatte gehört, daß dieses Stück Himmel mit Gewalt auf die Erde befördert worden war, damit es sich in die blutigen Angelegenheiten der Menschen einmischen konnte. Lange betrachtete er diese nächtliche Einöde, und dabei begann er sich vorzustellen, daß irgendwo in weiter Ferne, jenseits der Straßen und Wolken, sich Städte befinden mußten, die mit Kanzleien ausgestattet waren, in denen Akten über Ausgangssituationen und Ergebnisse aller Vorgänge, Dossiers über Verdienste und Schwächen der Beamten, seiner mit eingeschlossen, aufbewahrt wurden. In diesen Stunden, während er so verweilte und allein der Nacht entgegentrat, sich die Tatsachen von ihren Schlußfolgerungen befreiten, die Ursachen ihre Wirkung verloren, schien ihm alles möglich zu sein. Aber dann nahte das Morgengrauen und mit ihm die entsetzliche Rohheit, und alles, die Dinge, die Tatsachen, der Tag, erlangte die entsprechende Logik, das wußte er, und ihm war klar, daß es gleichzeitig um sein Schicksal ging.

Die Adjutanten brachten die ersten Nachrichten: dreihundertundachtzig gefallene Offiziere, von den niedrigsten bis zu den höchsten Rängen. Die Zahl der gefallenen Soldaten kannte man noch nicht. Er fragte nach den Mitgliedern des Kriegsrates. Von ihnen war keiner gefallen. Der Gedanke, daß sie nur auf Rettung der eigenen Haut bedacht waren, ließ Tursun Pascha erneut verzweifeln. Er wußte, sobald die Menschen im Krieg nur noch daran denken, die eigene Haut zu retten, haben sie jede Hoffnung auf den Sieg verloren.

In den nächsten Tagen würde er ihnen zeigen, wie man die eigene Haut rettet. Er benötigte nur noch ein paar Tage Trockenheit, nichts weiter. Nur vor einer Sache fürchtete er sich jetzt: vor den Trommeln, die den Regen ankündigten. Ihr Lärm, der sich schon seit einigen Monaten nicht mehr hatte hören lassen, könnte plötzlich einsetzen und das Ende verkünden.

Siri Selim schickte einen kurzen Bericht. Von den Körpern der Albaner, die während der Kämpfe von den Zinnen gestürzt waren, habe er vier geöffnet und dabei festgestellt, daß sie zwar unter einem größeren Durst als bisher litten, aber keinerlei Anzeichen von Krankheiten aufwiesen. Offensichtlich tranken sie kein verseuchtes Wasser.

Der Bericht über die Zahl der gefallenen Soldaten war immer noch nicht eingetroffen. Tursun Pascha gab einige Befehle, daß die Wachposten verstärkt werden und auf alle Fälle einige Bataillone sich in Bereitschaft halten sollten. Die Nacht kam heran, und Skanderbeg könnte angreifen. Dies war seine Stunde.

Als sich Tursun Pascha zurücklehnte, um ein wenig auszuruhen, fiel sein Blick zum ersten Mal auf seine mit Lehm beschmutzten Ellbogen. Erstaunt betrachtete er den Lehm. Der Adjutant, der ins Zelt gekommen war, fand ihn in dieser Haltung vor.

„Ich bitte um Entschuldigung, mein Pascha." Er nahm an, daß der Pascha ihn zurechtweisen werde, weil er den Schmutz nicht entfernt hatte. „Es fällt mir erst jetzt auf. Wie mir scheint, muß es beim Sturz ..."

Aber Tursun Pascha dachte an etwas anderes. Er dachte daran, daß der Lehm in allen Gegenden der Welt der gleiche ist, unterschiedlich sind nur die Dinge, die auf ihm wachsen. Seine Augen wirkten müde, und der Adjudant senkte die Stimme. Der Oberbefehlshaber schlief ein. Der Adjutant deckte ihn vorsichtig mit einer leichten Decke zu und verließ das Zelt auf Zehenspitzen.

Er war nach einigen anstrengenden Nächten endlich in einen tiefen Schlaf gefallen. Der Ordonnanzunteroffizier, der ihm das Abendessen brachte, und die Adjutanten, die ihm die genauen Verlustzahlen mitteilen wollten, weckten ihn nicht auf. Sie schoben die Decke an seiner Schulter zurecht, schlossen sorgfältig den Zelteingang und entfernten sich, jedes Geräusch vermeidend.

Eine lange Zeit verbrachte er in einem erholsamen und traumlosen Schlaf. Der Traum sollte erst später kommen. In diesem Traum sah er die den Regen verkündenden Trommeln. Sie waren in einer langen Reihe aufgestellt und begannen, von selbst zu schlagen, ohne daß sie jemand berührt hätte. Er befahl ihnen zu schweigen, aber sie gehorchten ihm nicht. Sie schlugen weiter und verursachten einen ohrenbetäubenden Lärm. Deshalb befahl er, sie zu bestrafen. Seine Ordonnanzunteroffiziere stürzten sich auf die Trommeln, stachen mit den Lanzen auf sie ein und zerschnitten mit ihren Messern das Fell, dennoch schwiegen sie nicht.

Tursun Pascha erwachte. Im Zelt herrschte Dunkelheit. Er bewegte seinen eingeschlafenen Arm und stellte fest, daß er in voller Kampfrüstung eingeschlafen war. Er glaubte, noch zu träumen, weil in seinen Ohren die Regentrommeln weiterdröhnten. Er warf die Decke beiseite und stand auf. Da! Was war das? Bum-bum-bum, buru-bum-bum-bum, buru-bum. Das war nicht die Fortsetzung des Traumes. Weit weg, irgendwo tief im Lager, verkündeten die Trommeln den Regen. Er hörte ein leichtes Rauschen an den schräg abfallenden Zeltwänden. Alles war klar, alles war verloren. Der Regen.

Eine ganze Weile blieb er stehen. Dann schritt er über die auf dem Boden ausgelegten Felle, näherte sich dem

Ausgang, schob mit der Hand den Wachsvorhang beiseite, der den Eingang schützte, und trat hinaus. Es dämmerte schon. Die Wachposten, die sich in der Nähe des Zeltes hingekauert hatten, um sich vor dem Regen zu schützen, sprangen hoch, als er auftauchte, und richteten ihre Lanzen auf. Aber er drehte nicht einmal den Kopf nach ihnen.

Von der Erde stieg ein schwerer Geruch auf, ein Schlammgeruch, wie ihn der Regen nach langer Trockenheit hervorruft. Der Himmel war tief mit unbeweglichen grauen Wolken verhangen, die einen beständigen Regen auf die Erde niedergehen ließen, einen richtigen Herbstregen. Der schwere Dunst nahm ihm den Atem. Noch nie hatte er so nahe und so gewaltig die Gegenwart der schlammigen Erde gespürt. Sie war in der Luft, über ihm, unter ihm, an seiner Seite. Es war eine nicht zu überwindende Umzingelung. Unwillkürlich hatte er den Wunsch, davonzurennen wie ein einsamer Läufer, weit weg, mit weit ausholenden, gleichmäßigen Schritten, um dieser Falle zu entkommen, aber gleichzeitig spürte er, daß überall derselbe Regen mit denselben schlammigen Pfützen auf dieser Ebene war, die ihm so fremd war wie eine Stiefmutter.

Der Tag brach an.

Er betrachtete den undurchdringlichen grauen Himmel, dann das endlose Lager, die Tausenden Spitzdächer der Zelte, die sich traurig im feuchten Hintergrund abzeichneten. Er drehte diesem kraftlosen Schauspiel den Rücken und ging in sein Zelt zurück. Eine ganze Weile blieb er in der Dunkelheit stehen. Dann weckte er einen seiner Ordonnanzunteroffiziere. Der Ordonnanzunteroffizier zitterte.

„Ruf Hasan!“

Hasan erschien. Auch er zitterte.

„Bring mir die Edscher!“

Der Eunuch verbeugte sich und ging. Sehr bald kehrte er mit dem Mädchen an der Hand zurück. Sie hatte die Augen noch vor Müdigkeit geschlossen und begriff nichts.

„Geh weg!" befahl der Pascha dem Eunuchen.

Hasan verschwand.

Edscher hatte geschwollenere Lippen als gewöhnlich und dunkle Ränder unter den Augen.

„Hör zu!" sagte er. Sie war noch benommen vom Schlaf, und er rüttelte kräftig an ihren Schultern. „Hör zu", wiederholte er, während er ihre Zöpfe packte und das verängstigte Mädchen zu sich heranzog. „Wenn das dort", er zeigte mit dem Finger auf ihren Bauch unter dem leichten Nachthemd, „ein Junge wird, wirst du ihm meinen Namen geben."

Das Mädchen sah ihn erschreckt an.

„Hast du verstanden?"

„Ja."

„Jetzt geh!"

Der Eunuch erschien und führte das Mädchen hinaus.

Wieder blieb Tursun Pascha eine Weile im Halbdunkel des Zeltes stehen. Danach verlangte er ein Glas Wasser. Der Ordonnanzunteroffizier brachte es ihm.

„Ich werde jetzt schlafen", sagte er. Der Ordonnanzunteroffizier verließ wie ein Schatten das Zelt.

Tursun Pascha öffnete ein kleines Holzkästchen, nahm etwas heraus und schüttete es in das mit Wasser gefüllte Glas. Er beobachtete, wie sich das Pulver langsam wie ein leichter Nebel auf den Grund des Glases senkte, dann trank er es in einem Zug leer.

Wieder blieb er eine Weile stehen. In der Ferne schlugen traurig die Regentrommeln. Als er die ersten Anzeichen verspürte, legte er sich auf die Felle und schloß die Augen. Die Gedanken, die ihm in seinen letzten Augenblicken durch den Kopf gingen, waren wenig zusammenhängend. Er wollte an etwas Großartiges denken, aber das war ihm nicht möglich. So also, Ugurlu Tursun Tundschaslan Sert Olgun Pascha, sagte er zu sich selbst. Dann versuchte er, sich an einige Ereignisse in seinem Leben zu erinnern, dachte, daß er alles Erdenkliche unternommen hatte, daß es ihm aber nicht gelungen war, oh, mit keinen Mitteln, dachte an seinen großen Feind Skanderbeg, der lebend auf dieser Welt zurückblieb, während seine Seele im Begriff war, vom Regen fortgespült zu werden. Das waren seine allerletzten Gedanken.

Der Regen begann im Morgengrauen des 13. September. Ich bereitete mich gerade auf die Wachablösung vor, als die ersten Tropfen fielen. Es tagte. Ich wollte zum Weckruf ansetzen, als ich mir vorstellte, wie müde und erschöpft die Leute vom vergangenen Tag sein müßten, und ich verzichtete darauf. Ich lehnte meinen Kopf an den großen Stein einer Zinne und blieb eine Weile so stehen. Die blutigen Steine (wir hatten kein Wasser gehabt, um ihr Blut abzuwaschen) dampften, als sie naß wurden, denn sie waren von der Hitze des Tages immer noch warm. Sie wirkten wie Lebewesen, und ich hatte den Eindruck, als könnten sie jeden Augenblick zu atmen und sich zu bewegen anfangen.

Irgendwo in der Tiefe ihres Lagers schlagen die Regentrommeln. Die Soldaten decken ihre Ausrüstungen ab. Ihr Lager mit den Tausenden Zeltkuppeln, den Fahnen, den metallenen Abzeichen und Emblemen wirkt an diesem herbstlichen Morgen außergewöhnlich düster. Das ist also das größte und mächtigste Heer der heutigen Welt. Da liegt es zu unseren Füßen und wird vom Regen durchnäßt. Diejenigen, die sich später auf diesem Boden niederlassen, werden begreifen, daß es für uns keine leichte Sache war, in diesem gewaltigen Krieg gegen das größte Ungeheuer unserer Zeit zu kämpfen. Wir werden weder Denkmäler noch Siegessäulen hinterlassen. Dazu hatten wir keine Zeit, und, wie es scheint, werden wir auch in den Ruhepausen zwischen zwei Angriffen keine Zeit haben. Stattdessen überlassen wir unseren Nachkommen diese schweren Mauersteine, die der Regen des Krieges an diesem wolkenreichen Morgen benetzt.

Wie es scheint, geht die erste Kriegssaison zu Ende. Weitere Kämpfe stehen uns bevor. Der Himmel ist bedeckt. Unser großer Himmel!

Letztes Kapitel

Die Kutsche mit den Haremsmädchen befand sich jetzt allein auf den Straßen. Zu Anfang war ihr die Kutsche, die die persönliche Habe und die Waffen des Oberbefehlshabers geladen hatte, dicht gefolgt, aber nach eineinhalb Tagen begann die geschlossene Kutsche der Mädchen immer weiter zurückzufallen, weil eines der Mädchen, Edscher, erkrankt war.

Draußen fiel feiner Regen. Gedankenverloren schauten sie auf den schlammigen Weg, auf dem sich kleine Pfützen gebildet hatten.

„Da, auf dem Hügel sind wieder die kleinen Dörfer, die wir auf der Hinreise schon gesehen haben", sagte Ajsel und zeigte auf eine Stelle an der rechten Seite.

„Das sollen sie sein?"

„Mir kommt es nicht so vor."

„Doch. Das sind sie. Seht ihr die Kirche mit dem Glokkenturm?"

„Ja, ja. Sie sind es."

„Und die Festung? Irgendwo hier in der Nähe muß eine Festung sein. Erinnert ihr euch, wie wir sie gesehen haben? Es war in der Dämmerung, und ihre Fahne sah schwarz aus."

„Die Festung ist weit weg."

„Wirklich? Ich dachte, daß die Festung gleich nach den Dörfern gekommen wäre", sagte die Blonde.

„Du kannst dich bestimmt nicht mehr gut daran erinnern, denn du hattest doch den ganzen Weg über Kopfschmerzen."

„Von den Zimbeln und den Trommeln."

„Deshalb wirfst du alles durcheinander. Fragen wir Leila. Sie ist einen Teil dieser Strecke schon zweimal gefahren."

„Leila!"

„Weck sie nicht auf! Sie schläft."

Die Räder der Kutsche gaben ein monotones Geräusch von sich. Der dünne Seidenvorhang, hinter dem sich die Köpfe des Kutschers und des Eunuchen Hasan wie Schatten abzeichneten, bewegte sich leicht.

Ajsel schaute immerzu auf die einsame Straße und die ausgedehnten herbstlichen Weiten. Leila schlief, und ihr Kopf fiel jedesmal vornüber, wenn die Kutsche durch eine Pfütze fuhr. Die Blonde starrte gelangweilt auf den Kelim.

„Oh, ich Unglückselige!" seufzte Edscher. Sie war ganz blaß, und die Ringe unter ihre Augen wirkten noch dunkler.

Ajsel sah sie mitleidig an.

„Schau doch etwas aus dem Fenster", sagte sie. „Du solltest auf andere Gedanken kommen."

„Was soll ich mir denn ansehen? Ausgezehrte, brachliegende, armselige Felder?"

„Erwartest du üppige? Denk daran, es ist Krieg!"

„Ach, es ist langweilig!" gab die Blonde von sich, während sie sich mit dem nackten Arm aufstützte.

„Schaut, Pioniere", sagte Ajsel, „sie reparieren schon wieder eine Brücke."

„Sie reparieren die Brücken für den Rückzug der Armee", sagte Leila.

Sie betrachteten eine ganze Weile die im Regen arbeitenden Pioniere.

„*Er* dagegen wird nie mehr zurückkehren", sagte Ajsel. „Heute müssen sie ihn beerdigt haben."

„Mit Sicherheit", sagte Ajsel. „Und all der Regen fällt auf ihn."

Für eine Sekunde schaute die Blonde zu ihnen herauf.

„Du hast zuletzt mit *ihm* geschlafen. Erzähl uns, ob er im Schlaf geredet hat", sagte Ajsel.

„Er redete", sagte die Blonde, ohne den Kopf zu heben.

„Und was sagte *er*?"

„Ich verstand ihn nicht gut. Ich kann nicht gut Türkisch. Und dann schwiegen keine Nacht die Kanonen."

„Gar nichts hast du verstanden?"

„Sehr wenig. Zwei-, dreimal erwähnte er den Namen Skanderbeg."

Leila öffnete die Augen. Eine Weile betrachtete sie vollkommen verwirrt ihre Freundinnen.

„Spracht ihr von Skanderbeg?"

„Ja", sagte Ajsel. „Wir hörten, daß *er* im Schlaf den Namen Skanderbeg ausgesprochen hat."

„Er hatte schon immer die Gewohnheit, im Schlaf zu sprechen", sagte Leila.

Die Blonde wollte noch etwas hinzufügen, aber offensichtlich änderte sie ihre Meinung und schaute wieder auf den Kelim.

„Du bringst Unglück!" sagte Edscher zu der Blonden.

Die Blonde hob zornig den Kopf.

„Warum?"

„Auch als er zum ersten Mal erkältet war, hatte er mit dir geschlafen."

Die Blonde schwieg eine Weile.

„Als er in Bursa krank wurde, hatte er da etwa auch mit mir geschlafen?" sagte sie dann.

„Als er in Bursa krank wurde, hatte er mit keiner geschlafen."

„Mädchen, schaut, die Erhängten!" rief Ajsel, während sie nach draußen zeigte.

Sie drängten sich ans Fenster.

„Sind das die, die wir auf der Hinfahrt gesehen hatten?“
„Ja, das sind sie.“
„Nur noch die Skelette sind übriggeblieben.“
„Ist das furchtbar!“
„Edscher, schau nicht hin!“
Eine Schar Raben, die von dem Gepolter der Kutsche aufgescheucht worden war, kreiste über der Straße.
„Als wir zum ersten Mal hier vorbeifuhren, waren ihre Körper noch unversehrt. Wahrscheinlich hatte man sie gerade erst aufgehängt.“
„Wie lange wird man sie wohl hängen lassen?“
„Wer weiß.“
„Weiter vorn ist noch eine lange Reihe.“
„Nein, an denen sind wir nachts vorbeigefahren. Weiter vorn hängen drei allein.“
„Ich verwechsele immer alles.“
„Weil wir jetzt in umgekehrter Richtung fahren.“
„Außerdem reisen wir ohne Lärm.“
„Erinnert ihr euch, wie wir herfuhren? Die Musik, die Bataillone!“
„Von den vielen Fahnen wurde uns ganz schwindelig.“
„Auf der ganzen Reise fragten wir uns: Wie sieht dieses Albanien wohl aus?“
„Während die Musik, übertönt von den Trommeln, pausenlos spielte.“
„Nur du hast ständig gejammert, weil dir der Kopf weh tat, während Leila sich vor Langeweile streiten mußte.“
„An diese Musik habe ich mich noch nicht gewöhnt. Bei uns spielen sie anders“, sagte die Blonde.
„Oh, wie war das schön!“ sagte Edscher.
„Und wer hätte damals gedacht, daß wir ganz allein auf dieser endlosen Straße zurückkehren würden?“
„Ich hatte von Anfang an ein ungutes Gefühl“, sagte Leila. „Diese Abreise mit so viel Getöse ...“
„Ach, wir Verlassenen!“ sagte Edscher.

„Wir dürfen uns nicht beklagen", sagte Leila. „Es hätte schlimmer ausgehen können. Nach *seinem* Tod hatte ich furchtbare Angst, daß sie uns etwas antun würden."

„Und was hätte uns passieren können?" fragte die Blonde.

„Sie hätten ebensogut uns alle töten können", sagte Leila. „An dem Morgen, als sie die Leiche fanden und der Kriegsrat zusammengetreten war, wartete ich, und mir stockte das Blut in den Adern. Ich hatte Angst, daß das Kommando Tavdscha Tokmakhan übergeben werden könnte. Den Gesprächen der Ordonnanzunteroffiziere, die während der Versammlung draußen warteten, hatte Hasan entnommen, daß Tavdscha nach der Übernahme des Kommandos uns den Kopf abschlagen lassen wollte. Der Mufti und er hatten behauptet, daß wir die Urheber aller Mißerfolge seien."

„Was für Dummköpfe!" sagte Ajsel.

„Nachdem die Versammlung zu Ende war und bekannt wurde, daß das Kommando einstweilen von den drei ranghöchsten Befehlshabern gemeinsam übernommen wurde, fiel mir ein Stein vom Herzen", sagte Leila.

„Trotzdem beschlossen sie, uns umgehend zurückzuschicken."

„Um so besser für uns. Ich konnte es in diesem Zelt nicht mehr aushalten."

„Erinnere mich nicht daran, ich bitte dich."

Die Unterhaltung flaute nach und nach ab, wie schon Dutzende Male davor. Ajsel stützte wieder das Kinn auf den Fensterrahmen. Die Kutschenräder ratterten in lähmender Monotonie.

„Was hast du, wieder Schmerzen?" fragte Leila.

Edscher nickte. Ihre geschwollenen Lippen waren blaß, und in ihren Augen stand die Angst.

„Wieder dort?"

„Ja."

„Du Unglückliche!"

Edscher begann, leise vor sich hin zu weinen. Ihre Schultern zuckten.

„Schon wieder Dörfer", sagte Ajsel, die das Gespräch nicht verfolgt hatte.

Die Wagenräder setzten ihren Hader mit der Straße fort, ein öder Streit ohne Ende.

Eine ganze Weile schwiegen alle. Endlich schien es Edscher etwas besser zu gehen. Ajsel wandte den Blick vom Fenster. Die Blonde kauerte auf dem Wagenboden, den Kopf auf den Unterarm gestützt.

„Wie mag es wohl in Kruja aussehen?" fragte Ajsel.

Leila schaute sie eine Weile an.

„Wer hat denn je etwas von Albanien gesehen?" sagte sie. „Außer einigen schneebedeckten Bergen, die aussehen, als ob sie jeden Augenblick auf unsere Köpfe rollen wollten."

„Da wird jetzt gemetzelt."

„Bestimmt greift Skanderbeg jede Nacht an."

„Diesen Sommer floß das Blut in Strömen", sagte Leila. „Hasan hat einen Wahrsager prophezeien hören, daß im nächsten Jahr der Weizen in einer rötlichen Farbe sprießen werde."

„Oh, ich flehe euch an, hört mit dieser Unterhaltung auf!" sagte die Blonde.

Das Gespräch versank einmal mehr in der allgemeinen Monotonie, die von den Kutschenrädern und den Regentropfen ausging.

„Sie erwarten uns jetzt", sagte Leila kurz darauf, „alle in Trauerkleidung und mit gramzerfurchten Mienen."

„Ich sterbe vor Sehnsucht nach meinem Mädchen. Mamas Liebstes, wer weiß, wie sie mich überall im Haus sucht." Ajsels Augen wurden feucht.

Edscher stöhnte.

„Dir geht es nicht gut", sagte Leila.

„Ich Unglückliche!“ stöhnte Edscher. Ihr Gesicht war ganz blaß, und sie zitterte.

Alle schauten zu ihr hin.

„Diese Teufelskutsche war mein Unglück“, sagte Edscher. „Ich werde sterben.“

„Sag nicht solchen Unsinn!“

„Sollen wir Hasan bitten, noch einmal anzuhalten?“ fragte Ajsel.

„Was sein sollte, ist nunmehr geschehen“, sagte Leila. „Sie wird eine Fehlgeburt haben.“

Edscher weinte.

„Während *er* hoffte, daß ich einem Knaben das Leben schenken würde“, schluchzte sie. „*Er* trug mir auf, ihm *seinen* Namen zu geben.“

„Leg dich ein bißchen hin“, sagte Leila, „so kann sich die Blutung etwas beruhigen.“

„Oh, wie bin ich unglücklich!“

Sie blickten sich gegenseitig an. Keine wußte in einer solchen Situation zu helfen.

Edscher lag zusammengekauert. Es schien, als hätte sie sich etwas beruhigt.

Wieder war es eine längere Zeit still. Ajsel schaute aus dem Fenster. Leila hatte die Arme verschränkt. Die Blonde starrte fortwährend auf den roten Kelim.

„Wer wird uns wohl jetzt kaufen?“ sagte Leila.

Die Blonde warf ihr einen gelangweilten Blick zu.

„Wer kann schon sein Schicksal vorhersehen?“ sagte Ajsel, ohne ihren Blick vom Fenster zu lassen.

„Wenn es ein Offizier ist, werden wir diesen Weg vielleicht noch einmal zurücklegen müssen“, sagte Leila.

„Der Himmel bewahre uns davor!“ seufzte Edscher. „Verfluchter Höllenweg!“

Die Blonde schwieg.

„Noch mehr Dörfer!“ sagte Ajsel. „Mit Sicherheit werden wir das Abendland verlassen.“

Leila schlummerte ein.

Unter dem Regen setzte die Kutsche ihren Weg auf der endlosen Straße fort.

Ende

1970

Ismail Kadaré

DER GROSSE WINTER

Roman. Aus dem Albanischen übersetzt.
444 Seiten, geb., DM 39,80
ISBN 3-89029-018-3

Ein historischer Moment: Im November 1960 verurteilt Enver Hoxha auf der Moskauer Konferenz vor einundachtzig anwesenden Parteidelegationen der kommunistischen Weltbewegung Chruschtschews Kolonialpolitik gegenüber Albanien. Die Sowjetunion reagiert mit einer Wirtschaftsblockade, mit dem Abzug ihrer Marineeinheiten vom gemeinsamen Flottenstützpunkt Vlora, schließlich mit dem Abbruch der diplomatischen Beziehungen.
Diese spannungs- und folgenreichen Ereignisse stehen im Zentrum des epischen Romans „Der große Winter". Ein fesselndes Buch, das durch seine Vielschichtigkeit, durch die Polyphonie seines Aufbaus, durch die Verbindung von Epik und Lyrik Klischeevorstellungen vom „Sozialistischen Realismus" widerlegt und beweist, daß jedes Thema, sofern es eine komplexe Behandlung erfährt, welthaltig zu werden vermag. (Neue Zürcher Zeitung)

Ismail Kadaré

DER GENERAL DER TOTEN ARMEE

Roman. Aus dem Albanischen
von Oda Buchholz und Wilfried Fiedler
308 Seiten, geb., DM 36,00
ISBN 3-89029-035-3

„Wir waren erstaunt über diese Art universaler Fabel... Sie verbindet sich besonders mit dem Kampf dieses Landes gegen die italienischen Faschisten und die deutschen Nazifaschisten. Es ist also ein ganz bestimmter Augenblick in der Geschichte des albanischen Volkes, der aber auch mit uns... verbunden ist. Doch ist es ebenfalls ein Buch voller Humor und Sarkasmus gegenüber dem nicht enden wollenden Geist der Revanche und des Sieges... Dieses Buch erklärt, warum man immer wachsam gegenüber den Besatzern bleiben muß." (Michel Piccoli über „Der General der toten Armee")

Erzsébet Galgóczi

EINE ANDERE LIEBE.

Erzählung.

Aus dem Ungarischen von Erika Bollweg

156 Seiten, brosch., DM 22,–

ISBN 3-89029-013-2

Dies ist das Porträt einer ungewöhnlichen Frau, die nach dem Ungarnaufstand in ihrem Land nicht mehr leben kann: als Patriotin, als unangepaßte Intellektuelle, als kritische Journalistin, als lesbische Frau. – „Die Autorin bricht ein Tabu, indem sie ein Thema aufgreift, das in Ungarn bisher mit Schweigen übergangen wurde: die Homosexualität. Die außenweltbedingte und persönliche Tragödie liest sich wie ein spannender Kriminalroman und gehört zu den bisher besten Werken der Autorin“ (Neue Zürcher Zeitung).

„Daß ein Buch wie dieses heute in Ungarn erscheinen kann, zeigt, wie weit dort das Nachdenken über die eigene Geschichte gediehen sein muß. Und das dürfte vor allem solchen Journalisten und Autoren wie Erzsébet Galgóczi zu verdanken sein“ (Sender Freies Berlin).

Erzsébet Galgóczi

DIE ST.-CHRISTOPHORUS-KAPELLE

Erzählung

Aus dem Ungarischen von Heinrich Weissling

119 Seiten, brosch., DM 19,80

ISBN 3-89029-034-5

Zsófia, in vergeblicher, erschreckend höriger Liebe einem hohen Repräsentanten des Regimes verbunden, ringt um Befreiung, was auch heißt: Freiheit vom Alkohol. Ringt um eine, sie und ihr Dasein begründende Aufgabe ... Klar und nüchtern sieht das Auge, hört das Ohr, berichtet die Erzählerin. Es fällt schwer, sich von den tapferen Gestalten der Erzsébet Galgóczi zu verabschieden" (Vorwärts).

„Auch die Erzählung ‚Die St.-Christophorus-Kapelle' ist vielschichtig angelegt: Die persönliche Geschichte der Zsófia steht vor dem Panorama der ungarischen Historie, das Milieu des dörflichen Lebens wird liebevoll, aber nicht mit einem ‚Zurück-aufs-Land'-Gestus geschildert, und schließlich wird die Spannung einer Kriminalhandlung gleich mitgeliefert" (Sender Freies Berlin).

„... eine farbige, spannende und gescheite Erzählung, mit einer Vielzahl von Porträts, Schicksalen und Situationen, in denen auch Zwischentöne nicht fehlen, und in denen offenbleibt, was offenbleiben muß" (Neue Zürcher Zeitung).